雜文選集

魯迅 著

編選説明

一、在魯迅的創作生涯裏，傾注了大部分的精力進行雜文創作，爲我們留下了六百多篇、凡百餘萬字的珍貴遺產。在中國的思想史和文學史上樹起了一座罕見的豐碑。本書精選了魯迅各個時期有代表性的雜文八十餘篇。按順序分別選自《墳》《熱風》《華蓋集》《華蓋集續編》《而已集》《三閑集》《二心集》《南腔北調集》《僞自由書》《准風月談》《花邊文學》《且介亭雜文》《且介亭雜文二集》《且介亭雜文末編》《集外集》《集外集拾遺》和《集外集拾遺補編》。

二、爲了幫助讀者特別是青少年讀者更加了解魯迅作品，我們在每篇雜文後邊附上了簡短的名家解讀。這些解讀一般不作全面的分析，而是從不同的角度進行挖掘，限於篇幅，大多也是「點到爲止」。每則解讀均標有出處，讀者如有興趣，可找原文研讀。

三、正文前，我們收集了各個歷史時期諸多名家對魯迅雜文的總體評論，以其與各篇「發微」式的解讀互相映照，形成一個總體印象。這些評論也只截取了原文的某一個片斷。除了從宏觀上，從思想性和藝術性等方面全面地認識魯迅雜文的成就外，

對於魯迅的單本雜文集，我們也選了一些評論文章的片斷，以期讀者對魯迅某個時期雜文的獨特性與雜文整體的豐富性，獲得較多的瞭解和理解。

四、魯迅先生一生酷愛美術，尤重版畫。對於優秀的外國版畫藝術，他殫精竭慮地介紹和傳播。對生於比利時而蜚聲全世界的麥綏萊勒更是推崇有加——孤獨、彷徨和批判、反抗的形象和主題、氣氛，是這位藝術大師的追求和風格。早在20世紀20年代，魯迅即購得了麥氏在德國出版的幾本畫冊，1933年擇其精華交由上海良友圖書公司出版；同時約請葉靈鳳、郁達夫和趙家璧，分別為麥氏的其他畫冊作序做系列出版。

本書選取了麥綏萊勒的79幅木刻作品，作為插頁附在魯迅雜文精華之中。文、圖之間從表層來看並沒有什麼聯繫，但讀者在閱讀和學習魯迅雜文的同時，領略和欣賞曾被魯迅盛讚為「手腕極好」的麥氏藝術珍品，相信會獲得相當的聯想、感悟、啟迪和藝術享受。

五、本書收錄的魯迅先生的作品，以1938年魯迅先生紀念委員會編、上海復社出版的《魯迅全集》為底本，其他版本酌情參考之。

六、本書付梓出版時，我們謹向解讀魯迅雜文的名家和作者以及版畫藝術大師麥綏萊勒先生，致以誠摯的謝意和敬意。

名家論魯迅雜文　　　　　　　　　　　　　　11

我之節烈觀　　　　　　　　　　　　　　　19

我們現在怎樣做父親　　　　　　　　　　　28

娜拉走後怎樣
　── 一九二三年十二月二十六日
　　　　在北京女子高等師範學校文藝會講　　49

未有天才之前
　── 一九二四年一月十七日
　　　　在北京師範大學附屬中學校友會講　　55

論雷峰塔的倒掉　　　　　　　　　　　　　59

論照相之類　　　　　　　　　　　　　　　63

再論雷峰塔的倒掉　　　　　　　　　　　　70

看鏡有感　　　　　　　　　　　　　　　　75

春末閒談　　　　　　　　　　　　　　　　79

燈下漫筆　　　　　　　　　　　　　　　　85

論「他媽的！」　　　　　　　　　　　　　93

論睜了眼看　　　　　　　　　　　　　　　98

論「費厄潑賴」應該緩行　　　　　　　　　103

隨感錄三十八　　　　　　　　　　　　　　111

隨感錄四十八　　　　　　　　　　　　　　129

隨感錄五十九　　「聖武」　　　　　　　　131

隨感錄六十四　　有無相通　　　　　　　　135

犧牲謨
　──「鬼畫符」失敬失敬章第十三　　　　137

戰士和蒼蠅　　　　　　　　　　　　　　　142

夏三蟲 …………………………………………… 144

導　師 …………………………………………… 146

忽然想到（十） ………………………………… 149

十四年的「讀經」 ……………………………… 153

我觀北大 ………………………………………… 158

談皇帝 …………………………………………… 161

可慘與可笑 ……………………………………… 164

空　談 …………………………………………… 167

馬上支日記 ……………………………………… 171

略論中國人的臉 ………………………………… 176

讀書雜談

　　——七月十六日在廣州知用中學講 ……… 180

小雜感 …………………………………………… 187

文學和出汗 ……………………………………… 191

無聲的中國

　　——二月十六日在香港青年會講 ………… 194

流氓的變遷 ……………………………………… 210

習慣與改革 ……………………………………… 213

中國無產階級革命文學和前驅的血 …………… 216

宣傳與做戲 ……………………………………… 219

「友邦驚詫」論 ………………………………… 222

答中學生雜誌社問 ……………………………… 225

電的利弊 ………………………………………… 227

從諷刺到幽默 …………………………………… 230

出賣靈魂的祕訣 ………………………………… 233

現代史 …………………………………………… 236

推背圖 239

文章與題目 242

辱罵和恐嚇決不是戰鬥
——致《文學月報》編輯的一封信 246

我怎麼做起小說來？ 250

談金聖歎 255

經　驗 258

諺　語 261

上海的少女 264

小品文的危機 267

世故三昧 272

謠言世家 276

作文祕訣 289

搗鬼心傳 293

推 297

二丑藝術 300

「抄靶子」 303

「吃白相飯」 306

「揩　油」 309

幫閒法發隱 312

由聾而啞 315

男人的進化 318

看變戲法 321

青年與老子 324

北人與南人 327

朋　友 330

偶　感 332

論秦理齋夫人事 335

罵殺與捧殺 338

連環圖畫瑣談 340

拿來主義 343

中國人失掉自信力了嗎？ 347

説「面子」 350

「京派」和「海派」 354

在現代中國的孔夫子 359

論「人言可畏」 366

再論「文人相輕」 370

文壇三戶 373

從幫忙到扯淡 377

名人和名言 380

我要騙人 384

登錯的文章 389

文藝與政治的歧途

——十二月二十一日在上海暨南大學講 391

老調子已經唱完

——二月十九日在香港青年會講 399

關於知識階級

——十月二十五日在上海勞動大學講 406

麥綏萊勒木刻插圖（79幅） 索引

中國的回憶 18

自畫像 39

組畫《死者！站起來！》（2幅） 40

自殺 42

《一個人的受難》（5幅） 43

《我的懺悔》（之二） 48

青春的隊伍 *62*

旅行者 *84*

組畫《從黑到白》之一 *92*

《我的懺悔》之一百五十四 *97*

《光明的追求》（4幅） *115*

組畫《理想》（2幅） *119*

《雜聞》（6幅） *121*

組畫《懷念我的故鄉》（2幅） *127*

禱告 *141*

組畫《都市風光》（之3） *152*

組畫《都市風光》（之5） *157*

《詩人反抗戰爭》封面畫 *163*

情人 *186*

憂鬱 *199*

親吻 *200*

組畫《城市》（9幅） *201*

幻想 *229*

陽臺上 *232*

證人 *238*

每日的精神食糧 *241*

號召 *245*

組畫《城市》之二十 *254*

飛機 *257*

反抗壓迫 *263*

我們的星球 *271*

怪人 *275*

組畫《理想》之五 *278*

掠奪物 *279*

組畫《人魚西倫娜》 *280*

組畫《從黑到白》之二 *281*

組畫《青春》之一 *282*

青年思想家 *283*

死而無憾 *284*

熱戀的詩人 *285*

如此文明 *286*

《國際歌》插圖（2幅） *287*

《我們的懺悔》之十二 *292*

鬼臉與形象 *296*

《我們的懺悔》之十四 *302*

《我們的懺悔》之一百一十四 *323*

《我們的懺悔》之一百四十五 *329*

《沒有字的故事》之四 *334*

《沒有字的故事》之二十八 *346*

組畫《都市風光》之四 *353*

浪漫曲 *358*

告別 *365*

夢境 *376*

紀念碑藍圖 *413*

訂婚 *414*

魯迅與我們同在　　趙延年　1986年創作

名家論魯迅雜文

　　魯迅從進化論進到階級論，從紳士階級的逆子貳臣進到無產階級和勞動群眾的真正的友人，以至於戰士。他是經歷了辛亥革命以前直到現在的四分之一世紀的戰鬥，從痛苦的經驗和深刻的觀察之中，帶著寶貴的革命傳統到新的陣營裏來的。……

　　歷年的戰鬥和劇烈的轉變給他許多經驗和感覺，經過精煉和融化之後，流露在他的筆端。這些革命傳統（Revolutionary traditions）對於我們是非常之寶貴的，尤其是在集體主義的照耀之下：

第一、是最清醒的現實主義……

第二、是「韌」的戰鬥……

第三、是反自由主義……

第四、是反虛偽的精神……

　　自然，魯迅的雜感的意義，不是這些簡單的敘述所能夠完全包括得了的。我們不過為著文藝戰線的新的任務，特別指出雜感的價值和魯迅在思想鬥爭史上的重要地位，我們應當向他學習，我們應當同著他前進。

　　　　　　　　——瞿秋白《〈魯迅雜感選集〉序言》（1933年）

如問中國自有新文學運動以來，誰最偉大？誰最能代表這個時代？我將毫不躊躇地回答：是魯迅。魯迅的小說，比之中國幾千年來所有這方面的傑作，更高一步。至於他的隨筆雜感，更提供了前不見古人，而後人又絕不能追隨的風格，首先其特色為觀察之深刻，談鋒之犀利，比喻之巧妙，文筆之簡潔，又因其飄溢幾分幽默的氣氛，就難怪讀者會感到一種即使喝毒酒也不怕死似的淒厲的風味。當我們見到局部時，他見到的卻是全面。當我們熱衷於掌握現實時，他已把握了古今與未來。要瞭解中國全面的民族精神，除了讀《魯迅全集》以外，別無捷徑。

——郁達夫《魯迅的偉大》（1937年）

魯迅的文筆的特色是在哪幾點呢？

我所能舉出的是如下的幾點：

第一是理論的形象化。魯迅的文章裏面，是很少抽象的議論的，他利用豐富的生活經驗，淵博的學藝知識，批評人事，能夠替任何道理舉出實際的例證，以小喻大，因著顯微，又舉得非常自然活潑，這是得力於「見得多」，「記得牢」，「瞭解得深刻正確」這三點的。

第二是語彙的豐富和適當。魯迅曾從章太炎學過小學，又多讀古書，所以以於中國文字的理解很是正確，語彙又記得極多，所以使用起來能夠多變而適宜。用成語古典能化腐朽為新奇。……現在我們要能豐富語彙，而且能適當使用，應該將現代的「活人的唇舌作為源泉」，去汲取，去練習。

第三是造句的靈活。這是古文的影響和外國文的影響融合的結果。用文言而使人不覺其陳腐，用歐化句而使人不覺其生硬，新鮮而圓熟，並且音調流暢，可以朗讀，所以特別有味……

第四是修辭的特別。……魯迅運用的是「剝筍」式，他要暴露一個問題的真相，就動手將它的外面所有的皮依次剝去，剝了一層，

「然而」還有一層,「不過」這一層樣子不同了,「如果」剝進去,那還有許多工作,「倘」不剝完,就不會看出真相。這樣的一層層的剝進去,最後告訴你「總之」真相如何,這就是深刻,像田螺一樣,愈繞愈深入,並不是平面上的兜圈子。

最後,我要談一談一件很可注意的事⋯⋯(魯迅雜文)所表現的仍是集體的意志並無私人的影子的閃爍。

──徐懋庸《魯迅的雜文》(1937年)

魯迅是從正在潰敗的封建社會中出來的,但他會殺回馬槍,朝著他所經歷過來的腐敗的社會進攻,朝著帝國主義的惡勢力進攻。他用他那一支又潑辣,又幽默,又有力的筆,畫出了黑暗勢力的鬼臉,畫出了醜惡的帝國主義的鬼臉,他簡直是一個高等的畫家。⋯⋯

──毛澤東《論魯迅》(1937年)

雜文與短評⋯⋯他的感想之豐富,觀察之深刻,意境之雋永,字句之正確,他人所苦思力索而不易得當的,他就很自然地寫出來,這是何等天才!又是何等學力!

──蔡元培《魯迅先生全集序》(1938年)

魯迅先生獨創了將詩和評論凝結於一起的「雜感」,這尖銳的政論性的文藝形式。這是匕首,這是投槍,然而又是獨特形式的詩;這形式,是魯迅先生所獨創的,是詩人和戰士的一致的產物。⋯⋯魯迅先生則以其戰鬥的需要,才獨創了這在其本身是非常完整的,而且由

魯迅先生自己達到了那高峰的獨特的形式。

——朱自清《魯迅先生的雜感》（1948年）

第一，我們可以說，魯迅的雜文含有很濃厚的抒情成分……我們可以看出魯迅的熱誠，魯迅的強烈的生命，以及他在讀者心中所鼓舞起來的是一種什麼力量。這和那些風花雪月，卿卿我我的抒情，自然是毫無相似之處的。

第二，我們可以說，魯迅的雜文是形象化的。他不但在雜文中告訴讀者一些正確的觀點，還使讀者眼前立刻能浮起一些具體而生動的形象，就像我們讀小說一樣。譬如他說貓是「媚態的貓」，說狗是「比主人還更厲害的狗」，或是「像貓一樣的叭兒狗」，說蚊子，則是「吸人的血還要預先哼哼地發一大套議論」，說蒼蠅，則是「嗡嗡地鬧了半天，停下來舐一點油汗，還要拉上一點蠅矢」。而這所謂貓，狗，蒼蠅，蚊子者，實在又只是指某類人物而言。說到我們的歷史，我們的社會，則是：「大大小小無數的人肉筵席，從有文明以來一直排到現在，人們就在這會場中吃人，被吃，以凶人的愚妄的歡呼，將悲慘的弱者的呼喊遮掩，更不消說女人和小兒。這人肉筵席現在還排著，有許多人還想一直排下去……掃蕩這些食人者，掀掉這筵席，毀掉這廚房。」這一些，都是具體的形象創造，而且都是把握了一切現象中的本質和具體表現，較之只說空話，自然又完全不同。

魯迅的雜文是詩的，是政論的，又因為他的文字之深刻與含蓄而表現為一種特殊的強力，所以我們百讀不厭，我們每次讀它，都感到那種熱辣辣的鼓舞，而絕不會像普通議論文尤其是普通政論那樣使人覺得枯燥無味。至於他的雜文之使我們清楚地認識了我們的時代，這一功績，也不是一般的論文所可企及的。

——李廣田《魯迅的雜文》（1946年）

針砭時弊，論證古今，釋憤抒情，嬉笑怒罵，內容之豐滿，筆法之多樣，都是前所未有的。就其深度和廣度看，像這樣的雜文，我以為可以看作一代「詩史」。

　　魯迅的雜文，有鋒利的社會批評和文明批評，有生動的歷史記事，有形象的歷史人物，也有深刻的歷史經驗的總結。

　　魯迅雜文之所以成為「詩史」，也因為他在藝術上突出地運用了史筆，最善於生動形象地引據事實，表達自己的是非愛憎。指陳時弊，論證古今，都是以事實為根據，不是「徒枉空言」，所以具有無可辯駁的說明力。

　　這種寫法，最能「使麒麟皮下露出馬腳」，也最能「撕去舊社會的假面」。

　　魯迅論證古今，還有時採取漫談歷史知識的方式，貌似知識小品，其實也仍然是揭露現實。不僅是史筆，而且是史筆中的曲筆。

　　魯迅論證古今，抨擊現實，有時還採取考證歷史的形式，這是一種新型的雜文形式。

　　魯迅的雜文常常是充溢著情感的，有悲喜，有憤怒，有歌哭，抒情的成分極重。

　　史筆，加上詩情，這就形成了魯迅雜文的一個突出的藝術特色。

　　　　　　　　　　　　──郭預衡《魯迅雜文──一代詩史》

　　《三閑集》是魯迅先生的第五本雜文集。所以命名為《三閑集》者，據他在序言裏說，因為成仿吾先生「以無產階級之名」，指他為「有閑，有閑，第三個還是有閑」，「有閑還至於有三個，卻是至今還不能完全忘卻的」，所以就命名這本雜文集為《三閑集》了。

　　《三閑集》裏所輯的雜感，是從1927年至1929年所寫的散見於幾種雜誌刊物的，大半又都是對「革命文學」的諷刺和譏評。魯迅先生從廣東回到上海以後，正逢上海的「革命文學」搖旗吶喊之時。……

「革命的文學家」雖然躍馬揮刀,不可一世,碰到魯迅先生的槍頭,卻是凶多吉少。……中國文壇,……善於諷刺的作家,魯迅先生可謂首屈一指。他是身經百戰,而且是老當益壯的戰士。……在他的犀利辣毒的筆鋒之下,也曾罵過腐舊的社會,也曾罵過政府,也曾罵過「革命」,不失為堂皇正大的血戰,但是私人的瑣事,不必一罵的細端,他有時也不肯放鬆。……一經他刻畫出來,便另有風趣,依舊不失為很好的散文。……「唇紅齒白」的「革命文學家」雖然抖擻精神,勇氣百倍,畢竟是「唇紅齒白」,還沒有達到「世故很深」的地步,所以只好拖刀勒馬了。

——厲廠樵《魯迅的〈三閑集〉──讀書散記之二》(1932年)

《二心集》時期,魯迅正是抓住階級鬥爭這條「指導性的線索」,將「曖昧難解」的對象世界有序地納入了一個邏輯化的圖式中;也正是借助於這條線索,使他所堅持的階級鬥爭一翼的文藝思想、叛逆攜貳的立場與兩極對立的思維格式完成了頗具邏輯統一性的同構。

階級鬥爭話語的襲用還賦予了《二心集》型批評文體一種前所未有的確定性、鮮明性。日趨激烈的階級鬥爭現實已不允許魯迅再「時時說些自己的事情」;而要求魯迅跳出個人性的話語圈成為階級的代言人、成為「完全確定的傾向的傳播者」。儘管勉為其難,然而魯迅還是勉力地「遵命」了。於是,我們在《二心集》語言形式中,可以看到魯迅的運思方式、批評風格由懷疑轉為確信、由彷徨轉為堅定、由擁抱兩極轉為執守一端等一系列耐人尋味的演變;其中,特別具有形式意義的是由充滿悖論的語言形式向某種獨斷性文體的轉換。

轉換了的「完全確定的傾向的傳播者」的角色使魯迅的聲音變得那麼的肯定、強硬、不容置疑。……它要壓倒一切,而絕不能被論敵所壓倒;它要鼓舞士氣,而絕不能動搖軍心。由是促成了它的語言風格刀劍般的鏗鏘有力,斬釘截鐵,勢不可敵。

魯迅對《二心集》型語言形式明快暢曉有餘而「深刻性不夠」之局限並非無所覺察，一度仍不得不用，乃是出於強化政治宣傳功能的功利目的。一旦魯迅穎悟「弄政治宣傳我到底是不行的」，一旦他不再被「純粹利用」、指派為「導師」一類的話語角色之後，潛在的美感定勢便自然會引領他重新尋求個性化的深刻言說。

　　　　——張直心《論魯迅對〈二心集〉型批評文體的反撥》（1997年）

　　《偽自由書》，是1933年1月底至5月中旬，魯迅寫給《申報》副刊《自由談》的短評合集，共43篇。這是魯迅成為成熟的馬克思主義者之後寫的第一本集中地譏評時事的雜文集，它閃耀著馬克思思想的異彩。它是藝術的武器與武器的藝術辯證統一的結晶，是魯迅留給我們的寶貴的思想和文學遺產。

　　《偽自由書》鮮明地體現了魯迅的馬克思主義思想特點和戰鬥風格，具有強大的批判的武器的威力。

　　首先，《偽自由書》具有了強烈的政治內容和尖銳的批判鋒芒，魯迅曾簡明扼要地概括為「論時事不留面子」。……

　　其次，《偽自由書》顯示了魯迅掌握馬克思主義辯證法，運用馬克思主義「顯微鏡」、「透視鏡」觀察社會、分析事物的真知灼見。……

　　《偽自由書》的第三個思想特點是它的預見性。……在《偽自由書》的〈後記〉裏，魯迅做出了「戰鬥正未有窮期，老譜將不斷的襲用」的科學診斷。不出所料，他總結的階級鬥爭的經驗，揭露的敵人五花八門的陰面戰法，在此後的中國近現代階級鬥爭的歷史舞臺上無不重演。歷史是魯迅深邃的政治遠見的雄辯見證。

　　　　——劉中樹《論〈偽自由書〉》（1981年）

《准風月談》於1934年年底由興中書局出版，1935年1月21日《北平新報》就發表了木山的《讀魯迅的〈准風月談〉以後》，稱讚道：「魯迅的文章的老練尖刻，和論人的刮毒，只要看過他的文字，誰都不會加以否認的。尤其是這本書裏，他把社會現象和文壇情形，就抓到他的筆下，從正面或側面的方向，盡情批判，對人對事都觀察得晶亮透澈，然後從他們的痛處，一針見血。用很平常的小事，射影到很大的問題。」

這個評語是中肯的，證明當時的中國進步思想界對魯迅雜文的反響和理解是很敏銳，很深刻的。

——張夢陽《魯迅雜文研究史概述》（1989年）

中國的回憶　1958-1959年創作

魯迅雜文選集

我之節烈觀

「世道澆漓，人心日下，國將不國」這一類話，本是中國歷來的歎聲。不過時代不同，則所謂「日下」的事情，也有遷變：從前指的是甲事，現在歎的或是乙事。除了「進呈御覽」的東西不敢妄說外，其餘的文章議論裏，一向就帶這口吻。因為如此歎息，不但針砭世人，還可以從「日下」之中，除去自己。所以君子固然相對慨歎，連殺人放火嫖妓騙錢以及一切鬼混的人，也都乘作惡餘暇，搖著頭說道，「他們人心日下了。」

世風人心這件事，不但鼓吹壞事，可以「日下」；即使未曾鼓吹，只是旁觀，只是賞玩，只是歎息，也可以叫他「日下」。所以近一年來，居然也有幾個不肯徒托空言的人，歎息一番之後，還要想法子來挽救。第一個是康有為，指手畫腳的說「虛君共和」才好，陳獨秀便斥他不興；其次是一班靈學派的人，不知何以起了極古奧的思想，要請「孟聖矣乎」的鬼來畫策；陳百年錢玄同劉半農又道他胡說。

這幾篇駁論，都是《新青年》裏最可寒心的文章。時候已是二十世紀了；人類眼前，早已閃出曙光。假如《新青年》裏，有一篇和別人辯地球方圓的文字，讀者見了，怕一定要發怔。然而現今

所辯，正和說地體不方相差無幾。將時代和事實，對照起來，怎能不教人寒心而且害怕？

近來盧君共和是不提了，靈學似乎還在那裏搗鬼，此時卻又有一群人，不能滿足；仍然搖頭說道，「人心日下」了。於是又想出一種挽救的方法；他們叫作「表彰節烈」！

這類妙法，自從君政復古時代以來，上上下下，已經提倡多年；此刻不過是豎起旗幟的時候。文章議論裏，也照例時常出現，都嚷道「表彰節烈」！要不說這件事，也不能將自己提拔，出於「人心日下」之中。

節烈這兩個字，從前也算是男子的美德，所以有過「節士」，「烈士」的名稱。然而現在的「表彰節烈」，卻是專指女子，並無男子在內。據時下道德家的意見，來定界說，大約節是丈夫死了，決不再嫁，也不私奔，丈夫死得愈早，家裏愈窮，他便節得愈好。烈可是有兩種：一種是無論已嫁未嫁，只要丈夫死了，他也跟著自盡；一種是有強暴來污辱他的時候，設法自戕，或者抗拒被殺，都無不可。這也是死得愈慘愈苦，他便烈得愈好，倘若不及抵禦，竟受了污辱，然後自戕，便免不了議論。萬一幸而遇著寬厚的道德家，有時也可以略跡原情，許他一個烈字。可是文人學士，已經不甚願意替他作傳；就令勉強動筆，臨了也不免加上幾個「惜夫惜夫」了。

總而言之：女子死了丈夫，便守著，或者死掉；遇了強暴，便死掉；將這類人物，稱讚一通，世道人心便好，中國便得救了。大意只是如此。

康有為借重皇帝的虛名，靈學家全靠著鬼話。這表彰節烈，卻是全權都在人民，大有漸進自力之意了。然而我仍有幾個疑問，須得提出。還要據我的意見，給他解答。我又認定這節烈救世說，是多數國民的意思；主張的人，只是喉舌。雖然是他發聲，卻和四支五官神經內臟，都有關係。所以我這疑問和解答，便是提出於這群

多數國民之前。

　　首先的疑問是：不節烈（中國稱不守節作「失節」，不烈卻並無成語，所以只能合稱他「不節烈」）的女子如何害了國家？照現在的情形，「國將不國」，自不消說：喪盡良心的事故，層出不窮；刀兵盜賊水旱饑荒，又接連而起。但此等現象，只是不講新道德新學問的緣故，行為思想，全鈔舊帳；所以種種黑暗，竟和古代的亂世彷彿，況且政界軍界學界商界等等裏面，全是男人，並無不節烈的女子夾雜在內。也未必是有權力的男子，因為受了他們蠱惑，這才喪了良心，放手作惡。至於水旱饑荒，便是專拜龍神，迎大王，濫伐森林，不修水利的禍祟，沒有新知識的結果；更與女子無關。只有刀兵盜賊，往往造出許多不節烈的婦女。但也是兵盜在先，不節烈在後，並非因為他們不節烈了，才將刀兵盜賊招來。

　　其次的疑問是：何以救世的責任，全在女子？照著舊派說起來，女子是「陰類」，是主內的，是男子的附屬品。然則治世救國，正須責成陽類，全仗外子，偏勞主體。決不能將一個絕大題目，都閣在陰類肩上。倘依新說，則男女平等，義務略同。縱令該擔責任，也只得分擔。其餘的一半男子，都該各盡義務。不特須除去強暴，還應發揮他自己的美德。不能專靠懲勸女子，便算盡了天職。

　　其次的疑問是：表彰之後，有何效果？據節烈為本，將所有活著的女子，分類起來，大約不外三種：一種是已經守節，應該表彰的人（烈者非死不可，所以除出）；一種是不節烈的人；一種是尚未出嫁，或丈夫還在，又未遇見強暴，節烈與否未可知的人。第一種已經很好，正蒙表彰，不必說了。第二種已經不好，中國從來不許懺悔，女子做事一錯，補過無及，只好任其羞殺，也不值得說了。最要緊的，只在第三種，現在一經感化，他們便都打定主意道：「倘若將來丈夫死了，決不再嫁；遇著強暴，趕緊自裁！」試問如此立意，與中國男子做主的世道人心，有何關係？這個緣故，

已在上文說明。更有附帶的疑問是：節烈的人，既經表彰，自是品格最高。但聖賢雖人人可學，此事卻有所不能。假如第三種的人，雖然立志極高，萬一丈夫長壽，天下太平，他便只好飲恨吞聲，做一世次等的人物。

以上是單依舊日的常識，略加研究，便已發見了許多矛盾。若略帶二十世紀氣息，便又有兩層：

一問節烈是否道德？道德這事，必須普遍，人人應做，人人能行，又於自他兩利，才有存在的價值。現在所謂節烈，不特除開男子，絕不相干；就是女子，也不能全體都遇著這名譽的機會。所以決不能認爲道德，當作法式。上回《新青年》登出的《貞操論》裏，已經說過理由。不過貞是丈夫還在，節是男子已死的區別，道理卻可類推。只有烈的一件事，尤爲奇怪，還須略加研究。

照上文的節烈分類法看來，烈的第一種，其實也只是守節，不過生死不同。因爲道德家分類，根據全在死活，所以歸入烈類。性質全異的，便是第二種。這類人不過一個弱者（現在的情形，女子還是弱者），突然遇著男性的暴徒，父兄丈夫力不能救，左鄰右舍也不幫忙，於是他就死了；或者竟受了辱，仍然死了；或者終於沒有死。久而久之，父兄丈夫鄰舍，夾著文人學士以及道德家，便漸漸聚集，既不羞自己怯弱無能，也不提暴徒如何懲辦，只是七口八嘴，議論他死了沒有？受汙沒有？死了如何好，活著如何不好。於是造出了許多光榮的烈女，和許多被人口誅筆伐的不烈女。只要平心一想，便覺不像人間應有的事情，何況說是道德。

二問多妻主義的男子，有無表彰節烈的資格？替以前的道德家說話，一定是理應表彰。因爲凡是男子，便有點與衆不同，社會上只配有他的意思。一面又靠著陰陽內外的古典，在女子面前逞能。然而一到現在，人類的眼裏，不免見到光明，曉得陰陽內外之說，荒謬絕倫；就令如此，也證不出陽比陰尊貴，外比內崇高的道理。況且社會國家，又非單是男子造成。所以只好相信眞理，說是一律

平等。既然平等，男女便都有一律應守的契約。男子決不能將自己不守的事，向女子特別要求。若是買賣欺騙貢獻的婚姻，則要求生時的貞操，尚且毫無理由。何況多妻主義的男子，來表彰女子的節烈。

以上，疑問和解答都完了。理由如此支離，何以直到現今，居然還能存在？要對付這問題，須先看節烈這事，何以發生，何以通行，何以不生改革的緣故。

古代的社會，女子多當作男人的物品。或殺或吃，都無不可；男人死後，和他喜歡的寶貝，日用的兵器，一同殉葬，更無不可。後來殉葬的風氣，漸漸改了，守節便也漸漸發生。但大抵因為寡婦是鬼妻，亡魂跟著，所以無人敢娶，並非要他不事二夫。這樣風俗，現在的蠻人社會裏還有。中國太古的情形，現在已無從詳考。但看周末雖有殉葬，並非專用女人，嫁否也任便，並無什麼裁制，便可知道脫離了這宗習俗，為日已久。由漢至唐也並沒有鼓吹節烈。

直到宋朝，那一班「業儒」的才說出「餓死事小失節事大」的話，看見歷史上「重適」兩個字，便大驚小怪起來。出於真心，還是故意，現在卻無從推測。其時也正是「人心日下，國將不國」的時候，全國士民，多不像樣。或者「業儒」的人，想借女人守節的話，來鞭策男子，也不一定。但旁敲側擊，方法本嫌鬼祟，其意也太難分明，後來因此多了幾個節婦，雖未可知，然而吏民將卒，卻仍然無所感動。於是「開化最早，道德第一」的中國終於歸了「長生天氣力裏大福蔭護助裏」的什麼「薛禪皇帝，完澤篤皇帝，曲律皇帝」了。此後皇帝換過了幾家，守節思想倒反發達。皇帝要臣子盡忠，男人便愈要女人守節。到了清朝，儒者真是愈加利害。看見唐人文章裏有公主改嫁的話，也不免勃然大怒道，「這是什麼事！你竟不為尊者諱，這還了得！」假使這唐人還活著，一定要斥革功名，「以正人心而端風俗」了。

國民將到被征服的地位，守節盛了；烈女也從此著重。因為女子既是男子所有，自己死了，不該嫁人，自己活著，自然更不許被奪。然而自己是被征服的國民，沒有力量保護，沒有勇氣反抗了，只好別出心裁，鼓吹女人自殺。或者妻女極多的闊人，婢妾成行的富翁，亂離時候，照顧不到，一遇「逆兵」（或是「天兵」），就無法可想。只得救了自己，請別人都做烈女；變成烈女，「逆兵」便不要了。他便待事定以後，慢慢回來，稱讚幾句。好在男子再娶，又是天經地義，別討女人，便都完事。因此世上遂有了「雙烈合傳」，「七姬墓誌」，甚而至於錢謙益的集中，也佈滿了「趙節婦」「錢烈女」的傳記和歌頌。

　　只有自己不顧別人的民情，又是女應守節男子卻可多妻的社會，造出如此畸形道德，而且日見精密苛酷，本也毫不足怪。但主張的是男子，上當的是女子。女子本身，何以毫無異言呢？原來「婦者服也」，理應服事於人。教育固可不必，連開口也都犯法。他的精神，也同他體質一樣，成了畸形。所以對於這畸形道德，實在無甚意見。就令有了異議，也沒有發表的機會。做幾首「閨中望月」「園裏看花」的詩，尚且怕男子罵他懷春，何況竟敢破壞這「天地間的正氣」？只有說部書上，記載過幾個女人，因為境遇上不願守節，據做書的人說：可是他再嫁以後，便被前夫的鬼捉去，落了地獄；或者世人個個唾罵，做了乞丐，也竟求乞無門，終於慘苦不堪而死了！

　　如此情形，女子便非「服也」不可。然而男子一面，何以也不主張真理，只是一味敷衍呢？漢朝以後，言論的機關，都被「業儒」的壟斷了。宋元以來，尤其利害。我們幾乎看不見一部非業儒的書，聽不到一句非士人的話。除了和尚道士，奉旨可以說話的以外，其餘「異端」的聲音，決不能出他臥房一步。況且世人大抵受了「儒者柔也」的影響；不述而作，最為犯忌。即使有人見到，也不肯用性命來換真理。即如失節一事，豈不知道必須男女兩性，才

能實現。他卻專責女性；至於破人節操的男子，以及造成不烈的暴徒，便都含糊過去。男子究竟較女性難惹，懲罰也比表彰為難。其間雖有過幾個男人，實覺於心不安，說些室女不應守志殉死的平和話，可是社會不聽；再說下去，便要不容，與失節的女人一樣看待。他便也只好變了「柔也」，不再開口了。所以節烈這事，到現在不生變革。

　　（此時，我應聲明：現在鼓吹節烈派的裏面，我頗有知道的人。敢說確有好人在內，居心也好。可是救世的方法是不對，要向西走了北了。但也不能因為他是好人，便竟能從正西直走到北。所以我又願他回轉身來。）

　　其次還有疑問：

　　節烈難麼？答道，很難。男子都知道極難，所以要表彰他。社會的公意，向來以為貞淫與否，全在女性。男子雖然誘惑了女人，卻不負責任。譬如甲男引誘乙女，乙女不允，便是貞節，死了，便是烈；甲男並無惡名，社會可算淳古。倘若乙女允了，便是失節；甲男也無惡名，可是世風被乙女敗壞了！別的事情，也是如此。所以歷史上亡國敗家的原因，每每歸咎女子。糊糊塗塗的代擔全體的罪惡，已經三千多年了。男子既然不負責任，又不能自己反省，自然放心誘惑；文人著作，反將他傳為美談。所以女子身旁，幾乎佈滿了危險。除卻他自己的父兄丈夫以外，便都帶點誘惑的鬼氣。所以我說很難。

　　節烈苦麼？答道，很苦。男子都知道很苦，所以要表彰他。凡人都想活；烈是必死，不必說了。節婦還要活著。精神上的慘苦，也姑且弗論。單是生活一層，已是大宗的痛楚。假使女子生計已能獨立，社會也知道互助，一人還可勉強生存。不幸中國情形，卻正相反。所以有錢尚可，貧人便只能餓死。直到餓死以後，間或得了旌表，還要寫入志書。所以各府各縣誌書傳記類的末尾，也總有幾卷「烈女」。一行一人，或是一行兩人，趙錢孫李，可是從來無人

翻讀。就是一生崇拜節烈的道德大家，若問他貴縣誌書裏烈女門的前十名是誰？也怕不能說出。其實他是生前死後，竟與社會漠不相關的。所以我說很苦。

照這樣說，不節烈便不苦麼？答道，也很苦。社會公意，不節烈的女人，既然是下品；他在這社會裏，是容不住的。社會上多數古人模模糊糊傳下來的道理，實在無理可講；能用歷史和數目的力量，擠死不合意的人。這一類無主名無意識的殺人團裏，古來不曉得死了多少人物；節烈的女子，也就死在這裏。不過他死後間有一回表彰，寫入志書。不節烈的人，便生前也要受隨便什麼人的唾罵，無主名的虐待。所以我說也很苦。

女子自己願意節烈麼？答道，不願。人類總有一種理想，一種希望。雖然高下不同，必須有個意義。自他兩利固好，至少也得有益本身。節烈很難很苦，既不利人，又不利己。說是本人願意，實在不合人情。所以假如遇著少年女人，誠心祝贊他將來節烈，一定發怒；或者還要受他父兄丈夫的尊拳。然而仍舊牢不可破，便是被這歷史和數目的力量擠著。可是無論何人，都怕這節烈。怕他竟釘到自己和親骨肉的身上。所以我說不願。

我依據以上的事實和理由，要斷定節烈這事是：極難，極苦，不願身受，然而不利自他，無益社會國家，於人生將來又毫無意義的行為，現在已經失了存在的生命和價值。

臨了還有一層疑問：

節烈這事，現代既然失了存在的生命和價值；節烈的女人，豈非白苦一番麼？可以答他說：還有哀悼的價值。他們是可憐人；不幸上了歷史和數目的無意識的圈套，做了無主名的犧牲。可以開一個追悼大會。我們追悼了過去的人，還要發願：要自己和別人，都純潔聰明勇猛向上。要除去虛偽的臉譜。要除去世上害己害人的昏迷和強暴。

我們追悼了過去的人，還要發願：要除去於人生毫無意義的苦

痛。要除去製造並賞玩別人苦痛的昏迷和強暴。

　　我們還要發願：要人類都受正當的幸福。

一九一八年七月

　　魯迅在這裏對「社會公意」的質問，正是把他前面對「儒教」的質疑與揭露深入了一步：在他看來，以儒家為中心的「古訓」（如「婦者服也」、「餓死事小失節事大」之類）的可怕，正由於統治者提倡，長期處於壟斷的地位，於潛移默化之中，逐漸滲入國民的心靈深處，代代相傳，成為一種「歷史和數目的力量」，魯迅用「無主名無意識的殺人團」來概括，是充滿了深廣的憂慮與無奈的。我們也終於明白，魯迅在文章一開頭即宣佈，他的質疑最終是「提出於這群多數國民之前」的深意。

　　可以說，魯迅把「五四」時期的懷疑主義精神發揮到了極致：他就像醫生解剖屍體一樣，把傳統節烈觀這具歷史的陳屍的裏裏外外、前前後後、正面反面，從學理到人情，都做了透徹的探查、剖析；又是那樣無情地、不厭其煩地，從不同側面、不同角度，疑了又疑，問了又問，從現實到歷史，從社會政治背景、思想根源到群眾基礎，刨根究底，窮追不捨，思考極其周密，駁詰十分雄辯，真是銳不可當。他的所論也就具有了鐵的邏輯的說服力。

——錢理群《「保存我們」是「第一義」》

我們現在怎樣做父親

　　我作這一篇文的本意，其實是想研究怎樣改革家庭；又因為中國親權重，父權更重，所以尤想對於從來認為神聖不可侵犯的父子問題，發表一點意見。總而言之：只是革命要革到老子身上罷了。但何以大模大樣，用了這九個字的題目呢？這有兩個理由：

　　第一，中國的「聖人之徒」，最恨人動搖他的兩樣東西。一樣不必說，也與我輩絕不相干；一樣便是他的倫常，我輩卻不免偶然發幾句議論，所以株連牽扯，很得了許多「鏟倫常」「禽獸行」之類的惡名。他們以為父對於子，有絕對的權力和威嚴；若是老子說話，當然無所不可，兒子有話，卻在未說之前早已錯了。但祖父子孫，本來各各都只是生命的橋樑的一級，決不是固定不易的。現在的子，便是將來的父，也便是將來的祖。我知道我輩和讀者，若不是現任之父，也一定是候補之父，而且也都有做祖宗的希望，所差

魯迅雜文選集

只在一個時間。爲想省卻許多麻煩起見，我們便該無須客氣，盡可先行占住了上風，擺出父親的尊嚴，談談我們和我們子女的事；不但將來著手實行，可以減少困難，在中國也順理成章，免得「聖人之徒」聽了害怕，總算是一舉兩得之至的事了。所以說，「我們怎樣做父親。」

第二，對於家庭問題，我在《新青年》的《隨感錄》（二五，四十，四九）中，曾經略略說及，總括大意，便只是從我們起，解放了後來的人。論到解放子女，本是極平常的事，當然不必有什麼討論。但中國的老年，中了舊習慣舊思想的毒太深了，決定悟不過來。譬如早晨聽到烏鴉叫，少年毫不介意，迷信的老人，卻總須頹唐半天。雖然很可憐，然而也無法可救。沒有法，便只能先從覺醒的人開手，各自解放了自己的孩子。自己背著因襲的重擔，肩住了黑暗的閘門，放他們到寬闊光明的地方去；此後幸福的度日，合理的做人。

還有，我曾經說，自己並非創作者，便在上海報紙的《新教訓》裏，挨了一頓罵。但我輩評論事情，總須先評論了自己，不要冒充，才能像一篇說話，對得起自己和別人。我自己知道，不特並非創作者，並且也不是真理的發見者。凡有所說所寫，只是就平日見聞的事理裏面，取了一點心以爲然的道理；至於終極究竟的事，卻不能知。便是對於數年以後的學說的進步和變遷，也說不出會到如何地步，單相信比現在總該還有進步還有變遷罷了。所以說，「我們現在怎樣做父親。」

我現在心以爲然的道理，極其簡單。便是依據生物界的現象，一，要保存生命；二，要延續這生命；三，要發展這生命（就是進化）。生物都這樣做，父親也就是這樣做。

生命的價值和生命價值的高下，現在可以不論。單照常識判斷，便知道既是生物，第一要緊的自然是生命。因爲生物之所以爲生物，全在有這生命，否則失了生物的意義。生物爲保存生命起

見，具有種種本能，最顯著的是食欲。因有食欲才攝取食品，因有食品才發生溫熱，保存了生命。但生物的個體，總免不了老衰和死亡，爲繼續生命起見，又有一種本能，便是性欲。因性欲才有性交，因有性交才發生苗裔，繼續了生命。所以食欲是保存自己，保存現在生命的事；性欲是保存後裔，保存永久生命的事。飲食並非罪惡，並非不淨；性交也就並非罪惡，並非不淨。飲食的結果，養活了自己，對於自己沒有恩；性交的結果，生出子女，對於子女當然也算不了恩。——前前後後，都向生命的長途走去，僅有先後的不同，分不出誰受誰的恩典。

可惜的是中國的舊見解，竟與這道理完全相反。夫婦是「人倫之中」，卻說是「人倫之始」；性交是常事，卻以爲不淨；生育也是常事，卻以爲天大的大功。人人對於婚姻，大抵先夾帶著不淨的思想。親戚朋友有許多戲謔，自己也有許多羞澀，直到生了孩子，還是躲躲閃閃，怕敢聲明；獨有對於孩子，卻威嚴十足，這種行徑，簡直可以說是和偷了錢發跡的財主，不相上下了。我並不是說，——如他們攻擊者所意想的，——人類的性交也應如別種動物，隨便舉行；或如無恥流氓，專做些下流舉動，自鳴得意。是說，此後覺醒的人，應該先洗淨了東方固有的不淨思想，再純潔明白一些，瞭解夫婦是伴侶，是共同勞動者，又是新生命創造者的意義。所生的子女，固然是受領新生命的人，但他也不永久佔領，將來還要交付子女，像他們的父母一般。只是前前後後，都做一個過付的經手人罷了。

生命何以必需繼續呢？就是因爲要發展，要進化。個體既然免不了死亡，進化又毫無止境，所以只能延續著，在這進化的路上走。走這路須有一種內的努力，有如單細胞動物有內的努力，積久才會繁複，無脊椎動物有內的努力，積久才會發生脊椎。所以後起的生命，總比以前的更有意義，更近完全，因此也更有價值，更可寶貴；前者的生命，應該犧牲於他。

但可惜的是中國的舊見解，又恰恰與這道理完全相反。本位應在幼者，卻反在長者；置重應在將來，卻反在過去。前者做了更前者的犧牲，自己無力生存，卻苛責後者又來專做他的犧牲，毀滅了一切發展本身的能力。我也不是說，——如他們攻擊者所意想的，——孫子理應終日痛打他的祖父，女兒必須時時咒罵他的親娘。是說，此後覺醒的人，應該先洗淨了東方古傳的謬誤思想，對於子女，義務思想須加多，而權利思想卻大可切實核減，以準備改作幼者本位的道德。況且幼者受了權利，也並非永久佔有，將來還要對於他們的幼者，仍盡義務，只是前前後後，都做一切過付的經手人罷了。

　　「父子間沒有什麼恩」這一個斷語，實是招致「聖人之徒」面紅耳赤的一大原因。他們的誤點，便在長者本位與利己思想，權利思想很重，義務思想和責任心卻很輕。以爲父子關係，只須「父兮生我」一件事，幼者的全部，便應爲長者所有。尤其墮落的，是因此責望報償，以爲幼者的全部，理該做長者的犧牲。殊不知自然界的安排，卻件件與這要求反對，我們從古以來，逆天行事，於是人的能力，十分萎縮，社會的進步，也就跟著停頓。我們雖不能說停頓便要滅亡，但較之進步，總是停頓與滅亡的路相近。

　　自然界的安排，雖不免也有缺點，但結合長幼的方法，卻並無錯誤。他並不用「恩」，卻給與生物以一種天性，我們稱他爲「愛」。動物界中除了生子數目太多一一愛不周到的如魚類之外，總是摯愛他的幼子，不但絕無利益心情，甚或至於犧牲了自己，讓他的將來的生命，去上那發展的長途。

　　人類也不外此，歐美家庭，大抵以幼者弱者爲本位，便是最合於這生物學的眞理的辦法。便在中國，只要心思純白，未曾經過「聖人之徒」作踐的人，也都自然而然的能發現這一種天性。例如一個村婦哺乳嬰兒的時候，決不想到自己正在施恩；一個農夫娶妻的時候，也決不以爲將要放債。只是有了子女，即天然相愛，願他

生存；更進一步的，便還要願他比自己更好，就是進化。這離絕了交換關係利害關係的愛，便是人倫的索子，便是所謂「綱」。倘如舊說，抹殺了「愛」，一味說「恩」，又因此責望報償，那便不但敗壞了父子間的道德，而且也大反於做父母的實際的眞情，播下乖剌的種子。有人做了樂府，說是「勸孝」，大意是什麼「兒子上學堂，母親在家磨杏仁，預備回來給他喝，你還不孝麼」之類，自以爲「拼命衛道」。殊不知富翁的杏酪和窮人的豆漿，在愛情上價值同等，而其價值卻正在父母當時並無求報的心思；否則變成買賣行爲，雖然喝了杏酪，也不異「人乳餵豬」，無非要豬肉肥美，在人倫道德上，絲毫沒有價值了。

所以我現在心以爲然的，便只是「愛」。

無論何國何人，大都承認「愛己」是一件應當的事。這便是保存生命的要義，也就是繼續生命的根基。因爲將來的運命，早在現在決定，故父母的缺點，便是子孫滅亡的伏線，生命的危機。易卜生做的《群鬼》（有潘家洵君譯本，載在《新朝》一卷五號）雖然重在男女問題，但我們也可以看出遺傳的可怕。歐士華本是要生活，能創作的人，因爲父親的不檢，先天得了病毒，中途不能做人了。他又很愛母親，不忍勞他服侍，便藏著嗎啡，想待發作時候，由使女瑞琴幫他吃下，毒殺了自己；可是瑞琴走了。他於是只好托他母親了。

> 歐　「母親，現在應該你幫我的忙了。」
>
> 阿夫人　「我嗎？」
>
> 歐　「誰能及得上你。」
>
> 阿夫人　「我！你的母親！」
>
> 歐　「正爲那個。」
>
> 阿夫人　「我，生你的人！」
>
> 歐　「我不曾教你生我。並且給我的是一種什麼日

子？我不要他！你拿回去罷！」

這一段描寫，實在是我們做父親的人應該震驚戒懼佩服的；決不能昧了良心，說兒子理應受罪。這種事情，中國也很多，只要在醫院做事，便能時時看見先天梅毒性病兒的慘狀；而且傲然的送來的，又大抵是他的父母。但可怕的遺傳，並不只是梅毒，另外許多精神上體質上的缺點，也可以傳之子孫，而且久而久之，連社會都蒙著影響。我們且不高談人群，單為子女說，便可以說凡是不愛己的人，實在欠缺做父親的資格。就令硬做了父親，也不過如古代的草寇稱王一般，萬萬算不了正統。將來學問發達，社會改造時，他們僥倖留下的苗裔，恐怕總不免要受善種學（Eugenics）者的處置。

倘若現在父母並沒有將什麼精神上體質上的缺點交給子女，又不遇意外的事，子女便當然健康，總算已經達到了繼續生命的目的。但父母的責任還沒有完，因為生命雖然繼續了，卻是停頓不得，所以還須教這新生命去發展。凡動物較高等的，對於幼雛，除了養育保護以外，往往還教他們生存上必需的本領。例如飛禽便教飛翔，鷙獸便教搏擊。人類更高幾等，便也有願意子孫更進一層的天性。這也是愛。上文所說的是對於現在，這是對於將來。只要思想未遭錮蔽的人，誰也喜歡子女比自己更強，更健康，更聰明高尚，──更幸福；就是超越了自己，超越了過去。超越便須改變，所以子孫對於祖先的事，應該改變，「三年無改於父之道可謂孝矣」，當然是曲說，是退嬰的病根。假使古代的單細胞動物，也遵著這教訓，那便永遠不敢分裂繁複，世界上再也不會有人類了。

幸而這一類教訓，雖然害過許多人，卻還未能完全掃盡了一切人的天性。沒有讀過「聖賢書」的人，還能將這天性在名教的斧鉞底下，時時流露，時時萌蘖；這便是中國人雖然凋落萎縮，卻未滅絕的原因。

所以覺醒的人，此後應將這天性的愛，更加擴張，更加醇化；用無我的愛，自己犧牲於後起新人。開宗第一，便是理解。往昔的歐人對於孩子的誤解，是以爲成人的預備；中國人的誤解，是以爲縮小的成人。直到近來，經過許多學者的研究，才知道孩子的世界，與成人截然不同；倘不先行理解，一味蠻做，便大礙於孩子的發達。所以一切設施，都應該以孩子爲本位，日本近來，覺悟的也很不少；對於兒童的設施，研究兒童的事業，都非常興盛了。第二，便是指導。時勢既有改變，生活也必須進化；所以後起的人物，一定尤異於前，決不能用同一模型，無理嵌定。長者須是指導者協商者，卻不該是命令者。不但不該責幼者供奉自己；而且還須用全副精神，專爲他們自己，養成他們有耐勞作的體力，純潔高尚的道德，廣博自由能容納新潮流的精神，也就是能在世界新潮流中游泳，不被淹沒的力量。第三，便是解放。子女是即我非我的人，但既已分立，也便是人類中的人，因爲即我，所以更應該盡教育的義務，交給他們自立的能力；因爲非我，所以也應同時解放，全部爲他們自己所有，成一個獨立的人。

這樣，便是父母對於子女，應該健全的產生，盡力的教育，完全的解放。

但有人會怕，彷彿父母從此以後，一無所有，無聊之極了。這種空虛的恐怖和無聊的感想，也即從謬誤的舊思想發生；倘明白了生物學的眞理，自然便會消滅。但要做解放子女的父母，也應預備一種能力。便是自己雖然已經帶著過去的色彩，卻不失獨立的本領和精神，有廣博的趣味，高尚的娛樂。要幸福麼？連你的將來的生命都幸福了。要「返老還童」，要「老復丁」麼？子女便是「復丁」，都已獨立而且更好了。這才是完了長者的任務，得了人生的慰安。倘若思想本領，樣樣照舊，專以「勃谿」爲業，行輩自豪，那便自然免不了空虛無聊的苦痛。

或者又怕，解放之後，父子間要疏隔了。歐美的家庭，專制不

及中國，早已大家知道；往者雖有人比之禽獸，現在卻連「衛道」的聖徒，也曾替他們辯護，說並無「逆子叛弟」了。因此可知：惟其解放，所以相親；惟其沒有「拘攣」子弟的父兄，所以也沒有反抗「拘攣」的「逆子叛弟」。若威逼利誘，便無論如何，決不能有「萬年有道之長」。例便如我中國，漢有舉孝，唐有孝悌力田科，清末也還有孝廉方正，都能換到官做。父恩諭之於先，皇恩施之於後，然而割股的人物，究屬寥寥。足可證明中國的舊學說舊手段，實在從古以來，並無良效，無非使壞人增長些虛偽，好人無端的多受些人我都無利益的苦痛罷了。

獨有「愛」是真的。路粹引孔融說，「父之于子，當有何親？論其本意，實為情欲發耳。子之于母，亦復奚為，譬如寄物瓶中，出則離矣。」（漢末的孔府上，很出過幾個有特色的奇人，不像現在這般冷落，這話也許確是北海先生所說；只是攻擊他的偏是路粹和曹操，教人發笑罷了。）雖然也是一種對於舊說的打擊，但實於事理不合。因為父母生了子女，同時又有天性的愛，這愛又很深廣很長久，不會即離。現在世界沒有大同，相愛還有差等，子女對於父母，也便最愛，最關切，不會即離。所以疏隔一層，不勞多慮。至於一種例外的人，或者非愛所能鉤連。但若愛力尚且不能鉤連，那便任憑什麼「恩威，名分，天經，地義」之類，更是鉤連不住。

或者又怕，解放之後，長者要吃苦了。這事可分兩層：第一，中國的社會，雖說「道德好」，實際卻太缺乏相愛相助的心思。便是「孝」「烈」這類道德，也都是旁人毫不負責，一味收拾幼者弱者的方法。在這樣社會中，不獨老者難於生活，既解放的幼者，也難於生活。第二，中國的男女，大抵未老先衰，甚至不到二十歲，早已老態可掬，待到真實衰老，便更須別人扶持。所以我說，解放子女的父母，應該先有一番預備；而對於如此社會，尤應該改造，使他能適於合理的生活。許多人預備著，改造著，久而久之，自然可望實現了。單就別國的往時而言，斯賓塞未曾結婚，不聞他佗傺

無聊；瓦特早沒有了子女，也居然「壽終正寢」，何況在將來，更何況有兒女的人呢？

或者又怕，解放之後，子女要吃苦了。這事也有兩層，全如上文所說，不過一是因爲老而無能，一是因爲少不更事罷了。因此覺醒的人，愈覺有改造社會的任務。中國相傳的成法，謬誤很多：一種是錮閉，以爲可以與社會隔離，不受影響。一種是教給他惡本領，以爲如此才能在社會中生活。用這類方法的長者，雖然也含有繼續生命的好意，但比照事理，卻決定謬誤。

此外還有一種，是傳授些周旋方法，教他們順應社會。這與數年前講「實用主義」的人，因爲市上有假洋錢，便要在學校裏遍教學生看洋錢的法子之類，同一錯誤。社會雖然不能不偶然順應，但決不是正當辦法。因爲社會不良，惡現象便很多，勢不能一一順應；倘都順應了，又違反了合理的生活，倒走了進化的路。所以根本方法，只有改良社會。

就實際上說，中國舊理想的家族關係父子關係之類，其實早已崩潰。這也非「於今爲烈」，正是「在昔已然」。歷來都竭力表彰「五世同堂」，便足見實際上同居的爲難；拼命的勸孝，也足見事實上孝子的缺少。而其原因，便全在一意提倡虛僞道德，蔑視了眞的人情。我們試一翻大族的家譜，便知道始遷祖宗，大抵是單身遷居，成家立業；一到聚族而居，家譜出版，卻已在零落的中途了。況在將來，迷信破了，便沒有哭竹，臥冰；醫學發達了，也不必嘗穢，割股。又因爲經濟關係，結婚不得不遲，生育因此也遲，或者子女才能自存，父母已經衰老，不及依賴他們供養，事實上也就是父母反盡了義務。世界潮流逼拶著，這樣做的可以生存，不然的便都衰落；無非覺醒者多，加些人力，便危機可望較少就是了。

但既如上言，中國家庭，實際久已崩潰，並不如「聖人之徒」紙上的空談，則何以至今依然如故，一無進步呢？這事很容易解答。第一，崩潰者自崩潰，糾纏者自糾纏，設立者又自設立；毫無

戒心，也不想到改革，所以如故。第二，以前的家庭中間，本來常有勃，到了新名詞流行之後，便都改稱「革命」，然而其實也仍是討嫖錢至於相罵，要賭本至於相打之類，與覺醒者的改革，截然兩途。這一類自稱「革命」的勃谿子弟，純屬舊式，待到自己有了子女，也決不解放；或者毫不管理，或者反要尋出《孝經》，勒令誦讀，想他們「學於古訓」，都做犧牲。這只能全歸舊道德舊習慣舊方法負責，生物學的眞理決不能妄任其咎。

　　既如上言，生物爲要進化，應該繼續生命，那便「不孝有三無後爲大」，三妻四妾，也極合理了。這事也很容易解答。人類因爲無後，絕了將來的生命，雖然不幸，但若用不正當的方法手段，苟延生命而害及人群，便該比一人無後，尤其「不孝」。因爲現在的社會，一夫一妻制最爲合理，而多妻主義，實能使人群墮落。墮落近於退化，與繼續生命的目的，恰恰完全相反。無後只是滅絕了自己，退化狀態的有後，便會毀到他人。人類總有些爲他人犧牲自己的精神，而況生物自發生以來，交互關聯，一人的血統，大抵總與他人有多少關係，不會完全滅絕。所以生物學的眞理，決非多妻主義的護符。

　　總而言之，覺醒的父母，完全應該是義務的，利他的，犧牲的，很不易做；而在中國尤不易做。中國覺醒的人，爲想隨順長者解放幼者，便須一面清結舊賬，一面開闢新路。就是開首所說的「自己背著因襲的重擔，肩住了黑暗的閘門，放他們到寬闊光明的地方去；此後幸福的度日，合理的做人。」這是一件極偉大的要緊的事，也是一件極困苦艱難的事。

　　但世間又有一類長者，不但不肯解放子女，並且不准子女解放他們自己的子女；就是並要孫子曾孫都做無謂的犧牲。這也是一個問題；而我是願意平和的人，所以對於這問題，現在不能解答。

一九一九年十月

　　本文是魯迅的早期雜文，最初發表於1919年11月號《新青年》月刊，署名唐俟，後收入《墳》。

　　文章從生命這一宏大命題入筆，簡潔而堅定地指出，人首先要保存生命，然後是延續生命，同時要發展「這生命」。「生物都這樣做，父親也就是這樣做。」可謂開宗明義，提綱挈領。

　　文章批駁了封建社會舊道德舊倫理強加在父子關係上並且「拼命衛道」的「恩」論，明確指出，父子之間應該是「遠離了交換關係利害關係的愛」，這不但是自然的，而且是「一種天然」。

　　做父親的應該「愛己」，要有健壯的身體和豐富的精神，因為「可怕的遺傳，並不只是梅毒，另外許多精神上體質上的缺點，也可以傳之子孫」，「連社會都蒙著影響」。因而，「愛己」不但是保存生命的要義，也是繼續生命的根基。

　　做父親的「還須教這新生命去發展」，教他們生存的本領，讓子女「比自己更強，更健康，更聰明高尚，更幸福」。

　　如果說「愛己」是「對於現在」，那麼，「生命的發展」便是「對於未來」了。

　　如何讓子女「超越自己，超越過去」呢？魯迅給出了三條建議：理解、指導和解放。惟其如此，才能具有「在世界新潮流中游泳，不被淹沒的力量。」

　　文章始終貫穿著批判的鋒芒，特別是對封建社會的虛偽道德，什麼臥冰、嘗穢、割股以及一夫多妻之類，雖然只是隻言片語，卻能一針見血，給人以警醒。

　　「自己背著因襲的重擔，肩住了黑暗的閘門，放他們到寬闊光明的地方去；此後幸福的度日，合理的做人。」這一警語是全文的核心，在文前和文末反覆出現，不但頗具哲理意味地照應了文題，而且昇華到了「人的解放」這一高度。

——石翔《魯迅雜文解析》

自畫像　1923年創作

　　麥綏萊勒，1889年生於比利時弗蘭米區的一個漁村。少年時代，他只是在根特美術學院學習了一年（1907－1908），便受不了成規的約束而走向社會，先後遊歷過德國、英國、法國、突尼斯和瑞士。在第一次世界大戰和第二次世界大戰期間，他是英勇堅定的反戰主義者和人道主義者，與羅曼·羅蘭等一批進步作家是好朋友。奠定他在藝壇地位的《一個人的受難》、《光明的追求》和《我的懺悔》三套連環故事木刻畫，就是在第一次世界大戰後的1918年至1919年之間創作的。

　　魯迅約在20年代末即購得了麥綏萊勒在德國出版的幾本畫冊，其中《太陽》和《眾生相與鬼臉》現在仍保存在上海魯迅博物館裏。1933年8月，魯迅將《一個人的受難》、《太陽》、《我的日課經》和《無字的故事》交由上海良友圖書公司翻印出版，並親自為《一個人的受難》寫序，同時約請了葉靈鳳、郁達夫和趙家璧分別依次為餘下的幾本作序，其中，將《太陽》改為《光明的追求》，將《我的日課經》改成了《我的懺悔》。

組畫《死者！站起來！》（之一） 1917年創作

組畫《死者！站起來！》（之二）　1917年創作

自　殺　1919年創作

《一個人的受難》（之五）　1918-1919年創作

《一個人的受難》（之十二）　1918-1919年創作

《一個人的受難》（之十七）　1918-1919年創作

《一個人的受難》（之二十二）　1918-1919年創作

魯迅小説全集

《一個人的受難》（之二十五）　1918-1919年創作

《我的懺悔》（之二） 1919年創作

娜拉走後怎樣

——一九二三年十二月二十六日
在北京女子高等師範學校文藝會講

我今天要講的是「娜拉走後怎樣？」

伊孛生（易卜生）是十九世紀後半的瑙威（挪威）的一個文人。他的著作，除了幾十首詩之外，其餘都是劇本。這些劇本裏面，有一時期是大抵含有社會問題的，世間也稱作「社會劇」，其中有一篇就是《娜拉》。

《娜拉》一名 Ein Puppenheim，中國譯作《傀儡家庭》。但Puppe不單是牽線的傀儡，孩子抱著玩的人形也是；引申開去，別人怎麼指揮，他便怎麼做的人也是。娜拉當初是滿足地生活在所謂幸福的家庭裏的，但是她竟覺悟了：自己是丈夫的傀儡，孩子們又是她的傀儡。她於是走了，只聽得關門聲，接著就是閉幕。這想來大家都知道，不必細說了。

娜拉要怎樣才不走呢？或者說伊孛生自己有解答，就是 Die Frau vom Meer，《海的女人》，中國有人譯作《海上夫人》的。這女人是已經結婚的了，然而先前有一個愛人在海的彼岸，一日突然尋來，叫她一同去。她便告知她的丈夫，要和那外來人會面。臨末，她的丈夫說，「現在放你完全自由。（走與不走）你能夠自己選擇，並且還要自己負責任。」於是什麼事全都改變，她就不走

了。這樣看來，娜拉倘也得到這樣的自由，或者也便可以安住。

　　但娜拉畢竟是走了的。走了以後怎樣？伊孛生並無解答；而且他已經死了。即使不死，他也不負解答的責任。因爲伊孛生是在做詩，不是爲社會提出問題來而且代爲解答。就如黃鶯一樣，因爲他自己要歌唱，所以他歌唱，不是要唱給人們聽得有趣，有益。伊孛生是很不通世故的，相傳在許多婦女們一同招待他的筵宴上，代表者起來致謝他作了《傀儡家庭》，將女性的自覺，解放這些事，給人心以新的啓示的時候，他卻答道，「我寫那篇卻並不是這意思，我不過是做詩。」

　　娜拉走後怎樣？——別人可是也發表過意見的。一個英國人曾作一篇戲劇，說一個新式的女子走出家庭，再也沒有路走，終於墮落，進了妓院了。還有一個中國人，——我稱他什麼呢？上海的文學家罷，——說他所見的《娜拉》是和現譯本不同，娜拉終於回來了。這樣的本子可惜沒有第二人看見，除非是伊孛生自己寄給他的。但從事理上推想起來，娜拉或者也其實只有兩條路：不是墮落，就是回來。因爲如果是一匹小鳥，則籠子裏固然不自由，而一出籠門，外面便又有鷹，有貓，以及別的什麼東西之類；倘使已經關得麻痺了翅子，忘卻了飛翔，也誠然是無路可以走。還有一條，就是餓死了，但餓死已經離開了生活，更無所謂問題，所以也不是什麼路。

　　人生最苦痛的是夢醒了無路可以走。做夢的人是幸福的；倘沒有看出可走的路，最要緊的是不要去驚醒他。你看，唐朝的詩人李賀，不是困頓了一世的麼？而他臨死的時候，卻對他的母親說，「阿媽，上帝造成了白玉樓，叫我做文章落成去了。」這豈非明明是一個誑，一個夢？然而一個小的和一個老的，一個死的和一個活的，死的高興地死去，活的放心地活著。說誑和做夢，在這些時候便見得偉大。所以我想，假使尋不出路，我們所要的倒是夢。

　　但是，萬不可做將來的夢。阿爾志跋綏夫曾經借了他所做的

小說，質問過夢想將來的黃金世界的理想家，因為要造那世界，先喚起許多人們來受苦。他說，「你們將黃金世界預約給他們的子孫了，可是有什麼給他們自己呢？」有是有的，就是將來的希望。但代價也太大了，為了這希望，要使人練敏了感覺來更深切地感到自己的苦痛，叫起靈魂來目睹他自己的腐爛的屍骸。惟有說誑和做夢，這些時候便見得偉大。所以我想，假使尋不出路，我們所要的就是夢；但不要將來的夢，只要目前的夢。

然而娜拉既然醒了，是很不容易回到夢境的，因此只得走；可是走了以後，有時卻也免不掉墮落或回來。否則，就得問：她除了覺醒的心以外，還帶了什麼去？倘只有一條像諸君一樣的紫紅的絨繩的圍巾，那可是無論寬到二尺或三尺，也完全是不中用的。她還須更富有，提包裏有準備，直白地說，就是要有錢。

夢是好的；否則，錢是要緊的。

錢這個字很難聽，或者要被高尚的君子們所非笑，但我總覺得人們的議論是不但昨天和今天，即使飯前和飯後，也往往有些差別。凡承認飯需錢買，而以說錢為卑鄙者，倘能按一按他的胃，那裏面怕總還有魚肉沒有消化完，須得餓他一天之後，再來聽他發議論。

所以為娜拉計，錢，——高雅的說罷，就是經濟，是最要緊的了。自由固不是錢所能買到的，但能夠為錢而賣掉。人類有一個大缺點，就是常常要饑餓。為補救這缺點起見，為準備不做傀儡起見，在目下的社會裏，經濟權就見得最要緊了。第一，在家應該先獲得男女平均的分配；第二，在社會應該獲得男女相等的勢力。可惜我不知道這權柄如何取得，單知道仍然要戰鬥；或者也許比要求參政權更要用劇烈的戰鬥。

要求經濟權固然是很平凡的事，然而也許比要求高尚的參政權以及博大的女子解放之類更煩難。天下事盡有小作為比大作為更煩難的。譬如現在似的冬天，我們只有這一件棉襖，然而必須救助一個將要凍死的苦人，否則便須坐在菩提樹下冥想普渡一切人類的方法去。

普渡一切人類和救活一人，大小實在相去太遠了，然而倘叫我挑選，我就立刻到菩提樹下去坐著，因爲免得脫下唯一的棉襪來凍殺自己。所以在家裏說要參政權，是不至於大遭反對的，一說到經濟的平勻分配，或不免面前就遇見敵人，這就當然要有劇烈的戰鬥。

戰鬥不算好事情，我們也不能責成人人都是戰士，那麼，平和的方法也就可貴了，這就是將來利用了親權來解放自己的子女。中國的親權是無上的，那時候，就可以將財產平勻地分配子女們，使他們平和而沒有衝突地都得到相等的經濟權，此後或者去讀書，或者去生發，或者爲自己去享用，或者爲社會去做事，或者去花完，都請便，自己負責任。這雖然也是頗遠的夢，可是比黃金世界的夢近得不少了。但第一需要記性。記性不佳，是有益於己而有害於子孫的。人們因爲能忘卻，所以自己能漸漸地脫離了受過的苦痛，也因爲能忘卻，所以往往照樣地再犯前人的錯誤。被虐待的兒媳做了婆婆，仍然虐待兒媳；嫌惡學生的官吏，每是先前痛罵官吏的學生；現在壓迫子女的，有時也就是十年前的家庭革命者。這也許與年齡和地位都有關係罷，但記性不佳也是一個很大的原因。救濟法就是各人去買一本note-book來，將自己現在的思想舉動都記上，作爲將來年齡和地位都改變了之後的參考。假如憎惡孩子要到公園去的時候，取來一翻，看見上面有一條道，「我想到中央公園去」，那就即刻心平氣和了。別的事也一樣。

世間有一種無賴精神，那要義就是韌性。聽說拳匪亂後，天津的青皮，就是所謂無賴者很跋扈，譬如給人搬一件行李，他就要兩元，對他說這行李小，他說要兩元，對他說道路近，他說要兩元，對他說不要搬了，他說也仍然要兩元。青皮固然是不足爲法的，而那韌性卻大可以佩服。要求經濟權也一樣，有人說這事情太陳腐了，就答道要經濟權；說是太卑鄙了，就答道要經濟權；說是經濟制度就要改變了，用不著再操心，也仍然答道要經濟權。

其實，在現在，一個娜拉的出走，或者也許不至於感到困難

的，因爲這人物很特別，舉動也新鮮，能得到若干人們的同情，幫助著生活。生活在人們的同情之下，已經是不自由了，然而倘有一百個娜拉出走，便連同情也減少，有一千一萬個出走，就得到厭惡了，斷不如自己握著經濟權之爲可靠。

在經濟方面得到自由，就不是傀儡了麼？也還是傀儡。無非被人所牽的事可以減少，而自己能牽的傀儡可以增多罷了。因爲在現在的社會裏，不但女人常作男人的傀儡，就是男人和男人，女人和女人，也相互地作傀儡，男人也常作女人的傀儡，這決不是幾個女人取得經濟權所能救的。但人不能餓著靜候理想世界的到來，至少也得留一點殘喘，正如涸轍之鮒，急謀升斗之水一樣，就要這較爲切近的經濟權，一面再想別的法。

如果經濟制度竟改革了，那上文當然完全是廢話。

然而上文，是又將娜拉當作一個普通的人物而說的，假使她很特別，自己情願闖出去做犧牲，那就又另是一回事。我們無權去勸誘人做犧牲，也無權去阻止人做犧牲。況且世上也盡有樂於犧牲，樂於受苦的人物。歐洲有一個傳說，耶穌去釘十字架時，休息在Ahasvar的簷下，Ahasvar不准他，於是被了咒詛，使他永世不得休息，直到末日裁判的時候。Ahasvar從此就歇不下，只是走，現在還在走。走是苦的，安息是樂的，他何以不安息呢？雖說背著咒詛，可是大約總該是覺得走比安息還適意，所以始終狂走的罷。

只是這犧牲的適意是屬於自己的，與志士們之所謂爲社會者無涉。群眾，——尤其是中國的，——永遠是戲劇的看客。犧牲上場，如果顯得慷慨，他們就看了悲壯劇；如果顯得觳，他們就看了滑稽劇。北京的羊肉鋪前常有幾個人張著嘴看剝羊，彷彿頗愉快，人的犧牲能給與他們的益處，也不過如此。而況事後走不幾步，他們並這一點愉快也就忘卻了。

對於這樣的群眾沒有法，只好使他們無戲可看倒是療救，正無需乎震駭一時的犧牲，不如深沉的韌性的戰鬥。

可惜中國太難改變了，即使搬動一張桌子，改裝一個火爐，幾乎也要血；而且即使有了血，也未必一定能搬動，能改裝。不是很大的鞭子打在背上，中國自己是不肯動彈的。我想這鞭子總要來，好壞是別一問題，然而總要打到的。但是從那裏來，怎麼地來，我也是不能確切地知道。

我這講演也就此完結了。

名·家·解·讀

經濟權決不是輕易能爭得來的。要通過多方面的鬥爭，甚至要用劇烈的戰鬥去爭取。首先要打破所謂高尚君子或受高尚君子們影響而生的羞於說吃說錢的虛偽，理直氣壯地說：人要吃飯，飯要錢買。……第二，對有經濟實力，掌握著經濟權的家長們來說，要有記性，記著做子女時的要求與苦痛，肯用親權來解放自己的子女，肯給子女以經濟權。第三，比起要求參政權，要求婦女解放來，要求經濟權具體而平凡，但具體的小的作為往往更難。魯迅做了一個生動的比喻：脫下棉襖救一個將要凍死的人和坐在菩提樹下冥想普渡一切人類的方法，哪個難實行？在家裏說要參政權，是不至於大遭反對的。一說到經濟的平均分配，面前就遇見敵人，所以一定要準備進行劇烈的戰鬥，要深沉的韌性的戰鬥。

當然，即便爭得經濟權，也並不能解決所有社會問題。幾個婦女或部分婦女有了經濟權，也不等於改變了女人的傀儡地位。但男女走向平等畢竟是社會進步的標誌。

魯迅更大的希望在於改變整個中國。魯迅深知改變之艱難——「即使搬動一張桌子，改裝一個火爐，幾乎也要血；而且即使有了血，也未必一定能搬動，能改裝。」他由一個娜拉的出走想到中國婦女的命運與出路，進而想到中國社會的變革——真正的由小而大。

——李文儒《走進魯迅世界》

未有天才之前

——一九二四年一月十七日
在北京師範大學附屬中學校友會講

我自己覺得我的講話不能使諸君有益或者有趣,因爲我實在不知道什麼事,但推託拖延得太長久了,所以終於不能不到這裏來說幾句。

我看現在許多人對於文藝界的要求的呼聲之中,要求天才的產生也可以算是很盛大的了,這顯然可以反證兩件事:一是中國現在沒有一個天才,二是大家對於現在的藝術的厭薄。天才究竟有沒有?也許有著罷,然而我們和別人都沒有見。倘使據了見聞,就可以說沒有;不但天才,還有使天才得以生長的民眾。

天才並不是自生自長在深林荒野裏的怪物,是由可以使天才生長的民眾產生,長育出來的,所以沒有這種民眾,就沒有天才。有一回拿破崙過Alps山,說,「我比Alps山還要高!」這何等英偉,然而不要忘記他後面跟著許多兵;倘沒有兵,那只有被山那面的敵人捉住或者趕回,他的舉動,言語,都離了英雄的界線,要歸入瘋子一類了。所以我想,在要求天才的產生之前,應該先要求可以使天才生長的民眾。——譬如想有喬木,想看好花,一定要有好土;沒有土,便沒有花木了;所以土實在較花木還重要。花木非有土不可,正同拿破崙非有好兵不可一樣。然而現在社會上的論調和趨

勢，一面固然要求天才，一面卻要他滅亡，連預備的土也想掃盡。舉出幾樣來說：

其一就是「整理國故」。自從新思潮來到中國以後，其實何嘗有力，而一群老頭子，還有少年，卻已喪魂失魄的來講國故了，他們說，「中國自有許多好東西，都不整理保存，倒去求新，正如放棄祖宗遺產一樣不肖。」

抬出祖宗來說法，那自然是極威嚴的，然而我總不信在舊馬褂未曾洗淨疊好之前，便不能做一件新馬褂。就現狀而言，做事本來還隨各人的自便，老先生要整理國故，當然不妨去埋在南窗下讀死書，至於青年，卻自有他們的活學問和新藝術，各幹各事，也還沒有大妨害的，但若拿了這面旗子來號召，那就是要中國永遠與世界隔絕了。倘以為大家非此不可，那更是荒謬絕倫！我們和古董商人談天，他自然總稱讚他的古董如何好，然而他決不痛罵畫家，農夫，工匠等類，說是忘記了祖宗：他實在比許多國學家聰明得遠。

其一是「崇拜創作」。從表面上看來，似乎這和要求天才的步調很相合，其實不然。那精神中，很含有排斥外來思想，異域情調的分子，所以也就是可以使中國和世界潮流隔絕的。許多人對於托爾斯泰，都介涅夫，陀思妥夫斯奇的名字，已經厭聽了，然而他們的著作，有什麼譯到中國來？眼光因在一國裏，聽談彼得和約翰就生厭，定須張三李四才行，於是創作家出來了，從實說，好的也離不了剽取點外國作品的技術和神情，文筆或者漂亮，思想往往趕不上翻譯品，甚者還要加上些傳統思想，使他適合於中國人的老脾氣，而讀者卻已為他所牢籠了，於是眼界便漸漸的狹小，幾乎要縮進舊圈套裏去。作者和讀者互相為因果，排斥異流，抬上國粹，那裏會有天才產生？即使產生了，也是活不下去的。

這樣的風氣的民眾是灰塵，不是泥土，在他這裏長不出好花和喬木來！

還有一樣是惡意的批評。大家的要求批評家的出現，也由來

已久了，到目下就出了許多批評家。可惜他們之中很有不少是不平家，不像批評家，作品才到面前，便恨恨地磨墨，立刻寫出很高明的結論道，「唉，幼稚得很。中國要天才！」

到後來，連並非批評家也這樣叫喊了，他是聽來的。其實即使天才，在生下來的時候的第一聲啼哭，也和平常的兒童的一樣，決不會就是一首好詩。因為幼稚，當頭加以戕賊，也可以萎死的。我親見幾個作者，都被他們罵得寒噤了。那些作者大約自然不是天才，然而我的希望是便是常人也留著。

惡意的批評家在嫩苗的地上馳馬，那當然是十分快意的事；然而遭殃的是嫩苗——平常的苗和天才的苗。幼稚對於老成，有如孩子對於老人，決沒有什麼恥辱；作品也一樣，起初幼稚，不算恥辱的。因為倘不遭了戕賊，他就會生長，成熟，老成；獨有老衰和腐敗，倒是無藥可救的事！我以為幼稚的人，或者老大的人，如有幼稚的心，就說幼稚的話，只為自己要說而說，說出之後，至多到印出之後，自己的事就完了，對於無論打著什麼旗子的批評，都可以置之不理的！

就是在座的諸君，料來也十之九願有天才的產生罷，然而情形是這樣，不但產生天才難，單是有培養天才的泥土也難。我想，天才大半是天賦的；獨有這培養天才的泥土，似乎大家都可以做。做土的功效，比要求天才還切近；否則，縱有成千成百的天才，也因為沒有泥土，不能發達，要像一碟子綠豆芽。

做土要擴大了精神，就是收納新潮，脫離舊套，能夠容納，瞭解那將來產生的天才；又要不怕做小事業，就是能創作的自然是創作，否則翻譯，介紹，欣賞，讀，看，消閒都可以。以文藝來消閒，說來似乎有些可笑，但究竟較勝於戕賊他。

泥土和天才比，當然是不足齒數的，然而不是堅苦卓絕者，也怕不容易做；不過事在人為，比空等天賦的天才有把握。這一點，是泥土的偉大的地方，也是反有大希望的地方。而且也有報酬，譬

如好花從泥土裏出來，看的人固然欣然的賞鑒，泥土也可以欣然的賞鑒，正不必花卉自身，這才心曠神怡的——假如當作泥土也有靈魂的說。

　　本文是一篇短小精悍、哲理性很強的雜文。魯迅在文章中運用了立論和駁論相結合的手法，以正面闡述為主，反面駁斥為輔，闡明了天才與群眾、天才與實踐的關係，批駁了扼殺天才的幾種論調和趨勢，正反兩面相輔相成，説理透闢，令人信服，而且給人們明確地解答了為什麼當時「未有天才」，在未有天才之前應該做些什麼，怎樣才能做好它等這樣一系列渴望解決的問題。正如魯迅在本文轉載時加的小引中所説，這篇文章的「生命」是「確乎尚在」的。

　　文中，魯迅還運用了大量生動淺顯的比喻，使抽象深刻的哲理得到深入淺出的闡發，文章顯得通俗易懂，明白曉暢。比如，用拿破崙與士兵的關係，花木與泥土的關係，來說明天才與民眾的關係，沒有民眾就沒有天才的道理就不言而喻了。又如，以嬰兒的第一聲啼哭決不會就是一首好詩作比，來說明天才與實踐的關係，使人們認識到天才是從實踐中產生的，天賦的天才是沒有的！此外，把胡適等人推崇的「國故」比作「舊馬褂」，把「排斥異流，抬上國粹」的人們比作「灰塵」，把脫離民眾的「天才」比作一碟子「綠豆芽」，把青年作家的創作比作地上的「嫩苗」，把惡意的批評比作「在嫩苗的地上馳馬」等等，比喻新穎貼切，愛恨分明，增強了文章的感染力。

——盧再彬《魯迅雜文選講》

論雷峰塔的倒掉

　　聽說，杭州西湖上的雷峰塔倒掉了，聽說而已，我沒有親見。但我卻見過未倒的雷峰塔，破破爛爛的映掩於湖光山色之間，落山的太陽照著這些四近的地方，就是「雷峰夕照」，西湖十景之一。「雷峰夕照」的真景我也見過，並不見佳，我以為。

　　然而一切西湖勝跡的名目之中，我知道得最早的卻是這雷峰塔。我的祖母曾經常常對我說，白蛇娘娘就被壓在這塔底下！有個叫作許仙的人救了兩條蛇，一青一白，後來白蛇便化作女人來報恩，嫁給許仙了；青蛇化作丫鬟，也跟著。一個和尚，法海禪師，得道的禪師，看見許仙臉上有妖氣，──凡討妖怪做老婆的人，臉上就有妖氣的，但只有非凡的人才看得出──便將他藏在金山寺的法座後，白蛇娘娘來尋夫，於是就「水滿金山」。我的祖母講起來

還要有趣得多，大約是出於一部彈詞叫作《義妖傳》裏的，但我沒有看過這部書，所以也不知道「許仙」「法海」究竟是否這樣寫。總而言之，白蛇娘娘終於中了法海的計策，被裝在一個小小的缽盂裏了。缽盂埋在地裏，上面還造起一座鎮壓的塔來，這就是雷峰塔。此後似乎事情還很多，如「白狀元祭塔」之類，但我現在都忘記了。

那時我惟一的希望，就在這雷峰塔的倒掉。後來我長大了，到杭州，看見這破破爛爛的塔，心裏就不舒服。後來我看看書，說杭州人又叫這塔作「保叔塔」，其實應該寫作「保俶塔」，是錢王的兒子造的。那麼，裏面當然沒有白蛇娘娘了，然而我心裏仍然不舒服，仍然希望他倒掉。

現在，他居然倒掉了，則普天之下的人民，其欣喜為何如？

這是有事實可證的。試到吳越的山間海濱，探聽民意去。凡有田夫野老，蠶婦村氓，除了幾個腦髓裏有點貴恙的之外，可有誰不為白娘娘抱不平，不怪法海太多事的？

和尚本應該只管自己念經。白蛇自迷許仙，許仙自娶妖怪，和別人有什麼相干呢？他偏要放下經卷，橫來招是搬非，大約是懷著嫉妒罷，——那簡直是一定的。

聽說，後來玉皇大帝也就怪法海多事，以至荼毒生靈，想要拿辦他了。他逃來逃去，終於逃在蟹殼裏避禍，不敢再出來，到現在還如此。我對於玉皇大帝所做的事，腹誹的非常多，獨於這一件卻很滿意，因為「水滿金山」一案，的確應該由法海負責；他實在辦得很不錯的。只可惜我那時沒有打聽這話的出處，或者不在《義妖傳》中，卻是民間的傳說罷。

秋高稻熟時節，吳越間所多的是螃蟹，煮到通紅之後，無論取那一隻，揭開背殼來，裏面就有黃，有膏；倘是雌的，就有石榴子一般鮮紅的子。先將這些吃完，即一定露出一個圓錐形的薄膜，再用小刀小心地沿著錐底切下，取出，翻轉，使裏面向外，只要不

破，便變成一個羅漢模樣的東西，有頭臉，身子，是坐著的，我們那裏的小孩子都稱他「蟹和尚」，就是躲在裏面避難的法海。

當初，白蛇娘娘壓在塔底下，法海禪師躲在蟹殼裏。現在卻只有這位老禪師獨自靜坐了，非到螃蟹斷種的那一天爲止出不來。莫非他造塔的時候，竟沒有想到塔是終究要倒的麼？

活該。

一九二四年十月二十八日

名·家·解·讀

在文章中，作者將雷峰塔這座鎮壓之塔作爲封建專制和禮教的象徵，他借雷峰塔的倒掉，用白蛇娘娘被法海鎮壓，而法海最終只能躲在蟹殼裏避禍的故事，鞭撻和嘲諷了頑固維護封建物質和橫蠻鎮壓群衆的權勢者，熱情讚頌了敢於反抗、敢於鬥爭的善良婦女，表達了勞動人民終將戰勝壓迫者而獲得解放的思想，同時也流露出對北京政變的喜悅之情。

魯迅善於從生活中擷取合用的材料，有時說鬍鬚，有時論照相，有時談鏡子……無不深刻地表現了反封建的主題。在這篇雜文中，魯迅也沒有正面議論時政，而是將當時發生的雷峰塔倒掉這一事實隨手拈來，作生動的描述、深刻的開掘，既表現了對北京政變的態度，又闡發了反封建的主題，從中可以看到魯迅思想的敏銳、觀察的深刻和知識的淵博。

在具體運用這個題材的時候，他又不是簡單化地來作比喻或影射，而是將有關雷峰塔的神話、傳說和現實緊密地糅合在一起。現實生活中的「雷峰夕照」和雷峰塔的倒掉，神話中白娘娘的被壓在雷峰塔下，傳說裏法海躲在蟹殼裏避難，在魯迅的筆下，巧妙地聯結在一起，完美地表達了主題思想。

通過鮮明的形象來說理，也是本文的一個特色。

這篇雜文的題目是「論」，但並沒有像一般論文那樣進行邏輯論證。作者對「雷峰塔的倒掉」的評論，是通過對雷峰塔的來歷的敘述，通過法海和白娘娘兩個對立形象的勾畫，特別是通過生動的神話傳說所表現出來的人們對這兩個人物的態度和評價來進行的。作者的觀點，也是通過生活事實、藝術形象和愛憎感情來表達的。這種形象說理的方法，正是魯迅雜文的特色，是區別於一般論說文的地方。

與此相適應，在寫法上也不同一般。從文章的題目和開頭看，作者採取的是即事議論的方法，但因為這「論」主要是用形象來進行的，所以接下去並未展開議論，而是用了以敘為主，夾敘夾議的寫法。表現在語言上，作者主要用了記敘散文的筆調，簡練，靈活，娓娓而談，充滿著幽默感，但在敘述中又時有樸素真摯、鋒利入骨的評論，顯示著魯迅雜文尖銳的政論色彩。

——錢倉水《魯迅雜文選講》

青春的隊伍　1961年創作

論照相之類

一　材料之類

　　我幼小時候，在S城，——所謂幼小時候者，是三十年前，但從進步神速的英才看來，就是一世紀；所謂S城者，我不說他的真名字，何以不說之故，也不說。總之，是在S城，常常旁聽大大小小男男女女談論洋鬼子挖眼睛。曾有一個女人，原在洋鬼子家裏傭工，後來出來了，據說她所以出來的原因，就因爲親見一壇鹽漬的眼睛，小鯽魚似的一層一層積疊著，快要和壇沿齊平了。她爲遠避危險起見，所以趕緊走。

　　S城有一種習慣，就是凡是小康之家，到冬天一定用鹽來醃一缸白菜，以供一年之需，其用意是否和四川的榨菜相同，我不知道。但洋鬼子之醃眼睛，則用意當然別有所在，惟獨方法卻大受了S城醃白菜法的影響，相傳中國對外富於同化力，這也就是一個證據罷。然而狀如小鯽魚者何？答曰：此確爲S城人之眼睛也。S城廟宇中常有一種菩薩，號曰眼光娘娘。有眼病的，可以去求禱；愈，則用布或綢做眼睛一對，掛神龕上或左右，以答神庥。所以只要看所掛眼睛的多少，就知道這菩薩的靈不靈。而所掛的眼睛，則正是

兩頭尖尖，如小鯽魚，要尋一對和洋鬼子生理圖上所畫似的圓球形者，決不可得。黃帝岐伯尚矣；王莽誅翟義黨，分解肢體，令醫生們察看，曾否繪圖不可知，縱使繪過，現在已佚，徒令「古已有之」而已。宋的《析骨分經》，相傳也據目驗，《說郛》中有之，我曾看過它，多是胡說，大約是假的。否則，目驗尚且如此糊塗，則Ｓ城人之將眼睛理想化爲小鯽魚，實也無足深怪了。

　　然而洋鬼子是吃醃眼睛來代醃菜的麼？是不然，據說是應用的。一，用於電線，這是根據別一個鄉下人的話，如何用法，他沒有談，但云用於電線罷了；至於電線的用意，他卻說過，就是每年加添鐵絲，將來鬼兵到時，使中國人無處逃走。二，用於照相，則道理分明，不必多贅，因爲我們只要和別人對立，他的瞳子裏一定有我的一個小照相的。而且洋鬼子又挖心肝，那用意，也是應用。我曾旁聽過一位念佛的老太太說明理由：他們挖了去，熬成油，點了燈，向地下各處去照去。人心總是貪財的，所以照到埋著寶貝的地方，火頭便彎下去了。他們當即掘開來，取了寶貝去，所以洋鬼子都這樣的有錢。

　　道學先生之所謂「萬物皆備於我」的事，其實是全國，至少是Ｓ城的「目不識丁」的人們都知道，所以人爲「萬物之靈」。所以月經精液可以延年，毛髮爪甲可以補血，大小便可以醫許多病，臂膊上的肉可以養親。然而這並非本論的範圍，現在姑且不說。況且Ｓ城人極重體面，有許多事不許說；否則，就要用陰謀來懲治的。

二　形式之類

　　要之，照相似乎是妖術。咸豐年間，或一省裏，還有因爲能照相而家產被鄉下人搗毀的事情。但當我幼小的時候，——即三十年前，Ｓ城卻已有照相館了，大家也不甚疑懼。雖然當鬧「義和拳民」時，——即二十五年前，或一省裏，還以罐頭牛肉當作洋鬼子所殺的中國孩子的肉看。然而這是例外，萬事萬物，總不免有例外的。

要之，Ｓ城早有照相館了，這是我每一經過，總須流連賞玩的地方，但一年中也不過經過四五回。大小長短不同顏色不同的玻璃瓶，又光滑又有刺的仙人掌，在我都是珍奇的物事；還有掛在壁上的框子裏的照片：曾大人，李大人，左中堂，鮑軍門。一個族中的好心的長輩，曾經借此來教育我，說這許多都是當今的大官，平「長毛」的功臣，你應該學學他們。我那時也很願意學，然而想，也須趕快仍復有「長毛」。但是，Ｓ城人卻似乎不甚愛照相，因爲精神要被照去的，所以運氣正好的時候，尤不宜照，而精神則一名「威光」：我當時所知道的只有這一點。直到近年來，才又聽到世上有因爲怕失了元氣而永不洗澡的名士，元氣大約就是威光罷，那麼，我所知道的就更多了：中國人的精神一名威光即元氣，是照得去，洗得下的。

　　然而雖然不多，那時卻又確有光顧照相的人們，我也不明白是什麼人物，或者運氣不好之徒，或者是新黨罷。只是半身像是大抵避忌的，因爲像腰斬。自然，清朝是已經廢去腰斬的了，但我們還能在戲文上看見包爺爺的鍘包勉，一刀兩段，何等可怕，則即使是國粹乎，而亦不欲人之加諸我也，誠然也以不照爲宜。所以他們所照的多是全身，旁邊一張大茶几，上有帽架，茶碗，水煙袋，花盆，幾下一個痰盂，以表明這人的氣管枝中有許多痰，總須陸續吐出。人呢，或立或坐，或者手執書卷，或者大襟上掛一個很大的時錶，我們倘用放大鏡一照，至今還可以知道他當時拍照的時辰，而且那時還不會用鎂光，所以不必疑心是夜裏。

　　然而名士風流，又何代蔑有呢？雅人早不滿於這樣千篇一律的呆鳥了，於是也有赤身露體裝作晉人的，也有斜領絲條裝作Ｘ人的，但不多。較爲通行的是先將自己照下兩張，服飾態度各不同，然後合照爲一張，兩個自己即或如賓主，或如主僕，名曰「二我圖」。但設若一個自己傲然地坐著，一個自己卑劣可憐地，向了坐著的那一個自己跪著的時候，名色便又兩樣了：「求己圖」。這

類「圖」曬出之後，總須題些詩，或者詞如「調寄滿庭芳」「摸魚兒」之類，然後在書房裏掛起。至於貴人富戶，則因為屬於呆鳥一類，所以決計想不出如此雅致的花樣來，即有特別舉動，至多也不過自己坐在中間，膝下排列著他的一百個兒子，一千個孫子和一萬個曾孫（下略）照一張「全家福」。

Th.Lipps在他那《倫理學的根本問題》中，說過這樣意思的話。就是凡是人主，也容易變成奴隸，因為他一面既承認可做主人，一面就當然承認可做奴隸，所以威力一墜，就死心塌地，俯首貼耳於新主人之前了。那書可惜我不在手頭，只記得一個大意，好在中國已有了譯本，雖然是節譯，這些話應該存在的罷。用事實來證明這理論的最顯著的例是孫皓，治吳時候，如此驕縱酷虐的暴主，一降晉，卻是如此卑劣無恥的奴才。中國常語說，臨下驕者事上必諂，也就是看穿了這把戲的話。但表現得最透澈的卻莫如「求己圖」，將來中國如要印《繪圖倫理學的根本問題》，這實在是一張極好的插畫，就是世界上最偉大的諷刺畫家也萬萬想不到，畫不出的。

但現在我們所看見的，已沒有卑劣可憐地跪著的照相了，不是什麼會紀念的一群，即是什麼人放大的半個，都很凜凜地。我願意我之常常將這些當作半張「求己圖」看，乃是我的杞憂。

三　無題之類

照相館選定一個或數個闊人的照相，放大了掛在門口，似乎是北京特有，或近來流行的。我在Ｓ城所見的曾大人之流，都不過六寸或八寸，而且掛著的永遠是曾大人之流，也不像北京的時時掉換，年年不同。但革命以後，也許撤去了罷，我知道得不眞確。

至於近十年北京的事，可是略有所知了，無非其人闊，則其像放大，其人「下野」，則其像不見，比電光自然永久得多。倘若白晝明燭，要在北京城內尋求一張不像那些闊人似的縮小放大掛起掛倒的照相，則據鄙陋所知，實在只有一位梅蘭芳君。而該君的麻姑

一般的「天女散花」「黛玉葬花」像，也確乎比那些縮小放大掛起掛倒的東西標緻，即此就足以證明中國人實有審美的眼睛，其一面又放大挺胸凸肚的照相者，蓋出於不得已。

我在先唯讀過《紅樓夢》，沒有看見「黛玉葬花」的照片的時候，是萬料不到黛玉的眼睛如此之凸，嘴唇如此之厚的。我以為她該是一副瘦削的癆病臉，現在才知道她有些福相，也像一個麻姑。然而只要一看那些繼起的模仿者們的擬天女照相，都像小孩子穿了新衣服，拘束得怪可憐的苦相，也就會立刻悟出梅蘭芳君之所以永久之故了，其眼睛和嘴唇，蓋出於不得已，即此也就足以證明中國人實有審美的眼睛。

印度的詩聖泰戈爾先生光臨中國之際，像一大瓶好香水似地很熏上了幾位先生們以文氣和玄氣，然而夠到陪坐祝壽的程度的卻只有一位梅蘭芳君：兩國的藝術家的握手。待到這位老詩人改姓換名，化為「竺震旦」，離開了近於他的理想境的這震旦之後，震旦詩賢頭上的印度帽也不大看見了，報章上也很少記他的消息，而裝飾這近於理想境地的震旦者，也仍舊只有那巍然地掛在照相館玻璃窗裏的一張「天女散花圖」或「黛玉葬花圖」。

惟有這一位「藝術家」的藝術，在中國是永久的。

我所見的外國名伶美人的照相並不多，男扮女的照相沒有見過，別的名人的照相見過幾十張。托爾斯泰，伊孛生，羅丹都老了，尼采一臉凶相，勖本華爾一臉苦相，淮爾特，穿上他那審美的衣裝的時候，已經有點呆相了，而羅曼羅蘭似乎帶點怪氣，戈爾基又簡直像一個流氓。雖說都可以看出悲哀和苦鬥的痕跡來罷，但總不如天女的「好」得明明白白。假使吳昌碩翁的刻印章也算雕刻家，加以作畫的潤格如是之貴，則在中國確是一位藝術家了，但他的照相我們看不見。林琴南翁負了那麼大的文名，而天下也似乎不甚有熱心於「識荊」的人，我雖然曾在一個藥房的仿單上見過他的玉照，但那是代表了他的「如夫人」函謝丸藥的功效，所以印上

的，並不因爲他的文章。更就用了「引車賣漿者流」的文字來做文章的諸君而言，南亭亭長我佛山人往矣，且從略；近來則雖是奮戰忿鬥，做了這許多作品的如創造社諸君子，也不過印過很小的一張三人的合照，而且是銅板而已。

我們中國的最偉大最永久的藝術是男人扮女人。

異性大抵相愛。太監只能使別人放心，決沒有人愛他，因爲他是無性了，——假使我用了這「無」字還不算什麼語病。然而也就可見雖然最難放心，但是最可貴的是男人扮女人了，因爲從兩性看來，都近於異性，男人看見「扮女人」，女人看見「男人扮」，所以這就永遠掛在照相館的玻璃窗裏，掛在國民的心中。外國沒有這樣的完全的藝術家，所以只好任憑那些捏錘鑿，調彩色，弄墨水的人們跋扈。

我們中國最偉大最永久，而且最普遍的藝術也就是男人扮女人。

一九二四年十一月十一日

全篇分三節，一講「材料之類」，說的是照相術最初傳入時怎樣被小城百姓視為「妖術」，而引發出種種可怕的（今天讀者看來又不免是可笑的）傳言——這背後其實是一部外來新事物的接受史。三講「無題之類」，由照相館裏的「闊人的照相」，說到梅蘭芳的「黛玉葬花」照，並由此而大發議論：「我們中國的最偉大最永久的藝術是男人扮女人」，「因為從兩性看來，都近於異性，男人看見『扮女人』，女人看見『男人扮』，所以這就永遠掛在照相館的玻璃窗裏，掛在國民的心中。」——魯迅正是從這樣的似男非男、似女非女的藝術中，看到了中庸之道下的中國民族病態心理，以及封建性壓抑下的性變態。這種心理是人們所不想說、不便說的，魯迅一語道破，就成

了「刻薄」。

　　而我們這裏所要著重討論的是第二節「形式之類」。且看魯迅如何娓娓道來：先承上文，講「因為能照相而家產被鄉下人搗毀的事情」；但強調的是「三十年前，Ｓ城（指紹興──編者）卻已有照相館了，大家也不甚疑懼」，雖然也偶有例外，如鬧「義和拳民」時，「要之，Ｓ城早有照相了」；卻又説「但是，Ｓ城人卻似乎不甚愛照相」；反過來再説：「然而雖然不多，那時卻又確有光顧照相的人們」，但接著就聲明：「我也不明白是什麼人物，或者運氣不好之徒，或者是新黨罷。」──請看，「……卻……雖然……但是……卻……然而……雖然……卻……也……」，竭盡旋轉騰挪之能事，文章也漸入要緊處：讀者的興趣、注意力終於集中到一點：看看這些中國最早「光顧照相的人們」照的是什麼相，照相這種新技藝引起了他們什麼樣的想像吧。……更重要的是，由此而引出下面的故事：這才是全文的「核」──……這裏有一個思考的飛躍：「求己圖」中「一個自己傲然地坐著，一個卑劣可憐地，向著坐著的那一個自己跪著」的具體圖景，上升為「主」與「奴」的關係，顯示了「既為主，又為奴」的自我身份的二重性，即所謂「二我」。魯迅又因此而聯想起中國歷史上三國時吳國最後一個皇帝孫皓：「治吳時候，如此驕縱酷虐的暴主，一降晉，卻是如此卑劣無恥的奴才」──這也是魯迅思想的特點，他對中國的歷史爛熟於心，幾乎是順手拈來就把問題的討論追索到歷史文化的深處。隨即又聯想到「中國常語説，臨下驕者事上必諂，也就是看穿了這把戲的話。」──這裏又用人們的日常生活經驗來證實和加深前面的論斷。最後以魯迅所特有的幽默，對這幅故鄉照相館的「求己圖」做出了如下評價：「將來中國如要印《繪畫倫理學的根本問題》，這實在是一張極好的插畫，就是世界上最偉大的諷刺畫家也萬萬想不到，畫不出的。」──我們自不難讀出這背後的焦慮：涉及的正是中國國民性的「根本問題」。

　　　　　　　　　　　　　　　──錢理群《結束「奴隸時代」》

再論雷峰塔的倒掉

從崇軒先生的通信（二月份《京報副刊》）裏，知道他在輪船上聽到兩個旅客談話，說是杭州雷峰塔之所以倒掉，是因爲鄉下人迷信那塔磚放在自己的家中，凡事都必平安，如意，逢凶化吉，於是這個也挖，那個也挖，挖之久久，便倒了。一個旅客並且再三歎息道：西湖十景這可缺了呵！

這消息，可又使我有點暢快了，雖然明知道幸災樂禍，不像一個紳士，但本來不是紳士的，也沒有法子來裝潢。

我們中國的許多人，——我在此特別鄭重聲明：並不包括四萬萬同胞全部！——大抵患有一種「十景病」，至少是「八景病」，沉重起來的時候大概在清朝。凡看一部縣誌，這一縣往往有十景或八景，如「遠村明月」「蕭寺清鐘」「古池好水」之類。而且，

「十」字形的病菌，似乎已經侵入血管，流布全身，其勢力早不在「！」形驚歡亡國病菌之下了。點心有十樣錦，荣有十碗，音樂有十番，閣羅有十殿，藥有十全大補，猜拳有全福手福手全，連人的劣跡或罪狀，宣佈起來也大抵是十條，彷彿犯了九條的時候總不肯歇手。現在西湖十景可缺了呵！「凡爲天下國家有九經」，九經固古已有之，而九景卻頗不習見，所以正是對於十景病的一個針砭，至少也可以使患者感到一種不平常，知道自己的可愛的老病，忽而跑掉了十分之一了。

但仍有悲哀在裏面。

其實，這一種勢所必至的破壞，也還是徒然的。暢快不過是無聊的自欺。雅人和信士和傳統大家，定要苦心孤詣巧語花言地再來補足了十景而後已。

無破壞即無新建設，大致是的；但有破壞卻未必即有新建設。盧梭，斯諦納爾，尼采，托爾斯泰，伊孛生等輩，若用勃蘭兌斯的話來說，乃是「軌道破壞者」。其實他們不單是破壞，而且是掃除，是大呼猛進，將礙腳的舊軌道不論整條或碎片，一掃而空，並非想挖一塊廢鐵古磚挾回家去，預備賣給舊貨店。中國很少這一類人，即使有之，也會被大眾的唾沫淹死。

孔丘先生確是偉大，生在巫鬼勢力如此旺盛的時代，偏不肯隨俗談鬼神；但可惜太聰明了，「祭如在祭神如神在」，只用他修《春秋》的照例手段以兩個「如」字略寓「俏皮刻薄」之意，使人一時莫明其妙，看不出他肚皮裏的反對來。他肯對子路賭咒，卻不肯對鬼神宣戰，因爲一宣戰就不和平，易犯罵人——雖然不過罵鬼——之罪，即不免有《衡論》（見一月份《晨報副鑴》）作家ＴＹ先生似的好人，會替鬼神來奚落他道：爲名乎？罵人不能得名。爲利乎？罵人不能得利。想引誘女人乎？又不能將蚩尤的臉子印在文章上。何樂而爲之也歟？

孔丘先生是深通世故的老先生，大約除臉子付印問題以外，

還有深心，犯不上來做明目張膽的破壞者，所以只是不談，而決不罵，於是乎儼然成為中國的聖人，道大，無所不包故也。否則，現在供在聖廟裏的，也許不姓孔。

不過在戲臺上罷了，悲劇將人生的有價值的東西毀滅給人看，喜劇將那無價值的撕破給人看。譏諷又不過是喜劇的變簡的一支流。但悲壯滑稽，卻都是十景病的仇敵，因為都有破壞性，雖然所破壞的方面各不同。中國如十景病尚存，則不但盧梭他們似的瘋子決不產生，並且也決不產生一個悲劇作家或喜劇作家或諷刺詩人。所有的，只是喜劇底人物或非喜劇非悲劇底人物，在互相模造的十景中生存，一面各各帶了十景病。

然而十全停滯的生活，世界上是很不多見的事，於是破壞者到了，但並非自己的先覺的破壞者，卻是狂暴的強盜，或外來的蠻夷。玁狁早到過中原，五胡。來過了，蒙古也來過了；同胞張獻忠殺人如草，而滿洲兵的一箭，就鑽進樹叢中死掉了。

有人論中國說，倘使沒有帶著新鮮的血液的野蠻的侵入，真不知自身會腐敗到如何！這當然是極刻毒的惡謔，但我們一翻歷史，怕不免要有汗流浹背的時候罷。外寇來了，暫一震動，終於請他作主子，在他的刀斧下修補老例；內寇來了，也暫一震動，終於請他做主子，或者別拜一個主子，在自己的瓦礫中修補老例。再來翻縣誌，就看見每一次兵燹之後，所添上的是許多烈婦烈女的氏名。看近來的兵禍，怕又要大舉表揚節烈了罷。許多男人們都那裏去了？

凡這一種寇盜式的破壞，結果只能留下一片瓦礫，與建設無關。

但當太平時候，就是正在修補老例，並無寇盜時候，即國中暫時沒有破壞麼？也不然的，其時有奴才式的破壞作用常川活動著。

雷峰塔磚的挖去，不過是極近的一條小小的例。龍門的石佛，大半肢體不全，圖書館中的書籍，插圖須謹防撕去，凡公物或無主的東西，倘難於移動，能夠完全的即很不多。但其毀壞的原因，則非如革除者的志在掃除，也非如寇盜的志在掠奪或單是破壞，僅因

目前極小的自利，也肯對於完整的大物暗暗的加一個創傷。人數既多，創傷自然極大，而倒敗之後，卻難於知道加害的究竟是誰。正如雷峰塔倒掉以後，我們單知道由於鄉下人的迷信。共有的塔失去了，鄉下人的所得，卻不過一塊磚，這磚，將來又將爲別一自利者所藏，終究至於滅盡。倘在民康物阜時候，因爲十景病的發作，新的雷峰塔也會再造的罷。但將來的運命，不也就可以推想而知麼？如果鄉下人還是這樣的鄉下人，老例還是這樣的老例。

這一種奴才式的破壞，結果也只能留下一片瓦礫，與建設無關。

豈但鄉下人之於雷峰塔，日日偷挖中華民國的柱石的奴才們，現在正不知有多少！

瓦礫場上還不足悲，在瓦礫場上修補老例是可悲的。我們要革新的破壞者，因爲他內心有理想的光。我們應該知道他和寇盜奴才的分別；應該留心自己墮入後兩種。這區別並不煩難，只要觀人，省己，凡言動中，思想中，含有借此據爲己有的朕兆者是寇盜，含有借此占些目前的小便宜的朕兆者是奴才，無論在前面打著的是怎樣鮮明好看的旗子。

一九二五年二月六日

雖然不是全部，如魯迅所斷定，我們中國的許多人，大抵患有一種「十景病」。……魯迅通過這種症狀診斷出的正是中國國民性，中國傳統文化的一個致命病：將病態的社會用瞞和騙虛化爲一個十全十美的社會，無缺陷無不平因而也就不必改革、不必反抗了。……

中國傳統式的破壞有兩種，一種是寇盜式的破壞。……另一種是奴才式的破壞，比寇盜式的破壞更普遍更平常，危害更大。這種破壞

非如寇盜的志在掠奪或單是破壞，僅因目前極小的自利，也肯對於完整的大物暗暗的加一個創傷。「人數既多，創傷自然極大，而倒敗之後，卻難於知道加害的究竟是誰」，「日日偷挖中華民國的柱石的奴才們，現在正不知有多少！」

不論是寇盜式的破壞，還是奴才式的破壞，結果只能留下一片瓦礫。但可悲的不是瓦礫場，可悲的是「在瓦礫場上修補老例」，毀了照著老例修；修了照著老例毀，毀毀修修中不變的是老例——多麼可悲可怕的輪迴循環啊！這樣的國民，這樣的國家，希望在哪裡？

由報紙上看到的雷峰塔倒掉的消息，通過廣泛的聯想，一層一層地引出了對中國傳統文化與國民性弱點中的「十景病」，「奴才式破壞」，「瓦礫中修補老例」的剖析批判，在震動魂靈的批判之後，魯迅在文章的結尾處呼喚「內心有理想的光」的「革新的破壞者」。

魯迅正是這樣的破壞者、批判者。有力的結尾，使我們在對國民性弱點沉重的反省中，精神為之一振，從沉思中抬起了頭，看到了前行的路。

——李文儒《走進魯迅世界》

看鏡有感

　　因為翻衣箱，翻出幾面古銅鏡子來，大概是民國初年初到北京時候買在那裏的，「情隨事遷」，全然忘卻，宛如見了隔世的東西了。

　　一面圓徑不過二寸，很厚重，背面滿刻蒲陶，還有跳躍的鼬鼠，沿邊是一圈小飛禽。古董店家都稱為「海馬葡萄鏡」。但我的一面並無海馬，其實和名稱不相當。記得曾見過別一面，是有海馬的，但貴極，沒有買。這些都是漢代的鏡子；後來也有模造或翻沙者，花紋可造粗拙得多了。漢武通大宛安息，以致天馬蒲萄，大概當時是視為盛事的，所以便取作什器的裝飾。古時，於外來物品，每加海字，如海榴，海紅花，海棠之類。海即現在之所謂洋，海馬譯成今文，當然就是洋馬。鏡鼻是一個蝦蟆，則因為鏡如滿月，月中有蟾蜍之故，和漢事不相干了。

　　遙想漢人多少閎放，新來的動植物，即毫不拘忌，來充裝飾的花紋。唐人也還不算弱，例如漢人的墓前石獸，多是羊，虎，天祿，辟邪，而長安的昭陵上，卻刻著帶箭的駿馬，還有一匹駝鳥，則辦法簡直前無古人。現今在墳墓上不待言，即平常的繪畫，可有人敢用一朵洋花一隻洋鳥，即私人的印章，可有人肯用一個草書一個俗字麼？許多雅人，連記年月也必是甲子，怕用民國紀元。不知

道是沒有如此大膽的藝術家；還是雖有而民眾都加迫害，他於是乎只得萎縮，死掉了？

宋的文藝，現在似的國粹氣味就薰人。然而遼、金、元陸續進來了，這消息很耐尋味。漢唐雖然也有邊患，但魄力究竟雄大，人民具有不至於為異族奴隸的自信心，或者竟毫未想到，凡取用外來事物的時候，就如將彼俘來一樣，自由驅使，絕不介懷。一到衰弊陵夷之際，神經可就衰弱過敏了，每遇外國東西，便覺得彷彿彼來俘我一樣，推拒，惶恐，退縮，逃避，抖成一團，又必想一篇道理來掩飾，而國粹遂成為屠王和屠奴的寶貝。

無論從那裏來的，只要是食物，壯健者大抵就無需思索，承認是吃的東西。惟有衰病的，卻總常想到害胃，傷身，特有許多禁條，許多避忌；還有一大套比較利害而終於不得要領的理由，例如吃固無妨，而不吃尤穩，食之或當有益，然究以不吃為宜云云之類。但這一類人物總要日見其衰弱的，因為他終日戰戰兢兢，自己先已失了活氣了。

不知道南宋比現今如何，但對外敵，卻明明已經稱臣，惟獨在國內特多繁文縟節以及嘮叨的碎話。正如倒楣人物，偏多忌諱一般，豁達閎大之風消歇淨盡了。直到後來，都沒有什麼大變化。我曾在古物陳列所所陳列的古畫上看見一顆印文，是幾個羅馬字母。但那是所謂「我聖祖仁皇帝」的印，是征服了漢族的主人，所以他敢；漢族的奴才是不敢的。便是現在，便是藝術家，可有敢用洋文的印的麼？

清順治中，時憲書上印有「依西洋新法」五個字，痛哭流涕來劾洋人湯若望的偏是漢人楊光先。直到康熙初，爭勝了，就教他做欽天監正去，則又叩閽以「但知推步之理不知推步之數」辭。不准辭，則又痛哭流涕地來做《不得已》，說道「寧可使中夏無好曆法，不可使中夏有西洋人。」然而終於連閏月都算錯了，他大約以為好曆法專屬於西洋人，中夏人自己是學不得，也學不好的。但

他竟論了大辟，可是沒有殺，放歸，死於途中了。湯若望入中國還在明崇禎初，其法終未見用；後來阮元論之曰：「明季君臣以大統疏，開局修正，既知新法之密，而訖未施行。聖朝定鼎，以其法造時憲書，頒行天下。彼十餘年辯論翻譯之勞，若以備我朝之採用者，斯亦奇矣！……我國家聖聖相傳，用人行政，惟求其是，而不先設成心。即是一端，可以仰見如天之度量矣！」（《疇人傳》四十五）

現在流傳的古鏡們，出自塚中者居多，原是殉葬品。但我也有一面日用鏡，薄而且大，規撫漢制，也許是唐代的東西。那證據是：一，鏡鼻已多磨損；二，鏡面的沙眼都用別的銅來補好了。當時在妝閣中，曾照唐人的額黃和眉綠，現在卻監禁在我的衣箱裏，它或者大有今昔之感罷。

但銅鏡的供用，大約道光咸豐時候還與玻璃鏡並行；至於窮鄉僻壤，也許至今還用著。我們那裏，則除了婚喪儀式之外，全被玻璃鏡驅逐了。然而也還有餘烈可尋，倘街頭遇見一位老翁，肩了長凳似的東西，上面縛著一塊豬肝色石和一塊青色石，試仔聽他的叫喊，就是「磨鏡，磨剪刀！」

宋鏡我沒有見過好的，什九並無藻飾，只有店號或「正其衣冠」等類的迂銘詞，真是「世風日下」。但是要進步或不退步，總須時時自出新裁，至少也必取材異域，倘若各種顧忌，各種小心，各種嘮叨，這麼做即違了祖宗，那麼做又像了夷狄，終生惴惴如在薄冰上，發抖尚且來不及，怎麼會做出好東西來。所以事實上「今不如古」者，正因為有許多嘮叨著「今不如古」的諸位先生們之故。現在情形還如此。倘再不放開度量，大膽地，無畏地，將新文化儘量地吸收，則楊光先似的向西洋主人瀝陳中夏的精神文明的時候，大概是不勞久待的罷。

但我向來沒有遇見過一個排斥玻璃鏡子的人。單知道咸豐年間，汪曰楨先生卻在他的大著《湖雅》裏攻擊過的。他加以比較

研究之後，終於決定還是銅鏡好。最不可解的是：他說，照起面貌來，玻璃鏡不如銅鏡之準確。莫非那時的玻璃鏡當真壞到如此，還是因為他老先生又帶上了國粹眼鏡之故呢？我沒有見過古玻璃鏡。這一點終於猜不透。

一九二五年二月九日

名·家·解·讀

　　本文既不是高調講章，更不是長篇大論，而是在較短的篇幅裏，闡述了一個重大問題，即如何看待「外來的事物」。這個問題晚近以來一直困擾著我們，在無盡無休的爭論中充滿了對峙和焦慮。

　　作者將歷史上的漢唐和宋進行對比。前者因氣度閎放，「魄力雄大」，對外來事物猶如「將彼俘來一樣，自由驅使，絕不介懷」。有宋一代，由於屛弱衰弊，異常的神經過敏，「每遇外國的東西，便彷彿彼來俘我一樣」，於是「推拒，惶恐，退縮，抖成一團」。

　　漢唐與宋的根本區別在於民族自信心的有無。漢唐開放國門，大膽地吸收一切外來有用的東西，於是國力愈益強盛。宋則閉關鎖國，胸襟逼仄，將外來事物視為洪水猛獸，國力就愈益虛弱。

　　作者指出，創新是歷史進步的動力，「要進步或不退步，總需時時自出新裁，至少也必取材異域」，「放開度量，大膽地，無畏地，將新文化吸取。」而心懷各種顧忌，惴惴如履薄冰，「各種小心，各種嘮叨」，「怎麼會做出好東西來」呢？

　　本文最初發表於1925年3月2日的《語絲》上，具有《語絲》體的風格，語言幽默，筆鋒辛辣。文末對咸豐年間一顢頇文人的描述，寥寥數筆，便活畫出了那種抱殘守舊、不思進取者可憎又可笑的醜惡面目，給人以深刻的印象。

——石翔《魯迅雜文解析》

 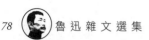

春末閒談

　　北京正是春末，也許我過於性急之故罷，覺著夏意了，於是突然記起故鄉的細腰蜂。那時候大約是盛夏，青蠅密集在涼棚索子上，鐵黑色的細腰蜂就在桑樹間或牆角的蛛網左近往來飛行，有時銜一隻小青蟲去了，有時拉一個蜘蛛。青蟲或蜘蛛先是抵抗著不肯去，但終於乏力，被銜著騰空而去了，坐了飛機似的。

　　老前輩們開導我，那細腰蜂就是書上所說的果蠃，純雌無雄，必須捉螟蛉去做繼子的。她將小青蟲封在窠裏，自己在外面日日夜夜敲打著，祝道「像我像我」，經過若干日，——我記不清了，大約七七四十九日罷，——那青蟲也就成了細腰蜂了，所以《詩經》裏說：「螟蛉有子，果蠃負之。」螟蛉就是桑上小青蟲。蜘蛛呢？他們沒有提。我記得有幾個考據家曾經立過異說，以為她其實自能生卵；其捉青蟲，乃是填在窠裏，給孵化出來的幼蜂做食料的。但我所遇見的前輩們都不採用此說，還道是拉去做女兒。我們為存留天地間的美談起見，倒不如這樣好。當長夏無事，遣暑林陰，瞥見二蟲一拉一拒的時候，便如睹慈母教女，滿懷好意，而青蟲的宛轉抗拒，則活像一個不識好歹的毛鴉頭。

　　但究竟是夷人可惡，偏要講什麼科學。科學雖然給我們許多

驚奇，但也攪壞了我們許多好夢。自從法國的昆蟲學大家發勃耳（Fabre）仔細觀察之後，給幼蜂做食料的事可就證實了。而且，這細腰蜂不但是普通的兇手，還是一種很殘忍的兇手，又是一個學識技術都極高明的解剖學家。她知道青蟲的神經構造和作用，用了神奇的毒針，向那運動神經球上只一螫，它便麻痹為不死不活狀態，這才在它身上生下蜂卵，封入窠中。青蟲因為不死不活，所以不動，但也因為不死不活，所以不爛，直到她的子女孵化出來的時候，這食料還和被捕當日一樣的新鮮。

三年前，我遇見了神經過敏的俄國的E君，有一天他忽然發愁道，不知道將來的科學家，是否不至於發明一種奇妙的藥品，將這注射在誰的身上，則這人即甘心永遠去做服役和戰爭的機器了？那時我也就皺眉歎息，裝作一齊發愁的模樣，以示「所見略同」之至意，殊不知我國的聖君，賢臣，聖賢，聖賢之徒，卻早已有過這一種黃金世界的理想了。不是「唯辟作福，唯辟作威，唯辟玉食」麼？不是「君子勞心，小人勞力」麼？不是「治於人者食（去聲）人，治人者食於人」麼？可惜理論雖已卓然，而終於沒有發明十全的好方法。要服從作威就須不活，要貢獻玉食就須不死；要被治就須不活，要供養治人者又須不死。

人類升為萬物之靈，自然是可賀的，但沒有了細腰蜂的毒針，卻很使聖君，賢臣，聖賢，聖賢之徒，以至現在的闊人，學者，教育家覺得棘手。將來未可知，若已往，則治人者雖然盡力施行過各種麻痹術，也還不能十分奏效，與果贏並驅爭先。即以皇帝一倫而言，便難免時常改姓易代，終沒有「萬年有道之長」；「二十四史」而多至二十四，就是可悲的鐵證。

現在又似乎有些別開生面了，世上誕生了一種所謂「特殊知識階級」的留學生，在研究室中研究之結果，說醫學不發達是有益於人種改良的，中國婦女的境遇是極其平等的，一切道理都已不錯，一切狀態都已夠好。E君的發愁，或者也不為無因罷，然而俄國是

不要緊的，因為他們不像我們中國，有所謂「特別國情」，還有所謂「特殊知識階級」。

　　但這種工作，也怕終於像古人那樣，不能十分奏效的罷，因為這實在比細腰蜂所做的要難得多。她於青蟲，只須不動，所以僅在運動神經球上一螫，即告成功。而我們的工作，卻求其能運動，無知覺，該在知覺神經中樞，加以完全的麻醉的。但知覺一失，運動也就隨之失卻主宰，不能貢獻玉食，恭請上自「極峰」極峰下至「特殊知識階級」的賞收享用了。就現在而言，竊以為除了遺老的聖經賢傳法，學者的進研究室主義，文學家和茶攤老闆的莫談國事律，教育家的勿視勿聽勿言勿動論之外，委實還沒有更好，更完全，更無流弊的方法。便是留學生的特別發見，其實也並未軼出了前賢的範圍。

　　那麼，又要「禮失而求諸野」了。夷人，現在因為想去取法，姑且稱之為外國，他那裏，可有較好的法子麼？可惜，也沒有。所有者，仍不外乎不准集會，不許開口之類，和我們中華並沒有什麼很不同。然亦可見至道嘉猷，人同此心，心同此理，固無華夷之限也。猛獸是單獨的，牛羊則結隊；野牛的大隊，就會排角成城以禦強敵了，但拉開一匹，定只能牟牟地叫。人民與牛馬同流，——此就中國而言，夷人別有分類法云，——治之之道，自然應該禁止集合：這方法是對的。其次要防說話。人能說話，已經是禍胎了，而況有時還要做文章。所以倉頡造字，夜有鬼哭。鬼且反對，而況於官？猴子不會說話，猴界即向無風潮，——可是猴界中也沒有官，但這又作別論，——確應該虛心取法，反樸歸真，則口且不開，文章自滅：這方法也是對的。然而上文也不過就理論而言，至於實效，卻依然是難說。最顯著的例，是連那麼專制的俄國，而尼古拉二世「龍御上賓」之後，羅馬諾夫氏竟已「覆宗絕祀」了。要而言之，那大缺點就在雖有二大良法，而還缺其一，便是：無法禁止人們的思想。

於是我們的造物主——假如天空眞有這樣的一位「主子」——就可恨了：一恨其沒有永遠分清「治者」與「被治者」；二恨其不給治者生一枝細腰蜂那樣的毒針；三恨其不將被治者造得即使砍去了藏著的思想中樞的腦袋而還能動作——服役。三者得一，闊人的地位即永久穩固，統御也永久省了氣力，而天下於是乎太平。今也不然，所以即使單想高高在上，暫時維持闊氣，也還得日施手段，夜費心機，實在不勝其委屈勞神之至……。

假使沒有了頭顱，卻還能做服役和戰爭的機械，世上的情形就何等地醒目呵！這時再不必用什麼製帽勳章來表明闊人和窄人了，只要一看頭之有無，便知道主奴，官民，上下，貴賤的區別。並且也不至於再鬧什麼革命，共和，會議等等的亂子了，單是電報，就要省下許多許多來。古人畢竟聰明，彷彿早想到過這樣的東西，《山海經》上就記載著一種名叫「刑天」的怪物。他沒有了能想的頭，卻還活著，「以乳爲目，以臍爲口」，——這一點想得很周到，否則他怎麼看，怎麼吃呢，——實在是很值得奉爲師法的。假使我們的國民都能這樣，闊人又何等安全快樂？但他又「執干戚而舞」，則似乎還是死也不肯安分，和我那專爲闊人圖便利而設的理想底好國民又不同。陶潛先生又有詩道：「刑天舞干戚，猛志固常在。」連這位貌似曠達的老隱士也這麼說，可見無頭也會仍有猛志，闊人的天下一時總怕難得太平的了。但有了太多的「特殊知識階級」的國民，也許有特在例外的希望；況且精神文明太高了之後，精神的頭就會提前飛去，區區物質的頭的有無也算不得什麼難問題。

一九二五年四月二十二日

　　《春末閒談》抨擊的中心是反動階級的治民術。文章深刻銳利，不僅見解精闢，批駁有力，而且論證精巧，極有說服力，讀後令人不禁拍案叫絕，讚歎不已。魯迅雜文的最大特色，就是絕不作空泛的說理和抽象的說教，總是把深奧的思想和超人的見解蘊蓄在具體而生動的形象之中，給人以有益的啓迪。

　　文章從「閒談」細腰蜂為後代提供營養食料開始，這細腰蜂不但是生物界「殘忍的兇手」，而且還是「學識技術都極高明的解剖學家」。它為了孕育後代把小青蟲虜去，用神奇的毒針往它運動神經上一螫，將其「麻痹為不死不活狀態」，這才在它身上生下卵，封入窠中。……文章的主旨即由此而萌露。

　　作者通過聯想這一手段，將生物界現象導入社會現象，把矛頭指向封建統治者對人民所施行的殘酷手段，這便是精神「麻痹術」。他們也要人民像小青蟲一樣：「要服從就必須不活，要貢獻玉食就須不死；要被治就須不活，要供養治人者又須不死」。這「不活不死」實是統治階級愚民政策的高度概括，它是維護統治者「黃金世界」的重要手段。魯迅善於化腐朽為神奇，易枯燥為生動，在《春末閒談》裏，他大量引述儒家經典言論予以排列，從而為人們編織了一幅「治於人者食人，治人者食於人」的圖畫。少數統治者騎在人民頭上，錦衣玉食，作威作福，而廣大人民則壓在生活底層，饑寒交迫，當牛作馬。魯迅一針見血指出，這就是「聖君，賢臣，聖賢，聖賢之徒」孜孜以求的「黃金世界的理想」，實際上就是人吃人的世界。剖析詳明，抨擊是十分尖銳的。

　　古今中外統治者「雖然盡力施行過各種麻痹術，也還不能十分奏效」，這是《春末閒談》所要闡發的另一主要思想。魯迅依然借助豐富的歷史知識，饒有趣味地影射現實，他指出皇帝總是夢寐以求「萬年有道之長」的，可是這一「黃金世界的理想」總不能實現，

「難免時常改姓易代」，「《二十四史》而多至二十四，就是可悲的鐵證」，外國也一樣，尼古拉二世駕崩後，羅馬諾夫王朝就「覆宗絕祀」了。何以故？原因就在於他們雖然用盡各種手段，但「無法禁止人們的思想」。

——陳孝全《反動統治者愚民術的大曝光》

旅行者　麥綏萊勒　1922年創作

魯迅雜文選集

燈下漫筆

一

　　有一時，就是民國二三年時候，北京的幾個國家銀行的鈔票，信用日見其好了，真所謂蒸蒸日上。聽說連一向執迷於現銀的鄉下人，也知道這既便當，又可靠，很樂意收受，行使了。至於稍明事理的人，則不必是「特殊知識階級」，也早不將沉重累墜的銀元裝在懷中，來自討無謂的苦吃。想來，除了多少對於銀子有特別嗜好和愛情的人物之外，所有的怕大都是鈔票了罷，而且多是本國的。但可惜後來忽然受了一個不小的打擊。

　　就是袁世凱想做皇帝的那一年，蔡松坡先生溜出北京，到雲南去起義。這邊所受的影響之一，是中國和交通銀行的停止兌現。雖然停止兌現，政府勒令商民照舊行用的威力卻還有的；商民也自有商民的老本領，不說不要，卻道找不出零錢。假如拿幾十幾百的鈔票去買東西，我不知道怎樣，但倘使只要買一枝筆，一盒煙捲呢，難道就付給一元鈔票麼？不但不甘心，也沒有這許多票。那麼，換銅元，少換幾個罷，又都說沒有銅元。那麼，到親戚朋友那裏借現錢去罷，怎麼會有？於是降格以求，不講愛國了，要外國銀行的鈔

票。但外國銀行的鈔票這時就等於現銀，他如果借給你這鈔票，也就借給你眞的銀元了。

我還記得那時我懷中還有三四十元的中交票，可是忽而變了一個窮人，幾乎要絕食，但有些恐慌。俄國革命以後的藏著紙盧布的富翁的心情，恐怕也就這樣的罷；至多，不過更深更大罷了。我只得探聽，鈔票可能折價換到現銀呢？說是沒有行市。幸而終於，暗暗地有了行市了：六折兒。我非常高興，趕緊去買了一半。後來又漲到七折了，我更非常高興，全去換了現銀，沉墊墊地墜在懷中，似乎這就是我的性命的斤兩。倘在平時，錢鋪子如果少給我一個銅元，我是決不答應的。

但我當一包現銀塞在懷中，沉墊墊地覺得安心，喜歡的時候，卻突然起了另一思想，就是：我們極容易變成奴隸，而且變了之後，還萬分喜歡。

假如有一種暴力，「將人不當人」，不但不當人，還不及牛馬，不算什麼東西；待到人們羨慕牛馬，發行「亂離人，不及太平犬」的歎息的時候，然後給與他略等於牛馬的價格，有如元朝定律，打死別人的奴隸，賠一頭牛，則人們便要心悅誠服，恭頌太平的盛世。爲什麼呢？因爲他雖不算人，究竟已等於牛馬了。

我們不必恭讀《欽定二十四史》，或者入研究室，審察精神文明的高超。只要一翻孩子所讀的《鑒略》，——還嫌煩重，則看《歷代紀元編》，就知道「三千餘年古國古」的中華，歷來所鬧的就不過是這一個小玩藝。但在新近編纂的所謂「歷史教科書」一流東西裏，卻不大看得明白了，只彷彿說：咱們向來就很好的。

但實際上，中國人向來就沒有爭到過「人」的價格，至多不過是奴隸，到現在還如此，然而下於奴隸的時候，卻是數見不鮮的。中國的百姓是中立的，戰時連自己也不知道屬於那一面，但又屬於無論那一面。強盜來了，就屬於官，當然該被殺掉；官兵既到，該是自家人了罷，但仍然要被殺掉，彷彿又屬於強盜似的。這時候，

百姓就希望有一個一定的主子，拿他們去做百姓，──不敢，是拿他們去做牛馬，情願自己尋草吃，只求他決定他們怎樣跑。

假使真有誰能夠替他們決定，定下什麼奴隸規則來，自然就「皇恩浩蕩」了。可惜的是往往暫時沒有誰能定。舉其大者，則如五胡十六國的時候，黃巢的時候，五代時候，宋末元末時候，除了老例的服役納糧以外，都還要受意外的災殃。張獻忠的脾氣更古怪了，不服役納糧的要殺，服役納糧的也要殺，敵他的要殺，降他的也要殺：將奴隸規則毀得粉碎。這時候，百姓就希望來一個另外的主子，較為顧及他們的奴隸規則的，無論仍舊，或者新頒，總之是有一種規則，使他們可上奴隸的軌道。

「時日曷喪，予及汝偕亡！」憤言而已，決心實行的不多見。實際上大概是群盜如麻，紛亂至極之後，就有一個較強，或較聰明，或較狡猾，或是外族的人物出來，較有秩序地收拾了天下。釐定規則：怎樣服役，怎樣納糧，怎樣磕頭，怎樣頌聖。而且這規則是不像現在那樣朝三暮四的。於是便「萬姓臚歡」了；用成語來說，就叫作「天下太平」。

任憑你愛排場的學者們怎樣鋪張，修史時候設些什麼「漢族發祥時代」「漢族發達時代」「漢族中興時代」的好題目，好意誠然是可感的，但措辭太繞灣子了。有更其直捷了當的說法在這裏──

一，想做奴隸而不得的時代；

二，暫時做穩了奴隸的時代。

這一種循環，也就是「先儒」之所謂「一治一亂」；那些作亂人物，從後日的「臣民」看來，是給「主子」清道闢路的，所以說：「為聖天子驅除云爾。」

現在入了那一時代，我也不了然。但看國學家的崇奉國粹，文學家的讚歎固有文明，道學家的熱心復古，可見於現狀都已不滿了。然而我們究竟正向著那一條路走呢？百姓是一遇到莫名其妙的戰爭，稍富的遷進租界，婦孺則避入教堂裏去了，因為那些地方都

比較的「穩」，暫不至於想做奴隸而不得。總而言之，復古的，避難的，無智愚賢不肖，似乎都已神往於三百年前的太平盛世，就是「暫時做穩了奴隸的時代」了。

但我們也就都像古人一樣，永久滿足於「古已有之」的時代麼？都像復古家一樣，不滿於現在，就神往於三百年前的太平盛世麼？

自然，也不滿於現在的，但是，無須反顧，因為前面還有道路在。而創造這中國歷史上未曾有過的第三樣時代，則是現在的青年的使命！

二

但是讚頌中國固有文明的人們多起來了，加之以外國人。我常常想，凡有來到中國的，倘能疾首蹙額而憎惡中國，我敢誠意地捧獻我的感謝，因為他一定是不願意吃中國人的肉的！

鶴見輔氏在《北京的魅力》中，記一個白人將到中國，預定的暫住時候是一年，但五年之後，還在北京，而且不想回去了。有一天，他們兩人一同吃晚飯──

> 「在圓的桃花心木的食桌前坐定，川流不息地獻著山海的珍味，談話就從古董，畫，政治這些開頭。電燈上罩著支那式的燈罩，淡淡的光洋溢於古物羅列的屋子中。什麼無產階級呀，Proletariat呀那些事，就像不過在什麼地方颱風。
>
> 「我一面陶醉在支那生活的空氣中，一面深思著對於外人有著『魅力』的這東西。元人也曾征服支那，而被征服於漢人種的生活美了；滿人也征服支那，而被征服於漢人種的生活美了。現在西洋人也一樣，嘴裏雖然說著Democracy呀，什麼什麼呀，而卻被魅於支那人費六千年

而建築起來的生活的美。一經住過北京，就忘不掉那生活
的味道。大風時候的萬丈的沙塵，每三月一回的督軍們的
開戰遊戲，都不能抹去這支那生活的魅力。」

　　這些話我現在還無力否認他。我們的古聖先賢既給與我們保古
守舊的格言，但同時也排好了用子女玉帛所做的奉獻於征服者的大
宴。中國人的耐勞，中國人的多子，那就是辦酒的材料，到現在還
爲我們的愛國者所自詡的。西洋人初入中國時，被稱爲蠻夷，自不
免個個蹙額，但是，現在則時機已至，到了我們將曾經獻於北魏，
獻於金，獻於元，獻於清的盛宴，來獻給他們的時候了。出則汽
車，行則保護：雖遇清道，然而通行自由的；雖或被劫，然而必得
賠償的；孫美瑤擄去中外旅客多人。擄去他們站在軍前，還使官兵
不敢開火。何況在華屋中享用盛宴呢？待到享受盛宴的時候，自然
也就是讚頌中國固有文明的時候；但是我們的有些樂觀的愛國者，
也許反而欣然色喜，以爲他們將要開始被中國同化了罷。古人曾以
女人作苟安的城堡，美其名以自欺曰「和親」，今人還用子女玉帛
爲作奴的贄敬，又美其名曰「同化」。所以倘有外國的誰，到了已
有赴宴的資格的現在，而還替我們詛咒中國的現狀者，這才是眞有
良心的眞可佩服的人！
　　但我們自己是早已佈置妥帖了，有貴賤，有大小，有上下。自
己被人凌虐，但也可以凌虐別人；自己被人吃，但也可以吃別人。
一級一級的制馭著，不能動彈，也不想動彈了。因爲倘一動彈，雖
或有利，然而也有弊。我們且看古人的良法美意罷——

　　　　「天有十日，人有十等。下所以事上，上所以共神
　　也。故王臣公，公臣大夫，大夫臣士，士臣，臣輿，輿臣
　　隸，隸臣僚，僚臣僕，僕臣台。」（《左傳》昭公七年）

但是「台」沒有臣，不是太苦了麼？無須擔心的，有比他更卑的妻，更弱的子在。而且其子也很有希望，他日長大，升而為「台」，便又有更卑更弱的妻子，供他驅使了。如此連環，各得其所，有敢非議者，其罪名曰不安分！

　　雖然那是古事，昭公七年離現在也太遼遠了，但「復古家」盡可不必悲觀的。太平的景象還在：常有兵燹，常有水旱，可有誰聽到大叫喚麼？打的打，革的革，可有處士來橫議麼？對國民如何專橫，向外人如何柔媚，不猶是差等的遺風麼？中國固有的精神文明，其實並未為共和二字所埋沒，只有滿人已經退席，和先前稍不同。

　　因此我們在目前，還可以親見各式各樣的筵宴，有燒烤，有翅席，有便飯，有西餐。但茅簷下也有淡飯，路傍也有殘羹，野上也有餓莩；有吃燒烤的身價不貲的闊人，也有餓得垂死的每斤八文的孩子（見《現代評論》二十一期）。所謂中國的文明者，其實不過是安排給闊人享用的人肉的筵宴。所謂中國者，其實不過是安排這人肉的筵宴的廚房。不知道而讚頌者是可恕的，否則，此輩當得永遠的詛咒！

　　外國人中，不知道而讚頌者，是可恕的；占了高位，養尊處優，因此受了蠱惑，昧卻靈性而讚歎者，也還可恕的。可是還有兩種，其一是以中國人為劣種，只配悉照原來模樣，因而故意稱讚中國的舊物。其一是願世間人各不相同以增自己旅行的興趣，到中國看辮子，到日本看木屐，到高麗看笠子，倘若服飾一樣，便索然無味了，因而來反對亞洲的歐化。這些都可憎惡。至於羅素在西湖見轎夫含笑，便讚美中國人，則也許別有意思罷。但是，轎夫如果能對坐轎的人不含笑，中國也早不是現在似的中國了。

　　這文明，不但使外國人陶醉，也早使中國一切人們無不陶醉而且至於含笑。因為古代傳來而至今還在的許多差別，使人們各各分離，遂不能再感到別人的痛苦；並且因為自己各有奴使別人，吃

掉別人的希望，便也就忘卻自己同有被奴使被吃掉的將來。於是大小無數的人肉的筵宴，即從有文明以來一直排到現在，人們就在這會場中吃人，被吃，以凶人的愚妄的歡呼，將悲慘的弱者的呼號遮掩，更不消說女人和小兒。

這人肉的筵宴現在還排著，有許多人還想一直排下去。掃蕩這些食人者，掀掉這筵席，毀壞這廚房，則是現在的青年的使命！

一九二五年四月二十九日

名·家·解·讀

先讀《燈下漫筆》之一。

魯迅是反對一切「瞞」和「騙」的；他還要我們正視：中國人更多的情況下，是處於「下於奴隸」的狀態的。他舉例說，在中國的歷史中，老百姓經常受到「官兵」與「強盜」的雙重殺掠，這時候，就很容易產生希望「有一個一定的主子」，制定出「奴隸規則」，以便遵循的心理；這與前文「當了奴隸還萬分喜歡的心理是一脈相承的，而且還有發展；身為奴隸，卻希望建立穩定的「奴隸秩序」。──魯迅行文至此，發現了這樣的奴隸心理，他的心情不能不是沉重的，他的筆調也愈加嚴峻。

……由此而推出的自然是這樣一個「直捷了當」的結論：「一，想做奴隸而不得的時代；二，暫時做穩了奴隸的時代。這一種循環，也就是『先儒』之所謂『一治一亂』」。……它是對中國歷史的又一個意義重大的概括。……充分顯示了魯迅思想與文章的批判鋒芒。

現在我們來讀《燈下漫筆》之二。

……這就進入了對中國社會結構的考察。魯迅引用《左傳》「天有十日，人有十等」這段記載，指出中國社會有一個「有貴賤，有大小，有上下」的等級結構，「一級一級的制馭著」。……這個等級結構是高度統一與封閉的，絕不給異端（不同意見者、批評者）以任何存在空間。

於是，就有了對中國現實的這樣的描述：「我們在目前，還可以親見各式各樣的筵宴……」魯迅由此而引出對中國「文明」本質的一個概括——「所謂中國的文明者，其實不過是安排給闊人享用的人肉的筵宴。所謂中國者，其實不過是安排這人肉的筵宴的廚房。」這又是一個石破天驚的發現，構成了全文（包括《燈下漫筆》之一）的一個高峰，可以說魯迅整個的論述都是奔向這一思想與情感的頂點。

——錢理群《「掀掉這人肉的筵席」》

組畫《從黑到白》（之一）　麥綏萊勒 1939年創作

論「他媽的！」

　　無論是誰，只要在中國過活，便總得常聽到「他媽的」或其相類的口頭禪。我想：這話的分佈，大概就跟著中國人足跡之所至罷；使用的遍數，怕也未必比客氣的「您好呀」會更少。假使依或人所說，牡丹是中國的「國花」，那麼，這就可以算是中國的「國罵」了。

　　我生長於浙江之東，就是西瀅先生之所謂「某籍」。那地方通行的「國罵」卻頗簡單：專一以「媽」為限，決不牽涉餘人。後來稍遊各地，才始驚異於國罵之博大而精微：上溯祖宗，旁連姊妹，下遞子孫，普及同性，真是「猶河漢而無極也」。而且，不特用於人，也以施之獸。前年，曾見一輛煤車的只輪陷入很深的轍跡裏，車夫便憤然跳下，出死力打那拉車的騾子道：「你姊姊的！你姊姊的！」

　　別的國度裏怎樣，我不知道。單知道諾威人Hamsun有一本小說叫《饑餓》，粗野的口吻是很多的，但我並不見這一類話。Gorky所寫的小說中多無賴漢，就我所看過的而言，也沒有這罵法。惟獨Artzybashev在《工人綏惠略夫》裏，卻使無抵抗主義者亞拉借夫罵了一句「你媽的」。但其時他已經決計為愛而犧牲了，

使我們也失卻笑他自相矛盾的勇氣。這罵的翻譯，在中國原極容易的，別國卻似乎爲難，德文譯本作「我使用過你的媽」，日文譯本作「你的媽是我的母狗」。這實在太費解，——由我的眼光看起來。

那麼，俄國也有這類罵法的了，但因爲究竟沒有中國似的精博，所以光榮還得歸到這邊來。好在這究竟又並非什麼大光榮，所以他們大約未必抗議；也不如「赤化」之可怕，中國的闊人，名人，高人，也不至於駭死的。但是，雖在中國，說的也獨有所謂「下等人」，例如「車夫」之類，至於有身分的上等人，例如「士大夫」之類，則決不出之於口，更何況筆之於書。「予生也晚」，趕不上周朝，未爲大夫，也沒有做士，本可以放筆直幹的，然而終於改頭換面，從「國罵」上削去一個動詞和一個名詞，又改對稱爲第三人稱者，恐怕還因爲到底未曾拉車，因而也就不免「有點貴族氣味」之故。那用途，既然只限於一部分，似乎又有些不能算作「國罵」了；但也不然，闊人所賞識的牡丹，下等人又何嘗以爲「花之富貴者也」？

這「他媽的」的由來以及始於何代，我也不明白。經史上所見罵人的話，無非是「役夫」，「奴」，「死公」；較屬害的，有「老狗」，「貉子」；更屬害，涉及先代的，也不外乎「而母婢也」，「贅閹遺醜」罷了！還沒見過什麼「媽的」怎樣，雖然也許是士大夫諱而不錄。但《廣弘明集》（七）記北魏邢子才「以爲婦人不可保。謂元景曰，『卿何必姓王？』元景變色。子才曰，『我亦何必姓邢；能保五世耶？』」則頗有可以推見消息的地方。

晉朝已經是大重門第，重到過度了；華胄世業，子弟便易於得官；即使是一個酒囊飯袋，也還是不失爲清品。北方疆土雖失於拓跋氏，士人卻更其發狂似的講究閥閱，區別等第，守護極嚴。庶民中縱有俊才，也不能和大姓比並。至於大姓，實不過承祖宗餘蔭，以舊業驕人，空腹高心，當然使人不耐。但士流既然用祖宗做

護符，被壓迫的庶民自然也就將他們的祖宗當作仇敵。邢子才的話雖然說不定是否出於憤激，但對於躲在門第下的男女，卻確是一個致命的重傷。勢位聲氣，本來僅靠了「祖宗」這惟一的護符而存，「祖宗」倘一被毀，便什麼都倒敗了。這是倚賴「餘蔭」的必得的果報。

　　同一的意思，但沒有邢子才的文才，而直出於「下等人」之口的，就是「他媽的！」

　　要攻擊高門大族的堅固的舊堡壘，卻去瞄準他的血統，在戰略上，真可謂奇譎的了。最先發明這一句「他媽的」的人物，確要算一個天才，──然而是一個卑劣的天才。

　　唐以後，自誇族望的風氣漸漸消除；到了金元，已奉夷狄為帝王，自不妨拜屠沽作卿士，「等」的上下本該從此有些難定了，但偏還有人想辛辛苦苦地爬進「上等」去。劉時中的曲子裏說：「堪笑這沒見識街市匹夫，好打那好頑劣。江湖伴侶，旋將表德官名相體呼，聲音多廝稱，字樣不尋俗。聽我一個個細數：糶米的喚子良；賣肉的呼仲甫……

　　開張賣飯的呼君寶；磨面登羅底叫德夫：何足云乎？！」（《樂府新編陽春白雪》三）這就是那時的暴發戶的醜態。

　　「下等人」還未暴發之先，自然大抵有許多「他媽的」在嘴上，但一遇機會，偶竊一位，略識幾字，便即文雅起來：雅號也有了；身分也高了；家譜也修了，還要尋一個始祖，不是名儒便是名臣。從此化為「上等人」，也如上等前輩一樣，言行都很溫文爾雅。然而愚民究竟也有聰明的，早已看穿了這鬼把戲，所以又有俗諺，說：「口上仁義禮智，心裏男盜女娼！」他們是很明白的。

　　於是他們反抗了，曰：「他媽的！」

　　但人們不能蔑棄掃蕩人我的餘澤和舊蔭，而硬要去做別人的祖宗，無論如何，總是卑劣的事。有時，也或加暴力於所謂「他媽的」的生命上，但大概是乘機，而不是造運會，所以無論如何，也

還是卑劣的事。

中國人至今還有無數「等」，還是依賴門第，還是倚仗祖宗。倘不改造，即永遠有無聲的或有聲的「國罵」。就是「他媽的」，圍繞在上下和四旁，而且這還須在太平的時候。

但偶爾也有例外的用法：或表驚異，或表感服。我曾在家鄉看見鄉農父子一同午飯，兒子指一碗菜向他父親說：「這不壞，媽的你嘗嘗看！」那父親回答道：「我不要吃。媽的你吃去罷！」則簡直已經醇化爲現在時行「我的親愛的」的意思了。

一九二五年七月十九日

名·家·解·讀

我們驚異於魯迅審視「他媽的」這一國人的口頭禪時所表現出的淵博的歷史知識和深邃犀利的歷史眼光。透過「他媽的」表面現象，魯迅深挖出來的是「國罵」背後深層的社會問題與眾生世相。魯迅將「國罵」的根源，歸於歷史上形成並流傳並根植於人們意識深處而守護極嚴的門閥等級制度及其觀念。

然而，不正視現實，躲開了現實，眼睛只盯著「祖宗」，拐著彎兒的去罵祖宗出氣，絲毫不解決現實問題，簡直是阿Q式的戰法了。所以魯迅說：「最先發明這一句『他媽的』的人物，確要算一個天才，——然而是一個卑劣的天才。」

魯迅看不起這種卑劣的戰法，並看穿了慣用卑劣戰法者的卑劣。這類「下等人」……在罵別人的祖宗時，是恨自己沒有別人似的祖宗；一旦發跡了，便學著先前被他罵過的祖宗的樣子為自己的子弟當

起有用的祖宗了。「口上仁義禮智，心裏男盜女娼！」「他媽的！」他們還得挨罵。

改造必須徹底。那就是人人不僅能夠薆棄掃蕩別人的「餘澤和舊蔭」，更有勇氣薆棄掃蕩屬於自己的「餘澤和舊蔭」；革命要革別人的命，更要革自己的命，革靈魂深處的或者已經成為無意識的那個「他媽的」的命。只有這樣的改造，「他媽的」或許才可能成為歷史，即便留存，也才有可能僅僅保留其「我的親愛的」意思。

——李文儒《走進魯迅世界》

《我的懺悔》（之一百五十四）　1919年創作

論睜了眼看

　　虛生先生所做的時事短評中，曾有一個這樣的題目：《我們應該有正眼看各方面的勇氣》（《猛進》十九期）。誠然，必須敢於正視，這才可望敢想，敢說，敢作，敢當。倘使並正視而不敢，此外還能成什麼氣候。然而，不幸這一種勇氣，是我們中國人最所缺乏的。

　　但現在我所想到的是別一方面——

　　中國的文人，對於人生，——至少是對於社會現象，向來就多沒有正視的勇氣。我們的聖賢，本來早已教人「非禮勿視」的了；而這「禮」又非常之嚴，不但「正視」，連「平視」「斜視」也不許。現在青年的精神未可知，在體質，卻大半還是彎腰曲背，低眉順眼，表示著老牌的老成的子弟，馴良的百姓，——至於說對外卻有大力量，乃是近一月來的新說，還不知道究竟是如何。

　　再回到「正視」問題去：先既不敢，後便不能，再後，就自然不視，不見了。一輛汽車壞了，停在馬路上，一群人圍著呆看，所得的結果是一團烏油油的東西。然而由本身的矛盾或社會的缺陷所生的苦痛，雖不正視，卻要身受的。文人究竟是敏感人物，從他們的作品上看來，有些人確也早已感到不滿，可是一到快要顯露缺陷

的危機一發之際，他們總即刻連說「並無其事」，同時便閉上了眼睛。這閉著的眼睛便看見一切圓滿，當前的苦痛不過是「天之將降大任於是人也，必先苦其心志，勞其筋骨，餓其體膚，空乏其身，行拂亂其所為。」於是無問題，無缺陷，無不平，也就無解決，無改革，無反抗。因為凡事總要「團圓」，正無須我們焦躁；放心喝茶，睡覺大吉。再說廢話，就有「不合時宜」之咎，免不了要受大學教授的糾正了。呸！

我並未實驗過，但有時候想：倘將一位久蟄洞房的老太爺拋在夏天正午的烈日底下，或將不出閨門的千金小姐拖到曠野的黑夜裏，大概只好閉了眼睛，暫續他們殘存的舊夢，總算並沒有遇到暗或光，雖然已經是絕不相同的現實。中國的文人也一樣，萬事閉眼睛，聊以自欺，而且欺人，那方法是：瞞和騙。

中國婚姻方法的缺陷，才子佳人小說作家早就感到了，他於是使一個才子在壁上題詩，一個佳人便來和，由傾慕——現在就得稱戀愛——而至於有「終身之約」。但約定之後，也就有了難關。我們都知道，「私訂終身」在詩和戲曲或小說上尚不失為美談（自然只以與終於中狀元的男人私訂為限），實際卻不容於天下的，仍然免不了要離異。明末的作家便閉上眼睛，並這一層也加以補救了，說是：才子及第，奉旨成婚。「父母之命媒妁之言」經這大帽子來一壓，便成了半個鉛錢也不值，問題也一點沒有了。假使有之，也只在才子的能否中狀元，而決不在婚姻制度的良否。

（近來有人以為新詩人的做詩發表，是在出風頭，引異性；且遷怒於報章雜誌之濫登。殊不知即使無報，牆壁實「古已有之」，早做過發表機關了；據《封神演義》，紂王已曾在女媧廟壁上題詩，那起源實在非常之早。報章可以不取白話，或排斥小詩，牆壁卻拆不完，管不及的；倘一律刷成黑色，也還有破磁可劃，粉筆可書，真是窮於應付。做詩不刻木板，去藏之名山，卻要隨時發表，雖然很有流弊，但大概是難以杜絕的罷。）

《紅樓夢》中的小悲劇，是社會上常有的事，作者又是比較的敢於實寫的，而那結果也並不壞。無論賈氏家業再振，蘭桂齊芳，即寶玉自己，也成了個披大紅猩猩氈斗篷的和尚。和尚多矣，但披這樣闊斗篷的能有幾個，已經是「入聖超凡」無了。至於別的人們，則早在冊子裏一一註定，末路不過是一個歸結：是問題的結束，不是問題的開頭。讀者即小有不安，也終於奈何不得。然而後來或續或改，非借屍還魂，即冥中另配，必令「生旦當場團圓」，才肯放手者，乃是自欺欺人的癮太大，所以看了小小騙局，還不甘心，定須閉眼胡說一通而後快。赫克爾（E.Haeckel）說過：人和人之差，有時比類人猿和原人之差還遠。我們將《紅樓夢》的續作者和原作者一比較，就會承認這話大概是確實的。

　　「作善降祥」的古訓，六朝人本已有些懷疑了，他們作墓誌，竟會說「積善不報，終自欺人」的話。但後來的昏人，卻又瞞起來。元劉信將三歲癡兒拋入醮紙火盆，妄希福，是見於《元典章》的；劇本《小張屠焚兒救母》卻道是為母延命，命得延，兒亦不死了。一女願侍痼疾之夫，《醒世恆言》中還說終於一同自殺的；後來改作的卻道是有蛇墜入藥罐裏，丈夫服後便痊癒了。凡有缺陷，一經作者粉飾，後半便大抵改觀，使讀者落誑妄中，以為世間委實盡夠光明，誰有不幸，便是自作，自受。

　　有時遇到彰明的史實，瞞不下，如關羽岳飛的被殺，便只好別設騙局了。一是前世已造夙因，如岳飛；一是死後使他成神，如關羽。定命不可逃，成神的善報更滿人意，所以殺人者不足責，被殺者也不足悲，冥冥中自有安排，使他們各得其所，正不必別人來費力了。

　　中國人的不敢正視各方面，用瞞和騙，造出奇妙的逃路來，而自以為正路。在這路上，就證明著國民性的怯弱，懶惰，而又巧滑。一天一天的滿足著，即一天一天的墮落著，但卻又覺得日見其光榮。在事實上，亡國一次，即添加幾個殉難的忠臣，後來每不

想光復舊物，而只去讚美那幾個忠臣；遭劫一次，即造成一群不辱的烈女，事過之後，也每每不思懲凶，自衛，卻只顧歌詠那一群烈女。彷彿亡國遭劫的事，反而給中國人發揮「兩間正氣」的機會，增高價值，即在此一舉，應該一任其至，不足憂悲似的。自然，此上也無可爲，因爲我們已經借死人獲得最上的光榮了。滬漢烈士的追悼會中，活的人們在一塊很可景仰的高大的木主下互相打罵，也就是和我們的先輩走著同一的路。

文藝是國民精神所發的火光，同時也是引導國民精神的前途的燈火。這是互爲因果的，正如麻油從芝麻榨出，但以浸芝麻，就使它更油。倘以油爲上，就不必說；否則，當參入別的東西，或水或鹼去。中國人向來因爲不敢正視人生，只好瞞和騙，由此也生出瞞和騙的文藝來，由這文藝，更令中國人更深地陷入瞞和騙的大澤中，甚而至於已經自己不覺得。世界日日改變，我們的作家取下假面，眞誠地，深入地，大膽地看取人生並且寫出他的血和肉來的時候早到了；早就應該有一片嶄新的文場，早就應該有幾個兇猛的闖將！

現在，氣象似乎一變，到處聽不見歌吟花月的聲音了，代之而起的是鐵和血的讚頌。然而倘以欺瞞的心，用欺瞞的嘴，則無論說A和O，或Y和Z，一樣是虛假的；只可以嚇啞了先前鄙薄花月的所謂批評家的嘴，滿足地以爲中國就要中興。可憐他在「愛國」的大帽子底下又閉上了眼睛了——或者本來就閉著。

沒有衝破一切傳統思想和手法的闖將，中國是不會有眞的新文藝的。

一九二五年七月二十二日

　　文章一開頭便直言，這是一個由別人（虛生先生）提出的命題，不過也是魯迅自己一貫的主張，因此要寫文章予以呼應：「敢於正視，這才可望敢想，敢說，敢作，敢當。」但魯迅所要討論的是「別一方面」：不敢正視，即「閉了眼看」。這是顯示了魯迅的思維特點的：他總是同時關注兩個對立的命題（「睜了眼看」與「閉了眼看」），而且把重點放在反題上。

　　但本文所要討論的重點是，中國的「文人」，也即中國的知識份子與中國文學和這樣的國民性的關係。

　　魯迅的討論從這樣一個事實出發：「由本身的矛盾或社會的缺陷所生的苦痛，雖不正視，卻要身受的。」問題是，當人們身受這樣的痛苦時，採取什麼態度。……而由此形成了中國知識份子的頑症：「萬事閉眼睛，聊以自欺，而且欺人，那方法是：瞞和騙。」——這是真正抓住了要害的。可以說，這是魯迅對從古至今的中國知識份子的根本弱點的一大發現，足以使每一個良知尚存的知識份子（包括我們自己）為之汗顏。

　　而且，這也造成了中國傳統文學的根本性的弱點。——魯迅正是從這一角度考察中國傳統小說，於是有了許多重大發現。……

　　「瞞和騙」的國民，「瞞和騙」的文藝，這是兩個極為嚴重的判斷與概括，而且二者之間又形成了一個惡性循環。這都是令人痛心的，而且今天似乎也依然是我們必須面對的現實，這就更加令人難堪。

　　在魯迅看來，中國文學發展的根本問題，是能否走出瞞和騙的大澤；他因此大聲疾呼——……「真誠地，深入地，大膽地看取人生並且寫出他的血和肉來」的文學，是敢於「衝破一切傳統思想和手法」的具有創造性的文學。

——錢理群《走出瞞和騙的大澤》

論「費厄潑賴」應該緩行

一　解題

《語絲》五七期上語堂先生曾經講起「費厄潑賴」（fairplay），以爲此種精神在中國最不易得，我們只好努力鼓勵；又謂不「打落水狗」，即足以補充「費厄潑賴」的意義。我不懂英文，因此也不明這字的函義究竟怎樣，如果不「打落水狗」也即這種精神之一體，則我卻很想有所議論。但題目上不直書「打落水狗」者，乃爲迴避觸目起見，即並不一定要在頭上強裝「義角」之意。總而言之，不過說是「落水狗」未始不可打，或者簡直應該打而已。

二　論「落水狗」有三種，大都在可打之列

今之論者，常將「打死老虎」與「打落水狗」相提並論，以爲

都近於卑怯。我以爲「打死老虎」者，裝怯作勇，頗含滑稽，雖然不免有卑怯之嫌，卻怯得令人可愛。至於「打落水狗」，則並不如此簡單，當看狗之怎樣，以及如何落水而定。考落水原因，大概可有三種：（1）狗自己失足落水者，（2）別人打落者，（3）親自打落者。倘遇前二種，便即附和去打，自然過於無聊，或者竟近於卑怯；但若與狗奮戰，親手打其落水，則雖用竹竿又在水中從而痛打之，似乎也非已甚，不得與前二者同論。

聽說剛勇的拳師，決不再打那已經倒地的敵手，這實足使我們奉爲楷模。但我以爲尙須附加一事，即敵手也須是剛勇的鬥士，一敗之後，或自愧自悔而不再來，或尙須堂皇地來相報復，那當然都無不可。而於狗，卻不能引此爲例，與對等的敵手齊觀，因爲無論它怎樣狂嗥，其實並不解什麼「道義」；況且狗是能浮水的，一定仍要爬到岸上，倘不注意，它先就聳身一搖，將水點灑得人們一身一臉，於是夾著尾巴逃走了。但後來性情還是如此。老實人將它的落水認作受洗，以爲必已懺悔，不再出而咬人，實在是大錯而特錯的事。

總之，倘是咬人之狗，我覺得都在可打之列，無論它在岸上或在水中。

三　論叭兒狗尤非打落水裏，又從而打之不可

叭兒狗一名哈吧狗，南方卻稱爲西洋狗了，但是，聽說倒是中國的特產，在萬國賽狗會裏常常得到金獎牌，《大不列顚百科全書》的狗照相上，就很有幾匹是咱們中國的叭兒狗。這也是一種國光。但是，狗和貓不是仇敵麼？它卻雖然是狗，又很像貓，折中，公允，調和，平正之狀可掬，悠悠然擺出別個無不偏激，惟獨自己得了「中庸之道」似的臉來。因此也就爲闊人，太監，太太，小姐們所鍾愛，種子綿綿不絕。它的事業，只是以伶俐的皮毛獲得貴人豢養，或者中外的娘兒們上街的時候，脖子上拴了細鏈子跟在腳後

跟。

這些就應該先行打它落水，又從而打之；如果它自墜入水，其實也不妨又從而打之，但若是自己過於要好，自然不打亦可，然而也不必爲之歎息。叭兒狗如可寬容，別的狗也大可不必打了，因爲它們雖然非常勢利，但究竟還有些像狼，帶著野性，不至於如此騎牆。

以上是順便說及的話，似乎和本題沒有大關係。

四　論不「打落水狗」是誤人子弟的

總之，落水狗的是否該打，第一是在看它爬上岸了之後的態度。

狗性總不大會改變的，假使一萬年之後，或者也許要和現在不同，但我現在要說的是現在。如果以爲落水之後，十分可憐，則害人的動物，可憐者正多，便是霍亂病菌，雖然生殖得快，那性格卻何等地老實。然而醫生是決不肯放過它的。

現在的官僚和土紳士或洋紳士，只要不合自意的，便說是赤化，是共產；民國元年以前稍不同，先是說康黨，後是說革黨，「革黨」，（指參加反清的革命者。）甚至於到官裏去告密，一面固然在保全自己的尊榮，但也未始沒有那時所謂「以人血染紅頂子」之意。可是革命終於起來了，一群臭架子的紳士們，便立刻皇皇然若喪家之狗，將小辮子盤在頭頂上。革命黨也一派新氣，——紳士們先前所深惡痛絕的新氣，「文明」得可以；說是「咸與維新」了，我們是不打落水狗的，聽憑它們爬上來罷。於是它們爬上來了，伏到民國二年下半年，二次革命的時候，就突出來幫著袁世凱咬死了許多革命人，中國又一天一天沉入黑暗裏，一直到現在，遺老不必說，連遺少也還是那麼多。這就因爲先烈的好心，對於鬼蜮的慈悲，使它們繁殖起來，而此後的明白青年，爲反抗黑暗計，也就要花費更多更多的氣力和生命。

秋瑾女士，就是死於告密的，革命後暫時稱為「女俠」，現在是不大聽見有人提起了。革命一起，她的故鄉就到了一個都督，——等於現在之所謂督軍，——也是她的同志：王金發。他捉住了殺害她的謀主，調集了告密的案卷，要為她報仇。然而終於將那謀主釋放了，據說是因為已經成了民國，大家不應該再修舊怨罷。但等到二次革命失敗後，王金發卻被袁世凱的走狗槍決了，與有力的是他所釋放的殺過秋瑾的謀主。

這人現在也已「壽終正寢」了，但在那裏繼續跋扈出沒著的也還是這一流人，所以秋瑾的故鄉也還是那樣的故鄉，年復一年，絲毫沒有長進。從這一點看起來，生長在可為中國模範的名城裏的楊蔭榆女士和陳西瀅先生，真是洪福齊天。

五　論塌台人物不當與「落水狗」相提並論

「犯而不校」是恕道，「以眼還眼以牙還牙」是直道。中國最多的卻是枉道，不打落水狗，反被狗咬了。但是，這其實是老實人自己討苦吃。

俗語說：「忠厚是無用的別名」，也許太刻薄一點罷，但仔細想來，卻也覺得並非唆人作惡之談，乃是歸納了許多苦楚的經歷之後的警句。譬如不打落水狗說，其成因大概有二：一是無力打；二是比例錯。前者且勿論；後者的大錯就又有二：一是誤將塌台人物和落水狗齊觀，二是不辨塌台人物又有好有壞，於是視同一律，結果反成為縱惡。即以現在而論，因為政局的不安定，真是此起彼伏如轉輪，壞人靠著冰山，恣行無忌，一旦失足，忽而乞憐，而曾經親見，或親受其噬齧的老實人，乃忽以「落水狗」視之，不但不打，甚至於還有哀矜之意，自以為公理已伸，俠義這時正在我這裏。殊不知它何嘗真是落水，巢窟是早已造好的了，食料是早經儲足的了，並且都在租界裏。雖然有時似乎受傷，其實並不，至多不過是假裝跛腳，聊以引起人們的惻隱之心，可以從容避匿罷了。他

日復來，仍舊先咬老實人開手。「投石下井」，無所不爲，尋起原因來，一部分就正因爲老實人不「打落水狗」之故。所以，要是說得苛刻一點，也就是自家掘坑自家埋，怨天尤人，全是錯誤的。

六　論現在還不能一味「費厄」

仁人們或者要問：那麼，我們竟不要「費厄潑賴」麼？我可以立刻回答：當然是要的，然而尙早。這就是「請君入甕」法。雖然仁人們未必肯用，但我還可言之成理。土紳士或洋紳士們不是常常說，中國自有特別國情，外國的平等自由等等，不能適用麼？我以爲這「費厄潑賴」也是其一。否則，他對你不「費厄」，你卻對他去「費厄」，結果總是自己吃虧，不但要「費厄」而不可得，並且連要不「費厄」而亦不可得。所以要「費厄」，最好是首先看清對手，倘是些不配承受「費厄」的，大可以老實不客氣；待到它也「費厄」了，然後再與它講「費厄」不遲。

這似乎很有主張二重道德之嫌，但是也出於不得已，因爲倘不如此，中國將不能有較好的路。中國現在有許多二重道德，主與奴，男與女，都有不同的道德，還沒有劃一。要是對「落水狗」和「落水人」獨獨一視同仁，實在未免太偏，太早，正如紳士們之所謂自由平等並非不好，在中國卻微嫌太早一樣。所以倘有人要普遍施行「費厄潑賴」精神，我以爲至少須俟所謂「落水狗」者帶有人氣之後。但現在自然也非絕不可行，就是，有如上文所說：要看清對手。而且還要有等差，即「費厄」必視對手之如何而施，無論其怎樣落水，爲人也則幫之，爲狗也則不管之，爲壞狗也則打之。一言以蔽之：「黨同伐異」而已矣。

滿心「婆理」而滿口「公理」的紳士們的名言暫且置之不論不議之列，即使眞心人所大叫的公理，在現今的中國，也還不能救助好人，甚至於反而保護壞人。因爲當壞人得志，虐待好人的時候，即使有人大叫公理，他決不聽從，叫喊僅止於叫喊，好人仍然受

苦。然而偶有一時，好人或稍稍蹶起，則壞人本該落水了，可是，真心的公理論者又「勿報復」呀，「仁恕」呀，「勿以惡抗惡」呀……的大嚷起來。這一次卻發生實效，並非空嚷了：好人正以爲然，而壞人於是得救。但他得救之後，無非以爲占了便宜，何嘗改悔；並且因爲是早已營就三窟，又善於鑽謀的，所以不多時，也就依然聲勢赫奕，作惡又如先前一樣。這時候，公理論者自然又要大叫，但這回他卻不聽你了。

但是，「疾惡太嚴」，「操之過急」，漢的清流和明的東林，卻正以這一點傾敗，論者也常常這樣責備他們。殊不知那一面，何嘗不「疾善如仇」呢？人們卻不說一句話。假使此後光明和黑暗還不能作徹底的戰鬥，老實人誤將縱惡當作寬容，一味姑息下去，則現在似的混沌狀態，是可以無窮無盡的。

七　論「即以其人之道還治其人之身」

中國人或信中醫或信西醫，現在較大的城市中往往並有兩種醫，使他們各得其所。我以爲這確是極好的事。倘能推而廣之，怨聲一定還要少得多，或者天下竟可以臻於郅治。例如民國的通禮是鞠躬，但若有人以爲不對的，就獨使他磕頭。民國的法律是沒有笞刑的，倘有人以爲肉刑好，則這人犯罪時就特別打屁股。碗筷飯菜，是爲今人而設的，有願爲燧人氏以前之民者，就請他吃生肉；再造幾千間茅屋，將在大宅子裏仰慕堯舜的高士都拉出來，給住在那裏面；反對物質文明的，自然更應該不使他銜冤坐汽車。這樣一辦，真所謂「求仁得仁又何怨」，我們的耳根也就可以清淨許多罷。

但可惜大家總不肯這樣辦，偏要以己律人，所以天下就多事。「費厄潑賴」尤其有流弊，甚至於可以變成弱點，反給惡勢力佔便宜。例如劉百昭毆曳女師大學生，《現代評論》上連屁也不放，一到女師大恢復，陳西瀅鼓動女大學生佔據校舍時，卻道「要是她

們不肯走便怎樣呢？你們總不好意思用強力把她們的東西搬走了罷？」毆而且拉，而且搬，是有劉百昭的先例的，何以這一回獨獨「不好意思」？這就因爲給他嗅到了女師大這一面有些「費厄」氣味之故。但這「費厄」卻又變成弱點，反而給人利用了來替章士釗的「遺澤」保鑣。

八　結末

或者要疑我上文所言，會激起新舊，或什麼兩派之爭，使惡感更深，或相持更烈罷。但我敢斷言，反改革者對於改革者的毒害，向來就並未放鬆過，手段的厲害也已經無以復加了。只有改革者卻還在睡夢裏，總是吃虧，因而中國也總是沒有改革，自此以後，是應該改換些

態度和方法的。

一九二五年十二月二十九日

名·家·解·讀

　　魯迅的著名的「打落水狗」（《墳》：《論「費厄潑賴」應該緩行》），真正是反自由主義，反妥協主義的宣言。舊勢力的虛偽的中庸，説些鬼話來屬雜在科學裏，調和一下，鬼混一下，這正是它的詭計。其實這鬥爭的世界，有些原則上的對抗事實上是決不會有調和的。所謂調和只是敵人的緩兵之計。狗可憐到落水，可是它爬出來仍舊是狗，仍舊要咬你一口，只要有可能的話。所以「要打就得打到底」——對於一切種種黑暗的舊勢力都應當這樣。

但是死氣沉沉的市儈，——其實他們對於在自己手下討生活的人一點兒也不死氣沉沉，——表面上往往會對所謂弱者「表同情」，事實上他們有意的無意的總在維持著剝削制度。市儈，這是一種狹隘的淺薄的東西，它們的頭腦（如果可以說這是頭腦的話），被千百年來的現成習慣和思想圈住了，而在這個圈子裏自動機似的「思想」著。家庭，私塾，學校，中西「人道主義」的文學的影響，一切所謂「法律精神」和「中庸之道」的影響，把市儈的腦筋造成了一種簡單機器，碰見什麼「新奇」的，「過激」的事情，立刻就會像留聲機似的「啊呀呀」的叫起來。這種「叭兒狗」「雖然是狗，又很像貓，折中，公允，調和，平正之狀可掬，悠悠然擺出別個無不偏激，惟獨自己得了『中庸之道』似的臉來」。魯迅這種暴露市儈的銳利的筆鋒，充分的表現著他的反中庸的反自由主義的精神。

——瞿秋白《〈魯迅雜感選集〉序言》

魯迅雜文選集

隨感錄

三十八

　　中國人向來有點自大。──只可惜沒有「個人的自大」，都是「合群的愛國的自大」。這便是文化競爭失敗之後，不能再見振拔改進的原因。

　　「個人的自大」，就是獨異，是對庸眾宣戰。除精神病學上的誇大狂外，這種自大的人，大抵有幾分天才，──照Nordau等說，也可說就是幾分狂氣。他們必定自己覺得思想見識高出庸眾之上，又爲庸眾所不懂，所以憤世疾俗，漸漸變成厭世家，或「國民之敵」。但一切新思想，多從他們出來，政治上宗教上道德上的改革，也從他們發端。所以多有這個「個人的自大」的國民，眞是多福氣！多幸運！

　　「合群的自大」，「愛國的自大」，是黨同伐異，是對少數的天才宣戰；──至於對別國文明宣戰，卻尙在其次。他們自己毫無特別才能，可以誇示於人，所以把這國拿來做個影子；他們把國裏的習慣制度抬得很高，讚美的了不得；他們的國粹，既然這樣有榮光，他們自然也有榮光了！倘若遇見攻擊，他們也不必自去應戰，因爲這種蹲在影子裏張目搖舌的人，數目極多，只須用mob的長技，一陣亂噪，便可制勝。勝了，我是一群中的人，自然也勝了；若敗了時，一群中有許多人，未必是我受虧：大凡聚眾滋事時，多

具這種心理，也就是他們的心理。他們舉動，看似猛烈，其實卻很卑怯。至於所生結果，則復古，尊王，扶清滅洋等等，已領教得多了。所以多有這「合群的愛國的自大」的國民，真是可哀，真是不幸！

不幸中國偏只多這一種自大：古人所作所說的事，沒一件不好，遵行還怕不及，怎敢說到改革？這種愛國的自大家的意見，雖各派略有不同，根柢總是一致，計算起來，可分作下列五種：

甲云：「中國地大物博，開化最早；道德天下第一。」這是完全自負。

乙云：「外國物質文明雖高，中國精神文明更好。」

丙云：「外國的東西，中國都已有過；某種科學，即某子所說的云云」，這兩種都是「古今中外派」的支流；依據張之洞的格言，以「中學為體西學為用」的人物。

丁云：「外國也有叫化子，——（或云）也有草舍，——娼妓，——臭蟲。」這是消極的反抗。

戊云：「中國便是野蠻的好。」又云：「你說中國思想昏亂，那正是我民族所造成的事業的結晶。從祖先昏亂起，直要昏亂到子孫；從過去昏亂起，直要昏亂到未來。……（我們是四萬萬人，）你能把我們滅絕麼？」這比「丁」更進一層，不去拖人下水，反以自己的醜惡驕人；至於口氣的強硬，卻很有《水滸傳》中牛二的態度。

五種之中，甲乙丙丁的話，雖然已很荒謬，但同戊比較，尚覺情有可原，因為他們還有一點好勝心存在。譬如衰敗人家的子弟，看見別家興旺，多說大話，擺出大家架子；或尋求人家一點破綻，聊給自己解嘲。這雖然極是可笑，但比那一種掉了鼻子，還說是祖傳老病，誇示於眾的人，總要算略高一步了。

戊派的愛國論最晚出，我聽了也最寒心；這不但因其居心可怕，實因他所說的更為實在的緣故。昏亂的祖先，養出昏亂的子孫，正是遺傳的定理。民族根性造成之後，無論好壞，改變都不容

易的。法國G.Le Bon著《民族進化的心理》中，說及此事道（原文已忘，今但舉其大意）——「我們一舉一動，雖似自主，其實多受死鬼的牽制。將我們一代的人，和先前幾百代的鬼比較起來，數目上就萬不能敵了。」我們幾百代的祖先裏面，昏亂的人，定然不少：有講道學的儒生，也有講陰陽五行的道士，有靜坐煉丹的仙人，也有打臉打把子的戲子。所以我們現在雖想好好做「人」，難保血管裏的昏亂分子不來作怪，我們也不由自主，一變而為研究丹田臉譜的人物：這真是大可寒心的事。但我總希望這昏亂思想遺傳的禍害，不至於有梅毒那樣猛烈，竟至百無一免。即使同梅毒一樣，現在發明了六百零六，肉體上的病，既可醫治；我希望也有一種七百零七的藥，可以醫治思想上的病。這藥原來也已發明，就是「科學」一味。只希望那班精神上掉了鼻子的朋友，不要又打著「祖傳老病」的旗號來反對吃藥，中國的昏亂病，便也總有痊癒的一天。祖先的勢力雖大。但如從現代起，立意改變：掃除了昏亂的心思，和助成昏亂的物事（儒道兩派的文書），再用了對症的藥，即使不能立刻奏效，也可把那病毒略略屢淡。如此幾代之後待我們成了祖先的時候，就可以分得昏亂祖先的若干勢力，那時便有轉機，Le Bon所說的事，也不足怕了。

以上是我對於「不長進的民族」的療救方法；至於「滅絕」一條，那是全不成話，可不必說。「滅絕」這兩個可怕的字，豈是我們人類應說的？只有張獻忠這等人曾有如此主張，至今為人類唾罵；而且於實際上發生出什麼效驗呢？但我有一句話，要勸戊派諸公。「滅絕」這句話，只能嚇人，卻不能嚇倒自然。他是毫無情面：他看見有自向滅絕這條路走的民族，便請他們滅絕，毫不客氣。我們自己想活，也希望別人都活；不忍說他人的滅絕，又怕他們自己走到滅絕的路上，把我們帶累了也滅絕，所以在此著急。倘使不改現狀，反能興旺，能得真實自由的幸福生活，那就是做野蠻也很好。——但可有人敢答應說「是」麼？

剖析中國人「自大」的老毛病時，魯迅首先給「自大」提出兩個對立的命題：「個人的自大」與「合群的愛國的自大」，並指明中國人的毛病在於缺的是前一種自大，多的是後一種自大。

所謂「個人的自大」者，並非屬於個人品德修養方面，屬於謙虛與驕傲範疇內的自大者，而是特指有獨立人格獨異思想，有創新精神，並充滿自信地勇敢地向著普通人遵奉著的傳統信條與陳舊生活模式挑戰，即「對庸眾宣戰」的人，是那些政治宗教道德以及科學改革的先行者，那些對社會前進歷史進步做出較大貢獻的人物。一個民族，一個國家，這樣的人越多，發展便越快。所以，魯迅感慨道：「多有這『個人的自大』的國民，真是多福氣！多幸運！」

而「合群的愛國的自大」，則是黨同伐異，是多數不肯覺悟的、不覺悟的麻木的人對少數革新的人宣戰。……「愛國」與「自大」的核心內容是：古人所做所說的事，沒一件不好。……其結果，不是改革，不是前進，而是倒退、復古。所以，「多有這『合群的愛國的自大』的國民，真是可哀，真是不幸！」

為了補救「不長進的民族」，必須徹底醫治「中國的昏亂病」……魯迅在這時候（1918年）為改造中國社會，為中國國民開出的「科學」之藥方，成為「五四」時期及其後徹底反封建的光輝旗幟之一。

——李文儒《走進魯迅世界》

《光明的追求》（之十五） 1919年創作

《光明的追求》（之三十七）　1919年創作

魯迅小説全集

《光明的追求》（之四十六）　1919年創作

《光明的追求》（之五十八）　1919年創作

組畫《理想》（之一） 1920年創作

組畫《理想》（之二）　1920年創作

《雜聞》（之一）　1920年創作

《雜聞》（之二） 1920年創作

魯迅小説全集

《雜聞》（之三）　1920年創作

《雜聞》（之五）　1920年創作

魯迅小説全集

《雜聞》（之六）　1920年創作

《雜聞》（之八） 1920年創作

組畫《懷念我的故鄉》（之二）　1921年創作

組畫《懷念我的故鄉》（之四）　1921年創作

隨感錄 四十八

　　中國人對於異族，歷來只有兩樣稱呼：一樣是禽獸，一樣是聖上。從沒有稱他朋友，說他也同我們一樣的。

　　古書裏的弱水，竟是騙了我們：聞所未聞的外國人到了；交手幾回，漸知道「子曰詩云」似乎無用，於是乎要維新。

　　維新以後，中國富強了，用這學來的新，打出外來的新，關上大門，再來守舊。

　　可惜維新單是皮毛，關門也不過一夢。外國的新事理，卻愈來愈多，愈優勝，「子曰詩云」也愈擠愈苦，愈看愈無用。於是從那兩樣舊稱呼以外，別想了一樣新號：「西哲」或曰「西儒」。

　　他們的稱號雖然新了，我們的意見卻照舊。因為「西哲」的本領雖然要學，「子曰詩云」也更要昌明。換幾句話，便是學了外國本領，保存中國舊習。本領要新，思想要舊。要新本領舊思想的新人物，駝了舊本領舊思想的舊人物，請他發揮多年經驗的老本領。一言以蔽之：前幾年渭之「中學為體，西學為用」，這幾年謂之「因時制宜，折衷至當。」其實世界上決沒有這樣如意的事。即使一頭牛，連生命都犧牲了，尚且祀了孔便不能耕田，吃了肉便不能榨乳。何況一個人先須自己活著，又要駝了前輩先生活著；活著的

時候，又須恭聽前輩先生的折衷：早上打拱，晚上握手；上午「聲光化電」，下午「子曰詩云」呢？

　　社會上最迷信鬼神的人，尚且只能在賽會這一日抬一回神輿。不知那些學「聲光化電」的「新進英賢」，能否駝著山野隱逸，海濱遺老，折衷一世？

　　「西哲」易卡生蓋以為不能，以為不可。所以借了Brannd的嘴說：「All or nothing！」

名・家・解・讀

　　折衷，大概可以算是我們中國人的「一粹」了，所以它如此的常生常滅，常滅常生。

　　你要真正透徹地弄清楚什麼是折衷、什麼是折衷的最大最廣泛的應用——一直困擾著我們的「中學為體西學為用」——嗎？而且又想要在幾百字的文章中就能做到，那就仔細讀讀魯迅這篇文章吧。

　　這折衷的實質，中學為體西學為用的實質是什麼呢？——「用這學來的新，打出外來的新，關上大門，再來守舊」。「學了外國本領，保存中國舊習。本領要新，思想要舊。要新本領舊思想的新人物，駝了舊本領舊思想的舊人物，請他發揮多年經驗的老本領。」——這大概是關於折衷，關於中學為體、西學為用的最精煉最精彩最透徹的文字了。

　　這樣的折衷行不行呢？結果是分明的：牛的命都沒了，還癡心妄想，既要吃牛肉，又要喝牛奶，還要牛耕田，辦得到嗎？

　　那麼怎麼辦？魯迅引用「西儒」的話：不能完全，寧可沒有；折衷不行，改革必須徹底。

——李文儒《走進魯迅世界》

隨感錄 五十九「聖武」

　　我前回已經說過「什麼主義都與中國無干」的話了；今天忽然又有些意見，便再寫在下面：

　　我想，我們中國本不是發生新主義的地方，也沒有容納新主義的處所，即使偶然有些外來思想，也立刻變了顏色，而且許多論者反要以此自豪。我們只要留心譯本上的序跋，以及各樣對於外國事情的批評議論，便能發見我們和別人的思想中間，的確還隔著幾重鐵壁。他們是說家庭問題的，我們卻以為他鼓吹打仗；他們是寫社會缺點的，我們卻說他講笑話；他們以為好的，我們說來卻是壞的。若再留心看看別國的國民性格，國民文學，再翻一本文人的評傳，便更能明白別國著作裏寫出的性情，作者的思想，幾乎全不是中國所有。所以不會瞭解，不會同情，不會感應；甚至彼我間的是

非愛憎，也免不了得到一個相反的結果。

新主義宣傳者是放火人麼，也須別人有精神的燃料，才會著火；是彈琴人麼，別人的心上也須有弦索，才會出聲；是發聲器麼，別人也必須是發聲器，才會共鳴。中國人都有些不很像，所以不會相干。

幾位讀者怕要生氣，說，「中國時常有將性命去殉他主義的人，中華民國以來，也因為主義上死了多少烈士，你何以一筆抹殺？嚇！」這話也是真的。我們從舊的外來思想說罷，六朝的確有許多焚身的和尚，唐朝也有過砍下臂膊佈施無賴的和尚；從新的說罷，自然也有過幾個人的。然而與中國歷史，仍不相干。因為歷史結帳，不能像數學一般精密，寫下許多小數，卻只能學粗人算帳的四捨五入法門，記一筆整數。

中國歷史的整數裏面，實在沒有什麼思想主義在內。這整數只是兩種物質，——是刀與火，「來了」便是他的總名。

火從北來便逃向南，刀從前來便退向後，一大堆流水帳簿，只有這一個模型。倘嫌「來了」的名稱不很莊嚴，「刀與火」也觸目，我們也可以別想花樣，奉獻一個諡法，稱作「聖武」，便好看了。

古時候，秦始皇帝很闊氣，劉邦和項羽都看見了；邦說，「嗟乎！大丈夫當如此也！」羽說，「彼可取而代也！」羽要「取」什麼呢？便是取邦所說的「如此」。「如此」的程度，雖有不同，可是誰也想取；被取的是「彼」，取的是「丈夫」。所有「彼」與「丈夫」的心中，便都是這「聖武」的產生所，受納所。

何謂「如此」？說起來話長；簡單地說，便只是純粹獸性方面的欲望的滿足——威福，子女，玉帛，——罷了。然而在一切大小丈夫，卻要算最高理想（？）了。我怕現在的人，還被這理想支配著。

大丈夫「如此」之後，欲望沒有衰，身體卻疲敝了；而且覺得

暗中有一個黑影——死——到了身邊了。於是無法，只好求神仙。這在中國，也要算最高理想了。我怕現在的人，也還被這理想支配著。

　　求了一通神仙，終於沒有見，忽然有些疑惑了。於是要造墳，來保存死屍，想用自己的屍體，永遠佔據著一塊地面。這在中國，也要算一種沒奈何的最高理想了。我怕現在的人，也還被這理想支配著。

　　現在的外來思想，無論如何，總不免有些自由平等的氣息，互助共存的氣息，在我們這單有「我」，單想「取彼」，單要由我喝盡了一切空間時間的酒的思想界上，實沒有插足的餘地。

　　因此，只須防那「來了」便夠了。看看別國，抗拒這「來了」的便是有主義的人民。他們因為所信的主義，犧牲了別的一切，用骨肉碰鈍了鋒刃，血液澆滅了煙焰。在刀光火色衰微中，看出一種薄明的天色，便是新世紀的曙光。

　　曙光在頭上，不抬起頭，便永遠只能看見物質的閃光。

名·家·解·讀

　　雜文是一種歷來就有的文藝小品。現代雜文，在我國是從《新青年》的《隨感錄》的短文開始的。《新青年》共發表《隨感錄》一百三十三篇，魯迅一人就有二十三篇。這些「隨感」以評論時事為主，是一種文藝性的政論，在反對帝國主義和封建主義的鬥爭中，發揮了重要作用。尤其是魯迅寫的《隨感錄》，更是「鋒利而切實」的「匕首與投槍」（《小品文的危機》）。

　　《「聖武」》是魯迅前期雜文，它那敏銳的觀察，準確的攻擊，

犀利的分析，凝練而警拔的語言，處處閃爍著匕首的光芒。從被統治階級用層層塗飾掩蓋起來的「中國歷史整數」裏，魯迅敏銳、深刻地看出，它只有「刀與火」兩種物質，而「聖武」則是其美諡。文章準確地抓住了「聖武」這個要害，用精闢的分析毫不留情撕去他們莊嚴的偽裝，揭示了所謂「聖武」的反動本質。

典型分析和一般評論相結合，是魯迅雜文常用的方法。由於魯迅對中國社會有豐富的知識和深刻的認識，所以他要論證什麼問題，論據往往彷彿隨手拈來。

這些隨手拈來的論據，一經魯迅分析，立刻便具有了典型意義。在此基礎上進一步生發開去，由此及彼，即小見大，對更為廣泛、更為重大的社會問題作出自己的評論。因為《漢書‧蕭何曹參傳》有「陛下（孝惠帝劉盈）自察聖武孰與高皇帝（劉邦）？」的話，所以本文便以劉邦、項羽為典型例子，進行剖析，揭露「聖武」的本質，在此基礎上進一步分析歷史上「一切大小丈夫」的「最高理想」（「聖武」夢），並且由古及今評論了現在還做著「聖武」夢的統治階級的反動、沒落及無可救藥的命運。

魯迅的雜文，是詩與政論的結合。全文語句凝練、形象、富有抒情氣息，警句隨處可見。本文許多論點、論證就是由言簡意賅、發人深省的警句組成的。這些警句含義深刻，充滿激情，形象生動，給讀者以深刻的教育，巨大的鼓舞。有的段落，語句排列整齊，有節奏，琅琅上口，也給人以詩的美感。

——閔抗生《魯迅雜文選講》

隨感錄 六十四 有無相通

南北的官僚雖然打仗，南北的人民卻很要好，一心一意的在那裏「有無相通」。

北方人可憐南方人太文弱，便教給他們許多拳腳：什麼「八卦拳」「太極拳」，什麼「洪家」「俠家」，什麼「陰截腿」「抱椿腿」「譚腿」「戳腳」，什麼「新武術」「舊武術」，什麼「實為盡美盡善之體育」，「強國保種盡在於斯」。

南方人也可憐北方人太簡單了，便送上許多文章：什麼「……夢」「……魂」「……痕」「……影」「……淚」，什麼「外史」「趣史」「穢史」「秘史」，什麼「黑幕」「現形」，什麼「淌牌」「吊膀」「拆白」，什麼「噯嘻卿卿我我」「嗚呼燕燕鶯鶯」「籟嗟風風雨雨」，「耐阿是勒浪孰面孔哉！」

直隸山東的俠客們，勇士們呵！諸公有這許多筋力，大可以做一點神聖的勞作；江蘇浙江湖南的才子們，名士們呵！諸公有這許多文才，大可以譯幾頁有用的新書。我們改良點自己，保全些別人；想些互助的方法，收了互害的局面罷！

名·家·解·讀

本文是作者早期雜文，最初發表於《新青年》，後收入《熱風》。是時正值軍閥混戰之際，經濟凋蔽，民不聊生，華夏大地水深火熱。

「南北的官僚們」在打仗，「人民」在幹什麼呢？北方人醉心於拳腳、武術，以為這就是「強國保種」；南方人呢，則在一大堆無病呻吟的文章裏自得其樂。如此這般的南北兩種「文化」，還自以為是地彼此溝通、交流。

作者有感於此，亦憤慨於此。面對這種種的不思進取、消磨意志和驚人的麻木，魯迅先生再也壓抑不住火山噴發般的熾熱情感，大喝一聲：同胞們啊，「做一點神聖的勞作」、「改良點自己、保全些別人」吧，不要再南北互害了，「想些互助的方法」吧。

文章簡短，結構明晰，對南北兩種「文化」的解析畫龍點睛，一針見血，隨之的議論和抒情深蘊著對國民「怒其不爭」的痛惜和希望他們扎實前行的熱切期許。

——石翔《魯迅雜文解析》

犧牲謨

「阿呀阿呀，失敬失敬！原來我們還是同志。我開初疑心你是一個乞丐，心裏想：好好的一個漢子，又不衰老，又非殘疾，爲什麼不去做工，讀書的？所以就不免露出『責備賢者』的神色來，請你不要見氣，我們的心實在太坦白了，什麼也藏不住，哈哈！可是，同志，你也似乎太……。

「哦哦！你什麼都犧牲了？可敬可敬！我最佩服的就是什麼都犧牲，爲同胞，爲國家。我向來一心要做的也就是這件事。你不要看得我外觀闊綽，我爲的是要到各處去宣傳。社會還太勢利，如果像你似的只剩一條破褲，誰肯來相信你呢？所以我只得打扮起來，寧可人們說閒話，我自己總是問心無愧。正如『禹入裸國亦裸而遊』一樣，要改良社會，不得不然，別人那裏會懂得我們的苦心孤詣。但是，朋友，你怎麼竟奄奄一息到這地步了？

「哦哦！已經九天沒有吃飯?!這眞是清高得很哪！我只好五體投地。看你雖然怕要支持不下去，但是 —— 你在歷史上一定成名，可賀之至哪！現在什麼『歐化』『美化』的邪說橫行，人們的眼睛只看見物質，所缺的就是你老兄似的模範人物。你瞧，最高學府的教員們，也居然一面教書，一面要起錢來，他們只知道物質，中

了物質的毒了。難得你老兄以身作則，給他們一個好榜樣看，這於世道人心，一定大有裨益的。你想，現在不是還嚷著什麼教育普及麼？教育普及起來，要有多少教員；如果都像他們似的定要吃飯，在這四郊多壘時候，那裏來這許多飯？像你這樣清高，眞是濁世中獨一無二的中流砥柱：可敬可敬！你讀過書沒有？如果讀過書，我正要創辦一個大學，就請你當教務長去。其實你只要讀過『四書』就好，加以這樣品格，已經很夠做『莘莘學子』的表率了。

「不行？沒有力氣？可惜可惜！足見一面爲社會做犧牲，一面也該自己講講衛生。你於衛生可惜太不講究了。你不要以爲我的胖頭胖臉是因爲享用好，我其實是專靠衛生，尤其得益的是精神修養，『君子憂道不憂貧』呀！但是，我的同志，你什麼都犧牲完了，究竟也大可佩服，可惜你還剩一條褲，將來在歷史上也許要留下一點白璧微瑕……。

「哦哦，是的。我知道，你不說也明白：你自然連這褲子也不要，你何至於這樣地不徹底；那自然，你不過還沒有犧牲的機會罷了。敵人向來最贊成一切犧牲，也最樂於『成人之美』，況且我們是同志，我當然應該給你想一個完全辦法，因爲一個人最緊要的是『晚節』，一不小心，可就前功盡棄了！

「機會湊得眞好：舍間一個小鴉頭，正缺一條褲……。朋友，你不要這麼看我，我是最反對人身買賣的，這是最不人道的事。但是，那女人是在大旱災時候留下的，那時我不要，她的父母就會把她賣到妓院裏去。你想，這何等可憐。我留下她，正爲的講人道。況且那也不算什麼人身買賣，不過我給了她父母幾文，她的父母就把自己的女兒留在我家裏就是了。我當初原想將她當作自己的女兒看，不，簡直當作姊妹，同胞看；可恨我的賤內是舊式，說不通。你要知道舊式的女人頑固起來，眞是無法可想的，我現在正在另外想點法子……。

「但是，那娃兒已經多天沒有褲子了，她是災民的女兒。我料

你一定肯幫助的。我們都是『貧民之友』呵。況且你做完了這一件事情之後，就是全始全終；我保你將來銅像巍巍，高入雲表，呵，一切貧民都鞠躬致敬……。

「對了，我知道你一定肯，你不說我也明白。但你此刻且不要脫下來。我不能拿了走，我這副打扮，如果手上拿一條破褲子，別人見了就要詫異，於我們的犧牲主義的宣傳會有妨礙的。現在的社會還太糊塗，——你想，教員還要吃飯，——那裏能懂得我們這純潔的精神呢，一定要誤解的。一經誤解，社會恐怕要更加自私自利起來，你的工作也就『非徒無益而又害之』了，朋友。

「你還能勉強走幾步罷？不能？這可叫人有點為難了，——那麼，你該還能爬？好極了！那麼，你就爬過去。你趁你還能爬的時候趕緊爬去，萬不要『功虧一簣』。但你須用趾尖爬，膝髁不要太用力；褲子擦著沙石，就要更破爛，不但可憐的災民的女兒受不著實惠，並且連你的精神都白扔了。先行脫下了也不妥當，一則太不雅觀，二則恐怕巡警要干涉，還是穿著爬的好。我的朋友，我們不是外人，肯給你上當的麼？舍間離這裏也並不遠，你向東，轉北，向南，看路北有兩株大槐樹的紅漆門就是。你一爬到，就脫下來，對號房說：這是老爺叫我送來的，交給太太收下。你一見號房，應該趕快說，否則也許將你當作一個討飯的，會打你。唉唉，近來討飯的太多了，他們不去做工，不去讀書，單知道要飯。所以我的號房就借痛打這方法，給他們一個教訓，使他們知道做乞丐是要給人痛打的，還不如去做工讀書好……。

「你就去麼？好好！但千萬不要忘記：交代清楚了就爬開，不要停在我的屋界內。你已經九天沒吃東西了，萬一出了什麼事故，免不了要給我許多麻煩，我就要減少許多寶貴的光陰，不能為社會服務。我想，我們不是外人，你也決不願意給自己的同志許多麻煩的，我這話也不過姑且說說。

「你就去罷！好，就去！本來我也可以叫一輛人力車送你去，

但我知道用人代牛馬來拉人，你一定不贊成的，這事多麼不人道！我去了。你就動身罷。你不要這麼萎靡不振，爬呀！朋友！我的同志，你快爬呀，向東呀！……」

這篇兩千來字的雜文，記錄了一個腦滿腸肥而又衣冠楚楚的偽君子在做勸人「犧牲到底」的動員報告。用的是娓娓動聽的言詞，打的是「失敬失敬，原來我們還是同志」的旗號。他竟饒不過「犧牲」得只剩一條破褲的窮漢，要把這僅有的遮羞褲子騙掉到手，還要他爬到自己的公館去親獻。而這一切，據說還是為了「成全」這窮漢的「晚節」，以免因為還有褲子未「犧牲」而「留下一點白璧微瑕」。

魯迅在現實主義的基礎上，以可信、可感、可讀的漫畫手法，作了渲染與誇張，凝聚他們同類中的醜惡，集於「這一個」人物的這一事件進程中展現，達到諷刺的目的，這是篇幅短小的雜文慣用的經濟筆法。

極少有人能像魯迅似的洞察我們古國的陳年老病，也極少有人能像魯迅似的識破歷代「文治武功」掩蓋下殘民以逞之徒的「欺瞞的嘴和欺瞞的心」，這篇短文簡潔而成功地塑造了一個雜文形象，其典型的意義，當不在常為人稱道的「哈巴狗」、「細腰蜂」、「帶鈴鐸的山羊」等形象之下。

魯迅談到寫作技巧時，除了他那有名的「畫眼睛」的主張以外，還十分注意寫對話，這一篇《犧牲謨》，是用純對話組成的，而且是獨白，連對話的另一方的話也全省了，亦無對談時的表情或心理描寫。然而這場談話所涉及的戲劇情節，所體現的人物性格，所流露的

心理趨向，所揭示的主題思想和社會意義都是豐滿而深刻的。它是一篇雜文，但又是一篇有小說特徵，政論特徵甚至漫畫特徵的雜文。誇張手法的奇譎和典型意義的真實，在這篇雜文中得到和諧的統一。

　　　　　　　　　　　　──陳澤群《奇譎而真實》

禱　告　1921年創作

戰士和蒼蠅

　　Schopenhauer說過這樣的話：要估定人的偉大，則精神上的大和體格上的大，那法則完全相反。後者距離愈遠即愈小，前者卻見得愈大。

　　正因為近則愈小，而且愈看見缺點和創傷，所以他就和我們一樣，不是神道，不是妖怪，不是異獸。他仍然是人，不過如此。但也惟其如此，所以他是偉大的人。

　　戰士戰死了的時候，蒼蠅們所首先發見的是他的缺點和傷痕，嘬著，營營地叫著，以為得意，以為比死了的戰士更英雄。但是戰士已經戰死了，不再來揮去他們。於是乎蒼蠅們即更其營營地叫，自以為倒是不朽的聲音，因為它們的完全，遠在戰士之上。

　　的確的，誰也沒有發見過蒼蠅們的缺點和創傷。

　　然而，有缺點的戰士終竟是戰士，完美的蒼蠅也終竟不過是蒼蠅。

　　去罷，蒼蠅們！雖然生著翅子，還能營營，總不會超過戰士的。你們這些蟲豸們！

三月二十一日

這是一篇不到四百字的短文，全文六個小段。可分為兩個部分。

第一部分（第一、二小段），主要是正面立論。首先引述叔本華的話。意思是說，衡量人的精神的偉大，同看人的體格正好相反。一個人的體格，距離愈遠則愈小，而偉大人物的精神，距離愈遠則愈大。正因為偉大人物的精神距離愈近則愈小，而且因為他們和人民戰鬥在一起、生活在一起，容易看得見缺點和創傷，所以他是真實的戰士、偉大的人，而不是什麼神道、妖怪、異獸。在這裏，魯迅熱情地稱頌了雖有缺點，但確是英勇戰鬥過來的戰士。

第二部分（第三小段至第六小段），魯迅運用形象、通俗的比喻，通過對蒼蠅的揭露和斥責，肯定和讚頌了革命的戰士。

第三小段，魯迅形象地描繪了蒼蠅的醜態。那些專與革命為敵的奴才即蒼蠅們，爬在戰士的遺體上，拼命尋找「缺點和傷痕」。他們吮吸著戰士的血，「營營地叫著，以為得意，以為比死了的戰士更英雄」。這時，戰死了的戰士「不再來揮去他們」了，蒼蠅們卻因此而更加得意，甚至覺得自己的叫嚷是「不朽的聲音」。魯迅在這裏畫出了攻擊革命派的奴才們的醜惡嘴臉和骯髒靈魂，他們叮住傷痕吸血的動作，嗡嗡營營的叫嚷，自滿自得的心理，是多麼可憎可厭！……

「砭錮弊常取類型」，這是魯迅雜文的重要表現方法。魯迅說過，這篇短文「本意」是有所指的，「所謂戰士者，是指中山先生和民國元年前後殉國而反受奴才們譏笑糟蹋的先烈；蒼蠅則當然是指奴才們。」（《集外集拾遺·這是這麼一個意思》）但由於魯迅採用了「取類型」的方法，文中描寫的戰士和蒼蠅就起到了「標本」的作用，它的意義，遠遠超出了彼時彼地的具體人物和事件，今天讀來仍有深刻的啓示。

——陳錦魁《魯迅雜文選講》

夏三蟲

夏天近了，將有三蟲：蚤，蚊，蠅。

假如有誰提出一個問題，問我三者之中，最愛什麼，而且非愛一個不可，又不准像「青年必讀書」那樣的繳白卷的。我便只得回答道：跳蚤。

跳蚤的來吮血，雖然可惡，而一聲不響地就是一口，何等直截爽快。蚊子便不然了，一針叮進皮膚，自然還可以算得有點徹底的，但當未叮之前，要哼哼地發一篇大議論，卻使人覺得討厭。如果所哼的是在說明人血應該給它充饑的理由，那可更其討厭了，幸而我不懂。

野雀野鹿，一落在人手中，總時時刻刻想要逃走。其實，在山林間，上有鷹，下有虎狼，何嘗比在人手裏安全。爲什麼當初不逃到人類中來，現在卻要逃到鷹虎狼間去？或者，鷹虎狼之於它們，正如跳蚤之於我們罷。肚子餓了，抓著就是一口，決不談道理，弄玄虛。被吃者也無須在被吃之前，先承認自己之理應被吃，心悅誠服，誓死不二。人類，可是也頗擅長於哼哼的了，害中取小，它們的避之惟恐不速，正是絕頂聰明。

蒼蠅嗡嗡地鬧了大半天，停下來也不過舐一點油汗，倘有傷痕

或瘡癤，自然更占一些便宜；無論怎麼好的，美的，乾淨的東西，又總喜歡一律拉上一點蠅矢。但因爲只舐一點油汗，只添一點醃，在麻木的人們還沒有切膚之痛，所以也就將它放過了。中國人還不很知道它能夠傳播病菌，捕蠅運動大概不見得興盛。它們的運命是長久的；還要更繁殖。

但它在好的，美的，乾淨的東西上拉了蠅矢之後，似乎還不至於欣欣然反過來嘲笑這東西的不潔：總要算還有一點道德的。

古今君子，每以禽獸斥人，殊不知便是昆蟲，值得師法的地方也多著哪。

四月四日

名·家·解·讀

　　本文把爲帝國主義和北洋軍閥效勞的文人斥爲吸人血之前還要「哼哼地發一篇大議論」的蚊子，和喜歡「舐一點油汗」又要在「無論怎麼好的，美的，乾淨的東西」上拉一點「矢」的蒼蠅，形象地揭露了他們危害和欺騙人民的嘴臉。文中的「古之君子」，指封建綱常的維護者，他們對於反對封建倫理道德和禮教的人，一概斥爲禽獸。孟軻在攻擊楊朱、墨翟時說：「楊氏爲我，是無君也。墨氏兼愛，是無父也。無父無君，是禽獸也。」一直到「五四」運動時期，封建復古派如林琴南等人，還誣蔑提倡新文化運動的人「鏟倫常、覆孔孟」，是「禽獸行」。

——金隱銘等《〈魯迅文集〉導讀》

導師

　　近來很通行說青年；開口青年，閉口也是青年。但青年又何能一概而論？有醒著的，有睡著的，有昏著的，有躺著的，有玩著的，此外還多。但是，自然也有要前進的。

　　要前進的青年們大抵想尋求一個導師。然而我敢說：他們將永遠尋不到。尋不到倒是運氣；自知的謝不敏，自許的果眞識路麼？凡自以爲識路者，總過了「而立」之年，灰色可掬了，老態可掬了，圓穩而已，自己卻誤以爲識路。假如眞識路，自己就早進向他的目標，何至於還在做導師。說佛法的和尙，賣仙藥的道士，將來都與白骨是「一丘之貉」，人們現在卻向他聽生西的大法，求上升的眞傳，豈不可笑！

　　但是我並非敢將這些人一切抹殺；和他們隨便談談，是可以的。說話的也不過能說話，弄筆的也不過能弄筆；別人如果希望他打拳，則是自己錯。他如果能打拳，早已打拳了，但那時，別人大概又要希望他翻筋斗。

　　有些青年似乎也覺悟了，我記得《京報副刊》徵求青年必讀書時，曾有一位發過牢騷，終於說：只有自己可靠！我現在還想斗膽轉一句，雖然有些殺風景，就是：自己也未必可靠的。

我們都不大有記性。這也無怪，人生苦痛的事太多了，尤其是在中國。記性好的，大概都被厚重的苦痛壓死了；只有記性壞的，適者生存，還能欣然活著。但我們究竟還有一點記憶，回想起來，怎樣的「今是昨非」呵，怎樣的「口是心非」呵，怎樣的「今日之我與昨日之我戰」呵。我們還沒有正在餓得要死時於無人處見別人的飯，正在窮得要死時於無人處見別人的錢，正在性欲旺盛時遇見異性，而且很美的。我想，大話不宜講得太早，否則，倘有記性，將來想到時會臉紅。

　　或者還是知道自己之不甚可靠者，倒較爲可靠罷。

　　青年又何須尋那掛著金字招牌的導師呢？不如尋朋友，聯合起來，同向著似乎可以生存的方向走。你們所多的是生力，遇見深林，可以闢成平地的，遇見曠野，可以栽種樹木的，遇見沙漠，可以開掘井泉的。問什麼荊棘塞途的老路，尋什麼烏煙瘴氣的鳥導師！

五月十一日

　　《導師》一開頭即對「青年」做了具體分析：「青年又何能一概而論？有醒著的，有睡著的，有昏著的，有躺著的，有玩著的，此外還多。但是，自然也有要前進的。」這裏，列舉了各種類型的青年，我以為是一個事實陳述，並不含價值判斷；只是有一點區別：大概睡著、昏著、躺著、玩著的青年與魯迅沒有多大關係，或者說，他們對魯迅並無興趣，魯迅也擔心如果真把他們喚醒了，又指不出路，反而

害了他們。因此，我們講「魯迅與青年」主要是討論魯迅與「醒著的」「要前進」的青年的關係；……

但魯迅說，這樣的「要前進的青年大抵想尋求一個導師」。這是真的，許多年輕人對魯迅有興趣，大概也是將他視為「導師」。而且這還似乎是「五四」以及「五四」以後的長時間內中國思想文化界的一個「傳統」：很多知識份子都熱衷於充當青年人的「導師」。比如胡適就是其中的一個……

魯迅在《導師》裏所要說的，也是這個意思：「導師」並不可靠，「凡自以為識路者」，其實是「灰色可掬」，「老態可掬」，「圓穩而已」，哪裡識什麼路？這是一個極簡單的道理：「假如真識路，自己就早進向他的目標，何至於還在做導師」。……

而且魯迅還要說一句「煞風景」的話：「自己也未必可靠的」；更徹底地說：「或者是知道自己之不甚可靠者，倒較為可靠罷。」——這是典型的魯迅的思想：要打破一切神話（把某些人當作「導師」本身就是一個自欺欺人的「神話」），也包括自我的「神話」，這樣才能真正地正視現實，永遠保持不斷尋求、探索的狀態，有了這樣的覺醒，才是真正「可靠」的。

「聯合起來」，自己尋路，開闢新路；而不要把自己的命運交給他人，對「掛著金字招牌的導師」尤其要保持警惕。——這就是魯迅給年輕人的最重要的告誡。

拒絕充當「導師」。——這也是魯迅與青年關係的一個基本點。

——錢理群《「希望是在於將來的」》

忽然想到 (十)

　　無論是誰，只要站在「辯誣」的地位的，無論辯白與否，都已經是屈辱。更何況受了實際的大損害之後，還得來辯誣。

　　我們的市民被上海租界的英國巡捕擊殺了，我們並不還擊，卻先來趕緊洗刷犧牲者的罪名。說道我們並非「赤化」，因為沒有受別國的煽動；說道我們並非「暴徒」，因為都是空手，沒有兵器的。我不解為什麼中國人如果真使中國赤化，真在中國暴動，就得聽英捕來處死刑？記得新希臘人也曾用兵器對付過國內的土耳其人，卻並不被稱為暴徒；俄國確已赤化多年了，也沒有得到別國開槍的懲罰。而獨有中國人，則市民被殺之後，還要皇皇然辯誣，張著含冤的眼睛，向世界搜求公道。

　　其實，這原由是很容易了然的，就因為我們並非暴徒，並未赤化的緣故。

　　因此我們就覺得含冤，大叫著偽文明的破產。可是文明是向來如此的，並非到現在才將假面具揭下來。只因為這樣的損害，以前是別民族所受，我們不知道，或者是我們原已屢次受過，現在都已忘卻罷了。公道和武力合為一體的文明，世界上本未出現，那萌芽或者只在幾個先驅者和幾群被迫壓民族的腦中。但是，當自己有了

力量的時候，卻往往離而爲二了。

但英國究竟有眞的文明人存在。今天，我們已經看見各國無黨派智識階級勞動者所組織的國際工人後援會，大表同情於中國的《致中國國民宣言》了。列名的人，英國就有培那特蕭（Bernard Shaw），中國的留心世界文學的人大抵知道他的名字；法國則巴爾布斯（Henri Barbusse），中國也曾譯過他的作品。他的母親卻是英國人；或者說，因此他也富有實行的質素，法國作家所常有的享樂的氣息，在他的作品中是絲毫也沒有的。現在都出而爲中國鳴不平了，所以我覺得英國人的品性，我們可學的地方還多著，——但自然除了捕頭，商人，和看見學生的遊行而在屋頂拍手嘲笑的娘兒們。

我並非說我們應該做「愛敵若友」的人，不過說我們目下委實並沒有認誰作敵。近來的文字中，雖然偶有「認清敵人」這些話，那是行文過火的毛病。倘有敵人，我們就早該抽刃而起，要求「以血償血」了。而現在我們所要求的是什麼呢？辯誣之後，不過想得點輕微的補償；那辦法雖說有十幾條，總而言之，單是「不相往來」，成爲「路人」而已。雖是對於本來極密的友人，怕也不過如此罷。

然而將實話說出來，就是：因爲公道和實力還沒有合爲一體，而我們只抓得了公道，所以滿眼是友人，即使他加了任意的殺戮。

如果我們永遠只有公道，就得永遠著力於辯誣，終身空忙碌。這幾天有些紙貼在牆上，彷彿叫人勿看《順天時報》似的。我從來就不大看這報，但也並非「排外」，實在因爲它的好惡，每每和我的很不同。然而也間有很確，爲中國人自己不肯說的話。大概兩三年前，正值一種愛國運動的時候罷，偶見一篇它的社論，大意說，一國當衰弊之際，總有兩種意見不同的人。一是民氣論者，側重國民的氣概，一是民力論者，專重國民的實力。前者多則國家終亦漸弱，後者多則將強。我想，這是很不錯的；而且我們應該時時記得的。

可惜中國歷來就獨多民氣論者，到現在還如此。如果長此不

改，「再而衰，三而竭」，將來會連辯誣的精力也沒有了。所以在不得已而空手鼓舞民氣時，尤必須同時設法增長國民的實力，還要永遠這樣的幹下去。

因此，中國青年負擔的煩重，就數倍於別國的青年了。因為我們的古人將心力大抵用到玄虛漂渺平穩圓滑上去了，便將艱難切實的事情留下，都待後人來補做，要一人兼做兩三人，四五人，十百人的工作，現在可正到了試練的時候了。對手又是堅強的英人，正是他山的好石，大可以借此來磨練。假定現今覺悟的青年的平均年齡為二十，又假定照中國人易於衰老的計算，至少也還可以共同抗拒，改革，奮鬥三十年。不夠，就再一代，二代……。這樣的數目，從個體看來，彷彿是可怕的，但倘若這一點就怕，便無藥可救，只好甘心滅亡。因為在民族的歷史上，這不過是一個極短時期，此外實沒有更快的捷徑。我們更無須遲疑，只是試練自己，自求生存，對誰也不懷惡意的幹下去。

但足以破滅這運動的持續的危機，在目下就有三樣：一是日夜偏注於表面的宣傳，鄙棄他事；二是對同類太操切，稍有不合，便呼之為國賊，為洋奴；三是有許多巧人，反利用機會，來獵取自己目前的利益。

六月十一日

名·家·解·讀

從五卅慘案事件中，從慘案之後中國人的言論中，從「皇皇然辯誣」的「屈辱」中，魯迅思考的看重的是國家的實力問題。

一國當衰弊之際，總有兩種意見不同的人。一是民氣論者，側重國民的氣概；一是民力論者，專重國民的實力。前者多則國家終亦漸

弱，後者多則將強。魯迅贊同這種說法。

　　魯迅把希望寄託在中國青年身上，……無須害怕，無須遲疑地幹下去，為了國家的生存，為了自己的生存，為了後代的生存，幹下去。

——李文儒《走進魯迅世界》

組畫《都市風光》（之三）　　1922年創作

十四年的「讀經」

　　自從章士釗主張讀經以來，論壇上又很出現了一些論議，如謂經不必尊，讀經乃是開倒車之類。我以為這都是多事的，因為民國十四年的「讀經」，也如民國前四年，四年，或將來的二十四年一樣，主張者的意思，大抵並不如反對者所想像的那麼一回事。

　　尊孔，崇儒，專經，復古，由來已經很久了。皇帝和大臣們，向來總要取其一端，或者「以孝治天下」，或者「以忠詔天下」，而且又「以貞節勵天下」。但是，二十四史不現在麼？其中有多少孝子，忠臣，節婦和烈女？自然，或者是多到歷史上裝不下去了；那麼，去翻專誇本地人物的府縣誌書去。我可以說，可惜男的孝子和忠臣也不多的，只有節烈的婦女的名冊卻大抵有一大卷以至幾卷。孔子之徒的經，真不知讀到那裏去了；倒是不識字的婦女們能

實踐。還有，歐戰時候的參戰，我們不是常常自負的麼？但可曾用《論語》感化過德國兵，用《易經》咒翻了潛水艇呢？儒者們引爲勞績的，倒是那大抵目不識丁的華工！

所以要中國好，或者倒不如不識字罷，一識字，就有近乎讀經的病根了。「瞰亡往拜」「出疆載質」的最巧玩藝兒，經上都有，我讀熟過的。只有幾個糊塗透頂的笨牛，眞會誠心誠意地來主張讀經。而且這樣的腳色，也不消和他們討論。他們雖說什麼經，什麼古，實在不過是空嚷嚷。問他們經可是要讀到像顏回，子思，孟軻，朱熹，秦檜（他是狀元），王守仁，徐世昌，曹錕；古可是要復到像清（即所謂「本朝」），元，金，唐，漢，禹湯文武周公，無懷氏，葛天氏？他們其實都沒有定見。他們也知不清顏回以至曹錕爲人怎樣，「本朝」以至葛天氏情形如何；不過像蒼蠅們失掉了垃圾堆，自不免嗡嗡地叫。況且既然是誠心誠意主張讀經的笨牛，則決無鑽營，取巧，獻媚的手段可知，一定不會闊氣；他的主張，自然也決不會發生什麼效力的。

至於現在的能以他的主張，引起若干議論的，則大概是闊人。闊人決不是笨牛，否則，他早已伏處牖下，老死田間了。現在豈不是正值「人心不古」的時候麼？則其所以得闊之道，居然可知。他們的主張，其實並非那些笨牛一般的眞主張，是所謂別有用意；反對者們以爲他眞相信讀經可以救國，眞是「謬以千里」了！

我總相信現在的闊人都是聰明人；反過來說，就是倘使老實，必不能闊是也。至於所掛的招牌是佛學，是孔道，那倒沒有什麼關係。總而言之，是讀經已經讀過了，很悟到一定玩意兒，這種玩意兒，是孔二先生的先生老聃的大著作裏就有的，此後的書本子裏還隨時可得。所以他們都比不識字的節婦，烈女，華工聰明；甚而至於比眞要讀經的笨牛還聰明。何也？曰：「學而優則仕」故也。倘若「學」而不「優」，則以笨牛沒世，其讀經的主張，也不爲世間所知。

孔子豈不是「聖之時者也」麼，而況「之徒」呢？現在是主張「讀經」的時候了。武則天做皇帝，誰敢說「男尊女卑」？多數主義雖然現稱過激派，如果在列寧治下，則共產之合於葛天氏，一定可以考據出來的。但幸而現在英國和日本的力量還不弱，所以，主張親俄者，是被盧布換去了良心。

　　我看不見讀經之徒的良心怎樣，但我覺得他們大抵是聰明人，而這聰明，就是從讀經和古文得來的。我們這曾經文明過而後來奉迎過蒙古人滿洲人大駕了的國度裏，古書實在太多，倘不是笨牛，讀一點就可以知道，怎樣敷衍，偷生，獻媚，弄權，自私，然而能夠假借大義，竊取美名。再進一步，並可以悟出中國人是健忘的，無論怎樣言行不符，名實不副，前後矛盾，撒謊造謠，蠅營狗苟，都不要緊，經過若干時候，自然被忘得乾乾淨淨；只要留下一點衛道模樣的文字，將來仍不失爲「正人君子」。況且即使將來沒有「正人君子」之稱，於目下的實利又何損哉？

　　這一類的主張讀經者，是明知道讀經不足以救國的，也不希望人們都讀成他自己那樣的；但是，耍些把戲，將人們作笨牛看則有之，「讀經」不過是這一回耍把戲偶爾用到的工具。抗議的諸公倘若不明乎此，還要正經老實地來評道理，談利害，那我可不再客氣，也要將你們歸入誠心誠意主張讀經的笨牛類裏去了。

　　以這樣文不對題的話來解釋「儼乎其然」的主張，我自己也知道有不恭之嫌，然而我又自信我的話，因爲我也是從「讀經」得來的。我幾乎讀過十三經。

　　衰老的國度大概就免不了這類現象。這正如人體一樣，年事老了，廢料愈積愈多，組織間又沉積下礦質，使組織變硬，易就於滅亡。一面，則原是養衛人體的遊走細胞（Wandrzelle）漸次變性，只顧自己，只要組織間有小洞，它便鑽，蠶食各組織，使組織耗損，易就於滅亡。俄國有名的醫學者梅契尼珂夫（Elias Metschnikov）特地給他別立了一個名目：大嚼細胞

（Fresserzelle）。據說，必須撲滅了這些，人體才免於老衰；要撲滅這些，則須每日服用一種酸性劑。他自己就實行著。

古國的死亡，就因為大部分的組織被太多的古習慣教養得硬化了，不再能夠轉移，來適應新環境。若干分子又被太多的壞經驗教養得聰明了，於是變性，知道在硬化的社會裏，不妨妄行。單是妄行的是可與論議的，故意妄行的卻無須再與談理。惟一的療救，是在另開藥方：酸性劑，或者簡直是強酸劑。

不提防臨末又提到了一個俄國人，怕又有人要疑心我收到盧布了罷。我現在鄭重聲明：我沒有收過一張紙盧布。因為俄國還未赤化之前，他已經死掉了，是生了別的急病，和他那正在實驗的藥的有效與否這問題無干。

十一月十八日

名·家·解·讀

無數的事實讓我們懷疑和嘲笑主張讀經者，事實讓我們會心地領會並進而追問主張讀經者到底是什麼意思，同時也就吸引我們分外注意看下文是怎樣揭露歷來的「主張讀經者」的「別有用意」的了。

魯迅把「主張讀經者」分為兩類，一類是真心誠意地主張讀經的笨牛，決無經營、取巧、獻媚的手段，一定不會闊氣，其主張也決不會發生什麼效力，人數也少，不消和他們討論。另一類是讀經的「聰明人」，或聰明的讀經人，自然也是闊人。……「讀經」不過是他們偶爾用到的工具。

魯迅在這裏是把古書（包括十三經，或者以十三經為核心）作為中國封建傳統文化的代稱對待的。……太多的古習慣，太多的壞經

驗正是來自傳統的封建文化，主張讀經者就是那些被壞經驗教養得聰明了，也教養的變性了的妄行者。而故意的妄行者對社會的危害則如蠶食毀壞人體的「遊走細胞」一樣，惟一的療救法是用「強酸劑」。──這裏體現的仍是魯迅對封建文化整體性的徹底否定的一貫立場與態度。

──李文儒《走進魯迅世界》

組畫《都市風光》（之五）　1922年創作

我觀北大

　　因為北大學生會的緊急徵發，我於是總得對於本校的二十七周年紀念來說幾句話。

　　據一位教授的名論，則「教一兩點鐘的講師」是不配與聞校事的，而我正是教一點鐘的講師。但這些名論，只好請恕我置之不理；——如其不恕，那麼，也就算了，人那裏顧得這些事。

　　我向來也不專以北大教員自居，因為另外還與幾個學校有關係。然而不知怎的，——也許是含有神妙的用意的罷，今年忽而頗有些人指我為北大派。我雖然不知道北大可真有特別的派，但也就以此自居了。北大派麼？就是北大派！怎麼樣呢？

　　但是，有些流言家幸勿誤會我的意思，以為謠我怎樣，我便怎樣的。我的辦法也並不一律。譬如前次的遊行，報上謠我被打落了兩個門牙，我可決不肯具呈警廳，籲請補派軍警，來將我的門牙從新打落。我之照著謠言做去，是以專檢自己所願意者為限的。

　　我覺得北大也並不壞。如果真有所謂派，那麼，被派進這派裏去，也還是也就算了。理由在下面：

　　既然是二十七周年，則本校的萌芽，自然是發於前清的，但我並民國初年的情形也不知道。惟據近七八年的事實看來，第一，

北大是常為新的，改進的運動的先鋒，要使中國向著好的，往上的道路走。雖然很中了許多暗箭，背了許多謠言；教授和學生也都逐年地有些改換了，而那向上的精神還是始終一貫，不見得弛懈。自然，偶爾也免不了有些很想勒轉馬頭的，可是這也無傷大體，「萬眾一心」，原不過是書本子上的冠冕話。

第二，北大是常與黑暗勢力抗戰的，即使只有自己。自從章士釗提了「整頓學風」的招牌來「作之師」，並且分送金款以來，北大卻還是給他一個依照彭允彝的待遇。現在章士釗雖然還伏在暗地裏做總長，本相卻已顯露了；而北大的校格也就愈明白。那時固然也曾顯出一角灰色，但其無傷大體，也和第一條所說相同。

我不是公論家，有上帝一般決算功過的能力。僅據我所感得的說，則北大究竟還是活的，而且還在生長的。凡活的而且在生長者，總有著希望的前途。

今天所想到的就是這一點。但如果北大到二十八周年而仍不為章士釗者流所謀害，又要出紀念刊，我卻要預先聲明：不來多話了。一則，命題作文，實在苦不過；二則，說起來大約還是這些話。

十二月十三日

　　本文是作者應北大學生會的邀請，為北大建校二十七周年而寫的紀念文章。這樣的文章，極易流於庸俗的應景與連篇的廢話。但魯迅先生葆有他一貫戰鬥的鋒芒和犀利的文筆，而使之成為一篇思想深刻、語言辛辣、影響深遠的傳世名作。

　　文章從「派」起筆。古人早有「朋黨論」，結黨和幫派似乎總與私利相伴而與光明正大背道，一向遭到攻擊和韃伐，反動政客和無恥文人更是經常祭起這一「法器」，藉以誣陷和打擊進步勢力或良知之士。

　　魯迅先生卻堂堂正正地宣佈說：「我就是北大派！怎麼樣呢？」這種膽識、氣魄和坦率令人尊敬和佩服，也使對手惶悚和不知所措。文章就此引入正題，論述了北大的精神特徵：「第一，北大是常為新的，改進新的運動的先鋒，要使中國向著好的，往上的道路走」；「第二，北大是常與黑暗勢力抗戰的。」

　　鬥爭精神是北大精神的核心。對於一切陳腐的、反動的東西，北大都旗幟鮮明、堅定而毫不妥協地與之戰鬥；與此同時，對於一切科學的、民主的和進步的事物，北大不但是宣導者、傳播者、護衛者，而且是戰鬥者。北大是推動時代進步和民族復興的精神象徵。魯迅先生在北大二十七周年校慶時對北大精神的高度概括，北大百年之後不但薪火相傳，而且發揚光大。

——石翔《魯迅雜文解析》

談皇帝

　　中國人的對付鬼神，兇惡的是奉承，如瘟神和火神之類，老實一點的就要欺侮，例如對於土地或灶君。待遇皇帝也有類似的意思。君民本是同一民族，亂世時「成則爲王敗則爲賊」，平常是一個照例做皇帝，許多個照例做平民；兩者之間，思想本沒有什麼大差別。所以皇帝和大臣有「愚民政策」，百姓們也自有其「愚君政策」。

　　往昔的我家，曾有一個老僕婦，告訴過我她所知道，而且相信的對付皇帝的方法。她說——

　　「皇帝是很可怕的。他坐在龍位上，一不高興，就要殺人；不容易對付的。所以吃的東西也不能隨便給他吃，倘是不容易辦到的，他吃了又要，一時辦不到；——譬如他冬天想到瓜，秋天要吃桃子，辦不到，他就生氣，殺人了。現在是一年到頭給他吃波菜，一要就有，毫不爲難。但是倘說是波菜，他又要生氣的，因爲這是便宜貨，所以大家對他就不稱爲波菜，另外起一個名字，叫作『紅嘴綠鸚哥』。」

　　在我的故鄉，是通年有波菜的，根很紅，正如鸚哥的嘴一樣。

　　這樣的連愚婦人看來，也是呆不可言的皇帝，似乎大可以不要

了。然而並不，她以爲要有的，而且應該聽憑他作威作福。至於用處，彷彿在靠他來鎮壓比自己更強梁的別人，所以隨便殺人，正是非備不可的要件。然而倘使自己遇到，且須侍奉呢？可又覺得有些危險了，因此只好又將他練成傻子，終年耐心地專吃著「紅嘴綠鸚哥」。

其實利用了他的名位，「挾天子以令諸侯」的，和我那老僕婦的意思和方法都相同，不過一則又要他弱，一則又要他愚。儒家的靠了「聖君」來行道也就是這玩意，因爲要「靠」，所以要他威重，位高；因爲要便於操縱，所以又要他頗老實，聽話。

皇帝一自覺自己的無上威權，這就難辦了。既然「普天之下，莫非皇土」，他就胡鬧起來，還說是「自我得之，自我失之，我又何恨」哩！於是聖人之徒也只好請他吃「紅嘴綠鸚哥」了，這就是所謂「天」。據說天子的行事，是都應該體帖天意，不能胡鬧的；而這「天意」也者，又偏只有儒者們知道著。

這樣，就決定了：要做皇帝就非請教他們不可。

然而不安分的皇帝又胡鬧起來了。你對他說「天」麼，他卻道，「我生不有命在天？！」豈但不仰體上天之意而已，還逆天，背天，「射天」，簡直將國家鬧完，使靠天吃飯的聖賢君子們，哭不得，也笑不得。

於是乎他們只好去著書立說，將他罵一通，預計百年之後，即身歿之後，大行於時，自以爲這就了不得。

但那些書上，至多就止記著「愚民政策」和「愚君政策」全都不成功。

二月十七日

在封建專制制度下，在沒有科學規則的體制裏，雖說皇帝至高無上，可以隨心所欲地操縱愚弄臣民百姓，而臣民百姓何嘗不變著法兒地愚官愚君呢？

所謂「愚」，說穿了就是欺騙和利用。君臣之間，君民之間，臣民之間，包括君君之間，臣臣之間，民民之間，就這麼互愚著，相互欺騙著利用著。「愚」簡直成為結構社會的紐帶，社會便成為魯迅所說的「瞞和騙」的大澤。

談皇帝談出來的是「皇帝制」下的社會關係，這關係就是互愚，即互相欺騙互相利用，上邊騙下邊，下邊騙上邊，夾在中間的既騙上邊又騙下邊。歷史這樣記載著：互愚互騙的政策「全都不成功」。

——李文儒《走進魯迅世界》

《詩人反抗戰爭》封面畫　1920年創作

可慘與可笑

　　三月十八日的慘殺事件，在事後看來，分明是政府布成的羅網，純潔的青年們竟不幸而陷下去了，死傷至於三百多人。這羅網之所以布成，其關鍵就全在於「流言」的奏了功效。

　　這是中國的老例，讀書人的心裏大抵含著殺機，對於異己者總給他安排下一點可死之道。就我所眼見的而論，凡陰謀家攻擊別一派，光緒年間用「康黨」，宣統年間用「革黨」，民二以後用「亂黨」，現在自然要用「共產黨」了。

　　其實，去年有些「正人君子」們稱別人爲「學棍」「學匪」的時候，就有殺機存在，因爲這類諢號，和「臭紳士」「文士」之類不同，在「棍」「匪」字裏，就藏著可死之道的。但這也許是「刀筆吏」式的深文周納。

　　去年，爲「整頓學風」計，大傳播學風怎樣不良的流言，學匪怎樣可惡的流言，居然很奏了效。今年，爲「整頓學風」計，又大傳播共產黨怎樣活動，怎樣可惡的流言，又居然很奏了效。於是便將請願者作共產黨論，三百多人死傷了，如果有一個所謂共產黨的首領死在裏面，就更足以證明這請願就是「暴動」。

　　可惜竟沒有。這該不是共產黨了罷。據說也還是的，但他們全

都逃跑了，所以更可惡。而這請願也還是暴動，做證據的有一根木棍，兩支手槍，三瓶煤油。姑勿論這些是否群眾所攜去的東西；即使真是，而死傷三百多人所攜的武器竟不過這一點，這是怎樣可憐的暴動呵！

但次日，徐謙，李大釗，李煜瀛，易培基，顧兆熊的通緝令發表了。因為他們「嘯聚群眾」，像去年女子師範大學生的「嘯聚男生」（章士釗解散女子師範大學呈文語）一樣，「嘯聚」了帶著一根木棍，兩支手槍，三瓶煤油的群眾。以這樣的群眾來顛覆政府，當然要死傷三百多人；而徐謙們以人命為兒戲到這地步，那當然應該負殺人之罪了；而況自己又不到場，或者全都逃跑了呢？

以上是政治上的事，我其實不很了然。但從別一方面看來，所謂「嚴拿」者，似乎倒是趕走；所謂「嚴拿」暴徒者，似乎不過是趕走北京中法大學校長兼清室善後委員會委員長（李），中俄大學校長（徐），北京大學教授（李大釗），北京大學教務長（顧），女子師範大學校長（易）；其中的三個又是俄款委員會委員：一共空出九個「優美的差缺」也。

同日就又有一種謠言，便是說還要通緝五十多人；但那姓名的一部分，卻至今日才見於《京報》。這種計畫，在目下的段祺瑞政府的秘書長章士釗之流的腦子裏，是確實會有的。國事犯多至五十餘人，也是中華民國的一個壯觀；而且大概多是教員罷，倘使一同放下五十多個「優美的差缺」，逃出北京，在別的地方開起一個學校來，倒也是中華民國的一件趣事。

那學校的名稱，就應該叫作「嘯聚」學校。

三月二十六日

　　1926年3月18日，北京5000多名青年學生和愛國群眾舉行集會和遊行，抗議日本帝國主義軍艦侵入大沽港、炮擊國民軍及美、英、日、法、意、荷、比、西等八國無理通牒中國的罪行。愛國的正義行為遭到了段祺瑞政府的殘酷鎮壓，預伏的軍警開槍射擊，打死47人，傷200餘人，製造了震驚中外的「三‧一八慘案」。

　　魯迅先生稱這一天為「民國以來最黑暗的一天」。

　　魯迅先生先後寫了《紀念劉和珍君》等十篇文章，沉痛悼念死難的青年烈士，嚴厲抨擊軍閥政府的殘暴和無恥。本文即為其中之一篇。

　　為了民族前途和國家安危，三百多人流血罹難，實為「可慘」；而在屠殺之後，反動政府還要捏造種種無恥的爛言，繼續誣陷青年學生的正義之舉，極盡卑劣荒唐之能事，則不但是可鄙可憎也十分「可笑」了。

　　本文重點在於揭露反動政府和御用文人的造謠亦即「流言」的「可笑」。無中生有、栽贓陷害，原是鬼蜮們慣用的伎倆，對這些無恥的爛言，作者用鐵錚錚、血淋淋的事實一一批駁，並一針見血地揭露了他們的真實用心，將所有的陰暗大白於天下。

　　文章簡短有力，投槍匕首般直擊對方要害，彰顯了愛國志士們的鮮血不會白流，正義的事業一定會取得最後的勝利。

——石翔《魯迅雜文解析》

空談

一

　　請願的事，我一向就不以為然的，但並非因為怕有三月十八日那樣的慘殺。那樣的慘殺，我實在沒有夢想到，雖然我向來常以「刀筆吏」的意思來窺測我們中國人。我只知道他們麻木，沒有良心，不足與言，而況是請願，而況又是徒手，卻沒有料到有這麼陰毒與兇殘。能逆料的，大概只有段祺瑞，賈德耀，章士釗和他們的同類罷。四十七個男女青年的生命，完全是被騙去的，簡直是誘殺。

　　有些東西──我稱之為什麼呢，我想不出──說：群眾領袖應負道義上的責任。這些東西彷彿就承認了對徒手群眾應該開槍，執政府前原是「死地」，死者就如自投羅網一般。群眾領袖本沒有和段祺瑞等輩心心相印，也未曾互相鉤通，怎麼能夠料到這陰險的辣手。這樣的辣手，只要略有人氣者，是萬萬豫想不到的。

　　我以為倘要鍛煉群眾領袖的錯處，只有兩點：一是還以請願為有用；二是將對手看得太好了。

二

　　但以上也仍然是事後的話。我想，當這事實沒有發生以前，恐怕誰也不會料到要演這般的慘劇，至多，也不過獲得照例的徒勞罷了。只有有學問的聰明人能夠先料到，承認凡請願就是送死。

　　陳源教授的《閒話》說：「我們要是勸告女志士們，以後少加入群眾運動，她們一定要說我們輕視她們，所以我們也不敢來多嘴。可是對於未成年的男女孩童，我們不能不希望他們以後不再參加任何運動。」（《現代評論》六十八）爲什麼呢？因爲參加各種運動，是甚至於像這次一樣，要「冒槍林彈雨的險，受踐踏死傷之苦」的。

　　這次用了四十七條性命，只購得一種見識：本國的執政府前是「槍林彈雨」的地方，要去送死，應該待到成年，出於自願的才是。

　　我以爲「女志士」和「未成年的男女孩童」，參加學校運動會，大概倒還不至於有很大的危險的。至於「槍林彈雨」中的請願，則雖是成年的男志士們，也應該切切記住，從此甘休！

　　看現在竟如何。不過多了幾篇詩文，多了若干談助。幾個名人和什麼當局者在接洽葬地，由大請願改爲小請願了。埋葬自然是最妥當的收場。然而很奇怪，彷彿這四十七個死者，是因爲怕老來死後無處埋葬，特來掙一點官地似的。萬生園多麼近，而四烈士墳前還有三塊墓碑不鐫一字，更何況僻遠如圓明園。

　　死者倘不埋在活人的心中，那就眞眞死掉了。

三

　　改革自然常不免於流血，但流血非即等於改革。血的應用，正如金錢一般，吝嗇固然是不行的，浪費也大大的失算。我對於這回的犧牲者，非常覺得哀傷。

　　但願這樣的請願，從此停止就好。

請願雖然是無論那一國度裏常有的事，不至於死的事，但我們已經知道中國是例外，除非你能將「槍林彈雨」消除。正規的戰法，也必須對手是英雄才適用。漢末總算還是人心很古的時候罷，恕我引一個小說上的典故：許褚赤體上陣，也就很中了好幾箭。而金聖歎還笑他道：「誰叫你赤膊？」

至於現在似的發明了許多火器的時代，交兵就都用壕塹戰。這並非吝惜生命，乃是不肯虛擲生命，因為戰士的生命是寶貴的。在戰士不多的地方，這生命就愈寶貴。

所謂寶貴者，並非「珍藏於家」，乃是要以小本錢換得極大的利息，至少，也必須賣買相當。以血的洪流淹死一個敵人，以同胞的屍體填滿一個缺陷，已經是陳腐的話了。從最新的戰術的眼光看起來，這是多麼大的損失。

這回死者的遺給後來的功德，是在撕去了許多東西的人相，露出那出於意料之外的陰毒的心，教給繼續戰鬥者以別種方法的戰鬥。

四月二日

名·家·解·讀

本文寫於1926年4月2日，「三·一八慘案」已經過去十餘日，作者在抒發滿腔的悲憤之後，開始深刻的反思。

對於以段祺瑞為代表的反動政府，對於他們的「陰毒和殘暴」，「只要略有人氣者，是萬萬預想不到的」。善良的青年學生和愛國群眾應該警醒了，對於反動派切勿抱有任何幻想，對於他們兇殘的本質必須時刻保持清醒的認識。

以陳源為代表的「閒話」家們的嘴臉尤為可鄙，對於慘案他們不但不予譴責，反而對青年學生指手劃腳，冷嘲熱諷。作者以反諷筆

法揭露了他們幫兇的本質。文章寫到為烈士們的墓地選址時，作者寫道：「死者倘不埋在活人的心中，那就是真真死掉了。」振聾發聵，發人深省。

文章重點在於第三段。改革自然不免流血，但流血不等於改革。當民族和國家處於危機關頭，一切有志之士當然要挺身而出，勇敢地投入戰鬥。然而，不能做無謂的犧牲，要講求鬥爭的策略。因為「以血的洪流淹死一個敵人，以同胞的屍體填滿一個缺陷」，「這是多麼大的損失」啊！魯迅先生不贊成簡單的請願，原因即在於此。魯迅先生主張「壕塹戰」，「這並非吝惜生命，因為戰士的生命是寶貴的。」

「戰士」們戰鬥的目的是為了廣大的人民群眾，也包括戰士們自己，因而不能白白地流血，更不能浪費生命，而要進行有效的鬥爭，從而實現人類的解放和幸福。

——石翔《魯迅雜文解析》

馬上支日記

（1926年7月4日）

七月四日

晴。

早晨，仍然被一個蠅子在臉上爬來爬去爬醒，仍然趕不走，仍然只得自己起來。品青的回信來了，說孔德學校沒有《閭邱辨囿》。

也還是因為那一本《從小說看來的支那民族性》。因為那裏面講到中國的看饌，所以也就想查一查中國的看饌。我於此道向來不留心，所見過的舊記，只有《禮記》裏的所謂「八珍」，《酉陽雜俎》裏的一張御賜菜帳和袁枚名士的《隨園食單》。元朝有和斯輝的《飲饌正要》，只站在舊書店頭翻了一翻，大概是元版的，所以買不起。唐朝的呢，有楊煜的《膳夫經手錄》，就收在《閭邱辨囿》中。現在這書既然借不到，只好拉倒了。

近年嘗聽到本國人和外國人頌揚中國菜，說是怎樣可口，怎樣衛生，世界上第一，宇宙間第N。但我實在不知道怎樣的是中國菜。我們有幾處是嚼蔥蒜和雜合麵餅，有幾處是用醋，辣椒，醃菜下飯；還有許多人是只能舐黑鹽，還有許多人是連黑鹽也沒得舐。

中外人士以爲可口，衛生，第一而第N的，當然不是這些；應該是闊人，上等人所吃的肴饌。但我總覺得不能因爲他們這麼吃，便將中國菜考列一等，正如去年雖然出了兩三位「高等華人」，而別的人們也還是「下等」的一般。

安岡氏的論中國菜，所引據的是威廉士的《中國》（《Middle Kingdom by Williams》），在最末《耽享樂而淫風熾盛》這一篇中。其中有這麼一段——

> 「這好色的國民，便在尋求食物的原料時，也大概以所想像的性欲底效能爲目的。從國外輸入的特殊產物的最多數，就是認爲含有這種效能的東西。……在大宴會中，許多功能表的最大部分，即是想像爲含有某種特殊的強壯劑底性質的奇妙的原料所做。……」

我自己想，我對於外國人的指摘本國的缺失，是不很發生反感的，但看到這裏卻不能不失笑。筵席上的中國菜誠然大抵濃厚，然而並非國民的常食；中國的闊人誠然很多淫昏，但還不至於將肴饌和壯陽藥併合。「紂雖不善，不如是之甚也。」研究中國的外國人，想得太深，感得太敏，便常常得到這樣——比「支那人」更有性底敏感——的結果。

安岡氏又自己說——

> 「筍和支那人的關係，也與蝦正相同。彼國人的嗜筍，可謂在日本人以上。雖然是可笑的話，也許是因爲那挺然翹然的姿勢，引起想像來的罷。」

會稽至今多竹。竹，古人是很寶貴的，所以曾有「會稽竹箭」的話。然而寶貴它的原因是在可以做箭，用於戰鬥，並非因爲它

「挺然翹然」像男根。多竹，即多筍；因爲多，那價錢就和北京的白菜差不多。我在故鄉，就吃了十多年筍，現在回想，自省，無論如何，總是絲毫也尋不出吃筍時，愛它「挺然翹然」的思想的影子來。因爲姿勢而想像它的效能的東西是有一種的，就是肉蓯蓉，然而那是藥，不是茱。總之，筍雖然常見於南邊的竹林中和食桌上，正如街頭的電杆和屋裏的柱子一般，雖「挺然翹然」，和色欲的大小大概是沒有什麼關係的。

然而洗刷了這一點，並不足證明中國人是正經的國民。要得結論，還很費周折罷。可是中國人偏不肯研究自己。安岡氏又說，「去今十餘年前，有……稱爲《留東外史》這一種不知作者的小說，似乎是記事實，大概是以惡意地描寫日本人的性底不道德爲目的的。然而通讀全篇，較之攻擊日本人，倒是不識不知地將支那留學生的不品行，特地費了力招供出來的地方更其多，是滑稽的事。」這是真的，要證明中國人的不正經，倒在自以爲正經地禁止男女同學，禁止模特兒這些事件上。

我沒有恭逢過奉陪「大宴會」的光榮，只是經歷了幾回中宴會，吃些燕窩魚翅。現在回想，宴中宴後，倒也並不特別發生好色之心。但至今覺得奇怪的，是在，蒸，煨的爛熟的肴饌中間，夾著一盤活活的醉蝦。

據安岡氏說，蝦也是與性欲有關係的；不但從他，我在中國也聽到過這類話。然而我所以爲奇怪的，是在這兩極端的錯雜，宛如文明爛熟的社會裏，忽然分明現出茹毛飲血的蠻風來。而這蠻風，又並非將由蠻野進向文明，乃是已由文明落向蠻野，假如比前者爲白紙，將由此開始寫字，則後者便是塗滿了字的黑紙罷。一面制禮作樂，尊孔讀經，「四千年聲明文物之邦」，真是火候恰到好處了，而一面又坦然地放火殺人，姦淫擄掠，做著雖蠻人對於同族也還不肯做的事……全個中國，就是這樣的一席大宴會！

我以爲中國人的食物，應該去掉煮得爛熟，萎靡不振的；也去

掉全生，或全活的。應該吃些雖然熟，然而還有些生的帶著鮮血的肉類……。

　　正午，照例要吃午飯了，討論中止。菜是：乾菜，已不「挺然翹然」的筍乾，粉絲，醃菜。對於紹興，陳源教授所憎惡的是「師爺」和「刀筆吏的筆尖」，我所憎惡的是飯菜。《嘉泰會稽志》已在石印了，但還未出版，我將來很想查一查，究竟紹興遇著過多少回大饑饉，竟這樣地嚇怕了居民，彷彿明天便要到世界末日似的，專喜歡儲藏乾物品。有菜，就曬乾；有魚，也曬乾；有豆，又曬乾；有筍，又曬得它不像樣；菱角是以富於水分，肉嫩而脆為特色的，也還要將它風乾……。聽說探險北極的人，因為只吃罐頭食物，得不到新東西，常常要生壞血病；倘若紹興人肯帶了乾菜之類去探險，恐怕可以走得更遠一點罷。

　　晚，得喬峰信並叢蕪所譯的布寧的短篇《輕微的歉戲》稿，在上海的一個書店裏默默地躺了半年，這回總算設法討回來了。

　　中國人總不肯研究自己。從小說來看民族性，也就是一個好題目。此外，則道士思想（不是道教，是方士）與歷史上大事件的關係，在現今社會上的勢力；孔教徒怎樣使「聖道」變得和自己的無所不為相宜；戰國遊士說動人主的所謂「利」「害」是怎樣的，和現今的政客有無不同；中國從古到今有多少文字獄；歷來「流言」的製造散佈法和效驗等等……可以研究的新方面實在多。

在寫出了《論睜了眼看》的第二年，魯迅在《馬上支日記》裏，又提出了「做戲的虛無黨」的概念。

這篇寫於1926年7月4日的日記體雜感，是從燈下讀日本作家安岡秀夫寫的《從小說看來的支那民族性》一書說起的。首先談到的是，讀了這位日本學者對於中國民族性的「客氣」的批評（說「客氣」是因為作者說，他所批評的中國民族性弱點「便是在日本，怕也有難於漏網的」）自己竟「不免汗流浹背」，這就是下文所說的引起了「內省」，即民族的以及自我的反省。

——在魯迅看來，一個民族和個人能否有自我反省意識是這個民族和個人是否有希望的根本指證；因此，真正的民族主義者、愛國主義者是從不諱言，甚至總是在強調自己民族的弱點的；相反，大談中國的光榮歷史而藉以掩蓋民族恥辱——這也是一種「欺和瞞」，卻反而是可疑的，如魯迅所說，「滿口愛國，滿身國粹，也於實際上的做奴才並無妨礙」，這樣的人其實是「愛亡國者」，因為他們「只是悲歎那過去，而且稱讚著所以亡的病根」。

魯迅正是從民族自我反省的內在需要出發，來看待外國人對中國的批評的：儘管讓你「汗流浹背」，甚至狼狽不堪，卻也許因此而警醒。——同學們可能會注意到《魯迅全集》人民文學出版社1981年版的注釋將《從小說看來的支那民族性》斷為「一本誣衊中國民族的書」，這顯然是與魯迅的前述立場相違背的。

但在1926年魯迅大談「做戲」，卻是受到現實的刺激，……魯迅把他的這些觀察、體驗做了一個總結性的思考。他首先將其概括為一種「做戲」現象——……

這是一個演戲者與看戲者（看客）的合謀，為使瞞和騙的「戲」得以「做下去」，自然要將不做戲、並要揭穿做戲的真的人（知識份子）如魯迅者，視為「掃興」者、異己者而加以排斥，甚至放逐。

——錢理群《走出瞞和騙的大澤》

略論中國人的臉

　　大約人們一遇到不大看慣的東西，總不免以爲他古怪。我還記得初看見西洋人的時候，就覺得他臉太白，頭髮太黃，眼珠太淡，鼻樑太高。雖然不能明明白白地說出理由來，但總而言之：相貌不應該如此。至於對於中國人的臉，是毫無異議；即使有好醜之別，然而都不錯的。

　　我們的古人，倒似乎並不放鬆自己中國人的相貌。周的孟軻就用眸子來判胸中的正不正，漢朝還有《相人》二十四卷。後來鬧這玩藝兒的尤其多；分起來，可以說有兩派罷：一是從臉上看出他的智愚賢不肖；一是從臉上看出他過去，現在和將來的榮枯。於是天下紛紛，從此多事，許多人就都戰戰兢兢地研究自己的臉。我想，鏡子的發明，恐怕這些人和小姐們是大有功勞的。不過近來前一派已經不大有人講究，在北京上海這些地方搗鬼的都只是後一派了。

　　我一向只留心西洋人。留心的結果，又覺得他們的皮膚未免太粗；毫毛有白色的，也不好。皮上常有紅點，即因爲顏色太白之故，倒不如我們之黃。尤其不好的是紅鼻子，有時簡直像是將要熔化的蠟

燭油，彷彿就要滴下來，使人看得栗栗危懼，也不及黃色人種的較爲隱晦，也見得較爲安全。總而言之：相貌還是不應該如此的。

後來，我看見西洋人所畫的中國人，才知道他們對於我們的相貌也很不敬。那似乎是《天方夜談》或者《安兌生童話》中的插畫，現在不很記得清楚了。頭上戴著拖花翎的紅纓帽，一條辮子在空中飛揚，朝靴的粉底非常之厚。但這些都是滿洲人連累我們的。獨有兩眼歪斜，張嘴露齒，卻是我們自己本來的相貌。不過我那時想，其實並不儘然。外人特地要奚落我們，所以格外形容得過度了。

但此後對於中國一部分人們的相貌，我也逐漸感到一種不滿，就是他們每看見不常見的事件或華麗的女人，聽到有些醉心的說話的時候，下巴總要慢慢掛下，將嘴張了開來。這實在不大雅觀；彷彿精神上缺少著一樣什麼機體。據研究人體的學者們說，一頭附著在上顎骨上，那一頭附著在下顎骨上的「咬筋」，力量是非常之大的。我們幼小時候想吃核桃，必須放在門縫裏將它的殼夾碎。但在成人，只要牙齒好，那咬筋一收縮，便能咬碎一個核桃。有著這麼大的力量的筋，有時竟不能收住一個並不沉重的自己的下巴，雖然正在看得出神的時候，倒也情有可原，但我總以爲究竟不是十分體面的事。

日本的長谷川如是閑是善於做諷刺文字的。去年我見過他的一本隨筆集，叫作《貓·狗·人》；其中有一篇就說到中國人的臉。大意是初見中國人，即令人感到較之日本人或西洋人，臉上總欠缺著一點什麼。久而久之，看慣了，便覺得這樣已經盡夠，並不缺少東西；倒是看得西洋人之流的臉上，多餘著一點什麼。這多餘著的東西，他就給它一個不大高妙的名目：獸性。中國人的臉上沒有這個，是人，則加上多餘的東西，即成了下列的算式：

人＋獸性＝西洋人

他借了稱讚中國人，貶斥西洋人，來諷刺日本人的目的，這樣

就達到了，自然不必再說這獸性的不見於中國人的臉上，是本來沒有的呢，還是現在已經消除。如果是後來消除的，那麼，是漸漸淨盡而只剩了人性的呢，還是不過漸漸成了馴順。野牛成為家牛，野豬成為豬，狼成為狗，野性是消失了，但只足使牧人喜歡，於本身並無好處。人不過是人，不再夾雜著別的東西，當然再好沒有了。倘不得已，我以為還不如帶些獸性，如果合於下列的算式倒是不很有趣的：

人＋家畜性＝某一種人

中國人的臉上真可有獸性的記號的疑案，暫且中止討論罷。我只要說近來卻在中國人所理想的古今人的臉上，看見了兩種多餘。一到廣州，我覺得比我所從來的廈門豐富得多的，是電影，而且大半是「國片」，有古裝的，有時裝的。因為電影是「藝術」，所以電影藝術家便將這兩種多餘加上去了。

古裝的電影也可以說是好看，那好看不下於看戲；至少，決不至於有大鑼大鼓將人的耳朵震聾。在「銀幕」上，則有身穿不知何時何代的衣服的人物，緩慢地動作；臉正如古人一般死，因為要顯得活，便只好加上些舊式戲子的昏庸。

時裝人物的臉，只要見過清朝光緒年間上海的吳友如的《畫報》的，便會覺得神態非常相像。《畫報》所畫的大抵不是流氓拆梢，便是妓女吃醋，所以臉相都狡猾。這精神似乎至今不變，國產影片中的人物，雖是作者以為善人傑士者，眉宇間也總帶些上海洋場式的狡猾。可見不如此，是連善人傑士也做不成的。

聽說，國產影片之所以多，是因為華僑歡迎，能夠獲利，每一新片到，老的便帶了孩子去指點給他們看道：「看哪，我們的祖國的人們是這樣的。」在廣州似乎也受歡迎，日夜四場，我常見看客坐得滿滿。廣州現在也如上海一樣，正在這樣地修養他們的趣味。可惜電影一開演，電燈一定熄滅，我不能看見人們的下巴。

四月六日

　　文章首先寫了西洋人的臉，經過反覆的描述，得出了「人+獸性=西洋人」的結論。這是襯托和對比，文章的重心在於「中國人的臉」。中國的古人醉心於相學，據說可以從臉上看出一個人的賢愚不肖或過去、現在和未來的榮枯。迷信，愚昧，荒唐，可笑，這就是我們這個民族的「傳統文化」嗎？文章末尾寫了國人的現狀：碌碌無為，不思進取。文章將古今對接起來，兩千多年的時間流駛，結果還是「老樣子」，沒什麼「長進」。

　　要緊的當然還是直觀地「畫」出中國人的「臉」來：「一條辮子在空中飛揚」、「朝靴的粉底非常之厚」，寫頭和腳也是襯托，接著就聚焦到「臉」上，「兩眼歪斜，張嘴露齒」，總讓人覺得「精神上缺少一樣什麼肌體」。這樣的「臉」與西洋人不同，獸性是沒有了，卻有了「家畜性」，亦即被馴順了的奴性。奴性是魯迅先生對國民性的一大發現，在他的文字裏始終貫穿著對這一民族劣根性的無情揭露和深刻批判。

　　文章善用曲筆、反諷等藝術手法，幽默、生動而耐人尋味。細節的運用尤為高妙，在論中國人的「臉」的時候，突出了總是掛下來的「下巴」，「將嘴張了開來，實在不大雅觀」，這樣傳神的描繪，從形體到精神，活畫了「國民性」的特徵：呆滯、鬆弛、麻木、昏庸，令人拍案叫絕。

——石翔《魯迅雜文解析》

讀雜書談

——七月十六日在廣州知用中學講

　　因爲知用中學的先生們希望我來演講一回，所以今天到這裏和諸君相見。不過我也沒有什麼東西可講。忽而想到學校是讀書的所在，就隨便談談讀書。是我個人的意見，姑且供諸君的參考，其實也算不得什麼演講。

　　說到讀書，似乎是很明白的事，只要拿書來讀就是了，但是並不這樣簡單。至少，就有兩種：一是職業的讀書，一是嗜好的讀書。所謂職業的讀書者，譬如學生因爲升學，教員因爲要講功課，不翻翻書，就有些危險的就是。我想在坐的諸君之中一定有些這樣的經驗，有的不喜歡算學，有的不喜歡博物，然而不得不學，否則，不能畢業，不能升學，和將來的生計便有妨礙了。我自己也這樣，因爲做教員，有時即非看不喜歡看的書不可，要不這樣，怕不久便會於飯碗有妨。我們習慣了，一說起讀書，就覺得是高尚的事情，其實這樣的讀書，和木匠的磨斧頭，裁縫的理針線並沒有什麼分別，並不見得高尚，有時還很苦痛，很可憐。你愛做的事，偏不給你做，你不愛做的，倒非做不可。這是由於職業和嗜好不能合一而來的。倘能夠大家去做愛做的事，而仍然各有飯吃，那是多麼幸福。但現在的社會上還做不到，所以讀書的人們的最大部分，大概

是勉勉強強的，帶著苦痛的爲職業的讀書。

　　現在再講嗜好的讀書罷。那是出於自願，全不勉強，離開了利害關係的。——我想，嗜好的讀書，該如愛打牌的一樣，天天打，夜夜打，連續的去打，有時被公安局捉去了，放出來之後還是打。諸君要知道眞打牌的人的目的並不在贏錢，而在有趣。牌有怎樣的有趣呢，我是外行，不大明白。但聽得愛賭的人說，它妙在一張一張的摸起來，永遠變化無窮。我想，凡嗜好的讀書，能夠手不釋卷的原因也就是這樣。他在每一頁每一頁裏，都得著深厚的趣味。自然，也可以擴大精神，增加智識的，但這些倒都不計及，一計及，便等於意在贏錢的博徒了，這在博徒之中，也算是下品。

　　不過我的意思，並非說諸君應該都退了學，去看自己喜歡看的書去，這樣的時候還沒有到來；也許終於不會到，至多，將來可以設法使人們對於非做不可的事發生較多的興味罷了。我現在是說，愛看書的青年，大可以看看本分以外的書，即課外的書，不要只將課內的書抱住。但請不要誤解，我並非說，譬如在國文講堂上，應該在抽屜裏暗看《紅樓夢》之類；乃是說，應做的功課已完而有餘暇，大可以看看各樣的書，即使和本業毫不相干的，也要泛覽。譬如學理科的，偏看看文學書，學文學的，偏看看科學書，看看別個在那裏研究的，究竟是怎麼一回事。這樣子，對於別人，別事，可以有更深的瞭解。現在中國有一個大毛病，就是人們大概以爲自己所學的一門是最好，最妙，最要緊的學問，而別的都無用，都不足道的，弄這些不足道的東西的人，將來該當餓死。其實是，世界還沒有如此簡單，學問都各有用處，要定什麼是頭等還很難。也幸而有各式各樣的人，假如世界上全是文學家，到處所講的不是「文學的分類」便是「詩之構造」，那倒反而無聊得很了。

　　不過以上所說的，是附帶而得的效果，嗜好的讀書，本人自然並不計及那些，就如遊公園似的，隨隨便便去，因爲隨隨便便，所以不吃力，因爲不吃力，所以會覺得有趣。如果一本書拿到手，就

滿心想道，「我在讀書了！」「我在用功了！」那就容易疲勞，因而減掉興味，或者變成苦事了。

我看現在的青年，爲興味的讀書的是有的，我也常常遇到各樣的詢問。此刻就將我所想到的說一點，但是只限於文學方面，因爲我不明白其他的。

第一，是往往分不清文學和文章。甚至於已經來動手做批評文章的，也免不了這毛病。其實粗粗的說，這是容易分別的。研究文章的歷史或理論的，是文學家，是學者；做做詩，或戲曲小說的，是做文章的人，就是古時候所謂文人，此刻所謂創作家。創作家不妨毫不理會文學史或理論，文學家也不妨做不出一句詩。然而中國社會上還很誤解，你做幾篇小說，便以爲你一定懂得小說概論，做幾句新詩，就要你講詩之原理。我也嘗見想做小說的青年，先買小說法程和文學史來看。據我看來，是即使將這些書看爛了，和創作也沒有什麼關係的。

事實上，現在有幾個做文章的人，有時也確去做教授。但這是因爲中國創作不值錢，養不活自己的緣故。聽說美國小名家的一篇中篇小說，時價是二千美金；中國呢，別人我不知道，我自己的短篇寄給大書鋪，每篇賣過二十元。當然要尋別的事，例如教書，講文學。研究是要用理智，要冷靜的，而創作須情感，至少總得發點熱，於是忽冷忽熱，弄得頭昏，——這也是職業和嗜好不能合一的苦處。苦倒也罷了，結果還是什麼都弄不好。那證據，是試翻世界文學史，那裏面的人，幾乎沒有兼做教授的。

還有一種壞處，是一做教員，未免有顧忌；教授有教授的架子，不能暢所欲言。這或者有人要反駁：那麼，你暢所欲言就是了，何必如此小心。然而這是事前的風涼話，一到有事，不知不覺地他也要從眾來攻擊的。而教授自身，縱使自以爲怎樣放達，下意識裏總不免有架子在。所以在外國，稱爲「教授小說」的東西倒並不少，但是不大有人說好，至少，是總難免有令人發煩的炫學的地方。

所以我想，研究文學是一件事，做文章又是一件事。

　　第二，我常被詢問：要弄文學，應該看什麼書？這實在是一個極難回答的問題。先前也曾有幾位先生給青年開過一大篇書目。但從我看來，這是沒有什麼用處的，因為我覺得那都是開書目的先生自己想要看或者未必想要看的書目。我以為倘要弄舊的呢，倒不如姑且靠著張之洞的《書目答問》去摸門徑去。倘是新的，研究文學，則自己先看看各種的小本子，如本間久雄的《新文學概論》，廚川白村的《苦悶的象徵》，瓦浪斯基們的《蘇俄的文藝論戰》之類，然後自己再想想，再博覽下去。因為文學的理論不像算學，二二一定得四，所以議論很紛歧。如第三種，便是俄國的兩派的爭論，——我附帶說一句，近來聽說連俄國的小說也不大有人看了，似乎一看見「俄」字就吃驚，其實蘇俄的新創作何嘗有人紹介，此刻譯出的幾本，都是革命前的作品，作者在那邊都已經被看作反革命的了。

　　倘要看看文藝作品呢，則先看幾種名家的選本，從中覺得誰的作品自己最愛看，然後再看這一個作者的專集，然後再從文學史上看看他在史上的位置；倘要知道得更詳細，就看一兩本這人的傳記，那便可以大略瞭解了。如果專是請教別人，則各人的嗜好不同，總是格不相入的。

　　第三，說幾句關於批評的事。現在因為出版物太多了，——其實有什麼呢，而讀者因為不勝其紛紜，便渴望批評，於是批評家也便應運而起。批評這東西，對於讀者，至少對於和這批評家趣旨相近的讀者，是有用的。但中國現在，似乎應該暫作別論。往往有人誤以為批評家對於創作是操生殺之權，占文壇的最高位的，就忽而變成批評家；他的靈魂上掛了刀。但是怕自己的立論不周密，便主張主觀，有時怕自己的觀察別人不看重，又主張客觀；有時說自己的作文的根柢全是同情，有時將校對者罵得一文不值。

　　凡中國的批評文字，我總是越看越糊塗，如果當真，就要無路

可走。印度人是早知道的，有一個很普通的比喻。他們說：一個老翁和一個孩子用一匹驢子馱著貨物去出賣，貨賣去了，孩子騎驢回來，老翁跟著走。但路人責備他了，說是不曉事，叫老年人徒步。他們便換了一個地位，而旁人又說老人忍心；老人忙將孩子抱到鞍轎上，後來看見的人卻說他們殘酷；於是都下來，走了不久，可又有人笑他們了，說他們是呆子，空著現成的驢子卻不騎。於是老人對孩子歎息道，我們只剩了一個辦法了，是我們兩人抬著驢子走。無論讀，無論做，倘若旁征博訪，結果是往往會弄到抬驢子走的。

不過我並非要大家不看批評，不過說看了之後，仍要看看本書，自己思索，自己做主。看別的書也一樣，仍要自己思索，自己觀察。倘只看書，便變成書櫥，即使自己覺得有趣，而那趣味其實是已在逐漸硬化，逐漸死去了。我先前反對青年躲進研究室，也就這意思，至今有些學者，還將這話算作我的一條罪狀哩。

聽說英國的培那特蕭（Bernard Shaw），有過這樣意思的話：世間最不行的是讀書者。因為他只能看別人的思想藝術，不用自己。這也就是勘本華爾（Schopenhauer）之所謂腦子裏給別人跑馬。較好的是思索者。因為能用自己的生活力了，但還不免是空想，所以更好的是觀察者，他用自己的眼睛去讀世間這一部活書。

這是的確的，實地經驗總比看，聽，空想確鑿。我先前吃過乾荔支，罐頭荔支，陳年荔支，並且由這些推想過新鮮的好荔支。這回吃過了，和我所猜想的不同，非到廣東來吃就永不會知道。但我對於蕭的所說，還要加一點騎牆的議論。蕭是愛爾蘭人，立論也不免有些偏激的。我以為假如從廣東鄉下找一個沒有歷練的人，叫他從上海到北京或者什麼地方，然後問他觀察所得，我恐怕是很有限的，因為他沒有練習過觀察力。所以要觀察，還是先要經過思索和讀書。

總之，我的意思是很簡單的：我們自動的讀書，即嗜好的讀書，請教別人是大抵無用，只好先行泛覽，然後決擇而入於自己所

愛的較專的一門或幾門；但專讀書也有弊病，所以必須和實社會接觸，使所讀的書活起來。

　　魯迅首先區分了「職業的讀書」與「嗜好的讀書」，而他主要討論與提倡的是後者。⋯⋯

　　他打了一個很獨特的比方⋯⋯

　　我甚至認為這是一個經典比喻，是道破了讀書的真諦的：讀書本質上就是一種「遊戲」，它的魅力就在「超越了功利」目的的「深厚的趣味」。真正的讀書，不僅在讀「書」，而在「讀」中所達到的「境界」，只要進去了，就會感到無窮的樂趣。

　　因此，魯迅提倡一種「隨便翻翻」式的閱讀⋯⋯「隨便翻翻」的另一層意思就是「讀閒書」，什麼書都讀，「開卷有益」就是。⋯⋯魯迅由此而提出「比較的閱讀法」：「翻來翻去，一多翻，就有比較，比較是醫治受騙的好法子」，「我看現在的青年的常在問人該讀什麼書，就是要看一看真金，免得受硫化銅的欺騙。而且一識得真金，一面也就真的識得了硫化銅，一舉兩得了。」所謂「真金」，就是原著，特別是經典作家的原著，一讀經典原著，就知道許多所謂「注經」之作是如何荒謬了。

　　這也是魯迅的經驗之談。魯迅是學醫出身，轉而從文，他的知識結構中體現著一種文、理的交融。他在年輕時候就對文學與科學都同樣有著深刻的理解，這就為他以後的發展開拓了一個廣闊的視野，奠定了寬厚的基礎。因此，魯迅所説讀一點課外的書，不僅是為了擴大知識面，更可以提高每一個人的文化教養、精神境界，是不可以掉以

輕心的。

在《讀書雜談》的結尾，魯迅對學生們還有兩點提醒，也非常重要。一是讀書時要「自己思索，自己做主」，他引用叔本華的話說，不能讓自己的「腦子給別人跑馬」，讀書的結果如果是使自己變成「書櫥」，那就一點意思也沒有了。但如果只是讀書，即使能夠思索，也還「不免是空想」；「更好的是觀察者，他用自己的眼睛去讀世間這一部活書」，「實地經驗總比看，聽，空想確鑿。」

——錢理群《「希望是在於將來的」》

情　人　1922年創作

小雜感

　　蜜蜂的刺，一用即喪失了它自己的生命；犬儒的刺，一用則苟延了他自己的生命。

　　他們就是如此不同。

　　約翰穆勒說：專制使人們變成冷嘲。

　　而他竟不知道共和使人們變成沉默。

　　要上戰場，莫如做軍醫；要革命，莫如走後方；要殺人，莫如做劊子手。既英雄，又穩當。

　　與名流學者談，對於他之所講，當裝作偶有不懂之處。太不懂被看輕，太懂了被厭惡。偶有不懂之處，彼此最為合宜。

　　世間大抵只知道指揮刀所以指揮武士，而不想到也可以指揮文人。

　　又是演講錄，又是演講錄。

　　但可惜都沒有講明他何以和先前大兩樣了；也沒有講明他演講時，自己是否真相信自己的話。

闊的聰明人種種譬如昨日死。
不闊的傻子種種實在昨日死。

曾經闊氣的要復古，正在闊氣的要保持現狀，未曾闊氣的要革新。大抵如是。大抵！

他們之所謂復古，是回到他們所記得的若干年前，並非虞夏商周。

女人的天性中有母性，有女兒性；無妻性。
妻性是逼成的，只是母性和女兒性的混合。

防被欺。
自稱盜賊的無須防，得其反倒是好人；自稱正人君子的必須防，得其反則是盜賊。

樓下一個男人病得要死，那間壁的一家唱著留聲機；對面是弄孩子。樓上有兩人狂笑；還有打牌聲。河中的船上有女人哭著她死去的母親。
人類的悲歡並不相通，我只覺得他們吵鬧。

每一個破衣服人走過，叭兒狗就叫起來，其實並非都是狗主人的意旨或使嗾。
叭兒狗往往比它的主人更嚴厲。

恐怕有一天總要不准穿破布衫，否則便是共產黨。

革命，反革命，不革命。
革命的被殺於反革命的。反革命的被殺於革命的。不革命的或

當作革命的而被殺於反革命的，或當作反革命的而被殺於革命的，或並不當作什麼而被殺於革命的或反革命的。

革命，革革命，革革革命，革革……。

人感到寂寞時，會創作；一感到乾淨時，即無創作，他已經一無所愛。

創作總根於愛。

楊朱無書。

創作雖說抒寫自己的心，但總願意有人看。

創作是有社會性的。

但有時只要有一個人看便滿足：好友，愛人。

人往往憎和尚，憎尼姑，憎回教徒，憎耶教徒，而不憎道士。

懂得此理者，懂得中國大半。

要自殺的人，也會怕大海的汪洋，怕夏天死屍的易爛。

但遇到澄靜的清池，涼爽的秋夜，他往往也自殺了。

凡爲當局所「誅」者皆有「罪」。

劉邦除秦苛暴，「與父老約，法三章耳。」

而後來仍有族誅，仍禁挾書，還是秦法。

法三章者，話一句耳。

一見短袖子，立刻想到白臂膊，立刻想到全裸體，立刻想到生殖器，立刻想到性交，立刻想到雜交，立刻想到私生子。

中國人的想像惟在這一層能夠如此躍進。

九月二十四日

　　本文寫於1927年9月24日，正是蔣介石發動「四·一二」反革命政變之後、白色恐怖極盛之時。作者對以蔣介石為首的反革命給予了無情的揭露和鞭撻。寫作本文的次日，魯迅在給台靜農的信中說：「現在是大賣戴季陶講演錄了（蔣介石的也行了一時）……」可知本文中的第一個「又是」是指蔣介石的講演錄，第二個「又是」是指戴季陶的講演錄。魯迅接著對其一言以蔽之：「……也沒有講明他講演時，自己是否真相信自己的話。」這就把他們大搞反革命欺騙的本質一針見血地指出來了，富有極強的現實感和戰鬥性。

　　本文共收小雜感二十一則。除了鋒芒直指蔣介石反動派醜惡伎倆的文字，也有以精練的、格言式的獨特形式，從各方面抨擊當時黑暗現實的文字，如「要殺人，莫如做劊子手，既英雄，又穩當」，就直指投機善變的新軍閥。此外，還有不少文字是對中國的國民性和文化乃至人性的思索，既辛辣，又機智，富有豐富的蘊含，閃耀著哲理的光輝，給人以聯想和啓迪。

——高梁紅《讀〈小雜感〉》

文學和出汗

　　上海的教授對人講文學，以為文學當描寫永遠不變的人性，否則便不久長。例如英國，莎士比亞和別的一兩個人所寫的是永久不變的人性，所以至今流傳，其餘的不這樣，就都消滅了云。

　　這眞是所謂「你不說我倒還明白，你越說我越糊塗」了。英國有許多先前的文章不流傳，我想，這是總會有的，但竟沒有想到它們的消滅，乃因為不寫永久不變的人性。現在既然知道了這一層，卻更不解它們既已消滅，現在的教授何從看見，卻居然斷定它們所寫的都不是永久不變的人性了。

　　只要流傳的便是好文學，只要消滅的便是壞文學；搶得天下的便是王，搶不到天下的便是賊。莫非中國式的歷史論，也將溝通了中國人的文學論歟？

　　而且，人性是永久不變的麼？

　　類人猿，類猿人，原人，古人，今人，未來的人，……如果生物眞會進化，人性就不能永久不變。不說類猿人，就是原人的脾氣，我們大約就很難猜得著的，則我們的脾氣，恐怕未來的人也未必會明白。要寫永久不變的人性，實在難哪。

　　譬如出汗罷，我想，似乎於古有之，於今也有，將來一定暫

時也還有，該可以算得較爲「永久不變的人性」了。然而「弱不禁風」的小姐出的是香汗，「蠢笨如牛」的工人出的是臭汗。不知道倘要做長留世上的文字，要充長留世上的文學家，是描寫香汗好呢，還是描寫臭汗好？這問題倘不先行解決，則在將來文學史上的位置，委實是「岌岌乎殆哉」。

聽說，例如英國，那小說，先前是大抵寫給太太小姐們看的，其中自然是香汗多；到十九世紀後半，受了俄國文學的影響，就很有些臭汗氣了。那一種的命長，現在似乎還在不可知之數。

在中國，從道士聽論道，從批評家聽談文，都令人毛孔痙攣，汗不敢出。然而這也許倒是中國的「永久不變的人性」罷。

二七，一二，二三

名·家·解·讀

本文短小精悍，以短短數百字，將梁實秋的反動理論駁得體無完膚。

第一，層層剝繭，漸次深入的批駁方法。本文結構單純，條理清晰。第一部分首先端出敵論點和論據，抓住要害，無容論敵躲閃。第二部分是批駁的主要內容。主攻敵論據，逐層批判，而讓敵論點懸著不管。先從大層次入手，駁斥梁實秋說的莎士比亞等人的文學因描寫「永久不變的人性」所以「流傳」的謬論。這裏，作者姑且放過「永久不變的人性」之謬誤，而從總體上駁斥所謂寫「永久不變的人性」的作品因此流傳並非歷史事實，進而縱筆深入，揭示流傳與被消滅文學好壞的觀點正是反動歷史觀在文學領域的反映，是國民黨統治意識

的表現。接著，文章從大層次中，抓住敵論據的核心「永久不變的人性」進行重點批駁。最後深刻指出梁實秋之所以如此乃是因其有著「永久不變」的向國民黨反動主子效勞奔走的反動本性。這樣的批駁邏輯十分嚴密和有力。全文雖然沒直接駁斥敵論點，但皮之不存，毛將焉附；論據已倒，論點又怎能立腳呢。

第二，內容的深刻性與表現的形象性緊密結合。本文主旨在於對人性論的批判，意義重大而深遠，但這些都通過文章的形象性表現出來。文章在駁「永久不變的人性」時，設了三個妙喻來增強形象性：以人類演進歷史形象說明人性並非「永久不變」；以文學描寫「香汗」或是描寫「臭汗」形象生動說明文學中人性不僅有變化，而且還具階級性；以英國文學由描寫「香汗」發展到描寫「有些臭汗氣」，不僅駁斥了人性非「永久不變」，而且形象說明無產階級文學必將取代地主資產階級文學。從這些可以看出，本文真可謂達到了政論內容的深刻性與藝術表現的形象性的高度結合。

第三，對比鮮明，增強了文章的論辯力量。本文中，作者巧妙地運用對比手法，使敵論於麒麟之下露出馬腳，同時申明正確的觀點。比如作者將「流傳的便是好文學」，「消滅的便是壞文學」與「成則為王，敗則寇」的反動歷史觀進行類比，揭示梁實秋為虎作倀的實質……最後將梁實秋論文與道士論道進行類比，深刻揭露梁實秋之所以主張人性論，乃出於他所代表的反動階級的「永久不變」的反動本性。

——榮隆徽《魯迅作品手冊》

無聲的中國

——二月十六日在香港青年會講

以我這樣沒有什麼可聽的無聊的講演，又在這樣大雨的時候，竟還有這許多來聽的諸君，我首先應當聲明我的鄭重感謝。

我現在所講的題目是：《無聲的中國》。

現在，浙江，陝西，都在打仗，那裏的人民哭著呢還是笑著呢，我們不知道。香港似乎很太平，住在這裏的中國人，舒服呢還是不很舒服呢，別人也不知道。

發表自己的思想，感情給大家知道的是要用文章的，然而拿文章來達意，現在一般的中國人還做不到。這也怪不得我們；因為那文字，先就是我們的祖先留傳給我們的可怕的遺產。人們費了多年的工夫，還是難於運用。因為難，許多人便不理它了，甚至於連自己的姓也寫不清是張還是章，或者簡直不會寫，或者說道：Chang。雖然能說話，而只有幾個人聽到，遠處的人們便不知道，結果也等於無聲。又因為難，有些人便當作寶貝，像玩把戲似的，之乎者也，只有幾個人懂，——其實是不知道可眞懂，而大多數的人們卻不懂得，結果也等於無聲。

文明人和野蠻人的分別，其一，是文明人有文字，能夠把他們的思想，感情，藉此傳給大眾，傳給將來。中國雖然有文字，現在

卻已經和大家不相干，用的是難懂的古文，講的是陳舊的古意思，所有的聲音，都是過去的，都就是只等於零的。所以，大家不能互相瞭解，正像一大盤散沙。

將文章當作古董，以不能使人認識，使人懂得爲好，也許是有趣的事罷。但是，結果怎樣呢？是我們已經不能將我們想說的話說出來。我們受了損害，受了侮辱，總是不能說出些應說的話。拿最近的事情來說，如中日戰爭，拳匪事件，民元革命這些大事件，一直到現在，我們可有一部像樣的著作？民國以來，也還是誰也不作聲。反而在外國，倒常有說起中國的，但那都不是中國人自己的聲音，是別人的聲音。

這不能說話的毛病，在明朝是還沒有這樣屬害的；他們還比較地能夠說些要說的話。待到滿洲人以異族侵入中國，講歷史的，尤其是講宋末的事情的人被殺害了，講時事的自然也被殺害了。所以，到乾隆年間，人民大家便更不敢用文章來說話了。所謂讀書人，便只好躲起來讀經，校刊古書，做些古時的文章，和當時毫無關係的文章。有些新意，也還是不行的；不是學韓，便是學蘇。韓愈蘇軾他們，用他們自己的文章來說當時要說的話，那當然可以的。我們卻並非唐宋時人，怎麼做和我們毫無關係的時候的文章呢。即使做得像，也是唐宋時代的聲音，韓愈蘇軾的聲音，而不是我們現代的聲音。然而直到現在，中國人卻還要著這樣的舊戲法。人是有的，沒有聲音，寂寞得很。—— 人會沒有聲音的麼？沒有，可以說：是死了。倘要說得客氣一點，那就是：已經啞了。

要恢復這多年無聲的中國，是不容易的，正如命令一個死掉的人道：「你活過來！」我雖然並不懂得宗教，但我以爲正如想出現一個宗教上之所謂「奇跡」一樣。

首先來嘗試這工作的是「五四運動」前一年，胡適之先生所提倡的「文學革命」。「革命」這兩個字，在這裏不知道可害怕，有些地方是一聽到就害怕的。但這和文學兩字連起來的「革命」，卻

沒有法國革命的「革命」那麼可怕，不過是革新，改換一個字，就很平和了，我們就稱爲「文學革新」罷，中國文字上，這樣的花樣是很多的。那大意也並不可怕，不過說：我們不必再去費盡心機，學說古代的死人的話，要說現代的活人的話；不要將文章看作古董，要做容易懂得的白話的文章。然而，單是文學革新是不夠的，因爲腐敗思想，能用古文做，也能用白話做。所以後來就有人提倡思想革新。思想革新的結果，是發生社會革新運動。這運動一發生，自然一面就發生反動，於是便釀成戰鬥……。

但是，在中國，剛剛提起文學革新，就有反動了。不過白話文卻漸漸風行起來，不大受阻礙。這是怎麼一回事呢？就因爲當時又有錢玄同先生提倡廢止漢字，用羅馬字母來替代。這本也不過是一種文字革新，很平常的，但被不喜歡改革的中國人聽見，就大不得了了，於是便放過了比較的平和的文學革命，而竭力來罵錢玄同。白話乘了這一個機會，居然減去了許多敵人，反而沒有阻礙，能夠流行了。

中國人的性情是總喜歡調和，折中的。譬如你說，這屋子太暗，須在這裏開一個窗，大家一定不允許的。但如果你主張拆掉屋頂，他們就會來調和，願意開窗了。沒有更激烈的主張，他們總連平和的改革也不肯行。那時白話文之得以通行，就因爲有廢掉中國字而用羅馬字母的議論的緣故。

其實，文言和白話的優劣的討論，本該早已過去了，但中國是總不肯早早解決的，到現在還有許多無謂的議論。例如，有的說：古文各省人都能懂，白話就各處不同，反而不能相互瞭解了。殊不知這只要教育普及和交通發達就好，那時就人人都能懂較爲易解的白話文；至於古文，何嘗各省人都能懂，便是一省裏，也沒有許多人懂得的。有的說：如果都用白話文，人們便不能看古書，中國的文化就滅亡了。其實呢，現在的人們大可以不必看古書，即使古書裏真有好東西，也可以用白話來譯出的，用不著那麼心驚膽顫。他

們又有人說，外國尚且譯中國書，足見其好，我們自己倒不看麼？殊不知埃及的古書，外國人也譯，非洲黑人的神話，外國人也譯，他們別有用意，即使譯出，也算不了怎樣光榮的事的。

近來還有一種說法，是思想革新緊要，文字改革倒在其次，所以不如用淺顯的文言來作新思想的文章，可以少招一重反對。這話似乎也有理。然而我們知道，連他長指甲都不肯剪去的人，是決不肯剪去他的辮子的。

因為我們說著古代的話，說著大家不明白，不聽見的話，已經弄得像一盤散沙，痛癢不相關了。我們要活過來，首先就須由青年們不再說孔子孟子和韓愈柳宗元們的話。時代不同，情形也兩樣，孔子時代的香港不這樣，孔子口調的「香港論」是無從做起的，「吁嗟闊哉香港也」，不過是笑話。

我們要說現代的，自己的話；用活著的白話，將自己的思想，感情直白地說出來。但是，這也要受前輩先生非笑的。他們說白話文卑鄙，沒有價值；他們說年青人作品幼稚，貽笑大方。我們中國能做文言的有多少呢，其餘的都只能說白話，難道這許多中國人，就都是卑鄙，沒有價值的麼？至於幼稚，尤其沒有什麼可羞，正如孩子對於老人，毫沒有什麼可羞一樣。幼稚是會生長，會成熟的，只不要衰老，腐敗，就好。倘說待到純熟了才可以動手，那是雖是村婦也不至於這樣蠢。她的孩子學走路，即使跌倒了，她決不至於叫孩子從此躺在床上，待到學會了走法再下地面來的。

青年們先可以將中國變成一個有聲的中國。大膽地說話，勇敢地進行，忘掉了一切利害，推開了古人，將自己的真心的話發表出來。──真，自然是不容易的。譬如態度，就不容易真，講演時候就不是我的真態度，因為我對朋友，孩子說話時候的態度是不這樣的。──但總可以說些較真的話，發些較真的聲音。只有真的聲音，才能感動中國的人和世界的人；必須有了真的聲音，才能和世界的人同在世界上生活。

我們試想現在沒有聲音的民族是那幾種民族。我們可聽到埃及人的聲音？可聽到安南，朝鮮的聲音？印度除了泰戈爾，別的聲音可還有？

　　我們此後實在只有兩條路：一是抱著古文而死掉，一是捨掉古文而生存。

名·家·解·讀

　　本文是作者1927年2月16日在香港青年會所作的演講，後收入雜文集《三閑集》。

　　語言文字是人與人之間交流溝通的工具，然而，中國的繁體字特別是古文實在是「難於運用」，因而，「許多人便不理它了」，於是造成了中國的「無聲」；而統治者對思想的禁錮和「文字獄」對讀書人的打壓和威脅，更是雪上加霜。偌大中國，南北噤聲，「萬馬齊喑究可哀」。

　　如何「恢復這多年無聲的中國」呢？作者明確地指出：「我們要說現代的，自己的話；將自己的思想、感情直白地說出來。」文章從「五四」運動的「文學革命」寫起，論述了中國要進步，要走向文明，就必須使用簡便易懂的白話文，進行「文學革新」和「思想革新」，而不能固步自封、抱殘守舊地繼續說著「孔子孟子和韓愈柳宗元們的話。」

　　文章熱切地號召青年們「大膽地說話，勇敢地進行，忘掉一切利害，推開了古人，將自己的真心的話發表出來」，只有這樣，「才能感動了中國的人和世界的人，才能和世界的人同在世界上生活。」語句鏗鏘，催人奮勇前行。

——石翔《魯迅雜文解析》

憂　鬱　1924年創作

親　吻　1924年創作

組畫《城市》（之三） 1925年創作

組畫《城市》（之七）　1925年創作

組畫《城市》（之二十七）　1925年創作

組畫《城市》（之四十三）　1925年創作

組畫《城市》（之六十） 1925年創作

組畫《城市》（之六十三） 1925年創作

魯迅小說全集

組畫《城市》（之八十五）　1925年創作

組畫《城市》（之八十七） 1925年創作

魯迅小說全集

組畫《城市》（之九十一）　1925年創作

流氓的變遷

　　孔墨都不滿於現狀，要加以改革，但那第一步，是在說動人主，而那用以壓服人主的傢伙，則都是「天」。

　　孔子之徒爲儒，墨子之徒爲俠。「儒者，柔也」，當然不會危險的。惟俠老實，所以墨者的末流，至於以「死」爲終極的目的。到後來，眞老實的逐漸死完，只留下取巧的俠，漢的大俠，就已和公侯權貴相饋贈，以備危急時來作護符之用了。

　　司馬遷說：「儒以文亂法，而俠以武犯禁」，「亂」之和「犯」，決不是「叛」，不過鬧點小亂子而已，而況有權貴如「五侯」者在。

　　「俠」字漸消，強盜起了，但也是俠之流，他們的旗幟是「替天行道」。他們所反對的是奸臣，不是天子，他們所打劫的是平民，不是將相。李逵劫法場時，掄起板斧來排頭砍去，而所砍的是看客。一部《水滸》，說得很分明：因爲不反對天子，所以大軍一到，便受招安，替國家打別的強盜 —— 不「替天行道」的強盜去了。終於是奴才。

　　滿洲入關，中國漸被壓服了，連有「俠氣」的人，也不敢再起盜心，不敢指斥奸臣，不敢直接爲天子效力，於是跟一個好官員

或欽差大臣，給他保鏢，替他捕盜，一部《施公案》，也說得很分明，還有《彭公案》，《七俠五義》之流，至今沒有窮盡。他們出身清白，連先前也並無壞處，雖在欽差之下，究居平民之上，對一方面固然必須聽命，對別方面還是大可逞雄，安全之度增多了，奴性也跟著加足。

　　然而為盜要被官兵所打，捕盜也要被強盜所打，要十分安全的俠客，是覺得都不妥當的，於是有流氓。和尚喝酒他來打，男女通姦他來捉，私娼私販他來凌辱，為的是維持風化；鄉下人不懂租界章程他來欺侮，為的是看不起無知；剪髮女人他來嘲罵，社會改革者他來憎惡，為的是寶愛秩序。但後面是傳統的靠山，對手又都非浩蕩的強敵，他就在其間橫行過去。現在的小說，還沒有寫出這一種典型的書，惟《九尾龜》中的章秋谷，以為他給妓女吃苦，是因為她要敲人們竹槓，所以給以懲罰之類的敘述，約略近之。

　　由現狀再降下去，大概這一流人將成為文藝書中的主角了。我在等候「革命文學家」張資平「氏」的近作。

　　上海灘上還滋生著「洋場惡少」。魯迅說他們雖是文人，但在文學論爭中從不說出「堅實的理由」，「只有無端的誣賴，自己的猜測，撒嬌，裝傻」，這就頗有些流氓氣了。魯迅曾這樣刻畫上海灘上的流氓：「和尚喝酒他來打，男女通姦他來捉，私娼私販他來凌辱，為的是維持風化；鄉下人不懂租界章程他來欺侮，為的是看不起無知；剪髮女人他來嘲罵，社會改革者他來憎惡，為的是寶愛秩序。但後面是傳統的靠山，對手又都非浩蕩的強敵，他就在其間橫行過

去。」可見上海流氓也是既以傳統為靠山，又以洋人的「章程」為依託的，而其最基本的職責就是維護現存「秩序」。

所以魯迅説：「殖民政策是一定保護，養育流氓的。」這樣，「流氓文化」也就必然構成20世紀30年代上海現代都市文明的一個有機組成部分。魯迅説其特點是將「中國法」與「外國法」集於一身，可以説它是西方文化與中國傳統文化中最惡俗的部分的一個惡性嫁接。魯迅説：「無論古今，凡是沒有一定的理論，或主張的變化並無線索可尋，而隨時拿了各種各派的理論來作武器的人，都可以稱之為流氓。」……而流氓文化的最大特點也就是無理論、無信仰、無文化，「無所謂法不法，只要被他敲去了幾個錢就算完事」。

所以，流氓文化的「橫行」本身就標示著社會的腐敗、無序與混亂，這其實是一種「末路現象」，如魯迅所説：「這些原是上海灘上久已沉沉浮浮的流屍，本來散見於各處的，但經風浪一吹，就漂集一處，形成一個堆積，又因為各個本身的腐爛，就發出較濃厚的惡臭來了」。也還是魯迅説得好：這樣的「流屍文學將與流氓政治同在」。

——錢理群《「真的知識階級」的歷史選擇》

習慣與改革

　　體質和精神都已硬化了的人民，對於極小的一點改革，也無不加以阻撓，表面上好像恐怕於自己不便，其實是恐怕於自己不利，但所設的口實，卻往往見得極其公正而且堂皇。

　　今年的禁用陰曆，原也是瑣碎的，無關大體的事，但商家當然叫苦連天了。不特此也，連上海的無業遊民，公司雇員，竟也常常慨然長歎，或者說這很不便於農家的耕種，或者說這很不便於海船的候潮。他們居然因此念起久不相干的鄉下的農夫，海上的舟子來。這眞像煞有些博愛。

　　一到陰曆的十二月二十三，爆竹就到處畢畢剝剝。我問一家的店夥：「今年仍可以過舊曆年，明年一準過新歷年麼？」那回答是：「明年又是明年，要明年再看了。」他並不信明年非過陽曆年不可。但日曆上，卻誠然刪掉了陰曆，只存節氣。然而一面在報章上，則出現了《一百二十年陰陽合曆》的廣告。好，他們連曾孫玄孫時代的陰曆，也已經給準備妥當了，一百二十年！

　　梁實秋先生們雖然很討厭多數，但多數的力量是偉大，要緊的，有志於改革者倘不深知民眾的心，設法利導，改進，則無論怎樣的高文宏議，浪漫古典，都和他們無干，僅止於幾個人在書房中

互相欺賞，得些自己滿足。假如竟有「好人政府」，出令改革乎，不多久，就早被他們拉回舊道上去了。

真實的革命者，自有獨到的見解，例如烏略諾夫先生，他是將「風俗」和「習慣」，都包括在「文化」之內的，並且以爲改革這些，很爲困難。我想，但倘不將這些改革，則這革命即等於無成，如沙上建塔，頃刻倒壞。中國最初的排滿革命，所以易得回應者，因爲口號是「光復舊物」，就是「復古」，易於取得保守的人民同意的緣故。但到後來，竟沒有歷史上定例的開國之初的盛世，只枉然失了一條辮子，就很爲大家所不滿了。

以後較新的改革，就著著失敗，改革一兩，反動十斤，例如上述的一年日曆上不准注陰曆，卻來了陰陽合曆一百二十年。

這種合曆，歡迎的人們一定是很多的，因爲這是風俗和習慣所擁護，所以也有風俗和習慣的後援。別的事也如此，倘不深入民眾的大層中，於他們的風俗習慣，加以研究，解剖，分別好壞，立存廢的標準，而於存於廢，都愼選施行的方法，則無論怎樣的改革，都將爲習慣的岩石所壓碎，或者只在表面上浮游一些時。

現在已不是在書齋中，捧書本高談宗教，法律，文藝，美術……等等的時候了，即使要談論這些，也必須先知道習慣和風俗，而且有正視這些的黑暗面的勇猛和毅力。因爲倘不看清，就無從改革。僅大叫未來的光明，其實是欺騙怠慢的自己和怠慢的聽眾的。

　　在魯迅看來，促進民眾的覺醒，以及中國基層社會的變革，正是中國的改革事業的基礎性的工作。對此，他在20世紀30年代所寫的一篇題為《習慣與改革》的文章裏，有更清楚的闡述……

　　也就是說，無論從中國的改革的全局，還是從青年自身的健全發展，魯迅都是鼓勵青年「到民間去」，關注社會的實際問題的。

　　但魯迅提醒年輕人：真實的民間與想像中的「我們的『民間』」是不一樣的：「單獨到民間時，自己的力量和心情，較之在北京一同大叫這一個標語時」也是不一樣的。而「將這經歷牢牢記住」，「就許有若干人要沉默，沉默而苦痛，然而新的生命就會在這苦痛的沉默裏萌芽」。——這提醒無疑是重要的：只有打破在城市裏、從書本中形成的對中國民間的一切不切實際的幻想，在「苦痛的沉默」中獲得正視現實「黑暗的勇猛和毅力」，才會有「新的生命」與新的希望。

　　魯迅還提醒「到民間去」的年輕人：要正確地認識和對待民間蘊蓄得「已經夠多」的「怨憤」情緒。這「自然是受強者的蹂躪所致」，其正義性與應該給予同情，都是毋庸懷疑的；但魯迅深知中國國民性的弱點，所以他同時又憂慮著怨憤沒有導致「向強者反抗，而反在弱者身上發洩」，他說：「卑怯的人，即使有萬丈的憤火，除弱草以外，又能燒掉甚麼呢？」而「歷史指示我們，遭殃的不是什麼敵手而是自己的同胞和子孫。那結果，是反為敵人先驅」。

　　魯迅因此對「點火的青年」提出希望——「對於群眾，在引起他們的公憤之餘，還須設法注入深沉的勇氣，當鼓舞他們的感情的時候，還須竭力啟發明白的理性；而且還得偏重於勇氣和理性，從此繼續地訓練許多年。」

　　這也是「用極大的犧牲」換來的「歷史教訓」。

——錢理群《「希望是在於將來的」》

中國無產階級
革命文學和前驅的血

中國的無產階級革命文學在今天和明天之交發生，在誣衊和壓迫之中滋長，終於在最黑暗裏，用我們的同志的鮮血寫了第一篇文章。

我們的勞苦大眾歷來只被最劇烈的壓迫和榨取，連識字教育的布施也得不到，惟有默默地身受著宰割和滅亡。繁難的象形字，又使他們不能有自修的機會。智識的青年們意識到自己的前驅的使命，便首先發出戰叫。這戰叫和勞苦大眾自己的反叛的叫聲一樣地使統治者恐怖，走狗的文人即群起進攻，或者製造謠言，或者親作偵探，然而都是暗做，都是匿名，不過證明了他們自己是黑暗的動物。

統治者也知道走狗的文人不能抵擋無產階級革命文學，於是一面禁止書報，封閉書店，頒佈惡出版法，通緝著作家，一面用最末的手段，將左翼作家逮捕，拘禁，祕密處以死刑，至今並未宣佈。這一面固然在證明他們是在滅亡中的黑暗的動物，一面也在證實中國無產階級革命文學陣營的力量，因為如傳略所羅列，我們的幾個

遇害的同志的年齡，勇氣，尤其是平日的作品的成績，已足使全隊走狗不敢狂吠。

然而我們的這幾個同志已被暗殺了，這自然是無產階級革命文學的若干的損失，我們的很大的悲痛。但無產階級革命文學卻仍然滋長，因爲這是屬於革命的廣大勞苦群眾的，大眾存在一日，壯大一日，無產階級革命文學也就滋長一日。我們的同志的血，已經證明了無產階級革命文學和革命的勞苦大眾是在受一樣的壓迫，一樣的殘殺，作一樣的戰鬥，有一樣的運命，是革命的勞苦大眾的文學。

現在，軍閥的報告，已說雖是六十歲老婦，也爲「邪說」所中，租界的巡捕，雖對於小學兒童，也時時加以檢查，他們除從帝國主義得來的槍炮和幾條走狗之外，已將一無所有了，所有的只是老老小小——青年不必說——的敵人。而他們的這些敵人，便都在我們的這一面。

我們現在以十分的哀悼和銘記，紀念我們的戰死者，也就是要牢記中國無產階級革命文學的歷史的第一頁，是同志的鮮血所記錄，永遠在顯示敵人的卑劣的兇暴和啓示我們的不斷的鬥爭。

名·家·解·讀

1931年1月17日，「左聯」青年作家李偉森、柔石、胡也頻、馮鏗、殷夫五人，遭遇反動派逮捕，2月7日被祕密槍殺於龍華國民黨淞滬警備司令部。魯迅獲悉噩耗後，對他們的犧牲感到無比憤慨，寫下了本文以爲悼念。文章發表於魯迅主持出版的左聯祕密刊物《前哨》（紀念死者專號）上。文章署名L.S，同時發表的《柔石小傳》（未署

名）也係魯迅所作。兩年以後，1933年，魯迅寫下了《為了忘卻的紀念》和《白莽作<孩兒塔>序》等文，讚揚「五烈士」的為人，肯定他們的文學成就；同時痛斥反動派的殘忍和無恥。

文章熱情地指出，「五烈士」是革命的先驅，他們為了喚醒民眾，「便首先發出戰叫」，「這戰叫和勞苦大眾自己的反叛的叫聲一樣地使統治者恐怖。」「五烈士」的罹難，自然是無產階級革命的重大損失，但烈士們的鮮血不會白流，將「永遠在顯示敵人的卑劣的兇暴和啓示我們的不斷的鬥爭」。革命烈士戰鬥的意義、犧牲的價值，在悲痛的文字裏得到了簡潔而富於張力的表現。

文章對國民黨反動派的法西斯暴行，對「走狗文人」們的「暗做」和謠言也給予了揭露和抨擊，言辭犀利，擊中要害。

「中國無產階級革命文學在今天和明天之交發生，在誣蔑和壓迫中滋長，終於在最黑暗裏，用我們的同志的鮮血寫下了第一篇文章。」文章語氣堅定，鏗鏘有力，沉鬱頓挫，沒有曲筆和反諷等雜文筆法，顯示了作者嚴正的立場和愛恨分明的態度。

——石翔《魯迅雜文解析》

宣傳與做戲

　　就是剛剛說過的日本人，他們做文章論及中國的國民性的時候，內中往往有一條叫作「善於宣傳」。看他的說明，這「宣傳」兩字卻又不像是平常的「Propaganda」，而是「對外說謊」的意思。

　　這宗話，影子是有一點的。譬如罷，教育經費用光了，卻還要開幾個學堂，裝裝門面；全國的人們十之九不識字，然而總得請幾位博士，使他對西洋人去講中國的精神文明；至今還是隨便拷問，隨便殺頭，一面卻總支撐維持著幾個洋式的「模範監獄」，給外國人看看。還有，離前敵很遠的將軍，他偏要大打電報，說要「為國前驅」。連體操班也不願意上的學生少爺，他偏要穿上軍裝，說是「滅此朝食」。

　　不過，這些究竟還有一點影子；究竟還有幾個學堂，幾個博士，幾個模範監獄，幾個通電，幾套軍裝。所以說是「說謊」，是不對的。這就是我之所謂「做戲」。

　　但這普遍的做戲，卻比真的做戲還要壞。真的做戲，是只有一時；戲子做完戲，也就恢復為平常狀態的。楊小樓做《單刀赴會》，梅蘭芳做《黛玉葬花》，只有在戲臺上的時候是關雲長，是

林黛玉，下臺就成了普通人，所以並沒有大弊。倘使他們扮演一回之後，就永遠提著青龍偃月刀或鋤頭，以關老爺，林妹妹自命，怪聲怪氣，唱來唱去，那就實在只好算是發熱昏了。

　　不幸因為是「天地大戲場」，可以普遍的做戲者，就很難有下臺的時候，例如楊縵華女士用自己的天足，踢破小國比利時女人的「中國女人纏足說」，為面子起見，用權術來解圍，這還可以說是很該原諒的。但我以為應該這樣就拉倒。現在回到寓裏，做成文章，這就是進了後臺還不肯放下青龍偃月刀；而且又將那文章送到中國的《申報》上來發表，則簡直是提著青龍偃月刀一路唱回自己的家裏來了。難道作者真已忘記了中國女人曾經纏腳，至今也還有正在纏腳的麼？還是以為中國人都已經自己催眠，覺得全國女人都已穿了高跟皮鞋了呢？

　　這不過是一個例子罷了，相像的還多得很，但恐怕不久天也就要亮了。

名·家·解·讀

　　魯迅有一篇雜文的題目叫《宣傳與做戲》，說外國人論及中國國民性時，常說中國人「善於宣傳」，這裏的「宣傳」其實是「對外說謊」的意思；但魯迅認為，即使是「說謊」，也還要「有一點影子」，最可怕的是中國所有的是無影的憑空「做戲」，而「這普通的做戲，卻比真的做戲還要壞」，因為「真的做戲，是只有一時；戲子做完戲，也就恢復為平常狀態的」，而我們現在是時時刻刻做戲，臺上做戲還不夠，回到家裏，還要「做」成文章，送到報刊上發表：「宣傳與做戲」這四個字真是道破了中國的報刊的全部祕密。魯迅

在《偽自由書》裏的一篇雜文，對我們在報刊上「日日所見的文章」也有一個十分透闢的分析：這些文章都很「難」讀，因為「有明說要做，其實不做的；有明說不做，其實要做的；有明說做這樣，其實做那樣的；有其實自己要這麼做，倒說別人要這麼做的；有一聲不響，而其實倒做了的。然而也有說這樣，竟這樣的」。因此，就像要有「看夜的眼睛」一樣，在中國，也要學會「看報」的眼睛，否則是要上大當、吃大虧的。而魯迅正有這樣的眼睛，而且簡直可以說是「金睛火眼」——說是「毒眼」也成。

魯迅提出了一種「推背」式的讀法：所謂「推背」就是「從反面來推測未來的情形」，以此法讀報，就是「正面文章反看法」。……但魯迅又提醒我們：報紙也會登些「無須『推背』」的真實「記載」，這樣真、假混雜，讓你似信非信，才能取得「宣傳」的效果，我們也就不免「糊塗」起來，要辨別報刊文章的真假也不容易。

——錢理群《「其中有著時代的眉目」》

「友邦驚詫」論

　　只要略有知覺的人就都知道：這回學生的請願，是因爲日本佔據了遼吉，南京政府束手無策，單會去哀求國聯，而國聯卻正和日本是一夥。讀書呀，讀書呀，不錯，學生是應該讀書的，但一面也要大人老爺們不至於葬送土地，這才能夠安心讀書。報上不是說過，東北大學逃散，馮庸大學逃散，日本兵看見學生模樣的就槍斃嗎？放下書包來請願，眞是已經可憐之至。不道國民黨政府卻在十二月十八日通電各地軍政當局文裏，又加上他們「搗毀機關，阻斷交通，毆傷中委，攔劫汽車，攢擊路人及公務人員，私逮刑訊，社會秩序，悉被破壞」的罪名，而且指出結果，說是「友邦人士，莫名驚詫，長此以往，國將不國」了！

　　好個「友邦人士」！日本帝國主義的兵隊強佔了遼吉，炮轟機關，他們不驚詫；阻斷鐵路，追炸客車，捕禁官吏，槍斃人民，他們不驚詫。中國國民黨治下的連年內戰，空前水災，賣兒救窮，砍頭示眾，祕密殺戮，電刑逼供，他們也不驚詫。在學生的請願中有一點紛擾，他們就驚詫了！

　　好個國民黨政府的「友邦人士」！是些什麼東西！

　　即使所舉的罪狀是眞的罷，但這些事情，是無論那一個「友

邦」也都有的，他們的維持他們的「秩序」的監獄，就撕掉了他們的「文明」的面具。擺什麼「驚詫」的臭臉孔呢？

可是「友邦人士」一驚詫，我們的國府就怕了，「長此以往，國將不國」了，好像失了東三省，黨國倒愈像一個國，失了東三省誰也不響，黨國倒愈像一個國，失了東三省只有幾個學生上幾篇「呈文」，黨國倒愈像一個國，可以博得「友邦人士」的誇獎，永遠「國」下去一樣。

幾句電文，說得明白極了：怎樣的黨國，怎樣的「友邦」。「友邦」要我們人民身受宰割，寂然無聲，略有「越軌」，便加屠戮；黨國是要我們遵從這「友邦人士」的希望，否則，他就要「通電各地軍政當局」，「即予緊急處置，不得於事後藉口無法勸阻，敷衍塞責」了！

因為「友邦人士」是知道的：日兵「無法勸阻」，學生們怎會「無法勸阻」？每月一千八百萬的軍費，四百萬的政費，作什麼用的呀，「軍政當局」呀？

寫此文後剛一天，就見二十一日《申報》登載南京專電云：「考試院部員張以寬，盛傳前日為學生架去重傷。茲據張自述，當時因車夫誤會，為群眾引至中大，旋出校回寓，並無受傷之事。至行政院某秘書被拉到中大，亦當時出來，更無失蹤之事。」而「教育消息」欄內，又記本埠一小部分學校赴南京請願學生死傷的確數，則云：「中公死二人，傷三十人，復旦傷二人，復旦附中傷十人，東亞失蹤一人（係女性），上中失蹤一人，傷三人，文生氏死一人，傷五人……」可見學生並未如國府通電所說，將「社會秩序，破壞無餘」，而國府則不但依然能夠鎮壓，而且依然能夠誣陷，殺戮。「友邦人士」，從此可以不必「驚詫莫名」，只請放心來瓜分就是了。

本文是一篇十分尖銳深刻的時事短評。魯迅先生通過對「友邦驚詫」謬論反動實質的深入剖析和有力反駁，痛斥國民黨反動政府誣衊愛國學生運動的無恥讕言，揭露了他們投降賣國的奴才嘴臉，憤怒譴責了帝國主義妄圖瓜分中國的狼子野心。

全文由正文和後記兩部分組成。正文部分針對敵人的論點進行駁斥，後記部分則主要駁斥敵人的論據。兩部分緊密結合，構成一篇完整的駁論。

本文在藝術上的特色，其一是抓住論敵的要害，運用確鑿的事實，針鋒相對，逐層批駁。……魯迅在揭露事實之後即引出敵人的謬論作為批駁的靶子。批駁時，先剖析「友邦驚詫」的實質，再揭露國民黨政府投降賣國的反動嘴臉，以及「友邦」和「黨國」相互勾結，鎮壓中國人民抗日愛國的罪行。最後引用報紙上的兩則消息駁斥敵人的論據。文章有理有據，把敵人的論點和論據駁斥得體無完膚，有極強的戰鬥性。

其二是愛憎強烈，諷刺辛辣。這首先得力於反諷的運用，如「好個『友邦人士』！」「文明」「秩序」等表現了強烈的諷刺和憎恨。其次，運用精煉傳神的語言，類比「友邦」和國民黨反動政府的口吻回擊敵人。……這些語言運用巧妙，穿插自如，含有辛辣的諷刺意味，收到了強烈的藝術效果。再次，排比反覆句式的運用，增強了語言的氣勢，表達了作者強烈的愛憎。

——梁國健《魯迅作品手冊》

答中學生雜誌社問

「假如先生面前站著一個中學生，處此內憂外患交迫的非常時代，將對他講怎樣的話，作努力的方針？」

編輯先生：

請先生也許我回問你一句，就是：我們現在有言論的自由麼？假如先生說「不」，那麼我知道一定也不會怪我不作聲的。假如先生竟以「面前站著一個中學生」之名，一定要逼我說一點，那麼，我說：第一步要努力爭取言論的自由。

　　本文最初發表於1932年1月1日《中學生》新年號。文章主旨非常明確，「處此內憂外患的非常時代」，最要緊的「第一步」是「努力爭取言論的自由」。

　　言論自由是魯迅一生為之奮鬥的目標，在很多文章裏均有鮮明而獨特的表述。例如在《論言論自由的界限》一文中，先生說，《紅樓夢》裏的賈府就是一個「言論頗不自由的地方」。焦大以奴才的身份，曾仗著酒勁，從主子罵起，直罵到別的一切奴才，說只有兩隻石獅子乾淨。結果是「主子深怒，奴才痛嫉，給他塞了一嘴馬糞」。賈府，是整個中國的縮影。

　　言論的自由不是天賜予人的，而是要經過鬥爭才能獲得的。「左聯五烈士」之一的青年詩人殷夫，在獄中給後人留下了《裴多菲詩集》。他在扉頁上用鋼筆寫下了一首詩的中文譯文：生命誠可貴/愛情價更高/若為自由故/兩者皆可拋。這首用鮮血和生命譜寫的戰鬥詩篇，鼓舞著革命者為自由——包括言論自由而不斷鬥爭。

　　文章的寫法獨樹一幟。作者沒有按慣例對中學生講一些高調的空泛之談，而是另闢蹊徑，出人意料，既一語驚醒夢中人，又切中時代要害，振聾發聵，令人深思。

——石翔《魯迅雜文解析》

電的利弊

　　日本幕府時代，曾大殺基督教徒，刑罰很凶，但不准發表，世無知者。到近幾年，乃出版當時的文獻不少。曾見《切利支丹殉教記》，其中記有拷問教徒的情形，或牽到溫泉旁邊，用熱湯澆身；或周圍生火，慢慢的烤炙，這本是「火刑」，但主管者卻將火移遠，改死刑為虐殺了。

　　中國還有更殘酷的。唐人說部中曾有記載，一縣官拷問犯人，四周用火遙焙，口渴，就給他喝醬醋，這是比日本更進一步的辦法。現在官廳拷問嫌疑犯，有用辣椒煎汁灌入鼻孔去的，似乎就是唐朝遺下的方法，或則是古今英雄，所見略同。曾見一個因在反省院裏的青年的信，說先前身受此刑，苦痛不堪，辣汁流入肺臟及心，已成不治之症，即釋放亦不免於死云云。此人是陸軍學生，不明內臟構造，其實倒掛灌鼻，可以由氣管流入肺中，引起致死之病，卻不能進入心中，大約當時因在苦楚中，知覺瞀亂，遂疑為已到心臟了。

　　但現在之所謂文明人所造的刑具，殘酷又超出於此種方法萬萬。上海有電刑，一上，即遍身痛楚欲裂，遂昏去，少頃又醒，則又受刑。聞曾有連受七八次者，即幸而免死，亦從此牙齒皆搖動，

神經亦變鈍，不能復原。前年紀念愛迪生，許多人讚頌電報電話之有利於人，卻沒有想到同是一電，而有人得到這樣的大害，福人用電氣療病，美容，而被壓迫者卻以此受苦，喪命也。

外國用火藥製造子彈禦敵，中國卻用它做爆竹敬神；外國用羅盤針航海，中國卻用它看風水；外國用鴉片醫病，中國卻拿來當飯吃。同是一種東西，而中外用法之不同有如此，蓋不但電氣而已。

一月三十一日

名·家·解·讀

先由遠及近。

從國外說起。說日本的考炙是很凶的刑罰。由外國說到國內。國內先說古代的用火遙焙，口渴，就給他喝醬醋，比日本更進一步。由古代說到現在。重點在現在。國外的古代的一帶而過，現在的則細寫。細細揭露官廳對嫌疑犯、對青年的殘酷的拷問、虐殺。其法與國外與古代相比，可謂繼承發展。電是愛迪生發明的。愛迪生用科學發明造福於全人類，可是事實卻是「福人用電氣療病，美容，而被壓迫者卻以此受苦，喪命也。」真是文明的野蠻，野蠻的文明。20世紀30年代正是中國白色恐怖濃重的時候，上海尤甚，拘捕，監禁，嚴刑，虐殺接連不斷，本文矛頭所指，自然是十分清楚的。

再由具體到一般。

文章的最後，由揭露中國當局將本應用來為人民謀福利的電反用於統治人民、迫害人民的具體事實，聯想到更多的科學發明在中國的命運，在中國的被扭曲，從而把揭露的層面擴展到廣大的時空之中，

具有更普遍的意義。……讀著這樣沉鬱的文字，能不心情沉重、深長思之嗎？

──李文儒《走進魯迅世界》

幻　想　麥綏萊勒　1921年創作

從諷刺到幽默

諷刺家，是危險的。

假使他所諷刺的是不識字者，被殺戮者，被囚禁者，被壓迫者罷，那很好，正可給讀他文章的所謂有教育的知識者嘻嘻一笑，更覺得自己的勇敢和高明。然而現今的諷刺家之所以爲諷刺家，卻正在諷刺這一流所謂有教育的智識者社會。

因爲所諷刺的是這一流社會，其中的各分子便各各覺得好像刺著了自己，就一個個的暗暗的迎出來，又用了他們的諷刺，想來刺死這諷刺者。

最先是說他冷嘲，漸漸的又七嘴八舌的說他謾罵，俏皮話，刻毒，可惡，學匪，紹興師爺，等等，等等。然而諷刺社會的諷刺，卻往往仍然會「悠久得驚人」的，即使捧出了做過和尙的洋人或專辦了小報來打擊，也還是沒有效，這怎不氣死人也麼哥呢！

樞紐是在這裏：他所諷刺的是社會，社會不變，這諷刺就跟著存在，而你所刺的是他個人，他的諷刺倘存在，你的諷刺就落空了。

所以，要打倒這樣的可惡的諷刺家，只好來改變社會。

然而社會諷刺家究竟是危險的，尤其是在有些「文學家」明明

暗暗的成了「王之爪牙」的時代。人們誰高興做「文字獄」中的主角呢，但倘不死絕，肚子裏總還有半口悶氣，要借著笑的幌子，哈哈的吐他出來，笑笑既不至於得罪別人，現在的法律上也尚無國民必須哭喪著臉的規定，並非「非法」，蓋可斷言的。

我想：這便是去年以來，文字上流行了「幽默」的原因，但其中單是「為笑笑而笑笑」的自然也不少。

然而這情形恐怕是過不長久的，「幽默」既非國產，中國人也不是長於「幽默」的人民，而現在又實在是難以幽默的時候。於是雖幽默也就免不了改變樣子了，非傾於對社會的諷刺，即墮入傳統的「說笑話」和「討便宜」。

三月二日

20世紀30年代，日本帝國主義的侵略步伐步步緊逼，政治腐敗，終濟萎靡。在這內憂外患的危機關頭，反動政府繼續鉗制言論，御用文人們卑鄙而賣命地加盟迫害進步勢力。魯迅先生自1933年1月至5月在黎烈文主編的《申報‧自由談》上，以何家幹、幹、丁萌等為筆名，發表了一系列針砭時局、富有戰鬥精神的雜文，後均收入《熱風》中。本文即其中的一篇。

文章指出，有兩種諷刺。第一種諷刺是針對腐朽而黑暗的社會，其目的是為了改變這個社會，使人民得到解放，獲得自由和民主。第二種諷刺大都是「王之爪牙」，他們捍衛的是專制的社會和自身的利益，於是拼命地將諷刺的對象確定為第一種諷刺和諷刺家。「冷

嘲」、「謾罵」、「刻毒」、「可惡」等等他們用來攻訐別人的語言，用於他們自身倒是最恰當的。兩種諷刺的命運如何呢？作者說，只要社會不變，「這諷刺就跟著存在，而你所刺的是他個人，他的諷刺倘在，你的諷刺就落空了。」儘管第二種諷刺可以與反動派沆瀣一氣，以「文字獄」等卑劣手段對第一種諷刺進行種種迫害，然而，作者在嚴密的邏輯演繹和充滿愛憎對比的描寫中，對未來仍然充滿了堅定的信心。

幽默是具有一定境界的語言藝術，當時的文壇也有一些自詡為「幽默」的文人。然而，「中國人不是長於幽默的人民，而現在又實在是難以幽默的時候」。那些標榜為「幽默」的文人，由於他們「非傾於社會的諷刺」，於是只能「墜入傳統的『說笑話』和『討便宜』了」。這一段關於幽默的文字，雖然只有寥寥數筆，卻把幽默、偽幽默的特點及其土壤等均有畫龍點睛式地點評，文筆犀利，切中要害。

——石翔《魯迅雜文解析》

陽臺上　1925年創作

出賣靈魂的秘訣

　　幾年前，胡適博士曾經玩過一套「五鬼鬧中華」的把戲，那是說：這世界上並無所謂帝國主義之類在侵略中國，倒是中國自己該著「貧窮」，「愚昧」……等五個鬼，鬧得大家不安寧。現在，胡適博士又發見了第六個鬼，叫做仇恨。這個鬼不但鬧中華，而且禍延友邦，鬧到東京去了。因此，胡適博士對症發藥，預備向「日本朋友」上條陳。

　　據博士說：「日本軍閥在中國暴行所造成之仇恨，到今日已頗難消除」，「而日本決不能用暴力征服中國」（見報載胡適之的最近談話，下同）。這是值得憂慮的：難道真的沒有方法征服中國麼？不，法子是有的。「九世之仇，百年之友，均在覺悟不覺悟之關係頭上，」──「日本只有一個方法可以征服中國，即懸崖勒

馬，徹底停止侵略中國，反過來征服中國民族的心。」

這據說是「征服中國的唯一方法」。不錯，古代的儒教軍師，總說「以德服人者王，其心誠服也」。胡適博士不愧爲日本帝國主義的軍師。但是，從中國小百姓方面說來，這卻是出賣靈魂的唯一祕訣。中國小百姓實在「愚昧」，原不懂得自己的「民族性」，所以他們一向會仇恨，如果日本陛下大發慈悲，居然採用胡博士的條陳，那麼，所謂「忠孝仁愛信義和平」的中國固有文化，就可以恢復：──因爲日本不用暴力而用軟功的王道，中國民族就不至於再生仇恨，因爲沒有仇恨，自然更不抵抗，因爲更不抵抗，自然就更和平，更忠孝……中國的肉體固然買到了，中國的靈魂也被征服了。

可惜的是這「唯一方法」的實行，完全要靠日本陛下的覺悟。如果不覺悟，那又怎麼辦？胡博士回答道：「到無可奈何之時，眞的接受一種恥辱的城下之盟」好了。那眞是無可奈何的呵──因爲那時候「仇恨鬼」是不肯走的，這始終是中國民族性的污點，即爲日本計，也非萬全之道。

因此，胡博士準備出席太平洋會議，再去「忠告」一次他的日本朋友：征服中國並不是沒有法子的，請接受我們出賣的靈魂罷，何況這並不難，所謂「徹底停止侵略」，原只要執行「公平的」李頓報告──仇恨自然就消除了！

三月二十二日

　　胡適先生1930年4月在《新月》月刊第二卷第十期發表了《我們走哪一條路》，其後圍繞文中的主要觀點又有一些關於國家命運的談話。胡適認為，危害中國有五大仇敵，即貧窮、疾病、愚昧、貪污、擾亂。後來又加上了一個，曰仇恨，即中國人對日本人的仇恨。本文主要是針對胡適的「仇恨」論進行批駁的。

　　胡適說，日本決不能以武力征服中國，那麼怎麼辦呢？「日本只有一個方法可以征服中國，即懸崖勒馬，徹底停止侵略中國，反過來征服中國民族的心。」魯迅尖銳地指出，持這種論調的胡適，真「不愧為日本帝國主義的軍師」。面對日本帝國主義侵略的囂張氣焰，當此民族和家國生死存亡的危機關頭，胡適竟然站在侵略者的立場並為之出謀劃策，「這是出賣靈魂的祕訣」，魯迅先生的概括簡潔而準確，令論敵無可逃遁。

　　魯迅先生的雜文有一種特殊的寫法，即順著論敵的思路，一步步地往前推演，在因果關係的不斷遞進中，最終將論敵的荒謬放大到極致，同時也就暴露無遺。下面這段文字可謂這種「歸謬法」的典範：「因為日本不用暴力而用軟功的王道，中國民族就不至於再生仇恨，因為沒有仇恨，自然就更不抵抗，自然就更和平，更忠孝……中國的肉體固然買到了，中國的靈魂也被征服了。」

　　本文最初發表於1933年3月26日《申報·自由談》，署名何家幹，實為瞿秋白所寫。瞿秋白是魯迅先生的「知己」，瞿去世後，魯迅曾以抱病之身個人出資編輯出版了《海上述林》，收錄了瞿的主要作品包括一些因政治原因當時不能公開署名的文章。瞿與魯雜文寫作的風格極為相似，互為融會，互為輝映。

　　　　　　　　　　——石翔《魯迅雜文解析》

現代史

　　從我有記憶的時候起，直到現在，凡我所曾經到過的地方，在空地上，常常看見有「變把戲」的，也叫作「變戲法」的。

　　這變戲法的，大概只有兩種——

　　一種，是教一個猴子戴起假面，穿上衣服，耍一通刀槍；騎了羊跑幾圈。還有一匹用稀粥養活，已經瘦得皮包骨頭的狗熊玩一些把戲。末後是向大眾要錢。

　　一種，是將一塊石頭放在空盒子裏，用手巾左蓋右蓋，變出一隻白鴿來；還有將紙塞在嘴巴裏，點上火，從嘴角鼻孔裏冒出煙焰。其次是向大家要錢。要了錢之後，一個人嫌少，裝腔作勢的不肯變了，一個人來勸他，對大家說再五個。果然有人拋錢了，於是再四個，三個……

　　拋足之後，戲法就又開了場。這回是將一個孩子裝進小口的罈子裏面去，只見一條小辮子，要他再出來，又要錢。收足之後，不知怎麼一來，大人用尖刀將孩子刺死了，蓋上被單，直挺挺躺著，要他活過來，又要錢。

　　「在家靠父母，出家靠朋友……Huazaa！Huazaa！」變戲法的裝出撒錢的手勢，嚴肅而悲哀的說。

別的孩子，如果走近去想仔細的看，他是要罵的；再不聽，他就會打。

果然有許多人Huazaa了。待到數目和預料的差不多，他們就檢起錢來，收拾傢伙，死孩子也自己爬起來，一同走掉了。

看客們也就呆頭呆腦的走散。

這空地上，暫時是沉寂了。過了些時，就又來這一套。俗語說，「戲法人人會變，各有巧妙不同。」其實是許多年間，總是這一套，也總有人看，總有人Huazaa，不過其間必須經過沉寂的幾日。

我的話說完了，意思也淺得很，不過說大家HuazaaHuazaa一通之後，又要靜幾天了，然後再來這一套。

到這裏我才記得寫錯了題目，這眞是成了「不死不活」的東西。

一 名·家·解·讀

這一篇更幾乎全是白描：猴子如何「戴上假面，穿上衣服，耍一通刀槍」；「已經餓得皮包骨頭的狗熊」怎樣「玩一些把戲」，「末後是向大家要錢」。又如何「將一塊石頭放在空盒子裏，用手巾左蓋右蓋，變出一隻白鴿來」，又怎樣「裝腔作勢的不肯變了」，最後還是「要錢」……「在家靠父母，出家靠朋友……Huazaa！Huazaa！」變戲法的又「裝出撒錢的手勢，嚴肅而悲哀的說」。「果然有許多人Huazaa了。待到數目和預料的差不多，他們就撿起錢來，收拾傢伙，死孩子也自己爬起來，一同走掉了」，「看客們也就呆頭呆腦的走散」，「這空地上，暫時是沉寂了。過了些時，就又來這一套。俗語說：『戲法人人會變，各有巧妙不同』，其實是許多年間，總是這一套，也總有人看，總有人Huazaa……」——寫到這裏，都是小說家的

街頭速寫；到結尾處才顯出雜文筆法：「到這裏我才記得寫錯了題目」，讀者回過頭來看題目：《現代史》，這才恍然大悟；作者寫的是一篇現代寓言，再重讀前面的種種描寫，就讀出了背後的種種隱喻，並聯想起現代史上的種種事情來。這是典型的魯迅式的「荒謬聯想」：騙人的「變戲法」與莊嚴的「現代史」，一邊是最被人瞧不上的遊戲場所，一邊是神聖的歷史殿堂，兩者風馬牛不相及，卻被魯迅妙筆牽連，拉在一起，成了一篇奇文。粗粗一讀，覺得荒唐，仔細想想，卻不能不承認其觀察的深刻：魯迅在外在的「形」的大不同中發現了內在的「神似」，這裏確實有魯迅對現代中國歷史的獨特體認。

——錢理群《「其中有著時代的眉目」》

證　人　　1923年創作

推背圖

　　我這裏所用的「推背」的意思，是說：從反面來推測未來的情形。上月的《自由談》裏，就有一篇《正面文章反看法》，這是令人毛骨悚然的文字。因爲得到這一個結論的時候，先前一定經過許多苦楚的經驗，見過許多可憐的犧牲。本草家提起筆來，寫道：砒霜，大毒。字不過四個，但他卻確切知道了這東西曾經毒死過若干性命的了。

　　里巷間有一個笑話：某甲將銀子三十兩埋在地裏面，怕人知道，就在上面豎一塊木板，寫道：「此地無銀三十兩。」隔壁的阿二因此卻將這掘去了，也怕人發覺，就在木板的那一面添上一句道，「隔壁阿二勿曾偷。」這就是在教人「正面文章反看法」。

　　但我們日日所見的文章，卻不能這麼簡單。有明說要做，其實不做的；有明說不做，其實要做的；有明說做這樣，其實做那樣的；有其實自己要這麼做，倒說別人要這麼做的；有一聲不響，而其實倒做了的。然而也有說這樣，竟這樣的。難就在這地方。

　　例如近幾天報章上記載著的要聞罷：

　　一，××軍在××血戰，殺敵××××人。

　　二，××談話：決不與日本直接交涉，仍然不改初衷，抵抗到

底。

三，芳澤來華，據云係私人事件。

四，共黨聯日，該偽中央已派幹部××赴日接洽。

五，××××……

倘使都當反面文章看，可就太駭人了。但報上也有「莫干山路草棚船百餘隻大火」，「××××廉價只有四天了」等大概無須「推背」的記載，於是乎我們就又糊塗起來。

聽說，《推背圖》本是靈驗的，某朝某帝怕他淆惑人心，就添了些假造的在裏面，因此弄得不能預知了，必待事實證明之後，人們這才恍然大悟。

我們也只好等著看事實，幸而大概是不很久的，總出不了今年。

四月二日

1933年3月13日《申報》副刊《自由談》發表了陳子展作《正面文章反面看》一文，認為不少正面文章應該從反面來看，如「長期抵抗」，等於長期不抵抗；「收回失地」，等於不收回失地。魯迅把這種正面文章反面看的方法，命名為「推背」，即「從反面來推測未來的情形。」並指出：這一結論，「先前一定經過許多苦楚的經驗，見過許多可憐的犧牲。」文章還摘引了當時報刊許多政治「要聞」，要讀者以「推背」的方法來看，就可明白其真義。《推背圖》，相傳為唐代李淳風與唐代袁天罡所撰，現存本為一卷六十圖。前五十九圖預

言未來社會興亡變亂，第六十圖畫的是唐代袁天罡要李淳風停止繼續預測而推李的背脊的動作，故稱《推背圖》。據宋代岳珂《桯史》卷一說：宋代趙匡胤即位後，曾查禁此書，因查禁不力，禁不勝禁，就命混進假造的在書中，使人難辨真偽，無法推算。

——金隱銘等《〈魯迅文集〉題解》

每日的精神食糧　麥綏萊勒　1953年創作

文章與題目

一個題目，做來做去，文章是要做完的，如果再要出新花樣，那就使人會覺得不是人話。然而只要一步一步的做下去，每天又有幫閒的敲邊鼓，給人們聽慣了，就不但做得出，而且也行得通。

譬如近來最主要的題目，是「安內與攘外」罷，做的也著實不少了。有說安內必先攘外的，有說安內同時攘外的，有說不攘外無以安內的，有說攘外即所以安內的，有說安內即所以攘外的，有說安內急於攘外的。

做到這裏，文章似乎已經無可翻騰了，看起來，大約總可以算是做到了絕頂。

所以再要出新花樣，就使人會覺得不是人話，用現在最流行的諡法來說，就是大有「漢奸」的嫌疑。為什麼呢？就因為新花樣的文章，只剩了「安內而不必攘外」，「不如迎外以安內」，「外就是內，本無可攘」這三種了。

這三種意思，做起文章來，雖然實在稀奇，但事實卻有的，而且不必遠征晉宋，只要看看明朝就夠。滿洲人早在窺伺了，國內卻是草菅民命，殺戮清流，做了第一種。李自成進北京了，闊人們不甘給奴子做皇帝，索性請「大清兵」來打掉他，做了第二種。至於

第三種，我沒有看過《清史》，不得而知，但據老例，則應說是愛新覺羅氏之先，原是軒轅黃帝第幾子之苗裔，於朔方，厚澤深仁，遂有天下，總而言之，咱們原是一家子云。

後來的史論家，自然是力斥其非的，就是現在的名人，也正痛恨流寇。但這是後來和現在的話，當時可不然，鷹犬塞途，乾兒當道，魏忠賢不是活著就配享了孔廟麼？他們那種辦法，那時都有人來說得頭頭是道的。

前清末年，滿人出死力以鎮壓革命，有「寧贈友邦，不給家奴」的口號，漢人一知道，更恨得切齒。其實漢人何嘗不如此？吳三桂之請清兵入關，便是一想到自身的利害，即「人同此心」的實例了。……

四月二十九日

附記：
原題是《安內與攘外》。

五月五日

名·家·解·讀

《文章與題目》一文，如附記所說，「原題是《安內與攘外》」。文章正是扣住了這個「近來最主要的題目」，一針見血地披露了「攘外必先安內」說「大有『漢奸』的嫌疑」，其實質是「安內而不必攘外」，「不如迎外而安內」，「外就是內，本無可攘」的反共賣國「新花樣」，並且用歷史的殷鑑告訴人們，警惕「寧贈友邦，

不給家奴」的漢奸哲學終於「行得通」。

本文的藝術特色主要是：

一是以虛帶實，虛實相生。所謂虛，指的是一般性的「文章與題目」，貌似在泛談適用面甚廣的道理。所謂實，指的是特指性的「安內與攘外」，確乎在披示針對性極強的事態。標題和第一部分是虛，如果單獨存在，自然可以生發出一篇講解寫作法的文章。但是，有了第二、三部分的實，以及「附記」的點睛，這裏的泛談也就變成了特指，變成了開宗明義並且貫穿始終的一篇之綱。相應的，第二、三部分有概述，有推斷，有史實的徵引，有現狀的點撥，彼此之間雖有一定的關聯，合在一起要說明什麼卻還不十分確定。而統在篇首之虛下，便綱舉目張，抨擊、揭露和曉喻、警醒兩方面的題旨都有理有據地表達出來了。讀者乍一讀之下或許會不甚了然，但前後對照，仔細推敲，便會恍然大悟，會意於心。結合思想內容來體味這一藝術特色，更容易見出虛實之間既是綱目關係，又是神形關係，互為條件，相得益彰的精蘊所在。

二是借古喻今，古今相通。全文約一千字，言虛不足一百字，證實文字約九倍於此；而第三部分引史為據，又占了證實文字的一大半。三個自然段，徵引了明、清兩代六段史實。所有這一切，幾乎都是只言古，不言今，實則處處兼挑古今，而且意在指今。這樣的融今於古，今由古顯，非但較之一般的以古為例勝過一籌，而且在文章命意上馳騁著「砭錮弊常取類型」的匠心，在行文上也溶紆曲與勁捷為一，自然而然，不著痕跡。

三是似曲實直，曲直相間。既然佈局謀篇和傳情達意上有紆曲的一面，那麼修辭行文也會與之相副。本篇文辭的紆曲，主要表現在兩個方面。其一，曲在虛的部分。這個部分兩句話，從內容看，確是只談「文章與題目」，沒有接觸原題所指；從句式看，都用了偏正結構為主的多重複名，分句短而層次多，內涵深而容量大，需要仔細分析；從修辭看，所謂「文章與題目」，既是語意雙關，又用了借喻，

也需用心領會。其二，曲在今的語句。例如第三自然段，形近累贅地用了「似乎」、「看起來」、「大約總可以」等表示揣測的詞語，曲裏拐彎的一句話獨立成段，給讀者留下多少嚴肅的問號。又如第六自然段第一句，只有「現在的名人，也正痛恨流寇」十一個字直點到今，僅看字面極不明確，但聯繫到當時世人皆知的時局大要，就包容豐厚了。這類文辭的紆曲，使全篇行文顯得不是那麼直白，語言也有近於晦澀之處。可是，就整體文勢、文意看，由於寫到實比較直，引及史尤其直切得無所諱飾，因而不僅全文旨歸明白無誤，毫不含混，而且局部的曲處，也顯出了直切的真容。曲與直的交錯溶合，使整篇雜文也具備了既含蓄又暢達、既冷峻又熱烈的藝術魅力。

——藍錫麟《魯迅作品手冊》

號　召　1950年創作

辱罵和恐嚇

決不是戰鬥

—— 致《文學月報》編輯的一封信

起應兄：

前天收到《文學月報》第四期，看了一下。我所覺得不足的，並非因為它不及別種雜誌的五花八門，乃是總還不能比先前充實。但這回提出了幾位新的作家來，是極好的，作品的好壞我且不論，最近幾年的刊物上，倘不是姓名曾經排印過了的作家，就很有不能登載的趨勢，這麼下去，新的作者要沒有發表作品的機會了。現在打破了這局面，雖然不過是一種月刊的一期，但究竟也掃去一些沉悶，所以我以為是一種好事情。但是，我對於芸生先生的一篇詩，卻非常失望。

這詩，一目了然，是看了前一期的別德納衣的諷刺詩而作的。然而我們來比一比罷，別德納衣的詩雖然自認為「惡毒」，但其中最甚的也不過是笑罵。這詩怎麼樣？有辱罵，有恐嚇，還有無聊的

攻擊：其實是大可以不必作的。

　　例如罷，開首就是對於姓的開玩笑。一個作者自取的別名，自然可以窺見他的思想，譬如「鐵血」，「病鵑」之類，固不妨由此開一點小玩笑。但姓氏籍貫，卻不能決定本人的功罪，因爲這是從上代傳下來的，不能由他自主。我說這話還在四年之前，當時曾有人評我爲「封建餘孽」，其實是捧住了這樣的題材，欣欣然自以爲得計者，倒是十分「封建的」的。不過這種風氣，近幾年頗少見了，不料現在竟又復活起來，這確不能不說是一個退步。

　　尤其不堪的是結末的辱罵。現在有些作品，往往並非必要而偏在對話裏寫上許多罵語去，好像以爲非此便不是無產者作品，罵詈愈多，就愈是無產者作品似的。其實好的工農之中，並不隨口罵人的多得很，作者不應該將上海流氓的行爲，塗在他們身上的。即使有喜歡罵人的無產者，也只是一種壞脾氣，作者應該由文藝加以糾正，萬不可再來展開，使將來的無階級社會中，一言不合，便祖宗三代的鬧得不可開交。況且即是筆戰，就也如別的兵戰或拳鬥一樣，不妨伺隙乘虛，以一擊制敵人的死命，如果一味鼓噪，已是《三國志演義》式戰法，至於罵一句爹娘，揚長而去，還自以爲勝利，那簡直是「阿Q」式的戰法了。

　　接著又是什麼「剖西瓜」之類的恐嚇，這也是極不對的，我想。無產者的革命，乃是爲了自己的解放和消滅階級，並非因爲要殺人，即使是正面的敵人，倘不死於戰場，就有大眾的裁判，決不是一個詩人所能提筆判定生死的。現在雖然很有什麼「殺人放火」的傳聞，但這只是一種誣陷。中國的報紙上看不出實話，然而只要一看別國的例子也就可以恍然：德國的無產階級革命（雖然沒有成功），並沒有亂殺人；俄國不是連皇帝的宮殿都沒有燒掉麼？而我們的作者，卻將革命的工農用筆塗成一個嚇人的鬼臉，由我看來，真是鹵莽之極了。

　　自然，中國歷來的文壇上，常見的是誣陷，造謠，恐嚇，辱罵，翻一翻大部的歷史，就往往可以遇見這樣的文章，直到現在，

還在應用，而且更加厲害。但我想，這一份遺產，還是都讓給叭兒狗文藝家去承受罷，我們的作者倘不竭力的拋棄了它，是會和他們成爲「一丘之貉」的。

不過我並非主張要對敵人陪笑臉，三鞠躬。我只是說，戰鬥的作者應該注重於「論爭」；倘在詩人，則因爲情不可遏而憤怒，而笑罵，自然也無不可。但必須止於嘲笑，止於熱罵，而且要「喜笑怒罵，皆成文章」，使敵人因此受傷或致死，而自己並無卑劣的行爲，觀者也不以爲污穢，這才是戰鬥的作者的本領。

剛才想到了以上的一些，便寫出寄上，也許於編輯上可供參考。總之，我是極希望此後的《文學月報》上不再有那樣的作品的。

專此布達，並問好。

魯迅。十二月十日

名·家·解·讀

《辱罵和恐嚇決不是戰鬥》一文，直到現在仍具有重大的現實意義。

文風問題不是一個單純的語言文字問題。毛澤東曾經指出：「學風和文風也都是黨的作用，都是黨風」，必須「反對黨八股以整頓文風」。（《整頓黨的作風》）魯迅看到辱罵和恐嚇這種壞文風對革命事業的危害，嚴肅揭露了它的歷史根源和階級實質，告誡革命的作者應該竭力拋棄它，使「這一份遺產」，「讓給叭兒狗文藝家去承受」。學習魯迅的這篇文章，我們應當堅持良好的文風，擺事實、講道理。肅清說大話，講假話，帽子滿天飛，棍子胡亂打的惡劣文風的

影響。以富有說服力的論證，揭露階級敵人的反動本質，嚴肅批判革命隊伍內部的種種錯誤傾向，從而打擊敵人，教育人民。

《辱罵和恐嚇決不是戰鬥》在寫作上頗具特色。在批判錯誤傾向的過程中，魯迅能堅持原則，掌握分寸，注重效果。《文學月報》和芸生的詩所出現的錯誤雖然嚴重，但畢竟還是屬於革命文藝陣營內部產生的問題，所以，魯迅抱著治病救人的態度進行批評、規勸，希望他們竭力拋棄那種不良文風。在原則問題上他沒有絲毫的退讓，在分析批判中卻很注意分寸；揭露和批判是深刻的、嚴肅的，表述的語氣卻委婉中肯，並沒有使用咄咄逼人的訓斥語氣。這樣就使文章避免了片面、武斷，產生了令人信服的效果。例如，這封公開信的主要內容在批判，但信的開頭卻還是熱情地肯定了《文學月報》的進步；在肯定進步的過程中回顧了《文學月報》等刊物過去排斥新生力量的錯誤，卻又充分地肯定了現在的進步在「掃去一些沉悶」上的重要意義。又如，芸生的詩用「剖西瓜」的恐嚇來代替論爭，這實際上是幫了敵人的忙，後果是極為嚴重的。魯迅一方面嚴肅地批判了這種嚇人戰術，指出了這種戰法實際上在為敵人幫忙，但在具體表述上卻以正面立論為主，從革命目標和黨的政策的高度，闡明對敵鬥爭的正確方針和策略，同時又從揭露國民黨反動派的誣衊的角度含而不露地指出這種嚇人戰術的實際效果，使被批判者既能認識到自己的錯誤的嚴重性，又能心悅誠服地接受批評。

用詞確切，語言生動，是這篇雜文的另一特色。例如，在同一個「罵」字上，魯迅嚴格地區別了「辱罵」和「熱罵」的界限。「熱罵」是飽含革命激情和階級仇恨，抓住敵人的要害，以尖銳的語言義正詞嚴地痛斥敵人。而「辱罵」則是無聊的謾罵，文字粗俗卑劣，令人不堪入目，既不能打擊敵人，也不能教育人民，且有損自己的形象。由此可見魯迅用詞的謹嚴、準確。

——騰象賢《魯迅雜文選講》

我怎麼做起小說來？

我怎麼做起小說來？——這來由，已經在《吶喊》的序文上，約略說過了。這裏還應該補敘一點的，是當我留心文學的時候，情形和現在很不同：在中國，小說不算文學，做小說的也決不能稱為文學家，所以並沒有人想在這一條道路上出世。我也並沒有要將小說抬進「文苑」裏的意思，不過想利用他的力量，來改良社會。

但也不是自己想創作，注重的倒是在紹介，在翻譯，而尤其注重於短篇，特別是被壓迫的民族中的作者的作品。因為那時正盛行著排滿論，有些青年，都引那叫喊和反抗的作者為同調的。所以「小說作法」之類，我一部都沒有看過，看短篇小說卻不少，小半是自己也愛看，大半則因了搜尋紹介的材料。也看文學史和批評，這是因為想知道作者的為人和思想，以便決定應否紹介給中國。和

學問之類，是絕不相干的。因爲所求的作品是叫喊和反抗，勢必至於傾向了東歐，因此所看的俄國，波蘭以及巴爾幹諸小國作家的東西就特別多。也曾熱心的搜求印度，埃及的作品，但是得不到。記得當時最愛看的作者，是俄國的果戈理（N.Gogol）和波蘭的顯克微支（H.Sienkiewitz）。日本的，是夏目漱石和森歐外。

回國以後，就辦學校，再沒有看小說的工夫了，這樣的有五六年。爲什麼又開手了呢？——這也已經寫在《吶喊》的序文裏，不必說了。但我的來做小說，也並非自以爲有做小說的才能，只因爲那時是住在北京的會館裏的，要做論文罷，沒有參考書，要翻譯罷，沒有底本，就只好做一點小說模樣的東西塞責，這就是《狂人日記》。大約所仰仗的全在先前看過的百來篇外國作品和一點醫學上的知識，此外的準備，一點也沒有。

但是《新青年》的編輯者，卻一回一回的來催，催幾回，我就做一篇，這裏我必得紀念陳獨秀先生，他是催促我做小說最著力的一個。

自然，做起小說來，總不免自己有些主見的。例如，說到「爲什麼」做小說罷，我仍抱著十多年前的「啓蒙主義」，以爲必須是「爲人生」，而且要改良這人生。我深惡先前的稱小說爲「閒書」，而且將「爲藝術的藝術」，看作不過是「消閒」的新式的別號。所以我的取材，多採自病態社會的不幸的人們中，意思是在揭出病苦，引起療救的注意。所以我力避行文的嘮叨，只要覺得夠將意思傳給別人了，就寧可什麼陪襯拖帶也沒有。中國舊戲上，沒有背景，新年賣給孩子看的花紙上，只有主要的幾個人（但現在的花紙卻多有背景了），我深信對於我的目的，這方法是適宜的，所以我不去描寫風月，對話也決不說到一大篇。

我做完之後，總要看兩遍，自己覺得拗口的，就增刪幾個字，一定要它讀得順口；沒有相宜的白話，寧可引古語，希望總有人會懂，只有自己懂得或連自己也不懂的生造出來的字句，是不大用

的。這一節，許多批評家之中，只有一個人看出來了，但他稱我為Stylist（時髦）。

所寫的事蹟，大抵有一點見過或聽到過的緣由，但決不全用這事實，只是採取一端，加以改造，或生發開去，到足以幾乎完全發表我的意思為止。人物的模特兒也一樣，沒有專用過一個人，往往嘴在浙江，臉在北京，衣服在山西，是一個拼湊起來的腳色。有人說，我的那一篇是罵誰，某一篇又是罵誰，那是完全胡說的。

不過這樣的寫法，有一種困難，就是令人難以放下筆。一氣寫下去，這人物就逐漸活動起來，盡了他的任務。但倘有什麼分心的事情來一打岔，放下許久之後再來寫，性格也許就變了樣，情景也會和先前所預想的不同起來。例如我做的《不周山》，原意是在描寫性的發動和創造，以至衰亡的，而中途去看報章，見了一位道學的批評家攻擊情詩的文章，心裏很不以為然，於是小說裏就有一個小人物跑到女媧的兩腿之間來，不但不必有，且將結構的宏大毀壞了。但這些處所，除了自己，大概沒有人會覺到的，我們的批評大家成仿吾先生，還說這一篇做得最出色。

我想，如果專用一個人做骨幹，就可以沒有這弊病的，但自己沒有試驗過。

忘記是誰說的了，總之是，要極省儉的畫出一個人的特點，最好是畫他的眼睛。我以為這話是極對的，倘若畫了全副的頭髮，即使細得逼真，也毫無意思。我常在學學這一種方法，可惜學不好。

可省的處所，我決不硬添，做不出的時候，我也決不硬做，但這是因為我那時別有收入，不靠賣文為活的緣故，不能作為通例的。

還有一層，是我每當寫作，一律抹殺各種的批評。因為那時中國的創作界固然幼稚，批評界更幼稚，不是舉之上天，就是按之入地，倘將這些放在眼裏，就要自命不凡，或覺得非自殺不足以謝天下的。批評必須壞處說壞，好處說好，才於作者有益。

但我常看外國的批評文章，因爲他於我沒有恩怨嫉恨，雖然所評的是別人的作品，卻很有可以借鏡之處。但自然，我也同時一定留心這批評家的派別。

　　以上，是十年前的事了，此後並無所作，也沒有長進，編輯先生要我做一點這類的文章，怎麼能呢。拉雜寫來，不過如此而已。

三月五日燈下

名·家·解·讀

　　為什麼要寫小說？「為藝術而藝術」，還是因為「有閒」？作者的回答都是否定的。寫小說必須是為人生，「而且要改良這人生」。作者所處的時代，是半封建半殖民地的黑暗時代，小說家的社會責任就是對這樣的時代勇敢地「叫喊和反抗」。而「叫喊和反抗」的目的是要喚醒民眾。因而，作者說自己的小說取材「多採自病態社會的不幸的人們中，意思是揭出病苦，引起療救的注意。」這也是作者一貫宣導的對民眾的「啓蒙主義」。反對無病呻吟和風花雪月，是作者強調社會功能積極文學觀的具體表現。

　　文章重點闡述了小說創作的典型化問題。首先要真實，「所寫的事蹟，大抵有一點見過或聽到過的緣由」，這是生活的真實。但僅有這一點還只是照相式的反映生活，是遠遠不夠的，還必須「加以改造，或生發開去」。經過這樣的昇華才進入到了藝術的真實，才能反映出生活的本質。人物塑造較之於取材，更要求在典型化上下功夫。「往往嘴在浙江，臉在北京，衣服在山西，是一個拼湊起來的腳色。」狂人、孔乙己、阿Q、祥林嫂這些個性鮮活的人物形象，是一個時代的典型，也凝聚了整個民族的性格。作者強調在典型化的過程中，要善於抓住要害，「要極省儉的畫出一個人的特點，最好是畫他

的眼睛。」這是小說創作的經典之談。

　　此外，文章還談到了藝術貴在含蓄、創作應該自然而「絕不硬作」，以及正確的文學批評等等，無不閃爍著真知灼見的光芒。文章係有感而發，毫無盛氣凌人的說教和不著邊際的絮叨，而是顯得自然、親切、樸實而誠懇。

——楊依柳《魯迅作品選講》

組畫《城市》（之二十）　麥綏萊勒 1925年創作

談金聖歎

　　講起清朝的文字獄來，也有人拉上金聖歎，其實是很不合適的。他的「哭廟」，用近事來比例，和前年《新月》上的引據三民主義以自辯，並無不同，但不特撈不到教授而且至於殺頭，則是因為他早被官紳們認為壞貨了的緣故。就事論事，倒是冤枉的。

　　清中葉以後的他的名聲，也有些冤枉。他拾起小說傳奇來，和《左傳》《杜詩》並列，實不過拾了袁宏道輩的唾餘；而且經他一批，原作的誠實之處，往往化為笑談，佈局行文，也都被硬拖到八股的作法上。這餘蔭，就使有一批人，墮入了對於《紅樓夢》之類，總在尋求伏線，挑剔破綻的泥塘。

　　自稱得到古本，亂改《西廂》字句的案子且不說罷，單是截去《水滸》的後小半，夢想有一個「嵇叔夜」來殺盡宋江們，也就昏庸得可以。雖說因為痛恨流寇的緣故，但他是究竟近於官紳的，他到底想不到小百姓的對於流寇，只痛恨著一半：不在於「寇」，而在於「流」。百姓固然怕流寇，也很怕「流官」。記得民元革命以後，我在故鄉，不知怎地縣知事常常掉換了。每一掉換，農民們便愁苦著相告道：「怎麼好呢？又換了一隻空肚鴨來了！」他們雖然至今不知道「欲壑難填」的古訓，卻很明白「成則為王，敗則為

賊」的成語，賊者，流著之王，王者，不流之賊也，要說得簡單一點，那就是「坐寇」。中國百姓一向自稱「蟻民」，現在為便於譬喻起見，姑升為牛罷，鐵騎一過，茹毛飲血，蹄骨狼藉，倘可避免，他們自然是總想避免的，但如果肯放任他們自嚙野草，苟延殘喘，擠出乳來將這些「坐寇」餵得飽飽的，後來能夠比較的不復狼吞虎嚥，則他們就以為如天之福。所區別的只在「流」與「坐」，卻並不在「寇」與「王」。試翻明末的野史，就知道北京民心的不安，在李自成入京的時候，是不及他出京之際的利害的。

宋江據有山寨，雖打家劫舍，而劫富濟貧，金聖歎卻道應該在童貫高俅輩的爪牙之前，一個個俯首受縛，他們想不懂。所以《水滸傳》縱然成了斷尾巴蜻蜓，鄉下人卻還要看《武松獨手擒方臘》這些戲。

不過這還是先前的事，現在似乎又有了新的經驗了。聽說四川有一隻民謠，大略是「賊來如梳，兵來如篦，官來如剃」的意思。汽車飛艇，價值既遠過於大轎馬車，租界和外國銀行，也是海通以來新添的物事，不但剃盡毛髮，就是刮盡筋肉，也永遠填不滿的。正無怪小百姓將「坐寇」之可怕，放在「流寇」之上了。

事實既然教給了這些，僅存的路，就當然使他們想到了自己的力量。

五月三十一日

名·家·解·讀

金聖歎是明末清初的文人，曾批改《西廂記》等「才子書」，影響最大的是「腰斬」《水滸》，表現出對封建統治的恭順和對農民起義的仇視。在魯迅寫作本文時，胡適等人曾盛讚金聖歎的才學，特別是對《水滸》的「腰斬」。魯迅尖銳地指出，金聖歎不過是封建統治

者的奴才，他的被殺「是因為他早被官紳們認為壞貨了的緣故」。而他對一些古典名著的評點，也不過是「拾了袁宏道輩的唾餘」，至於他「腰斬」《水滸》，則完全是因為他在本質上是「近於官紳」的，因而「痛恨流寇的緣故」。

文章的深刻在於，緊接著對金聖歎的無情揭露，便自然而然地從「百姓固然怕流寇，也很怕『流官』」，轉入到對統治階級貪得無厭、魚肉百姓、塗炭生靈罪惡行徑的暴露和鞭撻，使文章產生了強烈的現實感，閃爍著戰鬥的鋒芒。

──高粱紅《讀〈金聖歎〉》

飛　機　1951年創作

經驗

　　古人所傳授下來的經驗，有些實在是極可寶貴的，因爲它曾經費去許多犧牲，而留給後人很大的益處。

　　偶然翻翻《本草綱目》，不禁想起了這一點。這一部書，是很普通的書，但裏面卻含有豐富的寶藏。自然，捕風捉影的記載，也是在所不免的，然而大部分的藥品的功用，卻由歷久的經驗，這才能夠知道到這程度，而尤其驚人的是關於毒藥的敘述。我們一向喜歡恭維古聖人，以爲藥物是由一個神農皇帝獨自嚐出來的，他曾經一天遇到過七十二毒，但都有解法，沒有毒死。這種傳說，現在不能主宰人心了。人們大抵已經知道一切文物，都是歷來的無名氏所逐漸的造成。建築，烹飪，漁獵，耕種，無不如此；醫藥也如此。這麼一想，這事情可就大起來了：大約古人一有病，最初只好這樣嚐一點，那樣嚐一點，吃了毒的就死，吃了不相干的就無效，有的竟吃到了對證的就好起來，於是知道這是對於某一種病痛的藥。這樣地累積下去，乃有草創的紀錄，後來漸成爲龐大的書，如《本草綱目》就是。而且這書中的所記，又不獨是中國的，還有阿拉伯人的經驗，有印度人的經驗，則先前所用的犧牲之大，更可想而知了。

然而也有經過許多人經驗之後，倒給了後人壞影響的，如俗語說「各人自掃門前雪，莫管他家瓦上霜」的便是其一。救急扶傷，一不小心，向來就很容易被人所誣陷，而還有一種壞經驗的結果的歌訣，是「衙門八字開，有理無錢莫進來」，於是人們就只要事不干己，還是遠遠的站開乾淨。我想，人們在社會裏，當初是並不這樣彼此漠不相關的，但因豺狼當道，事實上因此出過許多犧牲，後來就自然的都走到這條道路上去了。所以，在中國，尤其是在都市裏，倘使路上有暴病倒地，或翻車摔傷的人，路人圍觀或甚至於高興的人盡有，肯伸手來扶助一下的人卻是極少的。這便是犧牲所換來的壞處。

　　總之，經驗的所得的結果無論好壞，都要很大的犧牲，雖是小事情，也免不掉要付驚人的代價。例如近來有些看報的人，對於什麼宣言，通電，講演，談話之類，無論它怎樣駢四儷六，崇論宏議，也不去注意了，甚而還至於不但不注意，看了倒不過做做嘻笑的資料。這那裏有「始製文字，乃服衣裳」一樣重要呢，然而這一點點結果，卻是犧牲了一大片地面，和許多人的生命財產換來的。生命，那當然是別人的生命，倘是自己，就得不著這經驗了。所以一切經驗，是只有活人才能有的，我的決不上別人譏刺我怕死，就去自殺或拼命的當，而必須寫出這一點來，就為此。而且這也是小小的經驗的結果。

六月十二日

　　本文首先明確地指出：「古人所傳授下來的經驗，有些實在是極可寶貴的，因為它曾經費去許多犧牲，而留給後人很大的益處。」這是文章立論的重要方面，也是一個落腳點。魯迅強調「一切文物，都是歷來的無名氏所逐漸的造成」；一切經驗，也都是人民群眾在長期實踐中積累起來的。

　　他還聯繫當時的實際，指出「有些看報的人，對於什麼宣言，通電，講演，談話之類，無論它怎樣駢四儷六，崇論宏議，也不去注意了，甚而還至於不但不注意，看了倒不過做做嘻笑的資料」，這是「犧牲了一大片地面，和許多人的生命換來的」經驗，有力地揭穿了反動派騙人的鬼話，鞭撻了國民黨當局的虛假宣傳，啟發廣大的人民群眾吸取並運用這一類「極可寶貴」的經驗。

　　魯迅在文章中同時指出，對於經驗也要克服盲目性，因為它也能「給了後人壞影響的」。應該鑒別真偽，正確對待，而且無論是對於自然界的經驗，還是對於社會經驗，都必須認真分析，去偽存真。這是文章的另一個立腳點，這樣作者的立論和論證才更加扎實可靠、令人信服。

——高粱紅《讀〈經驗〉》

諺語

　　粗略的一想，諺語固然好像一時代一國民的意思的結晶，但其實，卻不過是一部分的人們的意思。現在就以「各人自掃門前雪，莫管他家瓦上霜」來做例子罷，這乃是被壓迫者們的格言，教人要奉公，納稅，輸捐，安分，不可怠慢，不可不平，尤其是不要管閒事；而壓迫者是不算在內的。

　　專制者的反面就是奴才，有權時無所不爲，失勢時即奴性十足。孫皓是特等的暴君，但降晉之後，簡直像一個幫閒；宋徽宗在位時，不可一世，而被擄後偏會含垢忍辱。做主子時以一切別人爲奴才，則有了主子，一定以奴才自命：這是天經地義，無可動搖的。

　　所以被壓制時，信奉著「各人自掃門前雪，莫管他家瓦上霜」的格言的人物，一旦得勢，足以凌人的時候，他的行爲就截然不同，變爲「各人不掃門前雪，卻管他家瓦上霜」了。

　　二十年來，我們常常看見：武將原是練兵打仗的，且不問他這兵是用以安內或攘外，總之他的「門前雪」是治軍，然而他偏來干涉教育，主持道德；教育家原是辦學的，無論他成績如何，總之他的「門前雪」是學務，然而他偏去膜拜「活佛」，紹介國醫。小百

姓隨軍充，童子軍沿門募款。頭兒胡行於上，蟻民亂碰於下，結果是各人的門前都不成樣，各家的瓦上也一團糟。

　　女人露出了臂膊和小腿，好像竟打動了賢人們的心，我記得曾有許多人絮絮叨叨，主張禁止過，後來也確有明文禁止了。不料到得今年，卻又「衣服蔽體已足，何必前拖後曳，消耗布匹……顧念時艱，後患何堪設想」起來，四川的營山縣長於是就令公安局派隊——剪掉行人的長衣的下截。長衣原是累贅的東西，但以爲不穿長衣，或剪去下截，即於「時艱」有補，卻是一種特別的經濟學。《漢書》上有一句云，「口含天憲」，此之謂也。

　　某一種人，一定只有這某一種人的思想和眼光，不能越出他本階級之外。說起來，好像又在提倡什麼犯諱的階級了，然而事實是如此的。謠諺並非全國民的意思，就爲了這緣故。古之秀才，自以爲無所不曉，於是有「秀才不出門，而知天下事」這自負的漫天大謊，小百姓信以爲眞，也就漸漸的成了諺語，流行開來。其實是「秀才雖出門，不知天下事」的。

　　秀才只有秀才頭腦和秀才眼睛，對於天下事，那裏看得分明，想得清楚。清末，因爲想「維新」，常派些「人才」出洋去考察，我們現在看看他們的筆記罷，他們最以爲奇的是什麼館裏的蠟人能夠和活人對面下棋。南海聖人康有爲，佼佼者也，他周遊十一國，一直到得巴爾幹，這才悟出外國之所以常有「弑君」之故來了，曰：因爲宮牆太矮的緣故。

六月十三日

名·家·解·讀

　　本文旗幟鮮明地論述了諺語的階級性，指出「諺語固然好像一時代一國民的意思的結晶，但其實，卻不過是一部分的人們的意思」，

「某一種人，一定只有這某一種人的思想和眼光，不能越出他本階級之外……謠諺並非全國民的意思，就為了這緣故」。作者首先以「各人自掃門前雪，莫管他家瓦上霜」為例，說它是「被壓迫者們的格言」，而壓迫者是「卻管他家瓦上霜」的，然後列舉了「壓迫者」「二十年來」的一系列醜行予以鞭撻，從而證明人的地位不同或發生改變，思想也即隨之變化，所信守的格言也就不相同的道理。

　　文章接著又以「秀才不出門，而知天下事」這一諺語為例，進一步闡述諺語的階級性，同時順手拈來，對頑固維護封建皇權統治的康有為之流的「人才」，也給予了辛辣的嘲諷。

　　　　　　　　　　　　　　——高粱紅《讀〈諺語〉》

反抗壓迫　　1933年創作

上海的少女

在上海生活，穿時髦衣服的比土氣的便宜。如果一身舊衣服，公共電車的車掌會不照你的話停車，公園看守會格外認真的檢查入門券，大宅子或大客寓的門丁會不許你走正門。所以有些人寧可居斗室，餵臭蟲，一條洋服褲子卻每晚必須壓在枕頭下，使兩面褲腿上的折痕天天有棱角。

然而更便宜的是時髦的女人。這在商店裏最看得出：挑選不完，決斷不下，店員也還是很能忍耐的。不過時間太長，就須有一種必要的條件，是帶著一點風騷，能受幾句調笑。否則，也會終於引出普通的白眼來。

慣在上海生活了的女性，早已分明地自覺著這種自己所具的光榮，同時也明白著這種光榮中所含的危險。所以凡有時髦女子所表現的神氣，是在招搖，也在固守，在羅致，也在抵禦，像一切異性的親人，也像一切異性的敵人，她在喜歡，也正在惱怒。這神氣也傳染了未成年的少女，我們有時會看見她們在店鋪裏購買東西，側著頭，佯嗔薄怒，如臨大敵。自然，店員們是能像對於成年的女性一樣，加以調笑的，而她也早明白著這調笑的意義。總之：她們大抵早熟了。

然而我們在日報上，確也常常看見誘拐女孩，甚而至於凌辱少女的新聞。

不但是《西遊記》裏的魔王，吃人的時候必須童男和童女而已，在人類中的富戶豪家，也一向以童女爲侍奉，縱欲，鳴高，尋仙，採補的材料，恰如食品的饜足了普通的肥甘，就想乳豬芽茶一樣。現在這現象並且已經見於商人和工人裏面了，但這乃是人們的生活不能順遂的結果，應該以饑民的掘食草根樹皮爲比例，和富戶豪家的縱恣的變態是不可同日而語的。

但是，要而言之，中國是連少女也進了險境了。

這險境，更使她們早熟起來，精神已是成人，肢體卻還是孩子。俄國的作家棱羅古勃曾經寫過一種類型的少女，說是還是小孩子，而眼睛卻已經長大了。然而我們中國的作家是另有一種稱讚的寫法的：所謂「嬌小玲瓏」者就是。

八月十二日

名·家·解·讀

以衣以貌取人的勢利，大概是社會的通病，尤其是都市社會的流行病。這病是相互影響相互滲透的。

在都市生活，「更便宜的是時髦的女人」。她們既要充分享受時髦所具的光榮，同時防備著光榮中的危險，「所以凡有時髦女子所表現的神氣，是在招搖，也在固守，在羅致，也在抵禦，像一切異性的親人，也像一切異性的敵人，她在喜歡，也正在惱怒。」

可悲的是，這種勢利的賣弄的社會角色的表演，無形中傳染給

本來應當天真純潔的未成年的少女，……「佯嗔薄怒」，就說明著她們早明白了店員的調笑的意義和熟練了對付這樣的調笑的法子。「總之：她們大抵早熟了。」

然而，她們的「早熟」，還有另一面：被誘拐被凌辱。前者的「佯嗔薄怒」式的早熟是受了世風的影響，自覺不自覺地早熟起來，後者則是無奈的被強迫、被強暴的「早熟」。兩者的病根都在社會。前者源於都市社會的流行病菌，普遍存在的小市民心理習俗，後者則是更嚴重、更深層的階級壓迫，貧富懸殊的對立造成的道德人性的墮落、淪喪。

無論如何，受害的是少女。「中國是連少女也進了險境了」。這險境就是人們生活所在的那個社會。畸形的社會造就了畸形的人：「精神已是成人，肢體卻還是孩子」。眼睛過早地長大了的小孩子，是一種多麼可悲的、讓人隱痛又酸楚的不協調，而中國竟有這樣的作家：將受害的少女稱讚為「嬌小玲瓏」，這也是造成這種社會的部分因素。

——李文儒《走進魯迅世界》

小品文的危機

　　彷彿記得一兩月之前，曾在一種日報上見到記載著一個人的死去的文章，說他是收集「小擺設」的名人，臨末還有依稀的感喟，以為此人一死，「小擺設」的收集者在中國怕要絕跡了。

　　但可惜我那時不很留心，竟忘記了那日報和那收集家的名字。

　　現在的新的青年恐怕也大抵不知道什麼是「小擺設」了。但如果他出身舊家，先前曾有玩弄翰墨的人，則只要不很破落，未將覺得沒用的東西賣給舊貨擔，就也許還能在塵封的廢物之中，尋出一個小小的鏡屏，玲瓏剔透的石塊，竹根刻成的人像，古玉雕出的動物，鏽得發綠的銅鑄的三腳癩蝦蟆：這就是所謂「小擺設」。先前，它們陳列在書房裏的時候，是各有其雅號的，譬如那三腳癩蝦蟆，應該稱為「蟾蜍硯滴」之類，最末的收集家一定都知道，現在呢，可要和它的光榮一同消失了。

　　那些物品，自然決不是窮人的東西，但也不是達官富翁家的陳設，他們所要的，是珠玉紮成的盆景，五彩繪畫的磁瓶。那只是所謂士大夫的「清玩」。在外，至少必須有幾十畝膏腴的田地，在家，必須有幾間幽雅的書齋；就是流寓上海，也一定得生活較為安閒，在客棧裏有一間長包的房子，書桌一頂，煙榻一張，癮足心

閑，摩挲賞鑒。然而這境地，現在卻已經被世界的險惡的潮流沖得七顛八倒，像狂濤中的小船似的了。

然而就是在所謂「太平盛世」罷，這「小擺設」原也不是什麼重要的物品。在方寸的象牙版上刻一篇《蘭亭序》，至今還有「藝術品」之稱，但倘將這掛在萬里長城的牆頭，或供在雲岡的丈八佛像的足下，它就渺小得看不見了，即使熱心者竭力指點，也不過令觀者生一種滑稽之感。何況在風沙撲面，狼虎成群的時候，誰還有這許多閒工夫，來賞玩琥珀扇墜，翡翠戒指呢。他們即使要悅目，所要的也是聳立於風沙中的大建築，要堅固而偉大，不必怎樣精；即使要滿意，所要的也是匕首和投槍，要鋒利而切實，用不著什麼雅。

美術上的「小擺設」的要求，這幻夢是已經破掉了，那日報上的文章的作者，就直覺地知道。然而對於文學上的「小擺設」——「小品文」的要求，卻正在越加旺盛起來，要求者以爲可以靠著低訴或微吟，將粗獷的人心，磨得漸漸的平滑。這就是想別人一心看著《六朝文》，而忘記了自己是抱在黃河決口之後，淹得僅僅露出水面的樹梢頭。

但這時卻只用得著掙扎和戰鬥。

而小品文的生存，也只仗著掙扎和戰鬥的。晉朝的清言，早和它的朝代一同消歇了。唐末詩風衰落，而小品放了光輝。但羅隱的《讒書》，幾乎全部是抗爭和憤激之談；皮日休和陸龜蒙自以爲隱士，別人也稱之爲隱士，而看他們在《皮子文藪》和《笠澤叢書》中的小品文，並沒有忘記天下，正是一榻糊塗的泥塘裏的光彩和鋒。明末的小品雖然比較的頹放，卻並非全是吟風弄月，其中有不平，有諷刺，有攻擊，有破壞。這種作風，也觸著了滿洲君臣的心病，費去許多助虐的武將的刀鋒，幫閒的文臣的筆鋒，直到乾隆年間，這才壓制下去了。以後呢，就來了「小擺設」。

「小擺設」當然不會有大發展。到五四運動的時候，才又

來了一個展開，散文小品的成功，幾乎在小說戲曲和詩歌之上。這之中，自然含著掙扎和戰鬥，但因為常常取法於英國的隨筆（Essay），所以也帶一點幽默和雍容；寫法也有漂亮和縝密的，這是為了對於舊文學的示威，在表示舊文學之自以為特長者，白話文學也並非做不到。

以後的路，本來明明是更分明的掙扎和戰鬥，因為這原是萌芽於「文學革命」以至「思想革命」的。但現在的趨勢，卻在特別提倡那和舊文章相合之點，雍容，漂亮，縝密，就是要它成為「小擺設」，供雅人的摩挲，並且想青年摩挲了這「小擺設」，由粗暴而變為風雅了。

然而現在已經更沒有書桌；鴉片雖然已經公賣，煙具是禁止的，吸起來還是十分不容易。想在戰地或災區裏的人們來鑒賞罷──誰都知道是更奇怪的幻夢。

這種小品，上海雖正在盛行，茶話酒談，遍滿小報的攤子上，但其實是正如煙花女子，已經不能在弄堂裏拉扯她的生意，只好塗脂抹粉，在夜裏踅到馬路上來了。

小品文就這樣的走到了危機。但我所謂危機，也如醫學上的所謂「極期」（Krisis）一般，是生死的分歧，能一直得到死亡，也能由此至於恢復。麻醉性的作品，是將與麻醉者和被麻醉者同歸於盡的。

生存的小品文，必須是匕首，是投槍，能和讀者一同殺出一條生存的血路的東西；但自然，它也能給人愉快和休息，然而這並不是「小擺設」，更不是撫慰和麻痺，它給人的愉快和休息是休養，是勞作和戰鬥之前的準備。

八月二十七日

　　本文內容十分深刻，具有很強的說服力。說明道理自然依靠邏輯力量，但也依靠形象性。全篇運用了許多生動、貼切而且含義豐富的比喻。文中直接地、正面地對「論語」派小品文進行剖析較少，而用較多的篇幅談美術上的「小擺設」。因為它更具體，更直觀，而且二者的階級屬性、社會作用以及日趨沒落的情況都十分一致。用它來作比喻，就使讀者對「論語」派小品的本質容易有深刻而又具體的認識，並且以較少的語言表現很豐富的內容。

　　把幫閒文學比作「已經不能在弄堂裏拉扯她的生意，只好塗脂抹粉，在夜裏踅到馬路上來」的「煙花女子」，真是絕妙的形象。「塗脂抹粉……」說明它儘管到處招搖，大肆吹噓，似乎生意興隆，而實際上已經到了窮途末路，並暗示這種文學雖然故作高雅，而實則以下作的妾婦之態依附於反動統治勢力之可鄙可悲。一個「踅」字活畫出了一幅落魄潦倒的景象。

　　文中把「生存的小品文」比作「匕首和投槍」，很好地表現了這種文學形式的重要特徵：結實、鋒利而又靈活、敏捷，在面對面的短兵相接的戰鬥中，能以一擊致敵人於死命。它「能和讀者一同殺出一條生存的血路」，說明它和人民群眾有血肉般的關係。一個簡單的比喻，把「生存的小品文」的階級性、革命性和它強大的生命力充分表現出來了。

　　本文一方面對「論語」派進行嚴厲的批判，同時對革命文藝給予熱情的支持，這二者是密切結合在一起的。為了很好地表現這一思想內容，文中使用了許多強烈而鮮明的對比。一面是「玲瓏剔透」的「小擺設」，一面是「鋒利而切實」的「匕首和投槍」；前者是供士大夫「摩挲賞鑒」，後者是為了革命人民戰鬥的需要；前者在革命潮流中走向衰亡，後者在鬥爭中得到發展。

　　在相互對比和襯托中，兩種不同傾向的文學的實質都顯得更加分

明。為了說明「小擺設」的渺小和無足輕重，把方寸的象牙版同萬里長城和雲岡大佛對比。為了表現「小擺設」沒落的命運，把在狂濤中沖得七顛八倒的小船同洶湧的潮流對比。在「風沙撲面，狼虎成群」的險惡形勢下，叫人悠閒地賞玩琥珀扇墜和翡翠戒指，大家正處在水深火熱之中，卻要人埋頭去讀《六朝文絜》。從這種強烈的對比中，深刻表現了「論語」式的小品文遠遠背離人民，把讀者引向死路的嚴重危害。

——羅良平《魯迅作品手冊》

我們的星球　1948年創作

世故三昧

　　人世間真是難處的地方，說一個人「不通世故」，固然不是好話，但說他「深於世故」也不是好話。「世故」似乎也像「革命之不可不革，而亦不可太革」一樣，不可不通，而亦不可太通的。

　　然而據我的經驗，得到「深於世故」的惡謚者，卻還是因為「不通世故」的緣故。

　　現在我假設以這樣的話，來勸導青年人——

　　「如果你遇見社會上有不平事，萬不可挺身而出，講公道話，否則，事情倒會移到你頭上來，甚至於會被指作反動分子的。如果你遇見有人被冤枉，被誣陷的，即使明知道他是好人，也萬不可挺身而出，去給他解釋或分辯，否則，你就會被人說是他的親戚，或得了他的賄賂；倘使那是女人，就要被疑為她的情人的；如果他較有名，那便是黨羽。例如我自己罷，給一個毫不相干的女士做了一篇信箋集的序，人們就說她是我的小姨；紹介一點科學的文藝理論，人們就說得了蘇聯的盧布。親戚和金錢，在目下的中國，關係也真是大，事實給與了教訓，人們看慣了，以為人人都脫不了這關係，原也無足深怪的。

　　「然而，有些人其實也並不真相信，只是說著玩玩，有趣有趣

的。即使有人爲了謠言，弄得凌遲碎剮，像明末的鄭鄤那樣了，和自己也並不相干，總不如有趣的緊要。這裏你如果去辦正，那就是使大家掃興，結果還是你自己倒楣。我也有一個經驗，那是十多年前，我在教育部裏做「官僚」，常聽得同事說，某女學校的學生，是可以叫出來嫖的，連機關的位址門牌，也說得明明白白。有一回我偶然走過這條街，一個人對於壞事情，是記性好一點的，我記起來的，便留心著那門牌，但這一號，卻是一塊小空地，有一口大井，一間很破爛的小屋，是幾個山東人住著賣水的地方，決計做不了別用。待到他們又在談著這事的時候，我便說出我的所見來，而不料大家竟笑容盡斂，不歡而散了，此後不和我談天者兩三月。我事後才悟到打斷了他們的興致，是不應該的。

「所以，你最好是莫問是非曲直，一味附和著大家；但更好是不開口；而在更好之上的是連臉上也不顯出心裏的是非的模樣來……」

這是處世法的精義，只要黃河不流到腳下，炸彈不落在身邊，可以保管一世沒有挫折的。但我恐怕青年人未必以我的話爲然；便是中年，老年人，也許要以爲我是在教壞了他們的子弟。嗚呼，那麼一片苦心，竟是白費了。

然而倘說中國現在正如唐虞盛世，卻又未免是「世故」之談。耳聞目睹的不算，單是看看報章，也就可以知道社會上有多少不平，人們有多少冤抑。但對於這些事，除了有時或有同業，同鄉，同族的人們來說幾句呼籲的話之外，利害無關的人的義憤的聲音，我們是很少聽到的。這很分明，是大家不開口；或者以爲和自己不相干；或者連「以爲和自己不相干」的意思也全沒有。「世故」深到不自覺其「深於世故」，這才眞是「深於世故」的了。這是中國處世法的精義中的精義。

而且，對於看了我的勸導青年人的話，心以爲非的人物，我還有一下反攻在這裏。他是以我爲狡猾的。但是，我的話裏，一面

固然顯示著我的狡猾，而且無能，但一面也顯示著社會的黑暗。他單責個人，正是最穩妥的辦法，倘使兼責社會，可就得站出去戰鬥了。責人的「深於世故」而避開了「世」不談，這是更「深於世故」的玩藝，倘若自己不覺得，那就更深更深了，離三昧境蓋不遠矣。

不過凡事一說，即落言筌，不再能得三昧。說「世故三昧」者，即非「世故三昧」。三昧眞諦，在行而不言；我現在一說「行而不言」，卻又失了眞諦，離三昧境蓋益遠矣。

一切善知識，心知其意可也，！

十月十三日

名・家・解・讀

「世故」，在中國人的生活中和內心世界深處，的確是一個無法迴避的兩難的命題。說你「不通世故」你願意嗎？說你「深於世故」你好受嗎？只有鑽進「世故」這個圈子裏，你才能做到「不可不通，而亦不可太通」嗎？

社會黑暗，一爭是非，一辨曲直，尤其是事關重大時，黑暗的社會力量就會從四面包抄過來，威壓下來。和應當責備的「深於世故」者比起來，黑暗的社會應當負更大的責任。然而，你責人時並不兼責社會，豈非至少以為責一個人容易，責社會的黑暗就不容易了嗎？或者沒有膽量沒有勇氣了，怕引火焚身，怕自身難保。既想把自己打扮成「深於世故」的批評者又不敢觸動造成「深於世故」的主要責任者，「他單責個人，正是最穩妥的辦法，倘使兼責社會，可就得站出去戰鬥了。」這樣的人不是戰鬥，豈止不是——「責人的『深於世

故』而避開了『世』不談，這是更『深於世故』的玩藝，倘若自己不覺得，那就更深更深了。」做人做到這個地步，真是離處世的「最高境界」不遠了。

魯迅向來堅持反對中庸，反對不問曲直，一味附和，反對事不關己，不聞不問不想，反對在黑暗的社會裏只想著保全一己私利的處世哲學與處世方式。在本文中，他用假設法引出剖析的對象，層層逼進，一直把隱藏在最深處的處世精義處世要訣剝露出來，從而引起讀者的深思：中國人不應當從「世故」這個圈子裏跳出來嗎？

——李文儒《走進魯迅世界》

怪　人　1971年創作

謠言世家

　　雙十佳節，有一位文學家大名湯增先生的，在《時事新報》上給我們講光復時候的杭州的故事。他說那時杭州殺掉許多駐防的旗人，辨別的方法，是因為旗人叫「九」為「鈎」的，所以要他說「九百九十九」，一露馬腳，刀就砍下去了。

　　這固然是頗武勇，也頗有趣的。但是，可惜是謠言。

　　中國人裏，杭州人是比較的文弱的人。當錢大王治世的時候，人民被刮得衣褲全無，只用一片瓦掩著下部，然而還要追捐，除被打得髲一般叫之外，並無貳話。不過這出於宋人的筆記，是謠言也說不定的。但宋明的末代皇帝，帶著沒落的闊人，和暮氣一同滔滔的逃到杭州來，卻是事實，苟延殘喘，要大家有剛決的氣魄，難不難。到現在，西子湖邊還多是搖搖擺擺的雅人；連流氓也少有浙東似的「白刀子進紅刀子出」的打架。自然，倘有軍閥做著後盾，那是也會格外的撒潑的，不過當時實在並無敢於殺人的風氣，也沒有樂於殺人的人們。我們只要看舉了老成持重的湯蟄仙先生做都督，就可以知道是不會流血的了。

　　不過戰事是有的。革命軍圍住旗營，開槍打進去，裏面也有時打出來。然而圍得並不緊，我有一個熟人，白天在外面逛，晚上卻

自進旗營睡覺去了。

雖然如此，駐防軍也終於被擊潰，旗人降服了，房屋被充公是有的，卻並沒有殺戮。口糧當然取消，各人自尋生計，開初倒還好，後來就遭災。

怎麼會遭災的呢？就是發生了謠言。

杭州的旗人一向優遊於西子湖邊，秀氣所鍾，是聰明的，他們知道沒有了糧，只好做生意，於是賣糕的也有，賣小菜的也有。杭州人是客氣的，並不歧視，生意也還不壞。然而祖傳的謠言起來了，說是旗人所賣的東西，裏面都藏著毒藥。這一下子就使漢人避之惟恐不遠，但倒是怕旗人來毒自己，並不是自己想去害旗人。結果是他們所賣的糕餅小菜，毫無生意，只得在路邊出賣那些不能下毒的傢俱。傢俱一完，途窮路絕，就一敗塗地了。這是杭州駐防旗人的收場。

笑裏可以有刀，自稱酷愛和平的人民，也會有殺人不見血的武器，那就是造謠言。但一面害人，一面也害己，弄得彼此懵懵懂懂。古時候無須提起了，即在近五十年來，甲午戰敗，就說是李鴻章害的，因為他兒子是日本的駙馬，罵了他小半世；庚子拳變，又說洋鬼子是挖眼睛的，因為造藥水，就亂殺了一大通。下毒學說起於辛亥光復之際的杭州，而復活於近來排日的時候。我還記得每有一回謠言，就總有誰被誣為下毒的奸細，給誰平白打死了。

謠言世家的子弟，是以謠言殺人，也以謠言被殺的。

至於用數目來辨別漢滿之法，我在杭州倒聽說是出於湖北的荊州的，就是要他們數一二三四，數到「六」字，讀作上聲，便殺卻。但杭州離荊州太遠了，這還是一種謠言也難說。

我有時也不大能夠分清那句是謠言，那句是真話了。

十二月十三日

　　國民黨當局統治下的20世紀30年代，「造謠生事，害人賣友，幾乎視若當然。」這時，一些特務流氓以「除奸團」、「滅奸團」等名義興風作浪，大肆敲詐和暗殺無辜者。本文通過對幾則謠言的分析，說明它們是「殺人不見血的武器」。指出：謠言「一面害人，一面也害己」；所以「謠言世家的子弟，是以謠言殺人，也以謠言被殺的。」

——金隱銘等《〈魯迅文集〉導讀》

組畫《理想》（之五）　麥綏萊勒　1920年創作

掠奪物　1928年創作

組畫《人魚西倫娜》　1928年創作

組畫《從黑到白》（之二）　1939年創作

組畫《青春》（之一）　1948年創作

青年思想家　1951年創作

死而無憾　1954年創作

熱戀的詩人　1955年創作

如此文明　1956年創作

《國際歌》插圖（之一）　1970年創作

《國際歌》插圖（之二）　1970年創作

作文祕訣

現在竟還有人寫信來問我作文的祕訣。

我們常常聽到：拳師教徒弟是留一手的，怕他學全了就要打死自己，好讓他稱雄。在實際上，這樣的事情也並非全沒有，逢蒙殺羿就是一個前例。逢蒙遠了，而這種古氣是沒有消盡的，還加上了後來的「狀元癮」，科舉雖然久廢，至今總還要爭「唯一」，爭「最先」。遇到有「狀元癮」的人們，做教師就危險，拳棒教完，往往免不了被打倒，而這位新拳師來教徒弟時，卻以他的先生和自己為前車之鑒，就一定留一手，甚而至於三四手，於是拳術也就「一代不如一代」了。

還有，做醫生的有祕方，做廚子的有祕法，開點心鋪子的有祕傳，為了保全自家的衣食，聽說這還只授兒婦，不教女兒，以免流傳到別人家裏去，「祕」是中國非常普遍的東西，連關於國家大事的會議，也總是「內容非常祕密」，大家不知道。但是，作文卻好像偏偏並無祕訣，假使有，每個作家一定是傳給子孫的了，然而祖傳的作家很少見。自然，作家的孩子們，從小看慣書籍紙筆，眼格也許比較的可以大一點罷，不過不見得就會做。目下的刊物上，雖然常見什麼「父子作家」「夫婦作家」的名稱，彷彿真能從遺囑或

情書中，密授一些什麼祕訣一樣，其實乃是肉麻當有趣，妄將做官的關係，用到作文上去了。

那麼，作文眞就毫無祕訣麼？卻也並不。我曾經講過幾句做古文的祕訣，是要通篇都有來歷，而非古人的成文；也就是通篇是自己做的，而又全非自己所做，個人其實並沒有說什麼；也就是「事出有因」，而又「查無實據」。到這樣，便「庶幾乎免於大過也矣」了。簡而言之，實不過要做得「今天天氣，哈哈哈……」而已。

這是說內容。至於修辭，也有一點祕訣：一要朦朧，二要難懂。那方法，是：縮短句子，多用難字。譬如罷，作文論秦朝事，寫一句「秦始皇乃始燒書」，是不算好文章的，必須翻譯一下，使它不容易一目了然才好。這時就用得著《爾雅》，《文選》了，其實是只要不給別人知道，查查《康熙字典》也不妨的。動手來改，成爲「始皇始焚書」，就有些「古」起來，到得改成「政俶燔典」，那就簡直有了班馬氣，雖然跟著也令人不大看得懂。但是這樣的做成一篇以至一部，是可以被稱爲「學者」的，我想了半天，只做得一句，所以只配在雜誌上投稿。

我們的古之文學大師，就常常玩著這一手。班固先生的「紫色蛙聲，餘分閏位」，就將四句長句，縮成八字的；揚雄先生的「蠢迪檢柙」，就將「動由規矩」這四個平常字，翻成難字的。《綠野仙蹤》記塾師詠「花」，有句云：「媳釵俏矣兒書廢，哥罐聞焉嫂棒傷。」自說意思，是兒婦折花爲釵，雖然俏麗，但恐兒子因而廢讀；下聯較費解，是他的哥哥折了花來，沒有花瓶，就插在瓦罐裏，以嗅花香，他嫂嫂爲防微杜漸起見，竟用棒子連花和罐一起打壞了。這算是對於多烘先生的嘲笑。然而他的作法，其實是和揚班並無不合的，錯只在他不用古典而用新典。這一個所謂「錯」，就使《文選》之類在遺老遺少們的心眼裏保住了威靈。

做得朦朧，這便是所謂「好」麼？答曰：也不儘然，其實是不

過掩了醜。但是，「知恥近乎勇」，掩了醜，也就彷彿近乎好了。摩登女郎披下頭髮，中年婦人罩上面紗，就都是朦朧術。人類學家解釋衣服的起源有三說：一說是因爲男女知道了性的羞恥心，用這來遮羞；一說卻以爲倒是用這來刺激；還有一種是說因爲老弱男女，身體衰瘦，露著不好看，蓋上一些東西，借此掩掩醜的。從修辭學的立場上看起來，我贊成後一說。現在還常有駢四儷六，典麗堂皇的祭文，挽聯，宣言，通電，我們倘去查字典，翻類書，剝去它外面的裝飾，翻成白話文，試看那剩下的是怎樣的東西呵!?

不懂當然也好的。好在那裏呢？即好在「不懂」中。但所慮的是好到令人不能說好醜，所以還不如做得它「難懂」：有一點懂，而下一番苦功之後，所懂的也比較的多起來。我們是向來很有崇拜「難」的脾氣的，每餐吃三碗飯，誰也不以爲奇，有人每餐要吃十八碗，就鄭重其事的寫在筆記上；用手穿針沒有人看，用腳穿針就可以搭帳篷賣錢；一幅畫片，平淡無奇，裝在匣子裏，挖一個洞，化爲西洋鏡，人們就張著嘴熱心的要看了。況且同是一事，費了苦功而達到的，也比並不費力而達到的可貴。譬如到什麼廟裏去燒香罷，到山上的，比到平地上的可貴；三步一拜才到廟裏的廟，和坐了轎子一徑抬到的廟，即使同是這廟，在到達者的心裏的可貴的程度是大有高下的。作文之貴乎難懂，就是要使讀者三步一拜，這才能夠達到一點目的的妙法。

寫到這裏，成了所講的不但只是作古文的祕訣，而且是做騙人的古文的祕訣了。但我想，做白話文也沒有什麼大兩樣，因爲它也可以夾些僻字，加上朦朧或難懂，來施展那變戲法的障眼的手巾的。倘要反一調，就是「白描」。

「白描」卻並沒有祕訣。如果要說有，也不過和障眼法反一調：有眞意，去粉飾，少做作，勿賣弄而已。

十一月十日

　　本文寫於1933年11月10日。當時，上海文化界一批文人墨客置國家安危於不顧，卻勸人學篆字，做古詩，讀《莊子》《文選》，煽起一股復古逆流，配合國民黨當局的文化圍剿；報刊上也充斥了陳腐難懂的通電、宣言、祭文、挽聯之類東西。本文譏諷了這類東西的空洞無物和故作高深；揭露了這批文人不過是在施展「障眼法」來遮醜掩羞而已；提倡「有真意，去粉飾，少做作，勿賣弄」的「白描」手法。

——金隱銘等《〈魯迅文集〉導讀》

《我的懺悔》（之十二）　1919年創作

搗鬼心傳

　　中國人又很有些喜歡奇形怪狀，鬼鬼祟祟的脾氣，愛看古樹發光比大麥開花的多，其實大麥開花他向來也沒有看見過。於是怪胎畸形，就成為報章的好資料，替代了生物學的常識的位置了。最近在廣告上所見的，有像所謂兩頭蛇似的兩頭四手的胎兒，還有從小肚上生出一隻腳來的三腳漢子。固然，人有怪胎，也有畸形，然而造化的本領是有限的，他無論怎麼怪，怎麼畸，總有一個限制：孿兒可以連背，連腹，連臀，連脅，或竟駢頭，卻不會將頭生在屁股上；形可以駢拇，枝指，缺肢，多乳，卻不會兩腳之外添出一隻腳來，好像「買兩送一」的買賣。天實在不及人之能搗鬼。

　　但是，人的搗鬼，雖勝於天，而實際上本領也有限。因為搗鬼精義，在切忌發揮，亦即必須含蓄。蓋一加發揮，能使所搗之鬼分明，同時也生限制，故不如含蓄之深遠，而影響卻又因而模糊了。「有一利必有一弊」，我之所謂「有限」者以此。

　　清朝人的筆記裏，常說羅兩峰的《鬼趣圖》，真寫得鬼氣拂拂；後來那圖由文明書局印出來了，卻不過一個奇瘦，一個矮胖，一個臃腫的模樣，並不見得怎樣的出奇，還不如只看筆記有趣。小說上的描摹鬼相，雖然竭力，也都不足以驚人，我覺得最可怕的還

是晉人所記的臉無五官，渾淪如雞蛋的山中厲鬼。因為五官不過是五官，縱使苦心經營，要它兇惡，總也逃不出五官的範圍，現在使它渾淪得莫名其妙，讀者也就怕得莫名其妙了。然而其「弊」也，是印象的模糊。不過較之寫些「青面獠牙」，「口鼻流血」的笨伯，自然聰明得遠。

中華民國人的宣佈罪狀大抵是十條，然而結果大抵是無效。古來盡多壞人，十條不過如此，想引人的注意以至活動是決不會的。駱賓王作《討武檄》，那「入宮見嫉，蛾眉不肯讓人，掩袖工讒，狐媚偏能惑主」這幾句，恐怕是很費點心機的了，但相傳武后看到這裏，不過微微一笑。

是的，如此而已，又怎麼樣呢？聲罪致討的明文，那力量往往遠不如交頭接耳的密語，因為一是分明，一是莫測的。我想假使當時駱賓王站在大眾之前，只是攢眉搖頭，連稱「壞極壞極」，卻不說出其所謂壞的實例，恐怕那效力會在文章之上的罷。「狂飆文豪」高長虹攻擊我時，說道劣跡多端，倘一發表，便即身敗名裂，而終於並不發表，是深得搗鬼正脈的；但也竟無大效者，則與廣泛俱來的「模糊」之弊為之也。

明白了這兩例，便知道治國平天下之法，在告訴大家以有法，而不可明白切實的說出何法來。因為一說出，即有言，一有言，便可與行相對照，所以不如示之以不測。不測的威稜使人萎傷，不測的妙法使人希望——饑荒時生病，打仗時做詩，雖若與治國平天下不相干，但在莫明其妙中，卻能令人疑為跟著自有治國平天下的妙法在——然而其「弊」也，卻還是照例的也能在模糊中疑心到所謂妙法，其實不過是毫無方法而已。

搗鬼有術，也有效，然而有限，所以以此成大事者，古來無有。

十一月二十二日

　　《搗鬼心傳》這個題目極具匠心。搗鬼，是見不得天日的事情，然而卻又是反動派賴以存活的必不可少的手段；它的精義代代相傳，然而又絕不能形諸言語，見之經傳，只能以心傳心，默契領會。惟因其是「搗鬼」，便只能「心傳」；而由其只能「心傳」，乃可知其為「搗鬼」。

　　這個題目，把歷代一切反動派依賴搗鬼、精於搗鬼，使搗鬼精義一脈相承、心心相印的本質揭示了出來，對當時的國民黨反動統治者及其幫兇們是一個非常深刻而辛辣的諷刺。

　　本文在藝術上的特色：

　　（1）結構精巧、嚴謹。文章開頭，從一般現象說起，看似閒筆，而從中生發出「天實在不及人能搗鬼」這一看法來，卻十分自然。先讓一步，再進而引出「人的搗鬼，雖勝於天，而實際上本領也有限」這一深刻道理，揭示「搗鬼精義」的內在矛盾，為最後結論奠定了認識基礎。為說明「搗鬼精義」利弊互見而談畫鬼、寫鬼，談「十大罪狀」、《討武檄》，順便牽出高長虹來。既緊扣中心，又收避實就虛之效。蓋「深得搗鬼正脈的」高長虹其小焉者也，欲以搗鬼「治國平天下」的整個反動統治階級，特別是國民黨反動派袞袞諸公才是本文的目標所向。其「不測的威稜」與「不測的妙法」，終於只能證實「搗鬼有術，也有效，然而有限」這一結論。文章至此似應已可剎住，然而又挺進一層，指出「以此成大事者，古來無有」，把認識提高到了規律性的高度，收到了畫龍點睛之效。文章步步不離中心，環環緊扣主旨，形似往復申說，實乃逐層昇華。結末一筆拴束全文，餘意無窮，更添光彩。

　　（2）語言幽默犀利，平易深刻。本文通篇有似聊閒天，造語平易，十分從容閒適，雖然旨在抨擊時弊，揭露鬼魅，卻既不聲色俱厲，更不劍拔弩張。然而機鋒暗藏，犀利無比，平易中見深刻，閒適

裏有鋒芒。「愛看古樹發光比大麥開花的多，其實大麥開花他向來也沒有看見過」，點明了「喜歡奇形怪狀，鬼鬼祟祟的脾氣」的實質，也道出了搗鬼有術且有效的基礎。……

至於連類而及，就近取譬，偶爾夾用文言，注意整齊變化，使文章活潑生動，這些魯迅文章的一貫特點，本文也表現得很明顯。

——賀易《魯迅作品手冊》

鬼臉與形象　麥綏萊勒　1926年創作

推

　　兩三月前，報上好像登過一條新聞，說有一個賣報的孩子，踏上電車的踏腳去取報錢，誤踹住了一個下來的客人的衣角，那人大怒，用力一推，孩子跌入車下，電車又剛剛走動，一時停不住，把孩子碾死了。推倒孩子的人，卻早已不知所往。但衣角會被踹住，可見穿的是長衫，即使不是「高等華人」，總該是屬於上等的。

　　我們在上海路上走，時常會遇見兩種橫衝直撞，對於對面或前面的行人，決不稍讓的人物。一種是不用兩手，卻只將直直的長腳，如入無人之境似的踏過來，倘不讓開，他就會踏在你的肚子或肩膀上。這是洋大人，都是「高等」的，沒有華人那樣上下的區別。一種就是彎上他兩條臂膊，手掌向外，像蠍子的兩個鉗一樣，一路推過去，不管被推的人是跌在泥塘或火坑裏。這就是我們的同胞，然而「上等」的，他坐電車，要坐二等所改的三等車，他看報，要看專登黑幕的小報，他坐著看得咽唾沫，但一走動，又是推。

　　上車，進門，買票，寄信，他推；出門，下車，避禍，逃難，他又推。推得女人孩子都跟跟蹌蹌，跌倒了，他就從活人上踏過，跌死了，他就從死屍上踏過，走出外面，用舌頭舔舔自己的厚嘴

唇，什麼也不覺得。舊曆端午，在一家戲場裏，因爲一句失火的謠言，就又是推，把十多個力量未足的少年踏死了。死屍擺在空地上，據說去看的又有萬餘人，人山人海，又是推。

推了的結果，是嘻開嘴巴，說道：「阿唷，好白相來希呀！」

住在上海，想不遇到推與踏，是不能的，而且這推與踏也還要廓大開去。要推倒一切下等華人中的幼弱者，要踏倒一切下等華人。這時就只剩了高等華人頌祝著——

「阿唷，眞好白相來希呀。爲保全文化起見，是雖然犧牲任何物質，也不應該顧惜的——這些物質有什麼重要性呢！」

六月八日

名·家·解·讀

《准風月談》裏有一組雜文，都是由報紙上的某條社會新聞而引發聯想，並概括出上海灘上的人的某種生存狀態。

《推》是「兩三月前」的一條社會新聞：一個賣報的孩子，誤踹住了一個下車的客人的衣角，那人大怒，用力一「推」，孩子跌入車下，被碾死了。——這在中國都市街頭是極常見的，類似的新聞至今也還時有所聞。人們司空見慣，誰也不去細想。但魯迅卻念念不忘，想了幾個月，而且想得很深、很廣。

被推倒碾死的是一個孩子，而且是窮苦的賣報的孩子，這是魯迅最不能忍受的。因此，他要追問：推倒孩子的是什麼人？——他的考察結論是：穿的是長衫，「總該是屬於上等（人）」。

魯迅以其特有的思想穿透力，賦予「推」的現象以某種隱喻性，

揭示了上海社會結構的不平等：「下等華人」，尤其是「下等華人中的幼弱者」被任意「推倒」「踐踏」；而「高等華人」卻在以「保全文化」的名義大加「頌祝」。

　　魯迅說，他每讀報刊上的文章，特別是那些妙文，總不免「拉扯牽連」，胡亂想開去，於是就產生了許多「若即若離的思想，自己也覺得近乎刻薄」。此篇即是如此，通篇以報紙報導的日常生活現象為思考的出發點，引發聯想，由個別到普遍，由具體到抽象，提升、概括出一種社會典型現象或社會類型。但又與作為出發點的生活現象保持「若即若離」的關係：既有概括、提升，當然有所超越（「若離」），但仍保留現象形態的生動性與豐富性，以及情感性特徵（「若即」），這裏正是體現了小說家與思想家的統一，詩與哲學的統一：這正是魯迅的雜文思維的特點。

——錢理群《「其中有著時代的眉目」》

二丑藝術

　　浙東的有一處的戲班中，有一種腳色叫作「二花臉」，譯得雅一點，那麼，「二丑」就是。他和小丑的不同，是不扮橫行無忌的花花公子，也不扮一味仗勢的宰相家丁，他所扮演的是保護公子的拳師，或是趨奉公子的清客。總之：身分比小丑高，而性格卻比小丑壞。

　　義僕是老生扮的，先以諫諍，終以殉主；惡僕是小丑扮的，只會作惡，到底滅亡。而二丑的本領卻不同，他有點上等人模樣，也懂些琴棋書畫，也來得行令猜謎，但倚靠的是權門，凌蔑的是百姓，有誰被壓迫了，他就來冷笑幾聲，暢快一下，有誰被陷害了，他又去嚇唬一下，吆喝幾聲。不過他的態度又並不常常如此的，大抵一面又回過臉來，向台下的看客指出他公子的缺點，搖著頭裝起鬼臉道：你看這傢伙，這回可要倒楣哩！

　　這最末的一手，是二丑的特色。因為他沒有義僕的愚笨，也沒有惡僕的簡單，他是智識階級。他明知道自己所靠的是冰山，一定不能長久，他將來還要到別家幫閒，所以當受著豢養，分著餘炎的時候，也得裝著和這貴公子並非一夥。

　　二丑們編出來的戲本上，當然沒有這一種腳色的，他那裏肯；

小丑，即花花公子們編出來的戲本，也不會有，因為他們只看見一面，想不到的。這二花臉，乃是小百姓看透了這一種人，提出精華來，制定了的腳色。

世間只要有權門，一定有惡勢力，有惡勢力，就一定有二花臉，而且有二花臉藝術。我們只要取一種刊物，看他一個星期，就會發見他忽而怨恨春天，忽而頌揚戰爭，忽而譯蕭伯納演說，忽而講婚姻問題；但其間一定有時要慷慨激昂的表示對於國事的不滿：這就是用出末一手來了。

這最末的一手，一面也在遮掩他並不是幫閒，然而小百姓是明白的，早已使他的類型在戲臺上出現了。

六月十五日

─| 名‧家‧解‧讀 |

本文塑造了倚靠權門、凌蔑百姓，卻又裝模作樣，表示和主子「並非一夥」的「二丑」。它揭露了資產階級反動文人的反革命兩面派的真面目。魯迅筆下的這個藝術典型，對於識別反革命兩面派人物，具有重要意義。

本文前四段都是講的舞臺上的二丑，但寫作的目的則是為了揭露現實生活中的二丑。對舞臺上的二丑形象刻畫入微，則現實生活中的二丑也就活龍活現，無法遁形。魯迅用粗線條的勾勒方法，勾畫出了二丑的主要特徵。二丑和其他幫兇相比，既有共性，又有個性。為了突出二丑的形象特徵，魯迅還把二丑和小丑、惡僕、義僕等人物作了種種比較，指出他不像小丑那樣橫行無忌，不像惡僕那樣簡單，不像

義僕那樣愚笨。這些比較，襯托出二丑的特點，使他的個性明白地顯現出來。魯迅曾描寫過反動派幫兇的種種類型，有的比作媚態的貓，有的比作叭兒狗，有的比作鷹犬，有些則比作舞臺上的二丑。所有這些，像一幅幅諷刺漫畫，使他們的面目更加清楚，更加可憎，更加令人噁心。

——晏嗣平《魯迅雜文選講》

《我的懺悔》（之十四） 1919年創作

「抄靶子」

　　中國究竟是文明最古的地方，也是素重人道的國度，對於人，是一向非常重視的。至於偶有凌辱誅戮，那是因為這些東西並不是人的緣故。皇帝所誅者，「逆」也，官軍所剿者，「匪」也，劊子手所殺者，「犯」也，滿洲人「入主中夏」，不久也就染了這樣的淳風，雍正皇帝要除掉他的弟兄，就先行御賜改稱為「阿其那」與「塞思黑」，我不懂滿洲話，譯不明白，大約是「豬」和「狗」罷。黃巢造反，以人為糧，但若說他吃人，是不對的，他所吃的物事，叫作「兩腳羊」。

　　時候是二十世紀，地方是上海，雖然骨子裏永是「素重人道」，但表面上當然會有些不同的。對於中國的有一部分並不是「人」的生物，洋大人如何賜諡，我不得而知，我僅知道洋大人的下屬們所給與的名目。

　　假如你常在租界的路上走，有時總會遇見幾個穿制服的同胞和一位異胞（也往往沒有這一位），用手槍指住你，搜查全身和所拿的物件。倘是白種，是不會指住的；黃種呢，如果被指的說是日本人，就放下手槍，請他走過去；獨有文明最古的黃帝子孫，可就「則不得免焉」了。這在香港，叫作「搜身」，倒也還不算很失了

體統，然而上海則竟謂之「抄靶子」。

抄者，搜也，靶子是該用槍打的東西，我從前年九月以來，才知道這名目的的確。四萬萬靶子，都排在文明最古的地方，私心在僥倖的只是還沒有被打著。洋大人的下屬，實在給他的同胞們定了絕好的名稱了。

然而我們這些「靶子」們，自己互相推舉起來的時候卻還要客氣些。我不是「老上海」，不知道上海灘上先前的相罵，彼此是怎樣賜諡的了。但看看記載，還不過是「曲辮子」，「阿木林」。「壽頭碼子」雖然已經是「豬」的隱語，然而究竟還是隱語，含有寧「雅」而不「達」的高誼。若夫現在，則只要被他認為對於他不大恭順，他便圓睜了綻著紅筋的兩眼，擠尖喉嚨，和口角的白沫同時噴出兩個字來道：豬玀！

六月十六日

「假如你常在租界的路上走，有時總會遇見幾個穿制服的同胞和一位異胞（也往往沒有這一位），用手槍指住你，搜查全身和所拿的物件。倘是白種，是不會指住的；黃種呢，如果被指的說是日本人，就放下手槍，請他走過去；獨有文明最古的皇帝子孫，可就『則不得免焉』了。這在香港，叫作『搜身』，倒也還不算很失了體統，然而上海則竟謂之『抄靶子』」。

就這樣一個30年代上海的新俗語「抄靶子」，引起了魯迅的許多聯想。

他想起，中國傳統中凡有「凌辱誅戮」，必先將被誅戮者宣佈為「不是人」：「皇帝所誅者，『逆』也，官軍所剿者，『匪』也，劊子手所殺者，『犯』也」，這樣改換一個名目，殺戮就成了維護「人道」之義舉。而現在，「洋大人的下屬」「賜」中國人以「靶子」的新「諡」，其民族歧視與凌辱也就符合「人道」了。

而「靶子是該用槍打的東西」，於是，魯迅聯想起「前年九月」即1931年「九‧一八」事變以來所發生的一切，並產生了一個可怕的幻景：「四萬萬靶子，都排在文明最古的地方……」──又排開了吃人筵席，這回被吃的是整個中華民族！

由民族的外部危機，魯迅又聯想起在民族內部也即「我們這些『靶子』」們「互相推舉起來」又是怎樣稱呼的：魯迅說，上海灘上「相罵」時彼此的「賜諡」是：「曲辮子」（即鄉愚）、「阿木林」（即傻子），還有「壽頭碼子」，就「已經是『豬』的隱語」；「若夫現在，則只要被他認為對於他不大恭順，他便圓睜了綻著紅筋的兩眼，擠尖喉嚨，和口角的白沫同時噴出兩個字來道：豬玀！」──依然是不把別人當做人！

這裏還表現了魯迅對街頭流行的民間方言、土語的敏感：他看到了背後的一個時代的文化、心理，以至社會關係。

──錢理群《「其中有著時代的眉目」》

「吃白相飯」

要將上海的所謂「白相」，改作普通話，只好是「玩耍」；至於「吃白相飯」，那恐怕還是用文言譯作「不務正業，遊蕩爲生」，對於外鄉人可以比較的明白些。

遊蕩可以爲生，是很奇怪的。然而在上海問一個男人，或向一個女人問她的丈夫的職業的時候，有時會遇到極直截的回答道：「吃白相飯的。」

聽的也並不覺得奇怪，如同聽到了說「教書」，「做工」一樣。倘說是「沒有什麼職業」，他倒會有些不放心了。

「吃白相飯」在上海是這麼一種光明正大的職業。

我們在上海的報章上所看見的，幾乎常是這些人物的功績；沒有他們，本埠新聞是決不會熱鬧的。但功績雖多，歸納起來也不過是三段，只因爲未必全用在一件事情上，所以看起來好像五花八門了。

第一段是「欺騙」。見貪人就用利誘，見孤憤的就裝同情，見倒楣的則裝慷慨，但見慷慨的卻又會裝悲苦，結果是席捲了對手的東西。

第二段是「威壓」。如果欺騙無效，或者被人看穿了，就臉孔

一翻，化爲威嚇，或者說人無禮，或者誣人不端，或者賴人欠錢，或者並不說什麼緣故，而這也謂之「講道理」，結果還是席捲了對手的東西。

第三段是「溜走」。用了上面的一段或兼用了兩段而成功了，就一溜煙走掉，再也尋不出蹤跡來。失敗了，也是一溜煙走掉，再也尋不出蹤跡來。事情鬧得大一點，則離開本埠，避過了風頭再出現。

有這樣的職業，明明白白，然而人們是不以爲奇的。

「白相」可以吃飯，勞動的自然就要餓肚，明明白白，然而人們也不以爲奇。

但「吃白相飯」朋友倒自有其可敬的地方，因爲他還直直落落的告訴人們說，「吃白相飯的！」

六月二十六日

名·家·解·讀

《「吃白相飯」》是從討論上海的方言入手的：「要將上海的所謂『白相』，改作普通話，只好是『玩耍』；至於『吃白相飯』，那恐怕還是用文言譯作『不務正業，遊蕩為生』，對於外鄉人可以比較的明白些。」然後，魯迅開始追問：「遊蕩可以為生，是很奇怪的」；而且「在上海（還）是這麼一種光明正大的職業」——這也很「奇怪」。

那麼，這樣的「吃白相飯」「職業」，其特點，或者說「功績」是什麼呢？魯迅歸納為「三段」：一「欺騙」二「威壓」三「溜

走」——十足的流氓而已。

問題是，「有這樣的職業，明明白白，然而人們是不以為奇的」——這本身就構成了一種「奇怪」。問題還在於：「『白相』可以吃飯，勞動的自然就要餓肚」——這樣一種反向的思考正是魯迅的特點，是一般人所難以想到的。這本身又是一種「奇怪」：如此「明明白白，然而人們也不以為奇。」這樣從「吃白相飯」本身及人們見怪不怪的態度這兩方面反覆質疑，就將「吃白相飯」的流氓與上海灘的內在聯繫揭示得十分深刻：它是附著於上海都市文明社會的一個毒瘤，而且是不可或缺，永遠擺脫不掉的。所以魯迅說：「我們在上海的報章上所看見的，幾乎常是這些人物的功績；沒有他們，本埠新聞是決不會熱鬧的。」

文章的結尾卻出人意料：「但『吃白相飯』朋友倒自有其可敬的地方，因為他還直直落落的告訴人們說，『吃白相飯的！』」——這就是說，現實生活中，還有「做而不說」或「做而不承認」或打著相反旗號，自稱「正人君子」的「吃白相飯」者。和這些遮遮掩掩、瞞和騙的流氓相比，「直直落落的」「吃白相飯」朋友，還是「可敬」的。對後者魯迅還願意寫文章來談論他們，前者就根本不屑於談及。

魯迅有言：「世間實在還有寫不進小說裏的人」，雜文大概也是如此：「譬如畫家，他畫蛇，畫鱷魚，畫龜，畫果子殼，畫字紙簍，畫垃圾堆，但沒有誰畫毛毛蟲，畫癩頭瘡，畫鼻涕，畫大便，就是一樣的道理。」

——錢理群《「其中有著時代的眉目」》

「揩油」

　　「揩油」，是說明著奴才的品行全部的。

　　這不是「取回扣」或「取傭錢」，因為這是一種祕密；但也不是偷竊，因為在原則上，所取的實在是微乎其微。因此也不能說是「分肥」；至多，或者可以謂之「舞弊」罷。然而這又是光明正大的「舞弊」，因為所取的是豪家，富翁，闊人，洋商的東西，而且所取又不過一點點，恰如從油水汪汪的處所，揩了一下，於人無損，於揩者卻有益的，並且也不失為損富濟貧的正道。設法向婦女調笑幾句，或乘機摸一下，也謂之「揩油」，這雖然不及對於金錢的名正言順，但無大損於被揩者則一也。

　　表現得最分明的是電車上的賣票人。純熟之後，他一面留心著可揩的客人，一面留心著突來的查票，眼光都練得像老鼠和老鷹的混合物一樣。付錢而不給票，客人本該索取的，然而很難索取，也很少見有人索取，因為他所揩的是洋商的油，同是中國人，當然有幫忙的義務，一索取，就變成幫助洋商了。這時候，不但賣票人要報你憎惡的眼光，連同車的客人也往往不免顯出以為你不識時務的臉色。

　　然而彼一時，此一時，如果三等客中有時偶缺一個銅元，你卻

只好在目的地以前下車，這時他就不肯通融，變成洋商的忠僕了。

在上海，如果同巡捕，門丁，西崽之類閒談起來，他們大抵是憎惡洋鬼子的，他們多是愛國主義者。然而他們也像洋鬼子一樣，看不起中國人，棍棒和拳頭和輕蔑的眼光，專注在中國人的身上。

「揩油」的生活有福了。這手段將更加展開，這品格將變成高尚，這行為將認為正當，這將算是國民的本領，和對於帝國主義的復仇。打開天窗說亮話，其實，所謂「高等華人」也者，也何嘗逃得出這模子。

但是，也如「吃白相飯」朋友那樣，賣票人是還有他的道德的。倘被查票人查出他收錢而不給票來了，他就默然認罰，決不說沒有收過錢，將罪案推到客人身上去。

八月十四日

名·家·解·讀

這也是人們司空見慣的：電車上的賣票人經常「付錢而不給票」，這種行為而且還有一種說法，叫做「揩油」。且看魯迅的觀察與描寫：「純熟之後，他一面留心著可揩的客人，一面留心著突來的查票，眼光都練得像老鼠和老鷹的混合物一樣。」——如此傳神的外形刻畫與心理揭示，就是我們前面說過的小說家筆法。

而魯迅並不停留在外部的觀察與描寫上，他要追索這現象背後更深層次的東西，這又顯示了思想家的特色。於是，就引出了一個極為重要的話題：「揩油，是說明著奴才的品行全部的。」

而魯迅的剖析則極為透徹：「這不是『取回扣』或『取傭錢』，

因為這是一種祕密；但也不是偷竊，因為在原則上，所取的實在是微乎其微。因此也不能說是『分肥』；至多，或者可以謂之『舞弊』罷。然而這又是光明正大的『舞弊』，因為所取的是富豪，富翁，闊人，洋商的東西，而且所取又不過一點點，恰如從油水汪汪的處所，揩了一下，於人無損，於揩者卻有益的，並且也不失為損富濟貧的正道。」——「微乎其微」，正是我們討論過的「僅因目前的極小的自利」的奴才的破壞；而「光明正大」，則是因為「揩的是洋商的油」，且打著「損富濟貧」的旗幟，因此，明知是揩油，也是不可索取的，「一索取，就變成幫助洋商了」。

但還有另一面：「如果三等客中有時偶缺一個銅元，你卻只好在目的地以前下車，這時他就不肯通融，變成洋商的忠僕了。」——這是極其重要的一筆：「忠僕」才是奴才的本質，無論怎樣「揩」洋主子的「油」，也不會改變其「忠」於洋主子的本性：在現代中國都市的新的等級結構裏，奴才是始終忠於他充當洋主子的警犬的職責的。

於是，魯迅談到了上海灘上的「巡捕，門丁，西崽之類」，這是中國都市文明中的新類型。一面似乎是「憎惡洋鬼子，他們多是愛國主義者」，另一面「也像洋鬼子一樣，看不起中國人，棍棒和拳頭和輕蔑的眼光，專注在中國人的身上」，「倚徒華洋之間，往來主奴之界」的「現在洋場上的西崽相」。

而且魯迅預言，這樣的西崽式的「揩油」將在中國「更加展開」，「這品格將變成高尚，這行為將認為正當，這將算是國民的本領，和對帝國主義的復仇。」而且還有更嚴厲的判斷：「其實，所謂『高等華人』也者，也何嘗逃得出這模子」——「高等華人」也是「西崽」。

——錢理群《「其中有著時代的眉目」》

隱發法閒幫

　　吉開迦爾是丹麥的憂鬱的人，他的作品，總是帶著悲憤。不過其中也有很有趣味的，我看見了這樣的幾句——

　　「戲場裏失了火。丑角站在戲臺前，來通知了看客。大家以爲這是丑角的笑話，喝采了。丑角又通知說是火災。但大家越加哄笑，喝采了。我想，人世是要完結在當作笑話的開心的人們的大家歡迎之中的罷。」

　　不過我的所以覺得有趣的，並不專在本文，是在由此想到了幫閒們的伎倆。幫閒，在忙的時候就是幫忙，倘若主子忙於行兇作惡，那自然也就是幫兇。但他的幫法，是在血案中而沒有血跡，也沒有血腥氣的。

　　譬如罷，有一件事，是要緊的，大家原也覺得要緊，他就以丑角身份而出現了，將這件事變爲滑稽，或者特別張揚了不關緊要之點，將人們的注意拉開去，這就是所謂「打諢」。如果是殺人，他就來講當場的情形，偵探的努力；死的是女人呢，那就更好了，名之曰「豔屍」，或介紹她的日記。如果是暗殺，他就來講死者的生

前的故事，戀愛呀，遺聞呀……人們的熱情原不是永不弛緩的，但加上些冷水，或者美其名曰清茶，自然就冷得更加迅速了，而這位打諢的腳色，卻變成了文學者。

假如有一個人，認真的在告警，於兇手當然是有害的，只要大家還沒有僵死。但這時他就又以丑角身份而出現了，仍用打諢，從旁裝著鬼臉，使告警者在大家的眼裏也化為丑角，使他的警告在大家的耳邊都化為笑話。聳肩裝窮，以表現對方之闊，卑躬歡氣，以暗示對方之傲；使大家心裏想：這告警者原來都是虛偽的。幸而幫閒們還多是男人，否則它簡直會說告警者曾經怎樣調戲它，當眾羅列淫辭，然後作自殺以明恥之狀也說不定。周圍搗著鬼，無論如何嚴肅的說法也要減少力量的，而不利於兇手的事情卻就在這疑心和笑聲中完結了。它呢？這回它倒是道德家。

當沒有這樣的事件時，那就七日一報，十日一談，收羅廢料，裝進讀者的腦子裏去，看過一年半載，就滿腦都是某闊人如何摸牌，某明星如何打嚏的典故。開心是自然也開心的。但是，人世卻也要完結在這些歡迎開心的開心的人們之中的罷。

八月二十八日

名·家·解·讀

丑角說慣了笑話，看客們便把丑角性命攸關迫在眉睫的報警，一而再地當做笑話，其結果自然是滅頂之災降落在哄笑著喝彩著的看客們頭上。

魯迅由此引申出來的意思主要不是批評看客們的麻木，而是「發

隱」——揭露幫閒們的伎倆。「幫閒,在忙的時候就是幫忙,倘若主子忙於行兇作惡,那自然也就是幫兇。」幫閒們的具體做法,是自己充當丑角和想法把別人也變成丑角。於是,在幫兇們製造出來的丑角效應中,應當關注應當解決的緊要事情被耽擱了,應當法辦的兇手被保護了。

社會生活中的這類「幫閒丑角」,人們並不少見,魯迅筆下的幫兇,則主要指某一類文人,即幫兇文人。……文人應當是社會的良知,文人應當有獨立的人格,文人應當關心關係到國計民生的緊要大事,應當對社會對人生負責,而不是相反;文人應當用積極的方式警告警醒社會人生,而不是以消極的方式麻痺社會麻木人心,不能僅僅為了吃飯問題,為了錢而去奉迎不論某種層次的需要,不負責任的「收羅廢料,裝進讀者的腦子裏去」,更不能將屠夫的兇殘化為一笑,讓人世完結在「歡迎開心的開心的人們之中」。

如果是這樣的話,最大的受害者正是開心的人們。

——李文儒《走進魯迅世界》

由聾而啞

醫生告訴我們：有許多啞子，是並非喉舌不能說話的，只因為從小就耳朵聾，聽不見大人的言語，無可師法，就以為誰也不過張著口嗚嗚啞啞，他自然也只好嗚嗚啞啞了。所以勃蘭兌斯歎丹麥文學的衰微時，曾經說：文學的創作，幾乎完全死滅了。人間的或社會的無論怎樣的問題，都不能提起感興，或則除在新聞和雜誌之外，絕不能惹起一點論爭。我們看不見強烈的獨創的創作。加以對於獲得外國的精神生活的事，現在幾乎絕對的不加顧及。於是精神上的「聾」，那結果，就也招致了「啞」來。（《十九世紀文學的主潮》第一卷自序）

這幾句話，也可以移來批評中國的文藝界，這現象，並不能全歸罪於壓迫者的壓迫，五四運動時代的啟蒙運動者和以後的反對者，都應該分負責任的。前者急於事功，竟沒有譯出什麼有價值的書籍來，後者則故意遷怒，至罵翻譯者為媒婆，有些青年更推波助瀾，有一時期，還至於連人地名下注一原文，以便讀者參考時，也就詆之曰「學」。

今竟何如？三開間店面的書鋪，四馬路上還不算少，但那裏面滿架是薄薄的小本子，倘要尋一部巨冊，真如披沙揀金之難。自

然，生得又高又胖並不就是偉人，做得多而且繁也決不就是名著，而況還有「剪貼」。但是，小小的一本「什麼ＡＢＣ」裏，卻也決不能包羅一切學術文藝的。一道濁流，固然不如一杯清水的乾淨而澄明，但蒸溜了濁流的一部分，卻就有許多杯淨水在。

因為多年買空賣空的結果，文界就荒涼了，文章的形式雖然比較的整齊起來，但戰鬥的精神卻較前有退無進。文人雖因捐班或互捧，很快的成名，但為了出力的吹，殼子大了，裏面反顯得更加空洞。於是誤認這空虛為寂寞，像煞有介事的說給讀者們；其甚者還至於擺出他心的腐爛來，算是一種內面的寶貝。散文，在文苑中算是成功的，但試看今年的選本，便是前三名，也即令人有「貂不足，狗尾續」之感。用秕穀來養青年，是決不會壯大的，將來的成就，且要更渺小，那模樣，可看尼采所描寫的「末人」。

但紹介國外思潮，翻譯世界名作，凡是運輸精神的糧食的航路，現在幾乎都被聾啞的製造者們堵塞了，連洋人走狗，富戶贅郎，也會來哼哼的冷笑一下。他們要掩住青年的耳朵，使之由聾而啞，枯涸渺小，成為「末人」，非弄到大家只能看富家兒和小癟三所賣的春宮，不肯罷手。甘為泥土的作者和譯者的奮鬥，是已經到了萬不可緩的時候了，這就是竭力運輸些切實的精神的糧食，放在青年們的周圍，一面將那些聾啞的製造者送回黑洞和朱門裏面去。

八月二十九日

　　封建社會的統治者一向盲目自大，將外來的東西視為洪水猛獸，加以拒絕和排斥。閉關鎖國的結果是落後和挨打。魯迅先生以開放的眼光和胸懷來看待外國特別是西方的思想和文化，致力於引進和介紹。他一生創作300餘萬字，翻譯作品也是300餘萬字，可見於後者功力之大之深。有媒體問他「青年必讀書」，他也直言不諱：要多看外國書，不看或少看中國書。有論者指責魯迅偏激，我以為不然，這正是魯迅先生抓住時代和民族要害，極有針對性的戰鬥吶喊。所謂「矯枉必須過正」，也就是說不過正則難以矯枉。

　　本文的主旨亦如是，「紹介外國思潮，翻譯世界名作」，「運輸精神的食糧」，既是時代發展前行的需要，也是積弱積貧民族的當務之急。「他山之石，可以攻玉」，魯迅甚至主張「拿來主義」，可見他努力學習先進民族思想文化的急切心情。他在文章中批評「五四運動時代的啓蒙運動者和以後的反對者」，前者「急於事功，竟沒有譯出什麼有價值的書籍來」，「後者竟然罵翻譯者為媒婆」。10多年過去了，現實的情況如何呢？「因為買空賣空的結果，文藝界就荒涼了。」黑暗的中國，必須透進一絲光亮，沉悶窒息的空氣，呼喚清新自由的海外之風。作者沉痛地大聲疾呼：「甘願泥土的作者和翻譯者的奮鬥，是已經到了萬不可緩的時候了，這就是竭力運輸些切實的精神的糧食，放在青年的周圍。」

　　文章巧妙地運用了比喻、象徵的藝術手法，有力地增強了表達的效果。關於由聾而啞即看不到世界才不會說話的敘寫，是閉塞視聽的整體象徵，給人以深刻的印象。至於其他局部的象徵和比喻，不但隨處可見，而且構思巧妙，含蓄蘊藉，極富藝術張力。

——楊依柳《魯迅作品選講》

男人的進化

　　說禽獸交合是戀愛未免有點褻瀆。但是，禽獸也有性生活，那是不能否認的。牠們在春情發動期，雌的和雄的碰在一起，難免「卿卿我我」的來一陣。固然，雌的有時候也會裝腔做勢，逃幾步又回頭看，還要叫幾聲，直到實行「同居之愛」為止。禽獸的種類雖然多，牠們的「戀愛」方式雖然複雜，可是有一件事是沒有疑問的：就是雄的不見得有什麼特權。

　　人為萬物之靈，首先就是男人的本領大。最初原是馬馬虎虎的，可是因為「知有母不知有父」的緣故，娘兒們曾經「統治」過一個時期，那時的祖老太太大概比後來的族長還要威風。後來不知怎的，女人就倒了楣：項頸上，手上，腳上，全都鎖上了鏈條，扣上了圈兒，環兒，——雖則過了幾千年這些圈兒環兒大都已經變成了金的銀的，鑲上了珍珠寶鑽，然而這些項圈，鐲子，戒指等等，到現在還是女奴的象徵。既然女人成了奴隸，那就男人不必徵求她的同意再去「愛」她了。古代部落之間的戰爭，結果俘虜會變成奴隸，女俘虜就會被強姦。那時候，大概春情發動期早就「取消」了，隨時隨地男主人都可以強姦女俘虜，女奴隸。現代強盜惡棍之流的不把女人當人，其實是大有酋長式武士道的遺風的。

但是，強姦的本領雖然已經是人比禽獸「進化」的一步，究竟還只是半開化。你想，女的哭哭啼啼，扭手扭腳，能有多大興趣？自從金錢這寶貝出現之後，男人的進化就真的了不得了。天下的一切都可以買賣，性欲自然並非例外。男人化幾個臭錢，就可以得到他在女人身上所要得到的東西。而且他可以給她說：我並非強姦你，這是你自願的，你願意拿幾個錢，你就得如此這般，百依百順，咱們是公平交易！蹂躪了她，還要她說一聲「謝謝你，大少」。這是禽獸幹得來的麼？所以嫖妓是男人進化的頗高的階段了。

　　同時，父母之命媒妁之言的舊式婚姻，卻要比嫖妓更高明。這制度之下，男人得到永久的終身的活財產。當新婦被人放到新郎的床上的時候，她只有義務，她連講價錢的自由也沒有，何況戀愛。不管你愛不愛，在周公孔聖人的名義之下，你得從一而終，你得守貞操。男人可以隨時使用她，而她卻要遵守聖賢的禮教，即使「只在心裏動了惡念，也要算犯姦淫」的。如果雄狗對雌狗用起這樣巧妙而嚴厲的手段來，雌的一定要急得「跳牆」。然而人卻只會跳井，當節婦，貞女，烈女去。禮教婚姻的進化意義，也就可想而知了。

　　至於男人會用「最科學的」學說，使得女人雖無禮教，也能心甘情願地從一而終，而且深信性欲是「獸欲」，不應當作為戀愛的基本條件；因此發明「科學的貞操」，——那當然是文明進化的頂點了。

　　嗚呼，人——男人——之所以異於禽獸者！

　　自注：這篇文章是衛道的文章。

九月三日

　　篇末的自注是反語，不是衛道的文章，而是嚴厲批判封建道德的文章。這與本章題目的反語一致，不是指進步意義上的男人的進化，而是男權思想支配下男人道德的墮落。

　　從這個角度入手，文章雖然短小，卻構成一篇論述中國男女關係演變歷史的大作。

　　從結構上看，從說禽獸開篇，最後又歸之於禽獸；中間的每一部分均與禽獸聯繫，使得全篇的感情色彩極為濃烈——所謂男人道德已經墮落到了不如禽獸的地步。

　　男主人隨時強姦女奴，這是男人「進化」的第一階段，現代強盜惡棍強暴女人算是這種「進化」的遺風。

　　男人「進化」的第二階段，是金錢出現之後，「男人化幾個臭錢，就可以得到他在女人身上所要得到的東西。」這第二階段，比起禽獸來，更「進化」得了不得了。

　　第三階段，是男人得到永久的終身的活財產的舊式婚姻，也即封建婚姻。這時候，女人連講價錢的自由也沒有了。

　　更有甚者，發展到現代科學的社會，男人們打起科學學說的旗號整治女人了。即使男人沒有性的功能，女人又無視禮教，也得讓你心甘情願地從一而終，那理由很科學，性欲是「獸欲」，不應當作為戀愛的基本條件，你應該恪守這種「科學的貞操」。至此，男人算是「進化」到文明的頂點了。

　　「嗚呼，人——男人——之所以異於禽獸者！」

　　　　　　　　　　　　　　　　——李文儒《走進魯迅世界》

看變戲法

　　我愛看「變戲法」。

　　他們是走江湖的，所以各處的戲法都一樣。爲了斂錢，一定有兩種必要的東西：一隻黑熊，一個小孩子。

　　黑熊餓得眞瘦，幾乎連動彈的力氣也快沒有了。自然，這是不能使牠強壯的，因爲一強壯，就不能駕馭。現在是半死不活，卻還要用鐵圈穿了鼻子，再用索子牽著做戲。有時給吃一點東西，是一小塊水泡的饅頭皮，但還將勺子擎得高高的，要牠站起來，伸頭張嘴，許多工夫才得落肚，而變戲法的則因此集了一些錢。

　　這熊的來源，中國沒有人提到過。據西洋人的調查，說是從小時候，由山裏捉來的；大的不能用，因爲一大，就總改不了野性。但雖是小的，也還須「訓練」，這「訓練」的方法，是「打」和「餓」；而後來，則是因虐待而死亡。我以爲這話是的確的，我們看牠還在活著做戲的時候，就瘦得連熊氣息也沒有了，有些地方，竟稱之爲「狗熊」，其被蔑視至於如此。

　　孩子在場面上也要吃苦，或者大人踏在他肚子上，或者將他的兩手扭過來，他就顯出很苦楚，很爲難，很吃重的相貌，要看客解救。六個，五個，再四個，三個……而變戲法的就又集了一些錢。

他自然也曾經訓練過，這苦痛是裝出來的，和大人串通的勾當，不過也無礙於賺錢。

下午敲鑼開場，這樣的做到夜，收場，看客走散，有化了錢的，有終於不化錢的。

每當收場，我一面走，一面想：兩種生財傢伙，一種是要被虐待至死的，再尋幼小的來；一種是大了之後，另尋一個小孩子和一隻小熊，仍舊來變照樣的戲法。

事情眞是簡單得很，想一下，就好像令人索然無味。然而我還是常常看。此外叫我看什麼呢，諸君？

十月一日

名·家·解·讀

我們跟隨魯迅在上海街頭已經閒逛很久了，但還有「一景」是不可不看的，即「變戲法」。魯迅說他是「常常看」的，而且「愛看」，而且愛想，愛寫，單是雜文就寫了兩篇，對照起來讀，看同一現象怎樣引發出魯迅的多種聯想，是很有意思的。一篇就叫《看變戲法》，魯迅關注的是走江湖的變戲法者：「為了斂錢，一定有兩種必要的東西：一隻黑熊，一個小孩子」，但「訓練」的方法與內容不一樣，對黑熊，是「打」和「餓」，逼牠表演，不惜虐待至死；對小孩，卻訓練他如何假裝痛苦，和大人「串通」一氣騙觀眾的錢。魯迅說：「每當收場，我一面走，一面想：兩種生財傢伙，一種是要被虐待至死的，再尋幼小的來；一種是大了之後，另尋一個小孩子和一隻小熊，仍舊來變照樣的戲法。」在魯迅看來，「事情真是簡單得很，

想一下，就好像令人索然無味」；但掩不住的是背後的沉重：「虐待至死」固然是殘酷的，而將這樣的「戲法」一代代地傳下去，卻是更為可怕的——而魯迅的隱憂自然不只是限於街頭的「變戲法」，但他沒有明說，要我們讀者去想。結尾一句：「此外叫我看什麼呢，諸君？」更是逼我們深長思之。

——錢理群《「其中有著時代的眉目」》

《我的懺悔》（之一百一十四）　1919年創作

青年與老子

　　聽說，「慨自歐風東漸以來」，中國的道德就變壞了，尤其是近時的青年，往往看不起老子。這恐怕真是一個大錯誤，因為我看了幾個例子，覺得老子的對於青年，有時確也很有用處，很有益處，不僅足為「文學修養」之助的。

　　有一篇舊文章——我忘記了出於什麼書裏的了——告訴我們，曾有一個道士，有長生不老之術，自說已經百餘歲了，看去卻「美如冠玉」，像二十左右一樣。有一天，這位活神仙正在大宴闊客，突然來了一個鬚髮都白的老頭子，向他要錢用，他把他罵出去了。大家正驚疑間，那活神仙慨然的說道，「那是我的小兒，他不聽我的話，不肯修道，現在你們看，不到六十，就老得那麼不成樣子了。」大家自然是很感動的，但到後來，終於知道了那人其實倒是道士的老子。

　　還有一篇新文章——楊某的自白——卻告訴我們，他是一個有志之士，學說是很正確的，不但講空話，而且去實行，但待到看見有些地方的老頭兒苦得不像樣，就想起自己的老子來，即使他的理想實現了，也不能使他的父親做老太爺，仍舊要吃苦。於是得到了更正確的學說，拋去原有的理想，改做孝子了。假使父母早死，學

說那有這麼圓滿而堂皇呢？這不也就是老子對於青年的益處麼？

那麼，早已死了老子的青年不是就沒有法子麼？我以爲不然，也有法子想。這還是要查舊書。另有一篇文章——我也忘了出在什麼書裏的了——告訴我們，一個老女人在討飯，忽然來了一位大闊人，說她是自己的久經失散了的母親，她也將錯就錯，做了老太太。後來她的兒子要嫁女兒，和老太太同到首飾店去買金器，將老太太已經看中意的東西自己帶去給太太看一看，一面請老太太還在揀，——可是，他從此就不見了。

不過，這還是學那道士似的，必須實物時候的辦法，如果單是做做自白之類，那是實在有無老子，倒並沒有什麼大關係的。先前有人提倡過「虛君共和」，現在又何妨有「沒親孝子」？張宗昌很尊孔，恐怕他府上也未必有「四書」「五經」罷。

十一月七日

名·家·解·讀

題目是「青年與老子」，文章的內容並不是論述青年人與老年人或青年一代與老一代之間的關係及其關係的時代演化等，不過是以青年與老子的某種特殊關係為解剖對象，剖析社會生活中某些人為了達到個人的某種目的或謀得某種實利，所採用的「利用」之法已經達到了登峰造極的地步。

魯迅不過順手舉了幾個古今的例子罷了，稍稍閉目想想：「利用」之法，真是變幻莫測的。還從青年與老子想去，其法實在層出不窮。有人說社會是青年的社會，也有人說不對，社會是老子的社會。

有人說時下是兒子靠老子，老子靠兒子；又有人說不是靠是利用。老子想辦也能辦，但不適合自己出面辦的事，利用兒子去辦；兒子也不合適，還可以利用兒子的哥們姐們去辦；兒子想辦但辦不到不易辦到的事利用老子去辦，或利用老子的朋友、上司、下屬去辦，或打著老子的旗號找老子的朋友、上司、下屬去辦。既能做出認一討飯女人為母親弄她去做人質的事，還怕做不出認一達官貴人為岳丈為乾媽當做靠山的事？需要當「有親孝子」時就有親，需要當「無親孝子」時就無親。等等。你能說這些說法完全沒有依據嗎？人世間的這類關係原本就複雜玄妙得很，且古已有之，連魯迅先生也難說清。雖說不清，但說得破，足以提醒老實人長長見識，留點神兒。

——李文儒《走進魯迅世界》

北人與南人

　　這是看了「京派」與「海派」的議論之後，牽連想到的——
北人的卑視南人，已經是一種傳統。這也並非因為風俗習慣的不同，
我想，那大原因，是在歷來的侵入者多從北方來，先征服中國之北
部，又攜了北人南征，所以南人在北人的眼中，也是被征服者。

　　二陸入晉，北方人士在歡欣之中，分明帶著輕薄，舉證太煩，
姑且不談罷。容易看的是，羊衒之的《洛陽伽藍記》中，就常詆南
人，並不視為同類。至於元，則人民截然分為四等，一蒙古人，二
色目人，三漢人即北人，第四等才是南人，因為他是最後投降的一
夥。最後投降，從這邊說，是矢盡援絕，這才罷戰的南方之強，從
那邊說，卻是不識順逆，久梗王師的賊。子遺自然還是投降的，然
而為奴隸的資格因此就最淺，因為淺，所以班次就最下，誰都不妨
加以卑視了。到清朝，又重理了這一篇賬，至今還流衍著餘波；如
果此後的歷史是不再迴旋的，那真不獨是南人的如天之福。

　　當然，南人是有缺點的。權貴南遷，就帶了腐敗頹廢的風氣
來，北方倒反而乾淨。性情也不同，有缺點，也有特長，正如北
人的兼具二者一樣。據我所見，北人的優點是厚重，南人的優點是
機靈。但厚重之弊也愚，機靈之弊也狡，所以某先生曾經指出缺點

道：北方人是「飽食終日，無所用心」；南方人是「群居終日，言不及義。」就有閑階級而言，我以爲大體是的確的。

缺點可以改正，優點可以相師。相書上有一條說，北人南相，南人北相者貴。我看這並不是妄語。北人南相者，是厚重而又機靈，南人北相者，不消說是機靈而又能厚重。昔人之所謂「貴」，不過是當時的成功，在現在，那就是做成有益的事業了。這是中國人的一種小小的自新之路。

不過做文章的是南人多，北方卻受了影響。北京的報紙上，油嘴滑舌，吞吞吐吐，顧影自憐的文字不是比六七年前多了嗎？這倘和北方固有的「貧嘴」一結婚，產生出來的一定是一種不祥的新劣種！

一月三十日

名·家·解·讀

本文中，魯迅從地域的歷史的角度分析「北人」與「南人」的特點，並提出如何正確處理二者之間的關係，更為充分地顯示出魯迅論世知人的眼光的宏大與洞察的深刻。

不論北人或南人，這人或那人，不論歷史原因、地域原因或人文環境原因，各個有其長有其短，自是不可避免，重要的是，絕不可以自以為是的長處去搜尋卑視對方的短處，進而使雙方處於相敵的位置上；而應該在比照中認識自身的缺點，發現對方的優點，從而「缺點可以改正，優點可以相師」。這是魯迅提出的處理派別與派別之間，人與人之間關係的一個準則。

可惜的是，中國人很不爭氣，很不識相。現實往往與良好的願望相背，以南人的機靈之弊「狡」與北方固有的「貧嘴」，也即今日所謂的「侃」一結婚，「產生出來的一定是一種不祥的新劣種！」可不是嗎，報紙上的多起來的「油嘴滑舌，吞吞吐吐，顧影自憐」，已是很明顯的徵兆了。

　　　　　　　　　　——李文儒《走進魯迅世界》

《我的懺悔》（之一百四十五）　1919年創作

朋友

　　我在小學的時候，看同學們變小戲法，「耳中聽字」呀，「紙人出血」呀，很以爲有趣。廟會時就有傳授這些戲法的人，幾枚銅元一件，學得來時，倒從此索然無味了。進中學是在城裏，於是興致勃勃的看大戲法，但後來有人告訴了我戲法的祕密，我就不再高興走近圈子的旁邊。去年到上海來，才又得到消遣無聊的處所，那便是看電影。

　　但不久就在書上看到一點電影片子的製造法，知道了看去好像千丈懸崖者，其實離地不過幾尺，奇禽怪獸，無非是紙做的。這使我從此不很覺得電影的神奇，倒往往只留心它的破綻，自己也無聊起來，第三回失掉了消遣無聊的處所。有時候，還自悔去看那一本書，甚至於恨到那作者不該寫出製造法來了。

　　暴露者揭發種種隱祕，自以爲有益於人們，然而無聊的人，爲消遣無聊計，是甘於受欺，並且安於自欺的，否則就更無聊賴。因爲這，所以使戲法長存於天地之間，也所以使暴露幽暗不但爲欺人者所深惡，亦且爲被欺者所深惡。

　　暴露者只在有爲的人們中有益，在無聊的人們中便要滅亡。自救之道，只在雖知一切隱祕，卻不動聲色，幫同欺人，欺那自甘受

欺的無聊的人們，任它無聊的戲法一套一套的，終於反反覆覆的變下去。周圍是總有這些人會看的。

變戲法的時時拱手道：「……出家靠朋友！」有幾分就是對著明白戲法的底細者而發的，爲的是要他不來戳穿西洋鏡。

「朋友，以義合者也」，但我們向來常常不作如此解。

四月二十二日

名·家·解·讀

「出家靠朋友」的「朋友」的作用，在世俗的欺人者的心裏眼裏往往如本文所揭示，是「雖知一切隱祕，卻不動聲色」，幫同欺人者欺人的。……

在這些人中間，可惡的反倒是「揭發種種隱祕」的暴露者。他「不但爲欺人者所深惡，亦且爲被欺者所深惡」，因爲他揭破了欺人的手段，使無聊的人失去了消遣無聊的興致和處所。在無聊的人們中間，暴露者是存在不了的……

那麼，你到底該做有爲者的朋友呢？還是做無聊者的朋友呢？是做暴露者的同盟，毫不客氣地戳穿那些西洋鏡呢？還是幫著變戲法的一套一套變下去反反覆覆變下去呢？

——李文儒《走進魯迅世界》

偶感

　　還記得東三省淪亡，上海打仗的時候，在只聞炮聲，不愁炮彈的馬路上，處處賣著《推背圖》，這可見人們早想歸失敗之故於前定了。三年以後，華北華南，同瀕危急，而上海卻出現了「碟仙」。前者所關心的還是國運，後者卻只在問試題，獎券，亡魂。著眼的大小，固已迥不相同。而名目則更加冠冕，因為這「靈乩」是中國的「留德學生白同君所發明」，合於「科學」的。

　　「科學救國」已經叫了近十年，誰都知道這是很對的。並非「跳舞救國」「拜佛救國」之比。青年出國去學科學者有之，博士學了科學回國者有之。不料中國究竟自有其文明，與日本是兩樣的，科學不但並不足以補中國文化之不足，卻更加證明了中國文化之高深。風水，是合於地理學的，門閥，是合於優生學的，煉丹，是合於化學的，放風箏，是合於衛生學的。「靈乩」的合於「科學」，亦不過其一而已。

　　五四時代，陳大齊先生曾作論揭發過扶乩的騙人，隔了十六年，白同先生卻用碟子證明了扶乩的合理，這真叫人從那裏說起。

　　而且科學不但更加證明了中國文化的高深，還幫助了中國文化的光大。馬將桌邊，電燈替代了蠟燭，法會壇上，鎂光照出了喇

嘛，無線電播音所日日傳播的，不往往是《狸貓換太子》，《玉堂春》，《謝謝毛毛雨》嗎？

老子曰：「為之鬥斛以量之，則並與鬥斛而竊之。」羅蘭夫人曰：「自由自由，多少罪惡，假汝之名以行！」每一新制度，新學術，新名詞，傳入中國，便如落在黑色染缸，立刻烏黑一團，化為濟私助焰之具，科學，亦不過其一而已。

此弊不去，中國是無藥可救的。

五月二十日

── 名·家·解·讀

迷信，自是中國國民性之一大弱點，源遠流長，根深蒂固，實不易剷除。

迷信的殃民禍國，是明擺著的。而且，這些是在「科學救國」已經叫了十年的時候。

「科學」哪裡去了？「科學」不僅沒有趕跑「迷信」，眼見得反被「迷信」吃掉了。

悲哉！中國派青年出國去學科學、拿博士，不料⋯⋯電燈把麻將牌照得更亮，鎂光燈使法會壇更明，無線電把《狸貓換太子》、《玉堂春》傳得更遠。──「這真叫人從那裏說起。」

科學本來是與迷信與愚昧對立的，科學本來是有大力量戰勝迷信與愚妄的。可是，奇怪就奇怪在這裏：「每一新制度，新學術，新名詞，傳入中國，便如落在黑色染缸，立刻烏黑一團，化為濟私助焰之具，科學，亦不過其一而已。」

因此，魯迅斷言：「此弊不去，中國是無藥可救的。」

——李文儒《走進魯迅世界》

《沒有字的故事》（之四）　1920年創作

論秦理齋夫人事

　　這幾年來，報章上常見有因經濟的壓迫，禮教的制裁而自殺的記事，但為了這些，便來開口或動筆的人是很少的。只有新近秦理齋夫人及其子女一家四口的自殺，卻起過不少的回聲，後來還出了一個懷著這一段新聞記事的自殺者，更可見其影響之大了。我想，這是因為人數多。單獨的自殺，蓋已不足以招大家的青睞了。

　　一切回聲中，對於這自殺的主謀者——秦夫人，雖然也加以恕辭；但歸結卻無非是誅伐。因為——評論家說——社會雖然黑暗，但人生的第一責任是生存，倘自殺，便是失職，第二責任是受苦，倘自殺，便是偷安。進步的評論家則說人生是戰鬥，自殺者就是逃兵，雖死也不足以蔽其罪。這自然也說得下去的，然而未免太籠統。

　　人間有犯罪學者，一派說，由於環境；一派說，由於個人。現在盛行的是後一說，因為倘信前一派，則消滅罪犯，便得改造環境，事情就麻煩，可怕了。而秦夫人自殺的批判者，則是大抵屬於後一派。

　　誠然，既然自殺了，這就證明了她是一個弱者。但是，怎麼會弱的呢？要緊的是我們須看看她的尊翁的信箋，為了要她回去，既

聳之以兩家的名聲，又動之以亡人的乩語。我們還得看看她的令弟的挽聯：「妻殉夫，子殉母……」不是大有視爲千古美談之意嗎？以生長及陶冶在這樣的家庭中的人，又怎麼能不成爲弱者？

我們固然未始不可責以奮鬥，但黑暗的吞噬之力，往往勝於孤軍，況且自殺的批判者未必就是戰鬥的應援者，當他人奮鬥時，掙扎時，敗績時，也許倒是鴉雀無聲了。窮鄉僻壤或都會中，孤兒寡婦，貧女勞人之順命而死，或雖然抗命，而終於不得不死者何限，但曾經上誰的口，動誰的心呢？眞是「自經於溝瀆而莫之知也」！

人固然應該生存，但爲的是進化；也不妨受苦，但爲的是解除將來的一切苦；更應該戰鬥，但爲的是改革。責別人的自殺者，一面責人，一面正也應該向驅人於自殺之途的環境挑戰，進攻。倘使對於黑暗的主力，不置一辭，不發一矢，而但向「弱者」嘮叨不已，則縱使他如何義形於色，我也不能不說 —— 我眞也忍不住了 —— 他其實乃是殺人者的幫兇而已。

五月二十四日

魯迅在報紙炒作的熱門話題上，也往往能說出一番他人想不到、說不出的意見。魯迅兩篇有關「自殺」的雜文甚至有一種振聾發聵的力量。1934年曾發生秦理齋夫人及其子女一家四口自殺的事件，報紙上接連發表文章對秦夫人進行「誅伐」：有說自殺是「失職」、「偷安」的，「進步的評論家則說人生是戰鬥，自殺者就是逃兵，雖死也不足以蔽其罪」，等等。只有魯迅站出來爲死者辯護。

他向煞有介事的批評者提出了兩個不能迴避的問題：對這樣一個被認定必要「殉夫」的「弱者」，在她生前苦苦掙扎時，你們這些自封的「戰鬥者」給予援助了嗎？實際上你們倒是「鴉雀無聲了」，那麼這死後的喧嘩又算什麼呢？再追問下去，現實中國的「窮鄉僻壤或都會中，孤兒寡婦，貧女勞人之順命而死，或雖然抗命，而終於不得不死者何限，但曾經上誰的口，動誰的心呢？」

魯迅還要問的是：你們一味的指責自殺者，卻不「向趨人於自殺之途的環境挑戰，進攻」，這又算得什麼「戰鬥者」呢？經過這樣層層深入的詰難，魯迅的認識也逐漸深化，終於做出了更為嚴峻的概括與批判：「倘使對於黑暗的主力，不置一辭，不發一矢，而但向『弱者』嘮叨不已，則縱使他如何義形於色，我也不能不說——我真也忍不住了——他其實乃是殺人者的幫兇而已。」——這裏所說，儘管包括秦夫人的批評者在內，卻具有更大的普遍性，已提升為一種社會典型。而尤其引人注目的，是魯迅行文中強烈的感情色彩，這本也是魯迅雜文的一個特點，他說過，他寫雜文，「就如悲喜時節的歌哭一般」，「無非借此來釋憤抒情」。

但像這樣的「忍不住」的怒火噴發，即使在魯迅雜文中也是不多見的，在我們所討論的這幾個雜文集裏，本文之外，還有《保留》。而這兩篇都是為中國等級結構中壓在最底層的婦女、兒童辯護的，這確實是魯迅心靈的兩個敏感區：任何對婦女、兒童的傷害，都會在他內心掀起巨大的情感風暴。

——錢理群《「其中有著時代的眉目」》

罵殺與捧殺

　　現在有些不滿於文學批評的，總說近幾年的所謂批評，不外乎捧與罵。

　　其實所謂捧與罵者，不過是將稱讚與攻擊，換了兩個不好看的字眼。指英雄爲英雄，說娼婦是娼婦，表面上雖像捧與罵，實則說得剛剛合式，不能責備批評家的。批評家的錯處，是在亂罵與亂捧，例如說英雄是娼婦，舉娼婦爲英雄。

　　批評的失了威力，由於「亂」，甚而至於「亂」到和事實相反，這底細一被大家看出，那效果有時也就相反了。所以現在被罵殺的少，被捧殺的卻多。

　　人古而事近的，就是袁中郎。這一班明末的作家，在文學史上，是自有他們的價值和地位的。而不幸被一群學者們捧了出來，頌揚，標點，印刷，「色借，日月借，燭借，青黃借，眼色無常。聲借，鐘鼓借，枯竹竅借……」借得他一榻糊塗，正如在中郎臉上，畫上花臉，卻指給大家看，嘖嘖讚歎道：「看哪，這多麼『性靈』呀！」對於中郎的本質，自然是並無關係的，但在未經別人將花臉洗清之前，這「中郎」總不免招人好笑，大觸其楣頭。

　　人近而事古的，我記起了泰戈爾。他到中國來了，開壇講演，

人給他擺出一張琴，燒上一爐香，左有林長民，右有徐志摩，各各頭戴印度帽。徐詩人開始紹介了：「唵！嘰哩咕嚕，白雲清風，銀磬……當！」說得他好像活神仙一樣，於是我們的地上的青年們失望，離開了。神仙和凡人，怎能不離開呢？但我今年看見他論蘇聯的文章，自己聲明道：「我是一個英國治下的印度人。」他自己知道得明明白白。大約他到中國來的時候，決不至於還糊塗，如果我們的詩人諸公不將他製成一個活神仙，青年們對於他是不至於如此隔膜的。現在可是老大的晦氣。

　　以學者或詩人的招牌，來批評或介紹一個作者，開初是很能夠蒙混旁人的，但待到旁人看清了這作者的真相的時候，卻只剩了他自己的不誠懇，或學識的不夠了。然而如果沒有旁人來指明真相呢，這作家就從此被捧殺，不知道要多少年後才翻身。

十一月十九日

名·家·解·讀

　　本文從一些人不滿於文學批評不外乎捧與罵的議論說起，說明「指英雄為英雄，說娼婦是娼婦，表面上雖像捧與罵，實則說得剛剛合式，不能責備批評家的。批評家的錯處，是在亂罵與亂捧。」如林語堂、劉大傑亂捧亂點《袁中郎全集》，在袁中郎臉上畫上花臉，使他招人好笑；徐志摩的亂捧泰戈爾，把泰戈爾說成像活神仙一般，反而使人感到隔膜。指出：這種亂捧只能反映捧者本人的不誠懇，或學識淺薄。

——金隱銘等《〈魯迅文集〉導讀》

連環圖畫瑣談

　　「連環圖畫」的擁護者，看現在的議論，是「啓蒙」之意居多的。

　　古人「左圖右史」，現在只剩下一句話，看不見眞相了，宋元小說，有的是每頁上圖下說，卻至今還有存留，就是所謂「出相」；明清以來，有卷頭只畫書中人物的，稱爲「繡像」。有畫每回故事的，稱爲「全圖」。那目的，大概是在誘引未讀者的購讀，增加閱讀者的興趣和理解。

　　但民間另有一種《智燈難字》或《日用雜字》，是一字一像，兩相對照，雖可看圖，主意卻在幫助識字的東西，略加變通，便是現在的《看圖識字》。文字較多的是《聖諭像解》，《二十四孝圖》等，都是借圖畫以啓蒙，又因中國文字太難，只得用圖畫來濟文字之窮的產物。

　　「連環圖畫」便是取「出相」的格式，收《智燈難字》的功效的，倘要啓蒙，實在也是一種利器。

　　但要啓蒙，即必須能懂。懂的標準，當然不能俯就低能兒或白癡，但應該著眼於一般的大眾，譬如罷，中國畫是一向沒有陰影的，我所遇見的農民，十之九不贊成西洋畫及照相，他們說：人臉

那有兩邊顏色不同的呢？西洋人的看畫，是觀者作為站在一定之處的，但中國的觀者，卻向不站在定點上，所以他說的話也是真實。那麼，作「連環圖畫」而沒有陰影，我以為是可以的；人物旁邊寫上名字，也可以的，甚至於表示做夢從人頭上放出一道毫光來，也無所不可。觀者懂得了內容之後，他就會自己刪去幫助理解的記號。這也不能謂之失真，因為觀者既經會得了內容，便是有了藝術上的真，倘必如實物之真，則人物只有二三寸，就不真了，而沒有和地球一樣大小的紙張，地球便無法繪畫。

艾思奇先生說：「若能夠觸到大眾真正的切身問題，那恐怕愈是新的，才愈能流行。」這話也並不錯。不過要商量的是怎樣才能夠觸到，觸到之法，「懂」是最要緊的，而且能懂的圖畫，也可以仍然是藝術。

五月九日

名·家·解·讀

1934年的中國文壇，曾發生了一次關於「舊形式的採用」的討論，如何對待連環畫是其焦點問題之一。本文即是魯迅先生因此而寫就的。

文藝創作的目的是什麼？是為了表現作者的高雅、博得名譽，藉以光宗耀祖；是為了發洩作者的一己悲歡和無病呻吟；還是為了普羅大眾的覺醒、奮起並因此而走向新生和進步？魯迅先生堅定地認為，文藝是應該為後者的，為「大眾的」。

「為大眾」不是空談，而應著眼於實際。20世紀三四十年代的

「大眾」，處於社會的最底層，文化水準普遍較為低下，因而最重要、也最直接的應該是對他們的「啟蒙」。魯迅認為，連環畫可以「增加閱讀者的興趣和理解」，「又因中國的文字太難」，因而連環畫對於啟蒙「實在是一種利器」。這種立足於群眾的藝術主張，顯然是進步的觀點。

魯迅先生對連環畫、對「舊形式」、對傳統的民間文化，充滿了理解和寬容。對連環畫的一些不足，魯迅都認為「是可以的」、「也無所不可」。這種胸懷和氣度，緣於作品「必須能懂」的前提，這也是對大眾「啟蒙」的原則。魯迅始終認為，只要是對啟發民智有所幫助，它便具有意義，也就不必在意它是「俗」還是「雅」，是「暫時」還是「永恆」了。

文章末尾引用哲學家艾思奇的話，饒有深意地指出，文學藝術不但「必須觸到大眾真正的切身的問題」，而且還要不斷創新，因為「愈是新的，才愈能流行」。對於大眾文藝如何才能避免因循守舊、固步自封，如何才能葆有青春、不斷進步、為大眾所喜聞樂見，所論可謂一語中的，深中肯綮。

——楊依柳《魯迅作品選講》

拿來主義

中國一向是所謂「閉關主義」，自己不去，別人也不許來。自從給槍炮打破了大門之後，又碰了一串釘子，到現在，成了什麼都是「送去主義」了。別的且不說罷，單是學藝上的東西，近來就先送一批古董到巴黎去展覽，但終「不知後事如何」；還有幾位「大師」們捧著幾張古畫和新畫，在歐洲各國一路的掛過去，叫作「發揚國光」。聽說不遠還要送梅蘭芳博士到蘇聯去，以催進「象徵主義」，此後是順便到歐洲傳道。我在這裏不想討論梅博士演藝和象徵主義的關係，總之，活人替代了古董，我敢說，也可以算得顯出一點進步了。

但我們沒有人根據了「禮尚往來」的儀節，說道：拿來！

當然，能夠只是送出去，也不算壞事情，一者見得豐富，二者見得大度。尼采就自詡過他是太陽，光熱無窮，只是給與，不想取得。然而尼采究竟不是太陽，他發了瘋。中國也不是，雖然有人說，掘起地下的煤來，就足夠全世界幾百年之用。但是，幾百年之後呢？幾百年之後，我們當然是化爲魂靈，或上天堂，或落了地獄，但我們的子孫是在的，所以還應該給他們留下一點禮品。要不然，則當佳節大典之際，他們拿不出東西來，只好磕頭賀喜，討一

點殘羹冷炙做獎賞。

這種獎賞，不要誤解爲「拋來」的東西，這是「拋給」的，說得冠冕些，可以稱之爲「送來」，我在這裏不想舉出實例。

我在這裏也並不想對於「送去」再說什麼，否則太不「摩登」了。我只想鼓吹我們再吝嗇一點，「送去」之外，還得「拿來」，是爲「拿來主義」。

但我們被「送來」的東西嚇怕了。先有英國的鴉片，德國的廢槍炮，後有法國的香粉，美國的電影，日本的印著「完全國貨」的各種小東西。於是連清醒的青年們，也對於洋貨發生了恐怖。其實，這正是因爲那是「送來」的，而不是「拿來」的緣故。

所以我們要運用腦髓，放出眼光，自己來拿！

譬如罷，我們之中的一個窮青年，因爲祖上的陰功（姑且讓我這麼說說罷），得了一所大宅子，且不問他是騙來的，搶來的，或合法繼承的，或是做了女婿換來的。那麼，怎麼辦呢，我想，首先是不管三七二十一，「拿來」！但是，如果反對這宅子的舊主人，怕給他的東西染汙了，徘徊不敢走進門，是孱頭；勃然大怒，放一把火燒光，算是保存自己的清白，則是昏蛋。不過因爲原是羨慕這宅子的舊主人的，而這回接受一切，欣欣然的蹩進臥室，大吸剩下的鴉片，那當然更是廢物。「拿來主義」者是全不這樣的。

他佔有，挑選。看見魚翅，並不就拋在路上以顯其「平民化」，只要有養料，也和朋友們像蘿蔔白菜一樣的吃掉，只不用它來宴大賓；看見鴉片，也不當眾摔在毛廁裏，以見其徹底革命，只送到藥房裏去，以供治病之用，卻不弄「出售存膏，售完即止」的玄虛。只有煙槍和煙燈，雖然形式和印度，波斯，阿拉伯的煙具都不同，確可以算是一種國粹，倘使背著周遊世界，一定會有人看，但我想，除了送一點進博物館之外，其餘的是大可毀掉的了。還有一群姨太太，也大以請她們各自走散爲是，要不然，「拿來主義」怕未免有些危機。

總之，我們要拿來。我們要或使用，或存放，或毀滅。那麼，主人是新主人，宅子也就會成爲新宅子。然而首先要這人沉著，勇猛，有辨別，不自私。沒有拿來的，人不能自成爲新人，沒有拿來的，文藝不能自成爲新文藝。

六月四日

|名·家·解·讀|

　　《拿來主義》是一篇精粹的短論，文中的見解，閃耀著思想的光輝，在今天也很有現實意義。正確對待古代和外國文化的方針，是「古爲今用」、「洋爲中用」、「推陳出新」。「拿來主義」深刻而又生動地闡明了這一原理。

　　這篇文章的中心論題是鼓吹實行「拿來主義」。但第一部分並沒有一下子就提出論題，而是由遠及近，以破爲主，批判「閉關主義」，「送去主義」，以及「拋給」即「送來」等等，在「破」的過程中，水到渠成地提出「拿來主義」的正確主張。後半篇文章集中力量展開對「拿來主義」的全面論述，以立論爲主。但在「立」的過程中，又破了對待文化遺產的各種錯誤傾向。這樣由遠及近，逐層推進，先破後立，破立結合，使文章對比鮮明，反襯強烈，論述透闢，具有強大的邏輯力量。

　　文章把文化遺產比喻爲祖先留下的一所大宅子，設喻貼切。通過「孱頭」、「昏蛋」、「廢物」這三類人物對這所大宅子所持的不同態度，批判了對待文化遺產的各種錯誤傾向，然後又以「魚翅」、「鴉片」、「煙燈」等作比喻，闡明了對待文化遺產中精華和糟粕部

分應取的態度，形象地闡述了馬克思主義關於批判地繼承文化遺產的原理。如何對待文化遺產，是一個重大的複雜的馬克思主義的原則問題。作者通過生動貼切的比喻，進行形象的説理，只用很短的篇幅，就全面、具體地闡明了問題，並給人以深刻的啓示，充分表現了作者高度的馬克思主義水準和高度的藝術表現力。

——郝明樹《魯迅雜文選講》

《沒有字的故事》（之二十八）　1920年創作

中國人失掉自信力了嗎?

　　從公開的文字上看起來：兩年以前，我們總自誇著「地大物博」，是事實；不久就不再自誇了，只希望著國聯，也是事實；現在是既不誇自己，也不信國聯，改爲一味求神拜佛，懷古傷今了——卻也是事實。

　　於是有人慨歎曰：中國人失掉自信力了。

　　如果單據這一點現象而論，自信其實是早就失掉了的。先前信「地」，信「物」，後來信「國聯」，都沒有相信過「自己」。假使這也算一種「信」，那也只能說中國人曾經有過「他信力」，自從對國聯失望之後，便把這他信力都失掉了。

　　失掉了他信力，就會疑，一個轉身，也許能夠只相信了自己，倒是一條新生路，但不幸的是逐漸玄虛起來了。信「地」和

「物」，還是切實的東西，國聯就渺茫，不過這還可以令人不久就省悟到依賴它的不可靠。一到求神拜佛，可就玄虛之至了，有益或是有害，一時就找不出分明的結果來，它可以令人更長久的麻醉著自己。

中國人現在是在發展著「自欺力」。

「自欺」也並非現在的新東西，現在只不過日見其明顯，籠罩了一切罷了。然而，在這籠罩之下，我們有並不失掉自信力的中國人在。

我們從古以來，就有埋頭苦幹的人，有拚命硬幹的人，有為民請命的人，有捨身求法的人，……雖是等於為帝王將相作家譜的所謂「正史」，也往往掩不住他們的光耀，這就是中國的脊樑。

這一類的人們，就是現在也何嘗少呢？他們有確信，不自欺；他們在前仆後繼的戰鬥，不過一面總在被摧殘，被抹殺，消滅於黑暗中，不能為大家所知道罷了。說中國人失掉了自信力，用以指一部分人則可，倘若加於全體，那簡直是誣衊。

要論中國人，必須不被搽在表面的自欺欺人的脂粉所誆騙，卻看看他的筋骨和脊樑。自信力的有無，狀元宰相的文章是不足為據的，要自己去看地底下。

九月二十五日

緊扣論題，深入開掘，是本文寫作上的一個顯著特色。

「中國人失掉自信力了嗎？」是一個反詰句，但作者沒有簡單地

作否定的回答，而是通過具體的階級分析，指出「中國人失掉自信力了」這種論調的籠統、片面、悖謬，辯證地回答了這個問題，告訴讀者：這種說法「用以指一部分人則可」，用以指反動統治集團則遠遠不夠，「倘若加於全體，那簡直是誣衊」。

　　這篇雜文的深刻之處，還在於作者並不以匡謬正誤為滿足。他還有更為高遠的立意，更為精深的開掘。我們看到，魯迅在提出問題和分析問題的過程中，縱論了「九‧一八」事變三年以來的中國形勢，對中國兩大營壘在日本侵略面前的兩種不同表現，作了概括而又具體的評述，憎愛分明的褒貶，並指明了民族解放鬥爭的力量所在和勝利前途，鼓舞了革命人民的鬥志，使得這篇雜文「格局雖小」，卻「有著時代的眉目」。而且，魯迅還從哲學高度，指出了產生「中國人失掉自信力了」這種論調的癥結，闡明了應該怎樣運用歷史唯物主義和辯證唯物主義來認識和解決中國革命的實際問題，使讀者更可以從他的雜文中學得怎樣「知人論世了」。

　　覈字省句，幽默辛辣，也是本文寫作上的一個特色。

　　在辯論「自信力」有無這個問題時，作者採用了覈字省句的方法，即仔細審察某字某句，就著這個字句起伏翻騰，大做文章，說得幽默，刺得辛辣，收到窮形極相，揭示本質的效果。如本文第二部分，著意審察一個「信」字，在信的對象、類屬、影響上做文章，從「自信力」衍化出「他信力」、「自欺力」等詞，指明了反動派「早就失掉了」自信力，「曾經有過他信力」，「現在是在發展著自欺力」；欺人的手段也從較為「切實」，而至於「渺茫」，終至於「玄虛」。

——程中原《魯迅雜文選講》

説「面子」

　「面子」，是我們在談話裏常常聽到的，因為好像一聽就懂，所以細想的人大約不很多。

　但近來從外國人的嘴裏，有時也聽到這兩個音，他們似乎在研究。他們以為這一件事情，很不容易懂，然而是中國精神的綱領，只要抓住這個，就像二十四年前的拔住了辮子一樣，全身都跟著走動了。相傳前清時候，洋人到總理衙門去要求利益，一通威嚇，嚇得大官們滿口答應，但臨走時，卻被從邊門送出去。不給他走正門，就是他沒有面子；他既然沒有了面子，自然就是中國有了面子，也就是占了上風了。這是不是事實，我斷不定，但這故事，「中外人士」中是頗有些人知道的。

　因此，我頗疑心他們想專將「面子」給我們。

　但「面子」究竟是怎麼一回事呢？不想還好，一想可就覺得糊塗。它像是很有好幾種的，每一種身分，就有一種「面子」，也就是所謂「臉」。這「臉」有一條界線，如果落到這線的下面去了，即失了面子，也叫作「丟臉」。不怕「丟臉」，便是「不要臉」。但倘使做了超出這線以上的事，就「有面子」，或曰「露臉」。而「丟臉」之道，則因人而不同，例如車夫坐在路邊赤膊捉蝨子，並

不算什麼，富家姑爺坐在路邊赤膊捉蝨子，才成為「丟臉」。但車夫也並非沒有「臉」，不過這時不算「丟」，要給老婆踢了一腳，就躺倒哭起來，這才成為他的「丟臉」。這一條「丟臉」律，是也適用於上等人的。這樣看來，「丟臉」的機會，似乎上等人比較的多，但也不一定，例如車夫偷一個錢袋，被人發見，是失了面子的，而上等人大撈一批金珠珍玩，卻彷彿也不見得怎樣「丟臉」，況且還有「出洋考察」，是改頭換面的良方。

誰都要「面子」，當然也可以說是好事情，但「面子」這東西，卻實在有些怪。九月三十日的《申報》就告訴我們一條新聞：滬西有業木匠大包作頭之羅立鴻，為其母出殯，邀開「賃器店之王樹寶夫婦幫忙，因來賓眾多，所備白衣，不敷分配，其時適有名王道才，綽號三喜子，亦到來送殯，爭穿白衣不遂，以為有失體面，心中懷恨，……邀集徒黨數十人，各執鐵棍，據說尚有持手槍者多人，將王樹寶家人亂打，一時雙方有劇烈之戰爭，頭破血流，多人受有重傷。……」白衣是親族有服者所穿的，現在必須「爭穿」而又「不遂」，足見並非親族，但竟以為「有失體面」，演成這樣的大戰了。這時候，好像只要和普通有些不同便是「有面子」，而自己成了什麼，卻可以完全不管。這類脾氣，是「紳商」也不免發露的：袁世凱將要稱帝的時候，有人以列名於勸進表中為「有面子」；有一國從青島撤兵的時候，有人以列名於萬民傘上為「有面子」。

所以，要「面子」也可以說並不一定是好事情──但我並非說，人應該「不要臉」。現在說話難，如果主張「非孝」，就有人會說你在煽動打父母，主張男女平等，就有人會說你在提倡亂交──這聲明是萬不可少的。

況且，「要面子」和「不要臉」實在也可以有很難分辨的時候。不是有一個笑話麼？一個紳士有錢有勢，我假定他叫四大人罷，人們都以能夠和他扳談為榮。有一個專愛誇耀的小癟三，一

天高興的告訴別人道：「四大人和我講過話了！」人問他「說什麼呢？」答道：「我站在他門口，四大人出來了，對我說：滾開去！」當然，這是笑話，是形容這人的「不要臉」，但在他本人，是以爲「有面子」的，如此的人一多，也就眞成爲「有面子」了。別的許多人，不是四大人連「滾開去」也不對他說麼？

在上海，「吃外國火腿」雖然還不是「有面子」，卻也不算怎麼「丟臉」了，然而比起被一個本國的下等人所踢來，又彷彿近於「有面子」。

中國人要「面子」，是好的，可惜的是這「面子」是「圓機活法」，善於變化，於是就和「不要臉」混起來了。長谷川如是閑說「盜泉」云：「古之君子，惡其名而不飲，今之君子，改其名而飲之。」也說穿了「今之君子」的「面子」的祕密。

十月四日

名·家·解·讀

面子面子，表面之意也。中國人重表面不重不顧實際，看重的就是這表面文章，這虛空的面子，至於實際上怎麼回事，好像和面子沒有關係，不想管也不去管。外國人對症下「藥」：你不是要面子愛面子嗎，好，我把這紙糊的面子給你們，而我們要你們的土地、財產、權利。用空洞的面子去換實際的利益，何樂而不爲呢？外國人「專將『面子』給我們」，確實是對中國人的「面子」研究到家的結果。

大官們用虛假的保全面子法來補償恐懼洋人的心理，掩蓋喪權辱國的罪責，普通人呢，老百姓一句「死要面子活受罪」的妙語，道出

了重名而失實的結果。

　　中國人的「面子」的另一實質，是要「面子」和「不要臉」往往是一回事。

　　更可惡的是，今之君子，利用中國人「面子」加「圓機活法」，利用「要面子」和「不要臉」的微妙關係，打著「要面子」的旗號，或者在「改頭換面」的遮掩下，幹著「不要臉」的勾當。

——李文儒《走進魯迅世界》

組畫《都市風光》（之四）　1922年創作

「京派」和「海派」

　　去年春天，京派大師曾經大大的奚落了一頓海派小丑，海派小丑也曾經小小的回敬了幾手，但不多久，就完了。文灘上的風波，總是容易起，容易完，倘使不容易完，也眞的不便當。我也曾經略略的趕了一下熱鬧，在許多唇槍舌劍中，以爲那時我發表的所說，倒也不算怎麼分析錯了的。其中有這樣的一段——

　　「……北京是明清的帝都，上海乃各國之租界，帝都多官，租界多商，所以文人之在京者近官，沒海者近商，近官者在使官得名，近商者在使商獲利，而自己亦賴以糊口。要而言之：不過『京派』是官的幫閒，『海派』則是商的幫忙而已。……而官之鄙商，固亦中國舊習，就更使『海派』在『京派』眼中跌落了。……」

　　但到得今年春末，不過一整年帶點零，就使我省悟了先前所

說的並不圓滿。目前的事實，是證明著京派已經自己貶損，或是把海派在自己眼睛裏抬高，不但現身說法，演述了派別並不專與地域相關，而且實踐了「因為愛他，所以恨他」的妙語。當初的京海之爭，看作「龍虎鬥」固然是錯誤，就是認為有一條官商之界也不免欠明白。因為現在已經清清楚楚，到底搬出一碗不過黃鱔田雞，炒在一起的蘇式菜——「京海雜燴」來了。

實例，自然是瑣屑的，而且自然也不會有重大的例子。舉一點罷。一，是選印明人小品的大權，分給海派來了；以前上海固然也有選印明人小品的人，但也可以說是冒牌的，這回卻有了真正老京派的題簽，所以的確是正統的衣缽。二，是有些新出的刊物，真正老京派打頭，真正小海派煞尾了；以前固然也有京派開路的期刊，但那是半京半海派所主持的東西，和純粹海派自說是自掏腰包來辦的出產品頗有區別的。要而言之：今兒和前兒已不一樣，京海兩派中的一路，做成一碗了。

到這裏要附帶一點聲明：我是故意不舉出那新出刊物的名目來的。先前，曾經有人用過「某」字，什麼緣故我不知道。但後來該刊的一個作者在該刊上說，他有一位「熟悉商情」的朋友，以為這是因為不替它來作廣告。這真是聰明的好朋友，不愧為「熟悉商情」。由此啟發，仔細一想，他的話實在千真萬確：被稱讚固然可以代廣告，被罵也可以代廣告，張揚了榮是廣告，張揚了辱又何嘗非廣告。例如罷，甲乙決鬥，甲贏，乙死了，人們固然要看殺人的兇手，但也一樣的要看那不中用的死屍，如果用蘆席圍起來，兩個銅板看一下，準可以發一點小財。我這回的不說出這刊物的名目來，主意卻正在不替它作廣告，我有時很不講陰德，簡直要妨礙別人的借死屍斂錢。然而，請老實的看官不要立刻責備我刻薄。他們那裏肯放過這機會，他們自己會敲了鑼來承認的。

聲明太長了一點了。言歸正傳。我要說的是直到現在，由事實證明，我才明白了去年京派的奚落海派，原來根柢上並不是奚落，

倒是路遠迢迢的送來的秋波。

文豪，究竟是有眞實本領的，法郎士做過一本《泰綺思》，中國已有兩種譯本了，其中就透露著這樣的消息。他說有一個高僧在沙漠中修行，忽然想到亞歷山大府的名妓泰綺思，是一個貽害世道人心的人物，他要感化她出家，救她本身，救被惑的青年們，也給自己積無量功德。事情還算順手，泰綺思竟出家了，他恨恨的毀壞了她在俗時候的衣飾。但是，奇怪得很，這位高僧回到自己的獨房裏繼續修行時，卻再也靜不下來了，見妖怪，見裸體的女人。他急遁，遠行，然而仍然沒有效。他自己是知道因為其實愛上了泰綺思，所以神魂顛倒了的，但一群愚民，卻還是硬要當他聖僧，到處跟著他祈求，禮拜，拜得他「啞子吃黃連」——有苦說不出。他終於決計自白，跑回泰綺思那裏去，叫道「我愛你！」然而泰綺思這時已經離死期不遠，自說看見了天國，不久就斷氣了。

不過京海之爭的目前的結局，卻和這一本書的不同，上海的泰綺思並沒有死，她也張開兩條臂膊，叫道「來！」於是——團圓了。

《泰綺思》的構想，很多是應用弗洛伊特的精神分析學說的，倘有嚴正的批評家，以為算不得「究竟是有眞實本領」，我也不想來爭辯。但我覺得自己卻眞如那本書裏所寫的愚民一樣，在沒有聽到「我愛你」和「來」之前，總以為奚落單是奚落，鄙薄單是鄙薄，連現在已經出了氣的弗洛伊特學說也想不到。

到這裏又要附帶一點聲明：我舉出《泰綺思》來，不過取其事蹟，並非處心積慮，要用妓女來比海派的文人。這種小說中的人物，是不妨隨意改換的，即改作隱士，俠客，高人，公主，大少，小老闆之類，都無不可。況且泰綺思其實也何可厚非。她在俗時是潑剌的活，出家後就刻苦的修，比起我們的有些所謂「文人」，剛到中年，就自歎道「我是心灰意懶了」的死樣活氣來，實在更其像人樣。我也可以自白一句：我寧可向潑剌的妓女立正，卻不願意和

死樣活氣的文人打棚。

　　至於爲什麼去年北京送秋波，今年上海叫「來」了呢？說起
來，可又是事前的推測，對不對很難定了。我想：也許是因爲幫
閒幫忙，近來都有些「不景氣」，所以只好兩界合辦，把斷磚，舊
襪，皮袍，洋服，巧克力，梅什兒……之類，湊在一處，重行開
張，算是新公司，想借此來新一下主顧們的耳目罷。

四月十四日

名·家·解·讀

　　沈從文於1933年10月18日在《大公報·文藝副刊》上發表了《文
學者的態度》，批評一些文人對文學創作缺乏「嚴肅認眞」的作風，
文中有這類人「在上海寄生於書店、報館、官辦雜誌」之類話語。不
久，蘇汶在上海《現代月刊》上發表了《文人在上海》，對把居留
於上海的文人「一筆抹殺」表示不滿，並對沈文進行還擊。當時文壇
上許多作家都參與了這場論爭。魯迅先生「也曾略略的起了一下熱
鬧」，先後寫過《「京派」與「海派」》、《南人與北人》等文章。
本文表面上看也屬於此類論爭文章，然而仔細閱讀，結合當時文壇的
狀況，我們才發現本文其實另有深意。

　　本文發表於1935年5月5日，此時距「論爭」已一年有餘，魯迅不
大可能舊事重提。而此時正是小品文氾濫之際，也正是魯迅集中力量
批判小品文之時。因而可以說，魯迅不過是以京海兩派的爭論為「由
頭」，從而把矛頭指向小品文而已。其時林語堂、周作人等人先後辦
了《宇宙風》等刊物，亟力宣導以幽默和以「閒適」、「性靈」為特

色的小品文。上海也有人在大力提倡小品文，如劉大傑等人，還有國民黨御用文人辦的刊物《越風》等也在為此搖旗吶喊。

1935年施蟄存編的《晚明十二家小品》，封面上有周作人的墨蹟，魯迅先生在本文中諷刺說：「這回有了真正老京派的題簽。」在小品文的倒行逆施中，「今兒和前兒已不一樣，京海兩派中的一路，做成一碗了。」一碗「京海雜燴」。

魯迅是旗幟鮮明地反對一些作家鼓吹小品文的。他認為小品文的流行是啓蒙路上的倒退，這種文化上的復古主義對青年的蒙蔽作用很大。魯迅一貫秉持啓蒙立人的立場，堅持啓蒙的方向並且為之進行不懈的鬥爭，這篇文章體現了魯迅先生的這一思想。

——楊依柳《魯迅作品選講》

浪漫曲　1947年創作

在現代中國的孔夫子

　　新近的上海的報紙，報告著因爲日本的湯島，孔子的聖廟落成了，湖南省主席何鍵將軍就寄贈了一幅向來珍藏的孔子的畫像。老實說，中國的一般的人民，關於孔子是怎樣的相貌，倒幾乎是毫無所知的。自古以來，雖然每一縣一定有聖廟，即文廟，但那裏面大抵並沒有聖像。凡是繪畫，或者雕塑應該崇敬的人物時，一般是以大於常人爲原則的，但一到最應崇敬的人物，例如孔夫子那樣的聖人，卻好像連形象也成爲褻瀆，反不如沒有的好。這也不是沒有道理的。孔夫子沒有留下照相來，自然不能明白眞正的相貌，文獻中雖然偶有記載，但是胡說白道也說不定。若是從新雕塑的話，則除了任憑雕塑者的空想而外，毫無辦法，更加放心不下。於是儒者們也終於只好採取「全部，或全無」的勃蘭特式的態度了。

　　然而倘是畫像，卻也會間或遇見的。我曾經見過三次：一次是《孔子家語》裏的插畫；一次是梁啓超氏亡命日本時，作爲橫濱出

版的《清議報》上的卷頭畫，從日本倒輸入中國來的；還有一次是刻在漢朝墓石上的孔子見老子的畫像。說起從這些圖畫上所得的孔夫子的模樣的印象來，則這位先生是一位很瘦的老頭子，身穿大袖口的長袍子，腰帶上插著一把劍，或者腋下挾著一枝杖，然而從來不笑，非常威風凜凜的。假使在他的旁邊侍坐，那就一定得把腰骨挺的筆直，經過兩三點鐘，就骨節酸痛，倘是平常人，大約總不免急於逃走的了。

後來我曾到山東旅行。在為道路的不平所苦的時候，忽然想到了我們的孔夫子。一想起那具有儼然道貌的聖人，先前便是坐著簡陋的車子，顛顛簸簸，在這些地方奔忙的事來，頗有滑稽之感。這種感想，自然是不好的，要而言之，頗近於不敬，倘是孔子之徒，恐怕是決不應該發生的。但在那時候，懷著我似的不規矩的心情的青年，可是多得很。

我出世的時候是清朝的末年，孔夫子已經有了「大成至聖文宣王」這一個闊得可怕的頭銜，不消說，正是聖道支配了全國的時代。政府對於讀書的人們，使讀一定的書，即四書和五經；使遵守一定的注釋；使寫一定的文章，即所謂「八股文」；並且使發一定的議論。然而這些千篇一律的儒者們，倘是四方的大地，那是很知道的，但一到圓形的地球，卻什麼也不知道，於是和四書上並無記載的法蘭西和英吉利打仗而失敗了。不知道為了覺得與其拜著孔夫子而死，倒不如保存自己們之為得計呢，還是為了什麼，總而言之，這因是拚命尊孔的政府和官僚先就動搖起來，用官帑大翻起洋鬼子的書籍來了。屬於科學上的古典之作的，則有侯失勒的《談天》，雷俠兒的《地學淺釋》，代那的《金石識別》，到現在也還作為那時的遺物，間或躺在舊書鋪子裏。

然而一定有反動。清末之所謂儒者的結晶，也是代表的大學士徐桐氏出現了。他不但連算學也斥為洋鬼子的學問；他雖然承認世界上有法蘭西和英吉利這些國度，但西班牙和葡萄牙的存在，

是決不相信的，他主張這是法國和英國常常來討利益，連自己也不好意思了，所以隨便胡謅出來的國名。他又是一九〇〇年的有名的義和團的幕後的發動者，也是指揮者。但是義和團完全失敗，徐桐氏也自殺了。政府就又以爲外國的政治法律和學問技術頗有可取之處了。我的渴望到日本去留學，也就在那時候。達了目的，入學的地方，是嘉納先生所設立的東京的弘文學院；在這裏，三澤力太郎先生教我水是氧氣和氫氣所合成，山內繁雄先生教我貝殼裏的什麼地方其名爲「外套」。這是有一天的事情。學監大久保先生集合起大家來，說：因爲你們都是孔子之徒，今天到御茶之水的孔廟裏去行禮罷！我大吃了一驚。現在還記得那時心裏想，正因爲絕望於孔夫子和他的之徒，所以到日本來的，然而又是拜麼？一時覺得很奇怪。而且發生這樣感覺的，我想決不止我一個人。

但是，孔夫子在本國的不遇，也並不是始於二十世紀的。孟子批評他爲「聖之時者也」，倘翻成現代語，除了「摩登聖人」實在也沒有別的法。爲他自己計，這固然是沒有危險的尊號，但也不是十分值得歡迎的頭銜。不過在實際上，卻也許並不這樣子。孔夫子的做定了「摩登聖人」是死了以後的事，活著的時候卻是頗吃苦頭的。跑來跑去，雖然曾經貴爲魯國的警視總監，而又立刻下野，失業了；並且爲權臣所輕蔑，爲野人所嘲弄，甚至於爲暴民所包圍，餓扁了肚子。弟子雖然收了三千名，中用的卻只有七十二，然而眞可以相信的又只有一個人。有一天，孔夫子憤慨道：「道不行，乘桴浮於海，從我者，其由與？」從這消極的打算上，就可以窺見那消息。然而連這一位由，後來也因爲和敵人戰鬥，被擊斷了冠纓，但眞不愧爲由呀，到這時候也還不忘記從夫子聽來的教訓，說道「君子死，冠不免」，一面繫著冠纓，一面被人砍成肉醬了。連唯一可信的弟子也已經失掉，孔子自己是非常悲痛的，據說他一聽到這資訊，就吩咐去倒掉廚房裏的肉醬云。

孔夫子到死了以後，我以爲可以說是運氣比較的好一點。因爲

他不會嚕蘇了，種種的權勢者便用種種的白粉給他來化妝，一直抬到嚇人的高度。但比起後來輸入的釋迦牟尼來，卻實在可憐得很。誠然，每一縣固然都有聖廟即文廟，可是一副寂寞的冷落的樣子，一般的庶民，是決不去參拜的，要去，則是佛寺，或者是神廟。若向老百姓們問孔夫子是什麼人，他們自然回答是聖人，然而這不過是權勢者的留聲機。他們也敬惜字紙，然而這是因為倘不敬惜字紙，會遭雷殛的迷信的緣故；南京的夫子廟固然是熱鬧的地方，然而這是因為另有各種玩耍和茶店的緣故。雖說孔子作《春秋》而亂臣賊子懼，然而現在的人們，卻幾乎誰也不知道一個筆伐了的亂臣賊子的名字。說到亂臣賊子，大概以為是曹操，但那並非聖人所教，卻是寫了小說和劇本的無名作家所教的。

總而言之，孔夫子之在中國，是權勢者們捧起來的，是那些權勢者或想做權勢者們的聖人，和一般的民眾並無什麼關係。然而對於聖廟，那些權勢者也不過一時的熱心。因為尊孔的時候已經懷著別樣的目的，所以目的一達，這器具就無用，如果不達呢，那可更加無用了。在三四十年以前，凡有企圖獲得權勢的人，就是希望做官的人，都是讀「四書」和「五經」，做「八股」，別一些人就將這些書籍和文章，統名之為「敲門磚」。這就是說，文官考試一及第，這些東西也就同時被忘卻，恰如敲門時所用的磚頭一樣，門一開，這磚頭也就被拋掉了。孔子這人，其實是自從死了以後，也總是當著「敲門磚」的差使的。

一看最近的例子，就更加明白。從二十世紀的開始以來，孔夫子的運氣是很壞的，但到袁世凱時代，卻又被從新記得，不但恢復了祭典，還新做了古怪的祭服，使奉祀的人們穿起來。跟著這事而出現的便是帝制。然而那一道門終於沒有敲開，袁氏在門外死掉了。餘剩的是北洋軍閥，當覺得漸近末路時，也用它來敲過另外的幸福之門。盤據著江蘇和浙江，在路上隨便砍殺百姓的孫傳芳將軍，一面復興了投壺之禮；鑽進山東，連自己也數不清金錢和兵丁

和姨太太的數目了的張宗昌將軍，則重刻了《十三經》，而且把聖道看作可以由肉體關係來傳染的花柳病一樣的東西，拿一個孔子後裔的誰來做了自己的女婿。然而幸福之門，卻仍然對誰也沒有開。

這三個人，都把孔夫子當作磚頭用，但是時代不同了，所以都明明白白的失敗了。豈但自己失敗而已呢，還帶累孔子也更加陷入了悲境。他們都是連字也不大認識的人物，然而偏要大談什麼《十三經》之類，所以使人們覺得滑稽；言行也太不一致了，就更加令人討厭。既已厭惡和尚，恨及袈裟，而孔夫子之被利用為或一目的的器具，也從新看得格外清楚起來，於是要打倒他的欲望，也就越加旺盛。所以把孔子裝飾得十分尊嚴時，就一定有找他缺點的論文和作品出現。即使是孔夫子，缺點總也有的，在平時誰也不理會，因為聖人也是人，本是可以原諒的。然而如果聖人之徒出來胡說一通，以為聖人是這樣，是那樣，所以你也非這樣不可的話，人們可就禁不住要笑起來了。五六年前，曾經因為公演了《子見南子》這劇本，引起過問題，在那個劇本裏，有孔夫子登場，以聖人而論，固然不免略有欠穩重和呆頭呆腦的地方，然而作為一個人，倒是可愛的好人物。但是聖裔們非常憤慨，把問題一直鬧到官廳裏去了。因為公演的地點，恰巧是孔夫子的故鄉，在那地方，聖裔們繁殖得非常多，成著使釋迦牟尼和蘇格拉第都自愧弗如的特權階級。然而，那也許又正是使那裏的非聖裔的青年們，不禁特地要演《子見南子》的原因罷。

中國的一般的民眾，尤其是所謂愚民，雖稱孔子為聖人，卻不覺得他是聖人；對於他，是恭謹的，卻不親密。但我想，能像中國的愚民那樣，懂得孔夫子的，恐怕世界上是再也沒有的了。不錯，孔夫子曾經計畫過出色的治國的方法，但那都是為了治民眾者，即權勢者設想的方法，為民眾本身的，卻一點也沒有。這就是「禮不下庶人」。成為權勢者們的聖人，終於變了「敲門磚」，實在也叫不得冤枉。和民眾並無關係，是不能說的，但倘說毫無親密之處，

我以爲怕要算是非常客氣的說法了。不去親近那毫不親密的聖人，正是當然的事，什麼時候都可以，試去穿了破衣，赤著腳，走上大成殿去看看罷，恐怕會像誤進上海的上等影戲院或者頭等電車一樣，立刻要受斥逐的。誰都知道這是大人老爺們的物事，雖是「愚民」，卻還沒有愚到這步田地的。

四月二十九日

名·家·解·讀

　　《在現代中國的孔夫子》是魯迅反對國民黨文化「圍剿」和日本帝國主義侵略的戰鬥篇章，也是現代中國社會尊孔和反尊孔鬥爭的深刻總結。在這篇批孔檄文中，魯迅以馬克思主義的立場、觀點、方法，深刻地剖析了孔丘及其學說的實質，剝下了歷代反動統治者給孔丘披上的「聖人」外衣，無情地揭露了中外反動派大搞「尊孔」活動的政治陰謀，熱情讚頌了中國人民反孔的鮮明立場，指出妄圖利用孔丘作爲「敲門磚」的反動派，決然逃不脫滅亡的命運。

　　這篇雜文，尖銳潑辣，深刻有力，又很生動形象，具有高度的思想性和藝術性。在寫作上的一個主要特點是著眼現實，聯繫歷史，把歷史的批判同現實鬥爭結合起來。作者針對當時中日反動派所搞的尊孔陰謀活動，把對孔子及其思想的批判同對中日反動派的揭露相結合，批判的是兩千多年前的孔子，打擊的是當時中外反動的尊孔勢力。因而文章具有強烈的針對性和戰鬥性。

　　本文的另一個特點是用具體的事例，生動的形象來說理，在擺事實的基礎上立論，把豐富的事實和深刻的思想結合起來。例如，在第三部分，作者先揭示孔子生前的遭遇，說明他活著的時候並不是聖人，然後又擺出一系列事實說明老百姓不承認孔子是聖人，不親近

他，不理睬他。有了這樣充分典型的事實作基礎，孔子成為聖人乃是權勢者們捧起來的，權勢者們吹捧孔子的目的是把他當做「敲門磚」的觀點，便無須多說，說服力很強。又如對孔子的「儼然道貌」及生前的狼狽遭遇，魯迅不是作抽象的說明，而是作形象的描繪，使人如聞其聲，如見其人，給人的印象十分深刻。對子路被殺的描寫，雖然著墨不多，卻把子路的迂腐，「聖道」的荒唐揭露得淋漓盡致。

——張維旭《魯迅雜文選講》

告　別　1926年創作

論「人言可畏」

　　「人言可畏」是電影明星阮玲玉自殺之後，發見於她的遺書中的話。這哄動一時的事件，經過了一通空論，已經漸漸冷落了，只要《玲玉香消記》一停演，就如去年的艾霞自殺事件一樣，完全煙消火滅。她們的死，不過像在無邊的人海裏添了幾粒鹽，雖然使扯淡的嘴巴們覺得有些味道，但不久也還是淡，淡，淡。

　　這句話，開初是也曾惹起一點小風波的。有評論者，說是使她自殺之咎，可見也在日報記事對於她的訴訟事件的張揚；不久就有一位記者公開的反駁，以為現在的報紙的地位，輿論的威信，可憐極了，那裏還有絲毫主宰誰的運命的力量，況且那些記載，大抵採自經官的事實，絕非捏造的謠言，舊報具在，可以復按。所以阮玲玉的死，和新聞記者是毫無關係的。

　　這都可以算是真實話。然而——也不儘然。

　　現在的報章之不能像個報章，是真的；評論的不能逞心而談，失了威力，也是真的，明眼人決不會過分的責備新聞記者。但是，新聞的威力其實是並未全盤墜地的，它對甲無損，對乙卻會有傷；對強者它是弱者，但對更弱者它卻還是強者，所以有時雖然吞聲忍氣，有時仍可以耀武揚威。於是阮玲玉之流，就成了發揚餘威的

好材料了，因爲她頗有名，卻無力。小市民總愛聽人們的醜聞，尤其是有些熟識的人的醜聞。上海的街頭巷尾的老虔婆，一知道近鄰的阿二嫂家有野男人出入，津津樂道，但如果對她講甘肅的誰在偷漢，新疆的誰在再嫁，她就不要聽了。阮玲玉正在現身銀幕，是一個大家認識的人，因此她更是給報章湊熱鬧的好材料，至少也可以增加一點銷場。讀者看了這些，有的想：「我雖然沒有阮玲玉那麼漂亮，卻比她正經」；有的想：「我雖然不及阮玲玉的有本領，卻比她出身高」；連自殺了之後，也還可以給人想：「我雖然沒有阮玲玉的技藝，卻比她有勇氣，因爲我沒有自殺。」化幾個銅元就發見了自己的優勝，那當然是很上算的。但靠演藝爲生的人，一遇到公眾發生了上述的前兩種的感想，她就夠走到末路了。所以我們且不要高談什麼連自己也並不了然的社會組織或意志強弱的濫調，先來設身處地的想一想罷，那麼，大概就會知道阮玲玉的以爲「人言可畏」，是眞的，或人的以爲她的自殺，和新聞記事有關，也是眞的。

　　但新聞記者的辯解，以爲記載大抵採自經官的事實，卻也是眞的。上海的有些介乎大報和小報之間的報章，那社會新聞，幾乎大半是官司已經吃到公安局或工部局去了的案件。但有一點壞習氣，是偏要加上些描寫，對於女性，尤喜歡加上些描寫；這種案件，是不會有名公巨卿在內的，因此也更不妨加上些描寫。案中的男人的年紀和相貌，是大抵寫得老實的，一遇到女人，可就要發揮才藻了，不是「徐娘半老，風韻猶存」，就是「豆蔻年華，玲瓏可愛」。一個女孩兒跑掉了，自奔或被誘還不可知，才子就斷定道，「小姑獨宿，不慣無郎」，你怎麼知道？一個村婦再醮了兩回，原是窮鄉僻壤的常事，一到才子的筆下，就又賜以大字的題目道，「奇淫不減武則天」，這程度你又怎麼知道？這些輕薄句子，加之村姑，大約是並無什麼影響的，她不識字，她的關係人也未必看報。但對於一個智識者，尤其是對於一個初到社會上了的女性，卻

足夠使她受傷，更不必說故意張揚，特別渲染的文字了。然而中國的習慣，這些句子是搖筆即來，不假思索的，這時不但不會想到這也是玩弄著女性，並且也不會想到自己乃是人民的喉舌。但是，無論你怎麼描寫，在強者是毫不要緊的，只消一封信，就會有正誤或道歉接著登出來，不過無拳無勇如阮玲玉，可就正做了吃苦的材料了，她被額外的畫上一臉花，沒法洗刷。叫她奮鬥嗎？她沒有機關報，怎麼奮鬥；有冤無頭，有怨無主，和誰奮鬥呢？我們又可以設身處地的想一想，那麼，大概就又知她的以為「人言可畏」，是真的，或人的以為她的自殺，和新聞記事有關，也是真的。

然而，先前已經說過，現在的報章的失了力量，卻也是真的，不過我以為還沒有到達如記者先生所自謙，竟至一錢不值，毫無責任的時候。因為它對於更弱者如阮玲玉一流人，也還有左右她命運的若干力量的，這也就是說，它還能為惡，自然也還能為善。「有聞必錄」或「並無能力」的話，都不是向上的負責的記者所該採用的口頭禪，因為在實際上，並不如此，──它是有選擇的，有作用的。

至於阮玲玉的自殺，我並不想為她辯護。我是不贊成自殺，自己也不預備自殺的。但我的不預備自殺，不是不屑，卻因為不能。凡有誰自殺了，現在是總要受一通強毅的評論家的呵斥，阮玲玉當然也不在例外。然而我想，自殺其實是不很容易，決沒有我們不預備自殺的人們所渺視的那麼輕而易舉的。倘有誰以為容易麼，那麼，你倒試試看！

自然，能試的勇者恐怕也多得很，不過他不屑，因為他有對於社會的偉大的任務。那不消說，更加是好極了，但我希望大家都有一本筆記簿，寫下所盡的偉大的任務來，到得有了曾孫的時候，拿出來算一算，看看怎麼樣。

五月五日

　　當1935年又一個婦女——著名電影明星阮玲玉自殺，同樣引起了魯迅的強烈關注。他的思考也是由報刊上的爭論引發的：有人認為報紙對阮玲玉訴訟事件的張揚，應對其死負一定責任；而反駁者則「以為現在的報紙的地位，輿論的威信，可憐極了，那裏還有絲毫主宰誰的運命的力量。」這裏所提出的是一個「如何認識中國的新聞媒體的地位與作用」的大問題，而魯迅的觀察確實敏銳而又獨到……

　　魯迅的深刻之處在於他把新聞媒體置於中國社會的等級結構中，就發現了它的雙重性：對在它之上的「強者」（從最高統治者到各級官僚、「洋大人」、「高等華人」等等），它是「弱者」，只能「吞聲忍氣」，顯出奴性；但對在其下的「弱者」（沒有任何話語權的「下等華人」、婦女、兒童，等等），它又是「強者」，可以「耀武揚威」，顯出主子性：扮演的依然是我們所分析過的「往來主奴之界」的角色。

　　魯迅還要追問：中國的新聞媒體最喜歡或最擅長向怎樣的「弱者」發威？其背後的社會根源與動因是什麼？……

　　「頗有名，卻無力」的「公眾」人物，就這樣成了中國媒體祭壇上的犧牲品——這應該是魯迅的一大發現，而且是道破了其中的奧祕的。最值得注意的有兩點，一是這樣的精神迫害是以「市民」階層作為社會基礎的：這些現代都市的阿Q們需要借此來滿足自己的精神「優勝」的需求，因此，這是媒體與「公眾」的一個合謀，這就是「人言可畏」的意思。同時，這也是出於「增加點銷場」的需求，是商業的動機驅使媒體不惜以阮玲玉這樣的弱者的血來謀利，這裏所遵循的正是赤裸裸的資本法則：在中國的新聞媒體裏，魯迅又看到了「吃人肉的筵席」的延續！

——錢理群《「其中有著時代的眉目」》

再論「文人相輕」

今年的所謂「文人相輕」，不但是混淆黑白的口號，掩護著文壇的昏暗，也在給有一些人「掛著羊頭賣狗肉」的。

真的「各以所長，相輕所短」的能有多少呢！我們在近幾年所遇見的，有的是「以其所短，輕人所短」。例如白話文中，有些是詰屈難讀的，確是一種「短」，於是有人提了小品或語錄，向這一點昂然進攻了，但不久就露出尾巴來，暴露了他連對於自己所提倡的文章，也常常點著破句，「短」得很。有的卻簡直是「以其所短，輕人所長」了。例如輕蔑「雜文」的人，不但他所用的也是「雜文」，而他的「雜文」，比起他所輕蔑的別的「雜文」來，還拙劣到不能相提並論。那些高談闊論，不過是契訶夫（A.Chekhov）所指出的登了不識羞的頂顛，傲視著一切，被輕者

是無福和他們比較的，更從什麼地方「相」起？現在謂之「相」，其實是給他們一揚，靠了這「相」，也是「文人」了。然則，「所長」呢？

況且現在文壇上的糾紛，其實也並不是爲了文筆的短長。文學的修養，決不能使人變成木石，所以文人還是人，既然還是人，他心裏就仍然有是非，有愛憎；但又因爲是文人，他的是非就愈分明，愛憎也愈熱烈。從聖賢一直敬到騙子屠夫，從美人香草一直愛到麻瘋病菌的文人，在這世界上是找不到的，遇見所是和所愛的，他就擁抱，遇見所非和所憎的，他就反撥。如果第三者不以爲然了，可以指出他所非的其實是「是」，他所憎的其實該愛來，單用了籠統的「文人相輕」這一句空話，是不能抹殺的，世間還沒有這種便宜事。一有文人，就有糾紛，但到後來，誰是誰非，孰存孰亡，都無不明明白白。因爲還有一些讀者，他的是非愛憎，是比和事老的評論家還要清楚的。

然而，又有人來恐嚇了。他說，你不怕麼？古之嵇康，在柳樹下打鐵，鍾會來看他，他不客氣，問道：「何所聞而來，何所見而去？」於是得罪了鍾文人，後來被他在司馬懿面前搬是非，送命了。所以你無論遇見誰，應該趕緊打拱作揖，讓坐獻茶，連稱「久仰久仰」才是。這自然也許未必全無好處，但做文人做到這地步，不是很有些近乎婊子了麼？況且這位恐嚇家的舉例，其實也是不對的，嵇康的送命，並非爲了他是傲慢的文人，大半倒因爲他是曹家的女婿，即使鍾會不去搬是非，也總有人去搬是非的，所謂「重賞之下，必有勇夫」者是也。

不過我在這裏，並非主張文人應該傲慢，或不妨傲慢，只是說，文人不應該隨和；而且文人也不會隨和，會隨和的，只有和事老。但這不隨和，卻又並非迴避，只是唱著所是，頌著所愛，而不管所非和所憎；他得像熱烈地主張著所是一樣，熱烈地攻擊著所非，像熱烈地擁抱著所愛一樣，更熱烈地擁抱著所憎──恰如赫爾

庫來斯（Hereules）的緊抱了巨人安太烏斯（Antaeus）一樣，因爲要折斷他的肋骨。

五月五日

　　如魯迅所作的冷靜的具體分析，文壇上，真正相輕的文人並沒有多少。因為名副其實的學問家，文化人，文化視野都很寬廣，深知文化學問之博大與個人見識力量之有限，也深知任何一門學問來之不易，豈能無知到以所長輕所短，又豈敢以所長傲視所短呢？

　　另一種情況是借「文人相輕」的說法混淆黑白，抹殺是非，當和事佬。你要攻擊有害的事物嗎？你要批評不良的傾向嗎？你要明確表達你的愛憎嗎？好，那就送一頂「文人相輕」的帽子給你，讓你不再開口說話；最好是無論遇見誰，趕緊打拱作揖，連稱久仰久仰，無論遇到什麼事，一概不辨黑白不分是非。愛恨分明的魯迅最厭惡這種人與人之間虛偽的關係，他說：「做文人做到這地步，不是很有些近乎婊子了麼？」

　　真正的文人應該是什麼樣的呢？魯迅對文人提出了更高的要求，事實也應當如此，文人自比非文人讀書多，知識多，知書而識理，文化水準高，個人素質好，憂患意識，社會責任感，使命感強烈，理應在社會生活中，歷史活動中發揮更大的推動作用。……作為社會的良知，社會生活中的先進分子，如果都自覺地這樣做，民族的文化心理就會走向健全，人與人之間的關係就會走向正常，社會前進的步伐無疑會加快。

——李文儒《走進魯迅世界》

文壇三戶

　　二十年來，中國已經有了一些作家，多少作品，而且至今還沒有完結，所以有個「文壇」，是毫無可疑的。不過搬出去開博覽會，卻還得顧慮一下。

　　因爲文字的難，學校的少，我們的作家裏面，恐怕未必有村姑變成的才女，牧童化出的文豪。古時候聽說有過一面看牛牧羊，一面讀經，終於成了學者的人的，但現在恐怕未必有。——我說了兩回「恐怕未必」，倘眞有例外的天才，尚希鑒原爲幸。要之，凡有弄弄筆墨的人們，他先前總有一點憑藉：不是祖遺的正在少下去的錢，就是父積的還在多起來的錢。要不然，他就無緣讀書識字。現在雖然有了識字運動，我也不相信能夠由此運出作家來。所以這文壇，從陰暗這方面看起來，暫時大約還要被兩大類子弟，就是「破落戶」和「暴發戶」所佔據。

　　已非暴發，又未破落的，自然也頗有出些著作的人，但這並非第三種，不近於甲，即近於乙的，至於掏腰包印書，仗盦資出版者，那是文壇上的捐班，更不在本論範圍之內。所以要說專仗筆墨的作者，首先還得求之於破落戶中。他先世也許暴發過，但現在是文雅勝於算盤，家景大不如意了，然而又因此看見世態的炎涼，人

生的苦樂，於是真的有些撫今追昔，「纏綿悱惻」起來。一歎天時不良，二歎地理可惡，三歎自己無能。但這無能又並非真無能，乃是自己不屑有能，所以這無能的高尚，倒遠在有能之上。他們劍拔弩張，汗流浹背，到底做成了些什麼呢？惟我的頹唐相，是「十年一覺揚州夢」，惟我的破衣上，是「襟上杭州舊酒痕」，連懶態和污漬，也都有歷史的甚深意義的。可惜俗人不懂得，於是他們的傑作上，就大抵放射著一種特別的神彩，是：「顧影自憐」。

暴發戶作家的作品，表面上和破落戶的並無不同。因為他意在用墨水洗去銅臭，這才爬上一向為破落戶所主宰的文壇來，以自附於「風雅之林」，又並不想另樹一幟，因此也決不標新立異。但仔細一看，卻是屬於別一本戶口冊上的；他究竟顯得淺薄，而且裝腔，學樣。房裏會有斷句的諸子，看不懂；案頭也會有石印的駢文，讀不斷。也會嚷「襟上杭州舊酒痕」呀，但一面又怕別人疑心他穿破衣，總得設法表示他所穿的乃是筆挺的洋服或簇新的綢衫；也會說「十年一覺揚州夢」的，但其實倒是並不揮霍的好品行，因為暴發戶之於金錢，覺得比懶態和污漬更有歷史的甚深的意義。破落戶的頹唐，是掉下來的悲聲，暴發戶的做作的頹唐，卻是「爬上去」的手段。所以那些作品，即使摹擬到和破落戶的傑作幾乎相同，但一定還差一塵：其實並不「顧影自憐」，倒在「沾沾自喜」。

這「沾沾自喜」的神情，從破落戶的眼睛看來，就是所謂「小家子相」，也就是所謂「俗」。風雅的定律，一個人離開「本色」，是就要「俗」的。不識字人不算俗，他要掉文，又掉不對，就俗；富家兒郎也不算俗，他要做詩，又做不好，就俗了。這在文壇上，向來為破落戶所鄙棄。

然而破落戶到了破落不堪的時候，這兩戶卻有時可以交融起來的。如果誰有在找「辭彙」的《文選》，大可以查一查，我記得裏面就有一篇彈文，所彈的乃是一個敗落的世家，把女兒嫁給了暴發而冒充世家的滿家子：這就足見兩戶的怎樣反撥，也怎樣的聯合

了。文壇上自然也有這現象；但在作品上的影響，卻不過使暴發戶增添一些得意之色，破落戶則對於「俗」變爲謙和，向別方面大談其風雅而已：並不怎麼大。

　　暴發戶爬上文壇，固然不能免俗，歷時既久，一面持籌握算，一面誦詩讀書，數代以後，就雅起來，待到藏書日多，藏錢日少的時候，便有做真的破落戶文學的資格了。然而時勢的飛速的變化，有時能不給他這許多修養的工夫，於是暴發不久，破落隨之，既「沾沾自喜」，也「顧影自憐」，但卻又失去了「沾沾自喜」的確信，可又還沒有配得「顧影自憐」的風姿，僅存無聊，連古之所謂雅俗也說不上了。向來無定名，我姑且名之爲「破落暴發戶」罷。這一戶，此後是恐怕要多起來的。但還要有變化：向積極方面走，是惡少；向消極方面走，是癟三。

　　使中國的文學有起色的人，在這三戶之外。

六月六日

名·家·解·讀

　　作者以敏銳的觀察和冷靜的思考，對20世紀二三十年代中國文壇的三種類型進行了深入的分析和尖銳的批判。一是「破落户作家」，其特徵是「顧影自憐」；二是「暴發户作家」，其特徵是「沾沾自喜」；三是「破落暴發户」作家，其特徵是「既『沾沾自喜』，也『顧影自憐』」。歸類準確，對其表現的描摹，對其特徵的總結，文字雖然不多，卻充滿了辛辣的嘲諷。

　　文章進一步分析說，「破落户的頹唐，是掉下來的悲聲，暴發户

的做作的頹唐，卻是『爬上去』的手段」。而「破落的暴發戶」，魯迅預言說，此後是恐怕要多起來的，但還是要有變化，「向積極方面走，是惡少；向消極方面走，是癟三」。

作者對處於社會大變動中，各類文人的處境與心態的刻畫力透紙背，入木三分，相當真實，發人深思。

作者對未來並沒有失去信心，他在篇末指出「使中國的文學有起色的人」是「在這三戶之外」的作家。

——高粱紅《讀〈文壇三戶〉》

夢 境 麥綏萊勒 1921年創作

從幫忙到扯淡

　　「幫閒文學」曾經算是一個惡毒的貶辭，──但其實是誤解的。

　　《詩經》是後來的一部經，但春秋時代，其中的有幾篇就用之於侑酒；屈原是「楚辭」的開山老祖，而他的《離騷》，卻只是不得幫忙的不平。到得宋玉，就現有的作品看起來，他已經毫無不平，是一位純粹的清客了。然而《詩經》是經，也是偉大的文學作品；屈原宋玉，在文學史上還是重要的作家。為什麼呢？──就因為他究竟有文采。

　　中國的開國的雄主，是把「幫忙」和「幫閒」分開來的，前者參與國家大事，作為重臣，後者卻不過叫他獻詩作賦，「俳優蓄之」，只在弄臣之例。不滿於後者的待遇的是司馬相如，他常常稱病，不到武帝面前去獻殷勤，卻暗暗的作了關於封禪的文章，藏在家裏，以見他也有計畫大典──幫忙的本領，可惜等到大家知道的時候，他已經「壽終正寢」了。然而雖然並未實際上參與封禪的大典，司馬相如在文學史上也還是很重要的作家。為什麼呢？就因為他究竟有文采。

　　但到文雅的庸主時，「幫忙」和「幫閒」的可就混起來了，

所謂國家的柱石，也常是柔媚的詞臣，我們在南朝的幾個末代時，可以找出這實例。然而主雖然「庸」，卻不「陋」，所以那些幫閒者，文采卻究竟還有的，他們的作品，有些也至今不滅。

誰說「幫閒文學」是一個惡毒的貶辭呢？

就是權門的清客，他也得會下幾盤棋，寫一筆字，畫畫兒，識古董，懂得些猜拳行令，打趣插科，這才能不失其爲清客。也就是說，清客，還要有清客的本領的，雖然是有骨氣者所不屑爲，卻又非搭空架者所能企及。例如李漁的《一家言》，袁枚的《隨園詩話》，就不是每個幫閒都做得出來的。必須有幫閒之志，又有幫閒之才，這才是眞正的幫閒。如果有其志而無其才，亂點古書，重抄笑話，吹拍名士，拉扯趣聞，而居然不顧臉皮，大擺架子，反自以爲得意，——自然也還有人以爲有趣，——但按其實，卻不過「扯淡」而已。

幫閒的盛世是幫忙，到末代就只剩了這扯淡。

六月六日

名·家·解·讀

　　魯迅先生對國民性的批判是「哀其不幸，怒其不爭」，雖然洞察深刻、筆鋒犀利，然而蘊藏於字裏行間卻有著深沉的悲憫、痛苦和愛。對統治者的御用文人則毫不留情，投槍匕首，必中要害：對他們無恥言行的揭露和批判，更是嬉笑怒罵，從不手軟。因此有人說魯迅的文章「刻薄」，實際上是極具戰鬥性，此文就頗具代表性。

　　文章在寫法上是先揚後抑。屈原、宋玉、司馬相如，都是早有定

評的文學大家，他們的作品穿越了時間的長河，仍然放射著不朽或不滅的光芒。然而他們卻都不過是統治者的「幫忙文人」。屈原的《離騷》「是不得幫忙的不平」，宋玉「已經毫無不平，是一位純粹的清客」，而司馬相如因為對待遇不滿，「不到武帝面前去獻殷勤」，卻在暗暗地作了關於「封禪」的文章而希圖展示其「幫忙的本領」。儘管屈、宋和司馬都屬於「幫忙」文人，然而他們仍然是「重要的作家」，「因為他們究竟有文采」。

一番鋪墊過後，作者的筆鋒一轉，說，無論是幫忙還是幫閒，都「必須有幫閒之志，又有幫閒之才」，「而如果有其志而無其才，亂點古書，重抄笑話，吹拍名士，拉扯趣味，而居然不顧臉皮，大擺架子，反自以為得意，——自然還有人認為有趣，——但按其實，卻不過『扯淡』而已」。

寥寥數筆，便把現實中的統治者奴才的嘴臉、伎倆、無恥、可笑和可憎，勾勒得惟妙惟肖，令其原形畢露，無可逃遁。

20世紀30年代的文化界，確有這樣一批奴才，本來沒什麼本事，卻裝模做樣，表面上走在時代前列，並以「常新」自居，骨子裏卻是捍衛舊勢力的爪牙，他們忙著找主子，弄花樣，卻又裝出清高而又滿腹經綸的樣子。魯迅在文中不但揭露了他們的真相，而且辛辣地指出，這樣的奴才，在末世之中，要想做「幫閒」，其實也不夠格，因為他們的全部本事不過是「扯淡」而已。這樣，既給這些無用的奴才一記響亮的耳光，又巧妙地照應了文題。

——楊依柳《魯迅作品選講》

名人和名言

　　《太白》二卷七期上有一篇南山先生的《保守文言的第三道策》，他舉出：第一道是說「要做白話由於文言做不通」，第二道是說「要白話做好，先須文言弄通」。十年之後，才來了太炎先生的第三道，「他以為你們說文言難，白話更難。理由是現在的口頭語，有許多是古語，非深通小學就不知道現在口頭語的某音，就是古代的某音，不知道就是古代的某字，就要寫錯。……」

　　太炎先生的話是極不錯的。現在的口頭語，並非一朝一夕，從天而降的語言，裏面當然有許多是古語，既有古語，當然會有許多曾見於古書，如果做白話的人，要每字都到《說文解字》裏去找本字，那的確比做任用借字的文言要難到不知多少倍。然而自從提倡白話以來，主張者卻沒有一個以為寫白話的主旨，是在從「小學」裏尋出本字來的，我們就用約定俗成的借字。誠然，如太炎先生說：「乍見熟人而相寒暄曰『好呀』，『呀』即『乎』字；應人之稱曰『是唉』，『唉』即『也』字。」但我們即使知道了這兩字，也不用「好乎」或「是也」，還是用「好呀」或「是唉」。因為白話是寫給現代的人們看，並非寫給商周秦漢的鬼看的，起古人於地下，看了不懂，我們也毫不畏縮。所乙太炎先生的第三道策，其實

是文不對題的。這緣故，是因爲先生把他所專長的小學，用得範圍太廣了。

我們的知識很有限，誰都願意聽聽名人的指點，但這時就來了一個問題：聽博識家的話好，還是聽專門家的話好呢？解答似乎很容易：都好。自然都好；但我由歷聽了兩家的種種指點以後，卻覺得必須有相當的警戒。因爲是：博識家的話多淺，專門家的話多悖的。

博識家的話多淺，意義自明，惟專門家的話多悖的事，還得加一點申說。他們的悖，未必悖在講述他們的專門，是悖在倚專家之名，來論他所專門以外的事。社會上崇敬名人，於是以爲名人的話就是名言，卻忘記了他之所以得名是那一種學問或事業。名人被崇奉所誘惑，也忘記了自己之所以得名是那一種學問或事業，漸以爲一切無不勝人，無所不談，於是乎就悖起來了。其實，專門家除了他的專長之外，許多見識是往往不及博識家或常識者的。太炎先生是革命的先覺，小學的大師，倘談文獻，講《說文》，當然娓娓可聽，但一到攻擊現在的白話，便牛頭不對馬嘴，即其一例。還有江亢虎博士，是先前以講社會主義出名的名人，他的社會主義到底怎麼樣呢，我不知道。只是今年忘其所以，談到小學，說「『德』之古字爲『悳』，從『直』從『心』，『悳』即直覺之意」，卻真不知道悖到那裏去了，他竟連那上半並不是曲直的直字這一點都不明白。這種解釋，卻須聽太炎先生了。

不過在社會上，大概總以爲名人的話就是名言，既是名人，也就無所不通，無所不曉。所以譯一本歐洲史，就請英國話說得漂亮的名人校閱，編一本經濟學，又乞古文做得好的名人題簽；學界的名人紹介醫生，說他「術擅岐黃」，商界的名人稱讚畫家，說他「精研六法」。……

這也是一種現在的通病。德國的細胞病理學家維爾曉（Virehow），是醫學界的泰斗，舉國皆知的名人，在醫學史上的

位置，是極為重要的，然而他不相信進化論，他那被教徒所利用的幾回講演，據赫克爾（Haeckel）說，很給了大眾不少壞影響。因為他學問很深，名甚大，於是自視甚高，以為他所不解的，此後也無人能解，又不深研進化論，便一口歸功於上帝了。現在中國屢經紹介的法國昆蟲學大家法布耳（Fabre），也頗有這傾向。他的著作還有兩種缺點：一是嗤笑解剖學家，二是用人類道德於昆蟲界。但倘無解剖，就不能有他那樣精到的觀察，因為觀察的基礎，也還是解剖學；農學者根據對於人類的利害，分昆蟲為益蟲和害蟲，是有理可說的，但憑了當時的人類的道德和法律，定昆蟲為善蟲或壞蟲，卻是多餘了。有些嚴正的科學者，對於法布耳的有微詞，實也並非無故。但倘若對這兩點先加警戒，那麼，他的大著作《昆蟲記》十卷，讀起來也還是一部很有趣，也很有益的書。

不過名人的流毒，在中國卻較為利害，這還是科舉的餘波。那時候，儒生在私塾裏揣摩高頭講章，和天下國家何涉，但一登第，真是「一舉成名天下知」，他可以修史，可以衡文，可以臨民，可以治河；到清朝之末，更可以辦學校，開煤礦，練新軍，造戰艦，條陳新政，出洋考察了。成績如何呢，不待我多說。

這病根至今還沒有除，一成名人，便有「滿天飛」之概。我想，自此以後，我們是應該將「名人的話」和「名言」分開來的，名人的話並不都是名言；許多名言，倒出自田夫野老之口。這也就是說，我們應該分別名人之所以名，是由於那一門，而對於他的專門以外的縱談，卻加以警戒。蘇州的學子是聰明的，他們請太炎先生講國學，卻不請他講簿記學或步兵操典，──可惜人們卻又不肯想得更細一點了。

我很自歉這回時時涉及了太炎先生。但「智者千慮，必有一失」，這大約也無傷於先生的「日月之明」的。至於我的所說，可是我想，「愚者千慮，必有一得」，蓋亦「懸諸日月而不刊」之論也。

七月一日

　　文章以名人的言論常有謬誤的事實，說明名人的話未必是名言，許多名言常出自田夫野老之口，從而告誡人們分清「名人」和「名言」，對於妄以「名言」自許的人，應提高警惕。

　　嚴密的精要的邏輯分析與充足的有力的事實例證相結合，是魯迅闡明本文論點的主要方法。魯迅告誡人們要將「名人的話」與「名言」分開，其主要理由就是「專門家的話多悖」。在闡述這一觀點時，魯迅一方面肯定了專門家的專長，說明專門家的話並非都悖，他們在其專門方面的論述是「須聽」而且「很有益」的。另一方面又著重地分析了社會上崇奉名人的風氣和專門家的名人心理，指出了他們「倚專家之名，來論他所專門以外的事」的惡習，以及「專門家除了他的專長之外，許多見識是往往不及博識者或常識者」的知識實際。這種一分為二的合乎邏輯的精要分析無論是對於普通人還是對於名人都是很有說服力的。同時魯迅還從章太炎談白話說起，列舉了中外古今，政治、經濟、歷史、醫學等各界的很多事例，有的具體評論，有的一筆帶過，有點有面，寫法多變，事例雖多卻沒有羅列堆砌的感覺，成為「專門家的話多悖」的論點的充分而有力的論據。

　　魯迅寫本文目的不在否定名人，只在挖掉人們盲目崇拜名人和名人以名人自居的病根。……但是對於江亢虎等輩，以及歷史上的「一舉成名天下知」的儒生們，魯迅卻採取了嘲笑抨擊的態度。例如，對江亢虎這樣的人，魯迅辛辣地諷刺他「忘其所以」、「真不知道悖到那裏去了」，「他的社會主義到底怎麼樣呢，我不知道」。將江亢虎的不學無術，賣狗皮膏藥的騙子嘴臉活生生地描繪了出來，使普通人認清其真實面目而不再上當。

——陸維忠《魯迅雜文選講》

我要騙人

　　疲勞到沒有法子的時候，也偶然佩服了超出現世的作家，要模仿一下來試試。然而不成功。超然的心，是得像貝類一樣，外面非有殼不可的。而且還得有清水。淺間山邊，倘是客店，那一定是有的罷，但我想，卻未必有去造「象牙之塔」的人的。

　　為了希求心的暫時的平安，作為窮餘的一策，我近來發明了別樣的方法了，這就是騙人。

　　去年的秋天或是冬天，日本的一個水兵，在閘北被暗殺了。忽然有了許多搬家的人，汽車租錢之類，都貴了好幾倍。搬家的自然是中國人，外國人是很有趣似的站在馬路旁邊看。我也常常去看的。一到夜裏，非常之冷靜，再沒有賣食物的小商人了，只聽得有時從遠處傳來著犬吠。然而過了兩三天，搬家好像被禁止了。員警拚死命的在毆打那些拉著行李的大車夫和洋車夫，日本的報章，中國的報章，都異口同聲的對於搬了家的人們給了一個「愚民」的徽號。這意思就是說，其實是天下太平的，只因為有這樣的「愚民」，所以把頗好的天下，弄得亂七八糟了。

　　我自始至終沒有動，並未加入「愚民」這一夥裏。但這並非為了聰明，卻只因為懶惰。也曾陷在五年前的正月的上海戰爭——

日本那一面，好像是喜歡稱爲「事變」似的——的火線下，而且自由早被剝奪，奪了我的自由的權力者，又拿著這飛上空中了，所以無論跑到那裏去，都是一個樣。中國的人民是多疑的。無論那一國人，都指這爲可笑的缺點。然而懷疑並不是缺點。總是疑，而並不下斷語，這才是缺點。我是中國人，所以深知道這祕密。其實，是在下著斷語的，而這斷語，乃是：到底還是不可信。但後來的事實，卻大抵證明了這斷語的的確。中國人不疑自己的多疑。所以我的沒有搬家，也並不是因爲懷著天下太平的確信，說到底，仍不過爲了無論那裏都一樣的危險的緣故。五年以前翻閱報章，看見過所記的孩子的死屍的數目之多，和從不見有記著交換俘虜的事，至今想起來，也還是非常悲痛的。

　　虐待搬家人，毆打車夫，還是極小的事情。中國的人民，是常用自己的血，去洗權力者的手，使他又變成潔淨的人物的，現在單是這模樣就完事，總算好得很。

　　但當大家正在搬家的時候，我也沒有整天站在路旁看熱鬧，或者坐在家裏讀世界文學史之類的心思。走遠一點，到電影院裏散悶去。一到那裏，可眞是天下太平了。這就是大家搬家去住的處所。我剛要跨進大門，被一個十二三歲的女孩子捉住了。是小學生，在募集水災的捐款，因爲冷，連鼻子尖也凍得通紅。我說沒有零錢，她就用眼睛表示了非常的失望。我覺得對不起人，就帶她進了電影院，買過門票之後，付給她一塊錢。她這回是非常高興了，稱讚我道，「你是好人」，還寫給我一張收條。只要拿著這收條，就無論到那裏，都沒有再出捐款的必要。於是我，就是所謂「好人」，也輕鬆的走進裏面了。

　　看了什麼電影呢？現在已經絲毫也記不起。總之，大約不外乎一個英國人，爲著祖國，征服了印度的殘酷的酋長，或者一個美國人，到亞非利加去，發了大財，和絕世的美人結婚之類罷。這樣的消遣了一些時光，傍晚回家，又走進了靜悄悄的環境。聽到遠地裏

的犬吠聲。女孩子的滿足的表情的相貌，又在眼前出現，自己覺得做了好事情了，但心情又立刻不舒服起來，好像嚼了肥皂或者什麼一樣。

誠然，兩三年前，是有過非常的水災的，這大水和日本的不同，幾個月或半年都不退。但我又知道，中國有著叫作「水利局」的機關，每年從人民收著稅錢，在辦事。但反而出了這樣的大水了。我又知道，有一個團體演了戲來籌錢，因爲後來只有二十幾元，衙門就發怒不肯要。連被水災所害的難民成群的跑到安全之處來，說是有害治安，就用機關槍去掃射的話也都聽到過。恐怕早已統統死掉了罷。然而孩子們不知道，還在拚命的替死人募集生活費，募不到，就失望，募到手，就喜歡。而其實，一塊來錢，是連給水利局的老爺買一天的煙捲也不夠的。我明明知道著，卻好像也相信款子眞會到災民的手裏似的，付了一塊錢。實則不過買了這天眞爛漫的孩子的歡喜罷了。我不愛看人們的失望的樣子。

倘使我那八十歲的母親，問我天國是否眞有，我大約是會毫不躊躕，答道眞有的罷。

然而這一天的後來的心情卻不舒服。好像是又以爲孩子和老人不同，騙她是不應該似的，想寫一封公開信，說明自己的本心，去消釋誤解，但又想到橫豎沒有發表之處，於是中止了，時候已是夜裏十二點鐘。到門外去看了一下。

已經連人影子也看不見。只在一家的簷下，有一個賣餛飩的，在和兩個員警談閑天。這是一個平時不大看見的特別窮苦的肩販，存著的材料多得很，可見他並無生意。用兩角錢買了兩碗，和我的女人兩個人分吃了。算是給他賺一點錢。

莊子曾經說過：「幹下去的（曾經積水的）車轍裏的鮒魚，彼此用唾沫相濕，用濕氣相噓，」——然而他又說，「倒不如在江湖裏，大家互相忘卻的好。」

可悲的是我們不能互相忘卻。而我，卻愈加恣意的騙起人來

了。如果這騙人的學問不畢業，或者不中止，恐怕是寫不出圓滿的文章來的。

但不幸而在既未卒業，又未中止之際，遇到山本社長了。因為要我寫一點什麼，就在禮儀上，答道「可以的」。因為說過「可以」，就應該寫出來，不要使他失望，然而，到底也還是寫了騙人的文章。

寫著這樣的文章，也不是怎麼舒服的心地。要說的話多得很，但得等候「中日親善」更加增進的時光。不久之後，恐怕那「親善」的程度，竟會到在我們中國，認為排日即國賊──因為說是共產黨利用了排日的口號，使中國滅亡的緣故──而到處的斷頭臺上，都閃爍著太陽的圓圈的罷，但即使到了這樣子，也還不是披瀝真實的心的時光。

單是自己一個人的過慮也說不定：要彼此看見和瞭解真實的心，倘能用了筆，舌，或者如宗教家之所謂眼淚洗明瞭眼睛那樣的便當的方法，那固然是非常之好的，然而這樣便宜事，恐怕世界上也很少有。這是可以悲哀的。一面寫著漫無條理的文章，一面又覺得對不起熱心的讀者了。

臨末，用血寫添幾句個人的預感，算是一個答禮罷。

二月二十三日

魯迅先生一生求真，縱然是在「萬家墨面沒蒿萊」的黑暗社會，在反動派瘋狂的血雨腥風中，他也要「直面慘澹的人生」，「正視淋

滴的鮮血」，「直向刀叢覓小詩」。那麼，當我們初見魯迅先生寫於逝世之前的此文，便會感到驚詫；然而，細讀文章之後，感到的卻是震撼。

在一個冬天的早晨，魯迅走出家門，遇到了一個正在為災區難民募捐的小女孩。因為天冷，她的鼻子凍得通紅。在國民黨的腐敗統治下，魯迅深知這募捐款是萬萬到不了災民手裏的，小女孩的募捐毫無意義。然而，面對這個熱情天真的孩子，能把那殘酷的真相告訴她嗎？不能，而且還必須支持她。魯迅給了她一元錢，小女孩緊緊地握住了他的手，連聲道謝並稱讚他是好人。望著滿意而去的小女孩的背影，魯迅仍然感到一雙小手的溫暖，但這雙小手的溫暖卻像火一樣燒灼著他的心，因為他騙了這個孩子。進而魯迅又想到，八十歲的老母親問他是否真的有天國，他竟然「毫不躊躇地答道真有的罷」。募捐的小女孩和自己的母親都是心靈最單純的人，面對她們或天真無邪或慈祥渴求的目光，魯迅實在不忍心將血淋淋的真相撕扯出來給她們看，實在不忍心把殘酷的真話說出來給她們聽，於是只好「我要騙人」。

由於「希求心的暫時的平安」而「騙人」，深蘊著魯迅先生巨大的悲憫情懷和對善良人們深深的摯愛。小女孩和母親雖然獲得了暫時的安慰，但魯迅先生卻是矛盾而痛苦的，而且他毫不留情地將這種心理予以剖析，使我們看到了一顆真實複雜而偉大的心靈。錢理群先生在解讀本文時，有一段精彩的論述：「我覺得一個人要說真話固然很難，但是，能夠像魯迅這樣正視自己時時刻刻不得不說假話的困境，這需要更大的勇氣。我們每一個人時時刻刻都面臨著這樣一個兩難的選擇，但是有誰像魯迅這樣敢於正視自己渴望說真話，但又不能不說假話、不能不騙人的這樣一種深層的困境呢？」

——楊依柳《魯迅作品選講》

登錯的文章

　　印給少年們看的刊物上，現在往往見有描寫岳飛呀，文天祥呀的故事文章。自然，這兩位，是給中國人掙面子的，但來做現在的少年們的模範，卻似乎迂遠一點。

　　他們倆，一位是文官，一位是武將，倘使少年們受了感動，要來模仿他，他就先得在普通學校卒業之後，或進大學，再應文官考試，或進陸軍學校，做到將官，於是武的呢，準備被十二金牌召還，死在牢獄裏；文的呢，起兵失敗，死在蒙古人的手中。

　　宋朝怎麼樣呢？有歷史在，恕不多談。

　　不過這兩位，卻確可以勵現任的文官武將，愧前任的降將逃官，我疑心那些故事，原是為辦給大人老爺們看的刊物而作的文字，不知怎麼一來，卻錯登在少年讀物上面了，要不然，作者是決不至於如此低能的。

本文最初發表於1936年2月的《海燕》月刊第二期。

當時的中國，正在飽受日本侵略者鐵蹄的蹂躪，國家的存亡已危在旦夕。不甘屈服的各地軍民奮起抗戰，浴血大江南北，無數的仁人志士犧牲了寶貴的生命。而國民黨統治者卻在「攘外必先安內」的叫嚷聲中，節節敗退，並在後方大發國難財，在紙醉金迷中貪圖著安逸和享樂。

岳飛和文天祥，是頂天立地的民族英雄。在國家危難的緊急關頭，他們挺身而出，英勇奮戰，本來是可以挽狂瀾於即倒的。然而，由於統治者的昏庸和腐敗，岳飛「被十二道金牌召回，死在獄中」；文天祥則「起兵失敗，死在蒙古人的手中」。

文章暗蘊著兩個對比。其一是把岳飛、文天祥與抗日的將士做對比，古代的英雄與現代的英雄都是「甘灑熱血寫春秋」的民族的脊樑；都是萬代景仰、「留取丹心照汗青」的大寫的人。其二是把中國歷史上最腐敗最無能的宋朝與病入膏肓的國民黨反動政府做對比，外戰外行，內戰內行，又是何其相似乃爾！他們不去帶領人民英勇抗敵、「還我河山」，卻渾渾噩噩地苟且偷安，甚至殘酷地殺害抗戰的英雄，他們是民族的猶大，歷史的罪人。

岳飛和文天祥的英雄事蹟，「確可以勵現任的文官武將，愧前任的降將逃官。」這樣的文章應該讓「大人老爺們看」，讓他們在英雄們面前照出自己的渺小，感到慚愧而無地自容。然而，這樣的文章卻登在了給少年們看的刊物上，因而作者說「登錯了」。簡潔的反語，似一把利劍，直刺「大人老爺們」的心窩。

——楊依柳《魯迅作品選講》

文藝與政治的歧途

——十二月二十一日在上海暨南大學講

　　我是不大出來講演的；今天到此地來，不過因爲說過了好幾次，來講一回也算了卻一件事。我所以不出來講演，一則沒有什麼意見可講，二則剛才這位先生說過，在座的很多讀過我的書，我更不能講什麼。書上的人大概比實物好一點，《紅樓夢》裏面的人物，像賈寶玉林黛玉這些人物，都使我有異樣的同情；後來，考究一些當時的事實，到北京後，看看梅蘭芳姜妙香扮的賈寶玉林黛玉，覺得並不怎樣高明。

　　我沒有整篇的鴻論，也沒有高明的見解，只能講講我近來所想到的。我每每覺到文藝和政治時時在衝突之中；文藝和革命原不是相反的，兩者之間，倒有不安於現狀的同一。惟政治是要維持現狀，自然和不安於現狀的文藝處在不同的方向。不過不滿意現狀的

文藝，直到十九世紀以後才興起來，只有一段短短歷史。政治家最不喜歡人家反抗他的意見，最不喜歡人家要想，要開口。而從前的社會也的確沒有人想過什麼，又沒有人開過口。

且看動物中的猴子，牠們自有牠們的首領；首領要牠們怎樣，牠們就怎樣。在部落裏，他們有一個酋長，他們跟著酋長走，酋長的吩咐，就是他們的標準。酋長要他們死，也只好去死。那時沒有什麼文藝，即使有，也不過讚美上帝（還沒有後人所謂God那麼玄妙）罷了！那裏會有自由思想？後來，一個部落一個部落你吃我吞，漸漸擴大起來，所謂大國，就是吞吃那多多少少的小部落；一到了大國，內部情形就複雜得多，夾著許多不同的思想，許多不同的問題。

這時，文藝也起來了，和政治不斷地衝突；政治想維繫現狀使它統一，文藝催促社會進化使它漸漸分離；文藝雖使社會分裂，但是社會這樣才進步起來。文藝既然是政治家的眼中釘，那就不免被擠出去。外國許多文學家，在本國站不住腳，相率亡命到別個國度去；這個方法，就是「逃」。要是逃不掉，那就被殺掉，割掉他的頭；割掉頭那是最好的方法，既不會開口，又不會想了。俄國許多文學家，受到這個結果，還有許多充軍到冰雪的西伯利亞去。

有一派講文藝的，主張離開人生，講些月呀花呀鳥呀的話（在中國又不同，有國粹的道德，連花呀月呀都不許講，當作別論），或者專講「夢」，專講些將來的社會，不要講得太近。這種文學家，他們都躲在象牙之塔裡面；但是「象牙之塔」畢竟不能住得很長久的呀！象牙之塔總是要安放在人間，就免不掉還要受政治的壓迫。打起仗來，就不能不逃開去。

北京有一班文人，頂看不起描寫社會的文學家，他們想，小說裏面連車夫的生活都可以寫進去，豈不把小說應該寫才子佳人一首詩生愛情的定律都打破了嗎？現在呢，他們也不能做高尚的文學家了，還是要逃到南邊來；「象牙之塔」的窗子裏，到底沒有一塊一

塊麵包遞進來的呀！

　　等到這些文學家也逃出來了，其他文學家早已死的死，逃的逃了。別的文學家，對於現狀早感到不滿意，又不能不反對，不能不開口，「反對」「開口」就是有他們的下場。我以為文藝大概由於現在生活的感受，親身所感到的，便影印到文藝中去。

　　挪威有一文學家，他描寫肚子餓，寫了一本書，這是依他所經驗的寫的。對於人生的經驗，別的且不說，「肚子餓」這件事，要是歡喜，便可以試試看，只要兩天不吃飯，飯的香味便會是一個特別的誘惑；要是走過街上飯鋪子門口，更會覺得這個香味一陣陣沖到鼻子來。我們有錢的時候，用幾個錢不算什麼；直到沒有錢，一個錢都有它的意味。那本描寫肚子餓的書裏，它說起那人餓得久了，看見路人個個是仇人，即是穿一件單褂子的，在他眼裏也見得那是驕傲。我記起我自己曾經寫過這樣一個人，他身邊什麼都光了，時常抽開抽屜看看，看角上邊上可以找到什麼；路上一處一處去找，看有什麼可以找得到；這個情形，我自己是體驗過來的。

　　從生活窘迫過來的人，一到了有錢，容易變成兩種情形：一種是理想世界，替處同一境遇的人著想，便成為人道主義；一種是什麼都是自己掙起來，從前的遭遇，使他覺得什麼都是冷酷，便流為個人主義。我們中國大概是變成個人主義者多。主張人道主義的，要想替窮人想想法子，改變改變現狀，在政治家眼裏，倒還不如個人主義的好；所以人道主義者和政治家就有衝突。

　　俄國文學家托爾斯泰講人道主義，反對戰爭，寫過三冊很厚的小說——那部《戰爭與和平》，他自己是個貴族，卻是經過戰場的生活，他感到戰爭是怎麼一個慘痛。尤其是他一臨到長官的鐵板前（戰場上重要軍官都有鐵板擋住槍彈），更有刺心的痛楚。而他又眼見他的朋友們，很多在戰場上犧牲掉。戰爭的結果，也可以變成兩種態度：一種是英雄，他見別人死的死傷的傷，只有他健存，自己就覺得怎樣了不得，這麼那麼誇耀戰場上的威雄。一種是變成

反對戰爭的，希望世界上不要再打仗了。托爾斯泰便是後一種，主張用無抵抗主義來消滅戰爭。他這麼主張，政府自然討厭他；反對戰爭，和俄皇的侵掠欲望衝突；主張無抵抗主義，叫兵士不替皇帝打仗，員警不替皇帝執法，審判官不替皇帝裁判，大家都不去捧皇帝；皇帝是全要人捧的，沒有人捧，還成什麼皇帝，更和政治相衝突。這種文學家出來，對於社會現狀不滿意，這樣批評，那樣批評，弄得社會上個個都自己覺到，都不安起來，自然非殺頭不可。

但是，文藝家的話其實還是社會的話，他不過感覺靈敏，早感到早說出來（有時，他說得太早，連社會也反對他，也排軋他）。譬如我們學兵式體操，行舉槍禮，照規矩口令是「舉……槍」這般叫，一定要等「槍」字令下，才可以舉起。有些人卻是一聽到「舉」字便舉起來，叫口令的要罰他，說他做錯。文藝家在社會上正是這樣；他說得早一點，大家都討厭他。

政治家認定文學家是社會擾亂的煽動者，心想殺掉他，社會就可平安。殊不知殺了文學家，社會還是要革命；俄國的文學家被殺的充軍的不在少數，革命的火焰不是到處燃著嗎？文學家生前大概不能得到社會的同情，潦倒地過了一生，直到死後四五十年，才為社會所認識，大家大鬧起來。政治家因此更厭惡文學家，以為文學家早就種下大禍根；政治家想不准大家思想，而那野蠻時代早已過去了。在座諸位的見解，我雖然不知道；據我推測，一定和政治家是不相同；政治家既永遠怪文藝家破壞他們的統一，偏見如此，所以我從來不肯和政治家去說。

到了後來，社會終於變動了；文藝家先時講的話，漸漸大家都記起來了，大家都贊成他，恭維他是先知先覺。雖是他活的時候，怎樣受過社會的奚落。剛才我來講演，大家一陣子拍手，這拍手就見得我並不怎樣偉大；那拍手是很危險的東西，拍了手或者使我自以為偉大不再向前了，所以還是不拍手的好。上面我講過，文學家是感覺靈敏了一些，許多觀念，文學家早感到了，社會還沒有感

到。譬如今天××先生穿了皮袍，我還只穿棉袍；××先生對於天寒的感覺比我靈。再過一月，也許我也感到非穿皮袍不可，在天氣上的感覺，相差到一個月，在思想上的感覺就得相差到三四十年。這個話，我這麼講，也有許多文學家在反對。

我在廣東，曾經批評一個革命文學家——現在的廣東，是非革命文學不能算做文學的，是非「打打打，殺殺殺，革革革，命命命」，不能算做革命文學的——我以為革命並不能和文學連在一塊兒，雖然文學中也有文學革命。但做文學的人總得閒定一點，正在革命中，那有功夫做文學。我們且想想：在生活困乏中，一面拉車，一面「之乎者也」，到底不大便當。

古人雖有種田做詩的，那一定不是自己在種田；雇了幾個人替他種田，他才能吟他的詩；真要種田，就沒有功夫做詩。革命時候也是一樣；正在革命，那有功夫做詩？我有幾個學生，在打陳炯明時候，他們都在戰場；我讀了他們的來信，只見他們的字與詞一封一封生疏下去。俄國革命以後，拿了麵包票排了隊一排一排去領麵包；這時，國家既不管你什麼文學家藝術家雕刻家；大家連想麵包都來不及，那有功夫去想文學？等到有了文學，革命早成功了。革命成功以後，閒空了一點；有人恭維革命，有人頌揚革命，這已不是革命文學。他們恭維革命頌揚革命，就是頌揚有權力者，和革命有什麼關係？

這時，也許有感覺靈敏的文學家，又感到現狀的不滿意，又要出來開口。從前文藝家的話，政治革命家原是贊同過；直到革命成功，政治家把從前所反對那些人用過的老法子重新採用起來，在文藝家仍不免於不滿意，又非被排軋出去不可，或是割掉他的頭。割掉他的頭，前面我講過，那是頂好的法子，——從十九世紀到現在，世界文藝的**趨勢**，大都如此。

十九世紀以後的文藝，和十八世紀以前的文藝大不相同。十八世紀的英國小說，它的目的就在供給太太小姐們的消遣，所講的都

是愉快風趣的話。十九世紀的後半世紀，完全變成和人生問題發生密切關係。我們看了，總覺得十二分的不舒服，可是我們還得氣也不透地看下去。

這因為以前的文藝，好像寫別一個社會，我們只要鑒賞；現在的文藝，就在寫我們自己的社會，連我們自己也寫進去；在小說裏可以發見社會，也可以發見我們自己；以前的文藝，如隔岸觀火，沒有什麼切身關係；現在的文藝，連自己也燒在這裏面，自己一定深深感覺到；一到自己感覺到，一定要參加到社會去！

十九世紀，可以說是一個革命的時代；所謂革命，那不安於現在，不滿意於現狀的都是。文藝催促舊的漸漸消滅的也是革命（舊的消滅，新的才能產生），而文學家的命運並不因自己參加過革命而有一樣改變，還是處處碰釘子。現在革命的勢力已經到了徐州，在徐州以北文學家原站不住腳；在徐州以南，文學家還是站不住腳，即共了產，文學家還是站不住腳。

革命文學家和革命家竟可說完全兩件事。詆斥軍閥怎樣怎樣不合理，是革命文學家；打倒軍閥是革命家；孫傳芳所以趕走，是革命家用炮轟掉的，決不是革命文藝家做了幾句「孫傳芳呀，我們要趕掉你呀」的文章趕掉的。在革命的時候，文學家都在做一個夢，以為革命成功將有怎樣怎樣一個世界；革命以後，他看看現實全不是那麼一回事，於是他又要吃苦了。照他們這樣叫，啼，哭都不成功；向前不成功，向後也不成功，理想和現實不一致，這是註定的運命；正如你們從《吶喊》上看出的魯迅和講壇上的魯迅並不一致；或許大家以為我穿洋服頭髮分開，我卻沒有穿洋服，頭髮也這樣短短的。所以以革命文學自命的，一定不是革命文學，世間那有滿意現狀的革命文學？除了吃麻醉藥！蘇俄革命以前，有兩個文學家，葉遂寧和梭波里，他們都謳歌過革命，直到後來，他們還是碰死在自己所謳歌希望的現實碑上，那時，蘇維埃是成立了！

不過，社會太寂寞了，有這樣的人，才覺得有趣些。人類是歡

喜看看戲的，文學家自己來做戲給人家看，或是綁出去砍頭，或是在最近牆腳下槍斃，都可以熱鬧一下子。且如上海巡捕用棒打人，大家圍著去看，他們自己雖然不願意挨打，但看見人家挨打，倒覺得頗有趣的。文學家便是用自己的皮肉在挨打的啦！

今天所講的，就是這麼一點點，給它一個題目，叫做……《文藝與政治的歧途》。

名·家·解·讀

本文是魯迅1927年12月21日下午在上海暨南大學的演講，其記錄稿最初見於1928年1月上海《新聞報》副刊「學海」，記錄者為曹聚仁，後經魯迅校訂收入《集外集》。

這篇演講，汪洋恣肆，講了許多文藝的根本問題，歸納起來，最重要也最有價值的是文藝與社會、政治、革命的關係。

關於文藝與社會，魯迅主張文藝與現實人生必須具有緊密的聯繫，「我以為文藝大概由於現在生活的感受，親身所感到的，便影印到文藝中去。」人生的經驗、革命的體驗是文學創作的重要來源。

在講演中，魯迅通過「肚子餓」和「有錢沒錢」兩個生動的人生體驗，深入淺出、通俗易懂地論述了直接體驗（也包括間接體驗）的重要性，作家只有感同身受，才能寫出無愧於時代的作品，才能寫出「揭出痛苦，引起療救注意」的文學，也就是「為人生」的文學。

至於那些「主張離開人生，講些月呀花呀鳥呀的話」或者「專講夢」的「躲在象牙塔裡面」的文學，其實是屬於「瞞和騙」的文學，它們只能使中國文學病入膏肓，自絕於勞苦大眾。

關於文藝與政治，在講演的開始，魯迅即以其衝突為邏輯的起

點，論證了兩者不能相安無事，「惟政治是要維持現狀，自然和不安於現狀的文藝處於不同的方向。」

　　為什麼文學家與政治家不能握手言和而必要兵戎相見呢？魯迅深刻地指出，「文學家是感覺靈敏了一點，許多觀念，文學家早感到了，社會還沒感到」，文學家感到了，就一定要說出來，這無異於石破天驚，於是「政治家認定文學家是社會擾亂的煽動者」，因而「政治家因此更厭惡文學家，以為文學家種下了大禍根，政治家想不准大家思想，而那野蠻時代早已過去了。」

　　革命，當然可以理解為政治的一部分，實際上它有相對獨立的意義。在革命進行當中，革命文藝家固然沒有「吟詩作賦」的「閒工夫」；革命成功後，革命家倒是有了「閒工夫」，那麼，他們的文學便是革命的文學了嗎？

　　魯迅於此有一段極為深刻的論述：「革命成功以後，閒空了一點，有人恭維革命，有人頌揚革命，這已不是革命文學。他們恭維革命頌揚革命，就是頌揚有權力者，和革命有什麼關係？」文藝一旦成了政治的附庸，成了權力的吹鼓手，那麼文藝便與革命毫無關係了。文學家永遠不應成為頌揚革命的工具，因為革命是永無止境的，「倘若世間真有什麼『止於至善』，這人世間同時變成凝固的東西了。」一個革命作家必須是一個永的批評者，因為「世間那有滿意現狀的革命文學」？

　　　　　　　　　　　　　　——楊依柳《魯迅作品選講》

老調子已經唱完

——二月十九日在香港青年會講

　　今天我所講的題目是「老調子已經唱完」：初看似乎有些離奇，其實是並不奇怪的。

　　凡老的，舊的，都已經完了！這也應該如此。雖然這一句話實在對不起一般老前輩，可是我也沒有別的法子。

　　中國人有一種矛盾思想，即是：要子孫生存，而自己也想活得很長久，永遠不死；及至知道沒法可想，非死不可了，卻希望自己的屍身永遠不腐爛。但是，想一想罷，如果從有人類以來的人們都不死，地面上早已擠得密密的，現在的我們早已無地可容了；如果從有人類以來的人們的屍身都不爛，豈不是地面上的死屍早已堆得比魚店裏的魚還要多，連掘井，造房子的空地都沒有了麼？所以，我想，凡是老的，舊的，實在倒不如高高興興的死去的好。

在文學上，也一樣，凡是老的和舊的，都已經唱完，或將要唱完。舉一個最近的例來說，就是俄國。他們當俄皇專制的時代，有許多作家很同情於民眾，叫出許多慘痛的聲音，後來他們又看見民眾有缺點，便失望起來，不很能怎樣歌唱，待到革命以後，文學上便沒有什麼大作品了。只有幾個舊文學家跑到外國去，作了幾篇作品，但也不見得出色，因為他們已經失掉了先前的環境了，不再能照先前似的開口。

在這時候，他們的本國是應該有新的聲音出現的，但是我們還沒有很聽到。我想，他們將來是一定要有聲音的。因為俄國是活的，雖然暫時沒有聲音，但他究竟有改造環境的能力，所以將來一定也會有新的聲音出現。

再說歐美的幾個國度罷。他們的文藝是早有些老舊了，待到世界大戰時候，才發生了一種戰爭文學。戰爭一完結，環境也改變了，老調子無從再唱，所以現在文學上也有些寂寞。將來的情形如何，我們實在不能預測。但我相信，他們是一定也會有新的聲音的。

現在來想一想我們中國是怎樣。中國的文章是最沒有變化的，調子是最老的，裏面的思想是最舊的。但是，很奇怪，卻和別國不一樣。那些老調子，還是沒有唱完。

這是什麼緣故呢？有人說，我們中國是有一種「特別國情」。——中國人是否真是這樣「特別」，我是不知道，不過我聽得有人說，中國人是這樣。——倘使這話是真的，那麼，據我看來，這所以特別的原因，大概有兩樣。

第一，是因為中國人沒記性，因為沒記性，所以昨天聽過的話，今天忘記了，明天再聽到，還是覺得很新鮮。做事也是如此，昨天做壞了的事，今天忘記了，明天做起來，也還是「仍舊貫」的老調子。

第二，是個人的老調子還未唱完，國家卻已經滅亡了好幾次了。何以呢？我想，凡有老舊的調子，一到有一個時候，是都應

該唱完的，凡是有良心，有覺悟的人，到一個時候，自然知道老調子不該再唱，將它拋棄。但是，一般以自己為中心的人們，卻決不肯以民眾為主體，而專圖自己的便利，總是三翻四覆的唱不完。於是，自己的老調子固然唱不完，而國家卻已被唱完了。

宋朝的讀書人講道學，講理學，尊孔子，千篇一律。雖然有幾個革新的人們，如王安石等等，行過新法，但不得大家的贊同，失敗了。從此大家又唱老調子，和社會沒有關係的老調子，一直到宋朝的滅亡。

宋朝唱完了，進來做皇帝的是蒙古人 —— 元朝。那麼，宋朝的老調子也該隨著宋朝完結了罷，不，元朝人起初雖然看不起中國人，後來卻覺得我們的老調子，倒也新奇，漸漸生了羨慕，因此元人也跟著唱起我們的調子來了，一直到滅亡。

這個時候，起來的是明太祖。元朝的老調子，到此應該唱完了罷，可是也還沒有唱完。明太祖又覺得還有些意趣，就又教大家接著唱下去。什麼八股咧，道學咧，和社會，百姓都不相干，就只向著那條過去的舊路走，一直到明亡。

清朝又是外國人。中國的老調子，在新來的外國主人的眼裏又見得新鮮了，於是又唱下去。還是八股，考試，做古文，看古書。但是清朝完結，已經有十六年了，這是大家都知道的。他們到後來，倒也略略有些覺悟，曾經想從外國學一點新法來補救，然而已經太遲，來不及了。

老調子將中國唱完，完了好幾次，而它卻仍然可以唱下去。因此就發生一點小議論。有人說：「可見中國的老調子實在好，正不妨唱下去。試看元朝的蒙古人，清朝的滿洲人，不是都被我們同化了麼？照此看來，則將來無論何國，中國都會這樣地將他們同化的。」原來我們中國就如生著傳染病的病人一般，自己生了病，還會將病傳到別人身上去，這倒是一種特別的本領。

殊不知這種意見，在現在是非常錯誤的。我們為甚麼能夠同化

蒙古人和滿洲人呢？是因為他們的文化比我們的低得多。倘使別人的文化和我們的相敵或更進步，那結果便要大不相同了。他們倘比我們更聰明，這時候，我們不但不能同化他們，反要被他們利用了我們的腐敗文化，來治理我們這腐敗民族。他們對於中國人，是毫不愛惜的，當然任憑你腐敗下去。現在聽說又很有別國人在尊重中國的舊文化了，那裏是眞在尊重呢，不過是利用！

　　從前西洋有一個國度，國名忘記了，要在非洲造一條鐵路。頑固的非洲土人很反對，他們便利用了他們的神話來哄騙他們道：「你們古代有一個神仙，曾從地面造一道橋到天上。現在我們所造的鐵路，簡直就和你們的古聖人的用意一樣。」非洲人不勝佩服，高興，鐵路就造起來。——中國人是向來排斥外人的，然而現在卻漸漸有人跑到他那裏去唱老調子了，還說道：「孔夫子也說過，『道不行，乘桴浮於海。』所以外人倒是好的。」外國人也說道：「你家聖人的話實在不錯。」

　　倘照這樣下去，中國的前途怎樣呢？別的地方我不知道，只好用上海來類推。上海是：最有權勢的是一群外國人，接近他們的是一圈中國的商人和所謂讀書的人，圈子外面是許多中國的苦人，就是下等奴才。將來呢，倘使還要唱著老調子，那麼，上海的情狀會擴大到全國，苦人會多起來。因為現在是不像元朝清朝時候，我們可以靠著老調子將他們唱完，只好反而唱完自己了。這就因為，現在的外國人，不比蒙古人和滿洲人一樣，他們的文化並不在我們之下。

　　那麼，怎麼好呢？我想，唯一的方法，首先是拋棄了老調子。舊文章，舊思想，都已經和現社會毫無關係了，從前孔子周遊列國的時代，所坐的是牛車。現在我們還坐牛車麼？從前堯舜的時候，吃東西用泥碗，現在我們所作的是甚麼？所以，生在現今的時代，捧著古書是完全沒有用處的了。

　　但是，有些讀書人說，我們看這些古東西，倒並不覺得於中國

怎樣有害，又何必這樣決絕地拋棄呢？是的。然而古老東西的可怕就正在這裏。倘使我們覺得有害，我們便能警戒了，正因爲並不覺得怎樣有害，我們這才總是覺不出這致死的毛病來。因爲這是「軟刀子」。這「軟刀子」的名目，也不是我發明的，明朝有一個讀書人，叫做賈鳧西的，鼓詞裏曾經說起紂王，道：「幾年家軟刀子割頭不覺死，只等得太白旗懸才知道命有差。」我們的老調子，也就是一把軟刀子。

中國人倘被別人用鋼刀來割，是覺得痛的，還有法子想；倘是軟刀子，那可眞是「割頭不覺死」，一定要完。

我們中國被別人用兵器來打，早有過好多次了。例如，蒙古人滿洲人用弓箭，還有別國人用槍炮。用槍炮來打的後幾次，我已經出了世了，但是年紀青。我彷彿記得那時大家倒還覺得一點苦痛的，也曾經想有些抵抗，有些改革。用槍炮來打我們的時候，聽說是因爲我們野蠻；現在，倒不大遇見有槍炮來打我們了，大約是因爲我們文明了罷。現在也的確常常有人說，中國的文化好得很，應該保存。那證據，是外國人也常在讚美。這就是軟刀子。用鋼刀，我們也許還會覺得的，於是就改用軟刀子。我想：叫我們用自己的老調子唱完我們自己的時候，是已經要到了。

中國的文化，我可是實在不知道在那裏。所謂文化之類，和現在的民眾有甚麼關係，甚麼益處呢？近來外國人也時常說，中國人禮儀好，中國人肴饌好。中國人也附和著。但這些事和民眾有甚麼關係？車夫先就沒有錢來做禮服，南北的大多數的農民最好的食物是雜糧。有什麼關係？

中國的文化，都是侍奉主子的文化，是用很多的人的痛苦換來的。無論中國人，外國人，凡是稱讚中國文化的，都只是以主子自居的一部份。

以前，外國人所作的書籍，多是嘲罵中國的腐敗；到了現在，不大嘲罵了，或者反而稱讚中國的文化了。常聽到他們說：「我在中

國住得很舒服呵！」這就是中國人已經漸漸把自己的幸福送給外國人享受的證據。所以他們愈讚美，我們中國將來的苦痛要愈深的！

這就是說：保存舊文化，是要中國人永遠做侍奉主子的材料，苦下去，苦下去。雖是現在的闊人富翁，他們的子孫也不能逃。我曾經做過一篇雜感，大意是說：「凡稱讚中國舊文化的，多是住在租界或安穩地方的富人，因爲他們有錢，沒有受到國內戰爭的痛苦，所以發出這樣的讚賞來。殊不知將來他們的子孫，營業要比現在的苦人更其賤，去開的礦洞，也要比現在的苦人更其深。」

這就是說，將來還是要窮的，不過遲一點。但是先窮的苦人，開了較淺的礦，他們的後人，卻須開更深的礦了。我的話並沒有人注意。他們還是唱著老調子，唱到租界去，唱到外國去。但從此以後，不能像元朝清朝一樣，唱完別人了，他們是要唱完了自己。

這怎麼辦呢？我想，第一，是先請他們從洋樓，臥室，書房裏踱出來，看一看身邊怎麼樣，再看一看社會怎麼樣，世界怎麼樣。然後自己想一想，想得了方法，就做一點。「跨出房門，是危險的。」自然，唱老調子的先生們又要說。然而，做人是總有些危險的，如果躲在房裏，就一定長壽，白鬍子的老先生應該非常多；但是我們所見的有多少呢？他們也還是常常早死，雖然不危險，他們也糊塗死了。

要不危險，我倒曾經發見了一個很合式的地方。這地方，就是：牢獄。人坐在監牢裏，便不至於再搗亂，犯罪了；救火機關也完全，不怕失火；也不怕盜劫，到牢獄裏去搶東西的強盜是從來沒有的。坐監是實在最安穩。

但是，坐監卻獨獨缺少一件事，這就是：自由。所以，貪安穩就沒有自由，要自由就總要歷些危險。只有這兩條路。那一條好，是明明白白的，不必待我來說了。

現在我還要謝諸位今天到來的盛意。

通讀全篇，我們知道「老調子」指的是中國傳統的封建思想、道德文章，也是指整個封建文化。魯迅先生總是善於用人們很熟悉的很形象的語詞，指代很抽象的東西，從而以其獨異的鮮明性生動性調動起聽眾或讀者的聽或讀的極大興趣，緊緊追隨著作者的思路進入到內容的深處。

中國的老調子的特點是最老、最舊、最沒有變化。中國的老調子在歷史上所起的作用是將國家唱完了好幾回，而老調子還在唱。魯迅以中國歷史演變為例加以說明。……雖然「到後來，倒也略略有些覺悟，曾經想從外國學一點新法來補救，然而已經太遲，來不及了。」

既然這老調子將國家唱完了好幾回，為什麼不把它拋棄？為什麼還有人主張繼續唱下去呢？一個很重要的原因是缺乏對老調子的清醒的理智的認識。魯迅把「老調子」形象地比作「軟刀子」。別人若用鋼刀去割，「是覺得痛的，還有法子想；倘是軟刀子，那可真是『割頭不覺死』，一定要完。」

魯迅在剖析「老調子」的時候，是以中國民眾的利益為價值標準的。從這樣的價值標準出發，決定了對「老調子」的深惡痛絕，並不客氣地揭露出不斷地反覆地唱著老調子的人們，主張繼續把老調子唱下去的人們，是「不肯以民眾為主體」而「以自己為中心的人們」，「專圖自己的便利」的人們，是「毫不愛惜」中國人的人們。為了中國民眾的根本利益，魯迅主張一定要從老調子的思想牢籠裏解放出來，為爭取自由而敢冒危險。中國人應唱出爭取自由的新聲音來，應當唱出自由、幸福的新聲音來。

——李文儒《走進魯迅世界》

關於知識階級

——十月二十五日在上海勞動大學講

　　我到上海約二十多天，這回來上海並無什麼意義，只是跑來跑去偶然到上海就是了。

　　我沒有什麼學問和思想，可以貢獻給諸君。但這次易先生要我來講幾句話；因為我去年親見易先生在北京和軍閥官僚怎樣奮鬥，而且我也參與其間，所以他要我來，我是不得不來的。

　　我不會講演，也想不出什麼可講的，講演近於做八股，是極難的，要有講演的天才才好，在我是不會的。終於想不出什麼，只能隨便一談；剛才談起中國情形，說到「知識階級」四字，我想對於知識階級發表一點個人的意見，只是我並不是站在引導者的地位，要諸君都相信我的話，我自己走路都走不清楚，如何能引導諸君？

　　「知識階級」一辭是愛羅先珂（V.Eroshenko）七八年前講演「知識階級及其使命」時提出的，他罵俄國的知識階級，也罵中國的知識階級，中國人於是也罵起知識階級來了；後來便要打倒知識階級，再利害一點，甚至於要殺知識階級了。知識就彷彿是罪惡，但是一方面雖有人罵知識階級；一方面卻又有人以此自豪；這種情形是中國所特有的，所謂俄國的知識階級，其實與中國的不同，俄國當革命以前，社會上還歡迎知識階級。為什麼要歡迎呢？因為他

確能替平民抱不平，把平民的苦痛告訴大眾。他為什麼能把平民的苦痛說出來？因為他與平民接近，或自身就是平民。

　　幾年前有一位中國大學教授，他很奇怪，為什麼有人要描寫一個車夫的事情，這就因為大學教授一向住在高大的洋房裏，不明白平民的生活。歐洲的著作家往往是平民出身，（歐洲人雖出身窮苦，而也做文章；這因為他們的文字容易寫，中國的文字卻不容易寫了。）所以也同樣的感受到平民的苦痛，當然能痛痛快快寫出來為平民說話，因此平民以為知識階級對於自身是有益的；於是贊成他，到處都歡迎他，但是他們既受此榮譽，地位就增高了，而同時卻把平民忘記了，變成一種特別的階級。那時他們自以為了不得，到闊人家裏去宴會，錢也多了，房子東西都要好的，終於與平民遠遠的離開了。他享受了高貴的生活，就記不起從前一切的貧苦生活了。——所以請諸位不要拍手，拍了手把我的地位一提高，我就要忘記了說話的。他不但不同情於平民或許還要壓迫平民，以致變成了平民的敵人，現在貴族階級不能存在；貴族的知識階級當然也不能站住了，這是知識階級缺點之一。

　　還有知識階級不可免避的運命，在革命時代是注重實行的，動的；思想還在其次，直白地說：或者倒有害。至少我個人的意見如此的。唐朝奸臣李林甫有一次看兵操練很勇敢，就有人對著他稱讚。他說：「兵好是好，可是無思想，」這話很不差。因為兵之所以勇敢，就在沒有思想，要是有了思想，就會沒有勇氣了。現在倘叫我去當兵，要我去革命，我一定不去，因為明白了利害是非，就難於實行了。

　　有知識的人，講講柏拉圖（Plato）講講蘇格拉底（Socrates）是不會有危險的。講柏拉圖可以講一年，講蘇格拉底可以講三年，他很可以安安穩穩地活下去，但要他去幹危險的事情，那就很費踟躕。譬如中國人，凡是做文章，總說「有利然而又有弊」，這最足以代表知識階級的思想。其實無論什麼都有弊的，就是吃飯也是有

弊的，它能滋養我們這方面是有利的；但是一方面使我們消化器官疲乏，那就不好而有弊了。假使做事要面面顧到，那就什麼事都不能做了。

還有，知識階級對於別人的行動，往往以爲這樣也不好，那樣也不好。先前俄國皇帝殺革命黨，他們反對皇帝；後來革命黨殺皇族，他們也起來反對。問他怎麼才好呢？他們也沒辦法。所以在皇帝時代他們吃苦，在革命時代他們也吃苦，這實在是他們本身的缺點。

所以我想，知識階級能否存在還是個問題。知識和強有力是衝突的，不能並立的；強有力不許人民有自由思想，因爲這能使能力分散，在動物界有很顯的例；猴子的社會是最專制的，猴王說一聲走，猴子都走了。在原始時代酋長的命令是不能反對的，無懷疑的，在那時酋長帶領著群眾併吞衰小的部落；於是部落漸漸的大了，團體也大了。一個人就不能支配了。因爲各個人思想發達了，各人的思想不一，民族的思想就不能統一，於是命令不行，團體的力量減小，而漸趨滅亡。在古時野蠻民族常侵略文明很發達的民族，在歷史上常見的。現在知識階級在國內的弊病，正與古時一樣。

英國羅素（Russel）法國羅曼羅蘭（R.Rolland）反對歐戰，大家以爲他們了不起，其實幸而他們的話沒有實行，否則，德國早已打進英國和法國了；因爲德國如不能同時實行非戰，是沒有辦法的。俄國托爾斯泰（Tolstoi）的無抵抗主義之所以不能實行，也是這個原因。他不主張以惡報惡的，他的意思是皇帝叫我們去當兵，我們不去當兵。叫員警去捉，他不去；叫劊子手去殺，他不去殺，大家都不聽皇帝的命令，他也沒有興趣；那末做皇帝也無聊起來，天下也就太平了。然而如果一部分的人偏聽皇帝的話，那就不行。

我從前也很想做皇帝，後來在北京去看到宮殿的房子都是一個刻板的格式，覺得無聊極了。所以我皇帝也不想做了。做人的趣味

在和許多朋友有趣的談天，熱烈的討論。做了皇帝，口出一聲，臣民都下跪，只有不絕聲的Yes,Yes，那有什麼趣味？但是還有人做皇帝，因為他和外界隔絕，不知外面還有世界！

總之，思想一自由，能力要減少，民族就站不住，他的自身也站不住了！現在思想自由和生存還有衝突，這是知識階級本身的缺點。

然而知識階級將怎麼樣呢？還是在指揮刀下聽令行動，還是發表傾向民眾的思想呢？要是發表意見，就要想到什麼就說什麼。真的知識階級是不顧利害的，如想到種種利害，就是假的，冒充的知識階級；只是假知識階級的壽命倒比較長一點。像今天發表這個主張，明天發表那個意見的人，思想似乎天天在進步；只是真的知識階級的進步，決不能如此快的。不過他們對於社會永不會滿意的，所感受的永遠是痛苦，所看到的永遠是缺點，他們預備著將來的犧牲，社會也因為有了他們而熱鬧，不過他的本身——心身方面總是苦痛的；因為這也是舊式社會傳下來的遺物。

至於諸君，是與舊的不同，是二十世紀初葉青年，如在勞動大學一方讀書，一方做工，這是新的境遇；或許可以造成新的局面，但是環境是老樣子，著著逼人墮落，倘不與這老社會奮鬥，還是要回到老路上去的。

譬如從前我在學生時代不吸煙，不吃酒，不打牌，沒有一點嗜好；後來當了教員，有人發傳單說我抽鴉片。我很氣，但並不辯明，為要報復他們，前年我在陝西就真的抽一回鴉片，看他們怎樣？此次來上海有人在報紙上說我來開書店；又有人說我每年版稅有一萬多元。但是我也並不辯明；但曾經自己想，與其負空名，倒不如真的去賺這許多進款。

還有一層，最可怕的情形，就是比較新的思想運動起來時，如與社會無關，作為空談，那是不要緊的，這也是專制時代所以能容知識階級存在的原故。因為痛哭流淚與實際是沒有關係的，只是思

想運動變成實際的社會運動時，那就危險了。往往反爲舊勢力所撲滅。中國現在也是如此，這現象，革新的人稱之爲「反動」。我在文藝史上，卻找到一個好名辭，就是Renaissance，在義大利文藝復興的意義，是把古時好的東西復活，將現存的壞的東西壓倒，因爲那時候思想太專制腐敗了，在古時代確實有些比較好的；因此後來得到了社會上的信仰。現在中國頑固派的復古，把孔子禮教都拉出來了，但是他們拉出來的是好的麼？如果是不好的，就是反動，倒退，以後恐怕是倒退的時代了。

還有，中國人現在膽子格外小了，這是受了共產黨的影響。人一聽到俄羅斯，一看見紅色，就嚇得一跳；一聽到新思想，一看到俄國的小說，更其害怕，對於較特別的思想，較新思想尤其喪心發抖，總要仔仔細細底想，這有沒有變成共產黨思想的可能性?!這樣的害怕，一動也不敢動，怎樣能夠有進步呢？

這實在是沒有力量的表示，比如我們吃東西，吃就吃，若是左思右想，吃牛肉怕不消化，喝茶時又要懷疑，那就不行了，——老年人才是如此；有力量，有自信力的人是不至於此的。雖是西洋文明罷，我們能吸收時，就是西洋文明也變成我們自己的了。好像吃牛肉一樣，決不會吃了牛肉自己也即變成牛肉的，要是如此膽小，那眞是衰弱的知識階級了，不衰弱的知識階級，尚且對於將來的存在不能確定；而衰弱的知識階級是必定要滅亡的。從前或許有，將來一定不能存在的。

現在比較安全一點的，還有一條路，是不做時評而做藝術家。要爲藝術而藝術。往往「象牙之塔」裏，目下自然要比別處平安。就我自己來說罷，——有人說我只會講自己，這是眞的。我先前獨自住在廈門大學的一所靜寂的大洋房裏；到了晚上，我總是孤思默想，想到一切，想到世界怎樣，人類怎樣，我靜靜地思想時，自己以爲很了不得的樣子；但是給蚊子一咬，跳了一跳，把世界人類的大問題全然忘了，離不開的還是我本身。

就我自己說起來，是早就有人勸我不要發議論，不要做雜感，你還是創作去吧！因為做了創作在世界史上有名字，做雜感是沒有名字的。其實就是我不做雜感，世界史上，還是沒有名字的，這得聲明一句，是：這些勸我做創作，不要寫雜感的人們之中，有幾個是別有用意，是被我罵過的。所以要我不再做雜感。但是我不聽他，因此在北京終於站不住了，不得不躲到廈門的圖書館上去了。

　　藝術家住在象牙塔中，固然比較地安全，但可惜還是安全不到底。秦始皇，漢武帝想成仙，終於沒有成功而死了。危險的臨頭雖然可怕，但別的運命說不定，「人生必死」的運命卻無法逃避，所以危險也彷彿用不著害怕似的。但我並不想勸青年得到危險，也不勸他人去做犧牲，說為社會死了名望好，高巍巍的鑄起銅像來。自己活著的人沒有勸別人去死的權利，假使你自己以為死是好的，那末請你自己先去死吧。諸君中恐有錢人不多罷。那末，我們窮人唯一的資本就是生命。以生命來投資，為社會做一點事，總得多賺一點利才好；以生命來做利息小的犧牲，是不值得的。所以我從來不叫人去犧牲，但也不要再爬進象牙之塔和知識階級裏去了，我以為是最穩當的一條路。

　　至於有一班從外國留學回來，自稱知識階級，以為中國沒有他們就要滅亡的，卻不在我所論之內，像這樣的知識階級，我還不知道是些什麼東西？！

　　今天的說話很沒有倫次，望諸君原諒！

　　魯迅首先談及的是……對知識份子弱點的揭示，絕不能導致對知

識與知識份子本身的否定。

魯迅所關注的主要是兩個問題。首先是知識份子和平民的關係問題。……這樣的知識份子的「貴族化」，正是「知識份子的缺點之一」。

魯迅更關注知識、知識份子與權力的關係：這同樣也是一個要害問題，並且關係到知識份子自身「不可避免的運命」。……首先是與政治強權的矛盾與對立。……更為嚴峻的是民族「生存」與「思想自由」的矛盾與衝突。……這是對知識份子的真正考驗。

魯迅正是這樣提出問題：面對政治強權在「國家利益」的旗號下的對思想自由的剝奪與精神壓迫，「知識階級將怎麼樣呢？還是在指揮刀下聽令行動，還是發表傾向民眾的思想呢？」魯迅做了旗幟鮮明的回答。……魯迅在這裏強調知識份子的平民立場和永遠的批判性。

（魯迅）強調真的知識階級是「不顧利害」的。

魯迅所呼喚的「精神界戰士」，就是「立意在反抗，指歸在動作」，不僅追求思想的自由，更強調主體的動作、實踐的意義，這就註定了要不斷地尋求實際社會運動的支持與合作。

魯迅這樣的真的知識階級儘管自己選擇了時刻準備犧牲的道路，卻是更重視生命的。……

——錢理群《「真的知識階級」的歷史選擇》

紀念碑藍圖　1954年創作

訂　婚　1960年創作

魯迅小説全集

國家圖書館出版品預行編目資料

魯迅雜文選集，魯迅著 -- 初版, --新北市：
新視野New Vision, 2022.03
　　面；　公分 . --
　　ISBN 978-626-95484-2-2（平裝）

848.4　　　　　　　　　　　　　110021945

魯迅雜文選集

魯迅　著

主　　編　林郁
出　　版　新視野 New Vision
製　　作　新潮社文化事業有限公司
　　　　　電話：(02) 8666-5711
　　　　　傳真：(02) 8666-5833
　　　　　E-mail：service@xcsbook.com.tw
印前作業　東豪印刷事業有限公司
印刷作業　福霖印刷有限公司

總 經 銷　聯合發行股份有限公司
　　　　　新北市新店區寶橋路 235 巷 6 弄 6 號 2F
　　　　　電話：(02) 2917-8022
　　　　　傳真：(02) 2915-6275

初　　版　2022 年 05 月